夕阳下的远方

周朝东 著

浙江工商大学出版社
ZHEJIANG GONGSHANG UNIVERSITY PRESS

·杭州·

图书在版编目(CIP)数据

夕阳下的远方 / 周朝东著. — 杭州 ：浙江工商大
学出版社，2023.8
ISBN 978-7-5178-5511-8

Ⅰ．①夕… Ⅱ．①周… Ⅲ．①游记－作品集－中国－
当代 Ⅳ．①I267.4

中国国家版本馆CIP数据核字(2023)第103459号

夕阳下的远方

XIYANG XIA DE YUANFANG

周朝东 著

责任编辑	沈明珠
责任校对	都青青
封面设计	姜莉莎
责任印制	包建辉
出版发行	浙江工商大学出版社
	（杭州市教工路198号　邮政编码310012）
	（E-mail：zjgsupress@163.com）
	（网址：http://www.zjgsupress.com）
	电话：0571-88904980，88831806（传真）
排　　版	杭州彩地电脑图文有限公司
印　　刷	杭州高腾印务有限公司
开　　本	710 mm×1000 mm　1/16
印　　张	21.5
字　　数	313千
版 印 次	2023年8月第1版　2023年8月第1次印刷
书　　号	ISBN 978-7-5178-5511-8
定　　价	86.00元

序言

　　世界很丰富，但每个人的生命却有限。"读万卷书"后还需"行万里路"。我如果不去"走世界"，永远不会知道这世界真正的模样。例如，去了捷克才会知道，这座"千塔之城"的魅力，丝毫不亚于罗马。去了荷兰才知道，荷兰不仅具有魅力无穷的郁金香，而且是全世界唯一拥有全国联网自行车道路的国家，荷兰的羊角村更是养老的好去处。去了德国新天鹅堡才知道，通往童话世界的入口原来在这里。去了冰岛才知道，没有蚊子是假的，但这里的父母胆子最大——父母逛商店时，就把孩子放在店外。去了俄罗斯才知道，没什么问题是一瓶伏特加解决不了的。去了阿根廷才知道，在广场、街头，除了随处可见的热情奔放的拉丁舞者外，这里的伊瓜苏瀑布是世界上所有瀑布中规模最大的，且气势磅礴。去了埃及才知道，金字塔周边并不是一望无际的沙漠，但仍然不禁被它古老的文明所折服……

　　正因为如此，我退休后，静下心来制订自己"走世界"的计划和线路，发现"走世界"并非"说走就走"那么简单。经过再三比较研究，我确定了以参加上海东湖（现在的东安）国际旅行社旅行团的模式，在边继续工作边出国的退休生活中，我走了 54 个国家，涵盖大洋洲、欧洲、美洲、非洲和亚洲，开阔了眼界，丰富了精神，拥抱了未知，放飞了自我。在这本书中，我写了所到 54 个国家中部分国家的所见所闻所想，与大家分享。

周朝东

2022 年 12 月于家中

目 录

俄罗斯——小时候向往的远方

想去俄罗斯，是我小学二年级看了苏联小说后萌发的心愿。我从小学二年级开始看小说，那是爸爸对我的引导。我清楚地记得，有一次爸爸去北京开会，在北京给我买了 3 本小说：《林海雪原》《青春之歌》和《苦菜花》。看完爸爸送给我的这 3 本小说，我开始到图书馆去借阅小说。在图书馆里，我发现了很多苏联小说，如《卓娅和舒拉的故事》《童年》《在人间》《我的大学》《钢铁是怎样炼成的》……这些苏联小说，使我内心深处产生了一个愿望：什么时候能去苏联看看就好了。这个小时候的愿望，直到我退休后才实现。

我第一次去俄罗斯，是 2007 年 8 月 21 日。我与晓虹、小莉及其女儿琳琳四人结伴，跟随旅游公司组成的团队从上海浦东机场飞往莫斯科。经过 10 个多小时的飞行，第二天下午 4 点多，我们在莫斯科机场下了飞机，开始了为期 8 天的俄罗斯之旅。

庄严的红场

我第一次去俄罗斯的旅游行程就是莫斯科和圣彼得堡 2 个城市。在莫斯科旅游的景点有红场、克里姆林宫、新圣女公墓、列宁山；圣彼得堡旅游的景点有"阿芙乐尔号"巡洋舰、冬宫、滴血大教堂等。

8月22日，我们到达红场后，地陪向我们简单介绍了红场。红场历史悠久，它的前身是15世纪末伊凡三世在城东开拓的"城外工商区"。1662年改称"红场"，位处市中心，是俄国举行各种大型庆典及阅兵活动的中心地点，也是世界上著名的广场之一。到20世纪20年代，红场又与邻近的瓦西列夫斯基广场合二为一，形成了现在的规模。广场用赭红色方石块铺成，因人们长期行走而油光瓦亮。十月革命后，红场成为苏联庆祝重要节日的地方。红场的西侧是列宁墓和克里姆林宫的红墙及3座高塔，在列宁墓与克里姆林宫红墙之间，有斯大林、勃列日涅夫、安德罗波夫、契尔年科、捷尔任斯基等人的12块墓碑。红场南边是莫斯科瓦西里大教堂，北侧是国家历史博物馆，附近还有朱可夫元帅雕像、无名烈士墓，东面是古姆商场。红场正中是克里姆林宫墙，左右两边对称耸立着斯巴斯基塔楼和尼古拉塔楼，双塔凌空，异常壮观。红场因其历史悠久，给人的感觉不仅是物理上的大，更是在世界发展史中举足轻重的历史厚重感。

我们游览红场的第一个景点是列宁墓。列宁墓坐落在红场西侧，在克里姆林宫墙正中的前方。我们的运气很好，那天正是列宁墓开放日。我们赶紧排着队进入零下45摄氏度的墓内，瞻仰列宁遗体。列宁遗体安放在铺有红色党旗和国旗的水晶棺内，胸前佩戴一枚红旗勋章，脸和手都由特制的灯光照着，清晰而安详。列宁的遗体保存得很好，显示出他的身高不超过1.6米，个子不高。因为墓地内太冷，我们很快就走了出来。走出墓地后，我才仔细观看列宁墓的外形，并在墓前拍照留念。地陪告诉我们，列宁墓是1924年1月27日建成，最初是木结构，1930年改用花岗石和大理石建造。卫国战争后，装有列宁遗体的水晶棺更换了。列宁墓一半在地下，一半露出地面，体表是阶梯状的5个立方体，由红色花岗石和黑色长石建成。陵墓体积为5800立方米，内部容积为2400立方米。墓前刻有俄语"列宁"字样的碑石，净重60吨。墓顶是平台，平台两翼是可容纳万人的观礼台，每当有重要仪式时，领导人就站在列宁墓前观礼指挥。沿黑色大理石台阶而下，就进入陵墓中心的悼念大厅。在列宁墓和克里姆林宫墙之间，是苏联其他领导人的墓地。沿着克里姆林宫墙往前走，还安放有朱可夫元帅、列宁的妻子克鲁普斯卡娅、高尔基、世界上第一位宇航员加加林等名人的骨灰。

参观完列宁墓，地陪解散了队伍，并要求大家在规定时间集合前往克里姆林宫。我们四人立刻去红场外侧瞻仰无名烈士墓。无名烈士墓建于1967年，埋葬着"二战"时期为保卫莫斯科而牺牲的无名战士的遗骨。墓前的火焰长年跳动不息，鲜花天天不断，还有战士日夜站岗，彰显出俄罗斯民族对为国捐躯英雄的崇敬。我们在无名烈士墓前默哀后，分别拍照留影，随后观看了守卫战士换岗仪式，换岗仪式庄严肃穆。

宏伟的克里姆林宫

集合后，地陪和领队带着我们进入克里姆林宫内。克里姆林宫是俄罗斯民族最负盛名的历史丰碑，也是全世界建筑中最美丽的作品之一。地陪介绍，克里姆林宫初建于12世纪中期，15世纪大公伊凡三世时初具规模，之后逐渐扩大。16世纪中叶成为沙皇的宫堡，17世纪逐渐失去城堡的性质而成为莫斯科的市中心建筑群。克里姆林宫南临莫斯科河，西北接亚历山大罗夫斯基花园，东南与红场相连，呈三角形，周长2000多米。20多座塔楼参差错落地分布在三角形宫墙周边，宫墙上有5座城门塔楼和箭楼，远看似一座雄伟森严的堡垒。宫殿的核心部分是宫墙之内的一座座宫殿。宫内建筑物的布局并不严整，风格也不大一致。总统办公楼是3层高的黄白色建筑，外形颇厚重却貌不惊人，不让闲杂人员靠近。能让游客进入的是几座建于沙俄时代的东正教教堂，教堂建筑气宇轩昂，体现出历代俄罗斯人的聪明才智。其中，最具特色的是一组有洋葱头顶的高塔，它们的红砖墙面由白色石头装饰，再配上各种颜色外表，如金色、绿色以及杂有黄色和红色等。高塔不同于欧洲古代的哥特式与罗马式建筑，而与清真寺风格颇为相似。克里姆林宫也吸收了西方建筑的精粹，建筑艺术博采众长又独具特色。

夕阳下的远方

我们跟随地陪游走在克里姆林宫中，边走边看边听地陪讲解。苏联部长会议大厦平面为三角形，巨大的绿色圆顶建于高大的基座之上。莫斯科河沿岸有三列高窗的漂亮建筑物就是大克里姆林宫，由古老的安德列夫斯基大厅和阿列克山德洛夫斯基大厅联结而成。索皮尔娜雅广场位于克里姆林宫中央，周围环以历史、艺术和纪念性建筑，中心是拥有 500 多年历史的伊凡大帝钟楼，钟楼旁有一座 200 吨重的沙皇钟，附近是 16 世纪建造的沙皇大炮。

紧接着我们跟着地陪走进克里姆林宫的圣母领报大教堂参观，其外表远不如红场边的圣巴西勒教堂华丽，但它的洋葱形金顶极为夺目。圣母领报大教堂是拜占庭式建筑，也是喀山的标志与名片。地陪说，圣母领报大教堂是 1484—1489 年由伊凡三世下令召集莫斯科和普什科夫的工匠建造，是沙皇的个人礼拜堂。教堂具有强烈的俄罗斯民族色彩，1547 年遭遇火灾后，由伊凡四世下令修复重建。最初设计只有 3 个圆顶和 1 座环绕三侧的开放式画廊，伊凡四世下令增加了 6 个圆顶，在每个角落设立了礼拜堂，并将画廊封闭起来，给屋顶镀金。我们进入其中，感觉内部空间宽敞得令人惊愕，装饰极为瑰丽，用"金碧辉煌"一词也不足以形容。拱顶和四周墙壁上，表现宗教故事的壁画幅幅相连，其中有希腊画家赛奥法尼斯创作的著名肖像画，均是艺术佳作。

地陪接着带领我们进入历史分量最重的大天使教堂，里面放置着 46 座铜棺，棺里埋葬着从 1340—1700 年的 300 多年间莫斯科大公和俄国沙皇的遗体。这种集中安放模式既便于保护、管理，又可节约大量金钱和土地。这里是不允许拍摄的。

结束教堂的参观后，我们就在俄罗斯钟王前拍摄。钟王建造于 1733 — 1735 年，坐落在伊凡大帝钟楼的右侧，是世界上最重的沙皇钟。它是俄罗斯铸造艺术的杰作，也是克里姆林宫中的一件无价之宝。地陪告诉我们，这座用铜锡合金浇铸而成的大钟高 6.14 米，钟口最大直径为 7 米，钟壁最厚部分为 0.67 米，整个大钟重 220 多吨。大钟的顶端为十字架，外壁雕刻着精美的图案和花纹：有一面铸有当时俄国女皇安娜·伊凡诺芙娜的浮雕像，旁边有几行赞颂圣母和女皇的铭文。还有虔诚的信徒和美丽的天使簇拥着沙皇、象征着俄国威严和勇猛的国旗等。这些雕刻历经风雨沧桑，仍然清晰醒目，栩栩如生。大钟曾在烈焰中破裂，被埋在废墟之中达 99 年之久。1836 年，沙皇尼古拉命令把它挖出来，运到克里姆林宫。因为大钟有一道裂缝，人们从来也没有听到过它的声音，只能观赏它凝聚精湛技艺的造型，《美国百科全书》称它为"世界上从未敲响的钟"。听完讲解，我们赶紧把这座"世界上从未敲响的钟"拍摄下来。

观赏完钟王，我们就去看了那门大炮之王。地陪告诉我们，"炮王"是用青铜铸造，重 40 吨，长 5.34 米，口径 0.89 米。炮弹重 2 吨，炮口可同时爬进 3 人。"炮王"的别称是"沙皇巨炮"，这门巨型青铜炮于 1586 年根据沙皇费奥多尔·伊万诺维奇的命令由莫斯科火炮工厂铸造完成，原本是战时用来保卫克里姆林宫的，但该炮却从未发射过炮弹，最终成为俄罗斯军事力量和铸造工艺的历史见证。近距离观赏"炮王"，发现该炮外部铸满装饰性纹饰，极为精美，纹饰中有沙皇费奥多尔·伊万诺维奇的骑马肖像。地陪说，19 世纪初，该炮曾配有木质炮架，但毁于 1812 年的一场火灾。1835 年，沙皇政府特地为该炮铸造了精致的青铜炮架和四枚空心装饰炮弹。尽管此炮未放一弹，但它的威慑作用却象征了俄罗斯军队无坚不摧、所向无敌。克里姆林宫兵器博物馆前的各种青铜大炮，可以用来与炮王做参照。排排造型精美的青铜炮，证明了俄罗斯在 19 世纪的冶炼铸造工艺水平已相当高。我在这炮王面前请小莉给我留影，并把克里姆林宫兵器博物馆前的各种青铜大炮都一一记录在我的卡片相机里。

瞻仰新圣女公墓

欧美国家的公墓不仅是墓地，还是该国历史文化的载体。因此，新圣女公墓自然是我们的目标地之一。因为不是行程规定景点，须我们自己购门票，所以只有我们四人和另一个团友下车瞻仰墓地，其余团友坐在大巴上等候我们。地陪带我们进去，给我们讲解。

新圣女公墓是莫斯科最为著名的公墓，始建于 16 世纪，位于莫斯科城的西南部。到 19 世纪，新圣女公墓才成为俄罗斯著名知识分子和各界名流的最后归宿。该公墓占地 7.5 公顷，是欧洲三大公墓之一。随着历史的演进，新圣女公墓增添了现当代俄罗斯名人和国家领导人的坟墓。目前，这座公墓里共安葬了 27000 多名俄罗斯民族历代的精英。新圣女公墓不仅仅是一座公墓，更是莫斯科市民心灵寄托的地方。

我们走进新圣女公墓，迎面就看到了叶利钦的墓地。俄罗斯第一任总统叶利钦之墓位于中心广场，酷似一面飘扬的俄罗斯国旗，地陪说他的墓地是由中国产的白色大理石、意大利产的蓝色马赛克、巴西产的红色斑岩构建，三种颜色恰是俄罗斯国旗的颜色。他微笑的大照片矗立在墓前，大概是因为叶利钦对现代俄罗斯发展具有重要的历史作用吧。我们在地陪引导下，缓缓地走过一座座名人墓，地陪非常耐心地给我们介绍着墓地主人的生平，我随着他的介绍对着一座座名人墓拍摄着……

这里埋葬着著名文学家普希金、果戈理、契诃夫、马雅可夫斯基、法捷耶夫，作曲家肖斯塔科维奇，戏剧理论家斯坦尼斯拉夫斯基，舞蹈家乌兰诺娃，播音员列维坦，飞机设计师图波列夫、瓦维洛夫，政治家赫鲁晓夫、叶利钦、米高扬、波德戈尔内，还有苏联驻中国第一任大使尤金（他也是哲学家），等等。地陪太年轻，不知道尤金为何人。我主动站出来向他介绍我所了解的尤金：1953—1959 年，尤金任苏联驻华大使，时间长达 6 年，是中华人民共和国成立初期在任时间最长的苏联大使。早在 1953 年之前，他就曾多次到过中国，并完成过特殊的使命。毛泽东多次接见了他，并和他谈话，他见证了中苏关系发展中的复杂和曲折。尤金也是苏联科学院研究马列主义的院士，具有马列主义理论修养，曾受命来中国主持编辑俄文版的《毛泽东选集》。

这些曾经对俄罗斯历史发展起到某些作用的人长眠于此，每个人都通过自己独特的墓碑，向世人讲述着他们不同的生命故事。

　　原苏共中央第一书记赫鲁晓夫没有按照惯例被安葬在克里姆林宫红墙下。下葬以后，他的家人请当时苏联最有名的现代派雕塑家涅伊兹维斯内为他雕刻一尊塑像。有趣的是，赫鲁晓夫生前曾经多次批判过涅伊兹维斯内，说他"吃的是人民的血汗钱，拉出来的却是臭狗屎"。赫鲁晓夫的墓碑由黑白两色的花岗石呈几何形交叉在一起，塑像就夹在黑白几何体的中间，表现了赫鲁晓夫鲜明的个性和他的历史功过。

　　原苏共中央总书记戈尔巴乔夫的夫人赖莎·戈尔巴乔夫的墓前矗立着她那优雅美丽的青铜雕像，戈尔巴乔夫深爱着自己的妻子，特地在其墓地旁边空出来的地方为自己百年之后陪伴妻子留出了位置。

　　走到原苏联最高苏维埃主席团主席米高扬墓前，就想到电影《大决战》中的一段，即毛泽东在西柏坡宴请苏联特使米高扬吃辣椒的情节。

　　走到原苏联外交部部长和最高苏维埃主席团主席葛罗米柯墓前，年龄稍长者大概都记得这位中苏交恶期的苏联官方发言人。他的塑像面部被刻成阴阳两副面孔，表现了两面人的性格。

　　新圣女公墓中埋葬着三个中国人——王明与他的妻子、女儿。大家都知道，王明曾留学于苏联，被共产国际派往中国，担任中共的高级领导，犯过"左"倾机会主义和冒险主义的错误。

　　新圣女公墓中心墓碑上只镌刻着人名和生卒日期，没有对墓主进行任何评价。多数墓地留下了许多形象的雕刻，生动地反映了墓主人的生平事迹。例如，一块墓碑上雕刻着跳动的音符让人一看便知道墓主人是位音乐家。也有墓墙式的集体公墓，一批又一批俄罗斯精英在长长的墓墙后安息。

　　新圣女公墓饱含着浓厚的文化韵味，墓主的灵魂与墓碑的艺术巧妙结合，形成了特有的俄罗斯墓园文化。新圣女公墓中每座墓碑都仿佛是历史的一页，而公墓的雕塑又各具特色，是俄罗斯雕塑艺术发展的缩影。很多名人生前都会找自己最中意的雕塑家，为自己雕刻一尊最能体现自己生平的作品。如著名的米格战斗机设计者阿尔乔姆·伊万诺维奇·米高扬的墓碑，设计得非常简洁——一架插入云霄的米格战斗机，清楚地反映了墓主毕生的理想和追求。在俄罗斯人的心中，新圣女公墓不是告别生命的地方，而是重新解读生命、净化灵魂的圣地。

登上列宁山观景台

列宁山观景台位于莫斯科西南，是莫斯科的最高处，观景台在麻雀山上，近处正对着莫斯科大学正门，由此俯瞰莫斯科市区，美丽景色尽收眼底。近黄昏时，我们的大巴把我们拉到了列宁山。下车后，领队和地陪让我们自由活动，但不能进入眼前的莫斯科大学，因为它不是我们旅游行程中的景点。

我们站在高高的列宁山观景台，能看到莫斯科河，河对面正对着观景台的是中央体育场。在观景台还可以看到克里姆林宫教堂群、新圣女修道院、地铁桥和科学院主楼等。那时，我没有单反相机，用卡片相机拍摄远景的效果非常有限，后来索性不拍了，慢慢欣赏。登高望远，感觉莫斯科的绿化非常好，城市生态环境质量也很好。

欣赏过远景，我们只能在莫斯科大学外面的白桦林间转悠。眼前的莫斯科大学是国际著名的大学之一，是俄罗斯联邦规模最大、历史最悠久的综合性高等院校，是全俄学术中心。地陪说，莫斯科大学在俄罗斯联邦具有特殊地位，它是俄罗斯拥有独立自治权的大学，其《治学章程》由俄罗斯大学教职工代表大会研究制定，而校理事会理事长（校长）级别相当于俄罗斯联邦教育部部长。截至2018年12月，莫斯科大学共有13人获得诺贝尔奖（9名毕业生和4名教授），6名毕业生获得菲尔兹奖。这样一所大学，我们却不能进去参观，太遗憾了！只好在大学门外拍摄留念。

震撼心灵的莫斯科地铁站

2007 年，参观莫斯科地铁站是自费旅游项目。我早就知道苏联红军抗击德国军队入侵时的红军总指挥部就在莫斯科地铁站内，因此，到了莫斯科一定要去地铁看看，自费就自费。没想到团友们吸取了没去新圣女公墓的教训，也要与我们一起去参观莫斯科地铁站。领队和地陪自然非常高兴地带大家一起去——他们可以增加收入。我们乘坐一条伸向地底的长电梯到达地铁的市中心站，等我们上地铁后，地陪开始向大家介绍莫斯科地铁。

莫斯科地铁规模很大，全长 300 公里，4000 列地铁列车在 9 条线上运行，200 多个地铁站可容纳 800 万人。每天约有 900 多万人次乘坐莫斯科地铁，这比柏林、慕尼黑、汉堡、科隆的人口加在一起还要多。莫斯科地铁按运营路线长度排名为全球第五大地铁系统，按年客流量算为全球第四繁忙暨亚洲以外第一繁忙的地铁系统。

莫斯科地铁历史悠久。1935 年 5 月 15 日，苏联政府出于军事方面的考虑，正式开通莫斯科地铁。地铁设计时考虑了战时的防护要求，地下铁道系统是以十月革命后挖掘的防空洞为基本模式构筑而成的，可供 400 余万居民掩蔽之用。"这里是另外一个世界，幽深而华丽，也引发着人们某些神秘的猜想。"地铁是地下的莫斯科，是莫斯科的灵魂和心脏。莫斯科地铁站的总数超过 200 个，但每个地铁站的风格、造型、布局都不相同。有的以十月革命胜利作为主题，有的以苏联红军反法西斯战争为主题，墙壁上的很多马赛克画都是列宁与苏联红军战士们。我们行走在地铁站中，如同荡漾在苏联革命历史长河，顿时有了时空转换之感，仿佛回到了十月革命时期的莫斯科。

莫斯科地铁站既是建筑艺术的史诗，更是堂皇的地下宫殿。莫斯科地铁站的建筑风格各异、华丽典雅，每个车站都由国内著名建筑师设计，各有其独特风格，建筑格局也各不相同，仅铺设的大理石就有几十种，不同艺术风格的壁画、浮雕、雕刻和灯饰装饰，如同富丽堂皇的宫殿，俄罗斯历史的各个时期在地铁站的建筑中都可见一斑。地铁站除根据民族特点建造外，还有以名人、历史事迹、政治事件为主题而建造。例如，1938 年建成的马雅科夫斯基地铁站是现代派装饰，以不锈钢金属柱构成列拱，地面铺砌的大理石宛如铺上了地毯，大厅尽头是诗人马雅科夫斯基的半身像，堪称 20 世纪的建筑艺术精品。总之，莫斯科地铁站就是一座"地下的艺术殿堂"。

由于地铁站之间距离较大，我们乘坐地铁一站一站地欣赏。地铁车厢除顶灯外，还设计了便于读书看报的局部光源，在车厢门口安装了显示站名的电子屏。俄罗斯的市民在乘坐地铁时会从随身带的包里拿出书来静静地看着，这既是民族文化习俗，也是现代文明的具象。

我们徜徉于地铁站之间，领略着各种艺术派别、各种风格的建筑，流连忘返，久久舍不得离去。

参观"阿芙乐尔号"巡洋舰

游览完毕莫斯科，我们于第二天晚饭后乘绿皮火车前往圣彼得堡。从莫斯科到圣彼得堡铁路全长 649.7 公里，途经莫斯科、特维尔、诺夫哥罗德和列宁格勒 4 个州，我们乘坐的是普通列车的卧铺，需要行驶 8 小时。俄罗斯拥有铁路的历史已经超过 170 年，全国的民用铁路有 8 万多公里，以莫斯科为中心向全国辐射。我们在火车上睡了一觉，第二天早晨到达圣彼得堡。早饭后第一个景点是小时候从小学课本上得知的"阿芙乐尔号"巡洋舰。

地陪先把大家集中在一起讲解了"阿芙乐尔号"巡洋舰的历史。阿芙乐尔号巡洋舰是一艘原属俄罗斯帝国波罗的海舰队的防护巡洋舰。这艘传奇的巡洋舰经历了 3 次革命和 4 场战争，参加了日俄战争的对马海战和第一次世界大战的数次海战。在日俄战争中，阿芙乐尔号巡洋舰参加了俄罗斯第二太平洋舰队开赴亚洲的作战。在对马海战中，俄舰队的其他舰艇全部覆没，只有阿芙乐尔号巡洋舰逃脱战场，被菲律宾扣留了整整一年，直到第二年才得以返回俄罗斯。1923年，阿芙乐尔号巡洋舰被编为训练舰。在卫国战争中，阿芙乐尔号巡洋舰仍在一线作战。1941年6月22日德国入侵苏联，在列宁格勒保卫战中，阿芙乐尔号巡洋舰的9门主炮被拆解到陆地上，组建了"波罗的海舰队独立特种炮兵连"，部署在列宁格勒城郊，抵抗德军的进攻。因为德军的持续轰炸，为了保护舰艇，阿芙乐尔号巡洋舰在涅瓦河的内港自沉，直到战争后期才被打捞出水并进行了修复。1948年，阿芙乐尔号巡洋舰作为十月革命纪念舰永久停泊在涅瓦河畔，成为苏联海军博物馆，供游客参观。1957年，阿芙乐尔号巡洋舰上建立了苏联中央军事博物馆的分馆，该舰仍在俄罗斯海军编制之列，舰上的博物馆则隶属于国防部文化局。

听完讲解后，我们上舰参观。我们看到阿芙乐尔号巡洋舰修长的舰体被漆成黑色，只有三根巨大的烟囱是鲜亮的黄色，泾渭分明的颜色对比使阿芙乐尔号巡洋舰显得格外醒目。在阿芙乐尔号舰舱内，陈列着500余件与它的光荣历史有关的物品，我们仔细看了这些文物。我在阿芙乐尔号巡洋舰上请小莉给我拍了两三张照片，算是到此一游的纪念，紧接着去参观冬宫。

壮观无比的冬宫

地陪在冬宫前的广场给我们进行了集中介绍，并特意告诉我们进入冬宫可以拍照。

冬宫是俄罗斯国家博物馆艾尔米塔什博物馆的"六宫殿建筑群"中的一座宫殿，坐落在圣彼得堡宫殿广场上，原为俄罗斯帝国沙皇的皇宫。冬宫与伦敦的大英博物馆、巴黎的卢浮宫、纽约的大都会艺术博物馆一起，被称为世界四大博物馆。该馆最早是俄罗斯女皇叶卡捷琳娜二世的私人博物馆，初建于1754—1762年。19世纪中叶，当时的俄国有一项特别的法律规定，圣彼得堡市所有的建筑物，除教堂外，都要低于冬宫。冬宫具有独特的建筑特点，由意大利著名建筑师巴托洛米奥·拉斯特雷利设计，是18世纪中叶俄国新古典主义建筑的杰出典范。冬宫面向涅瓦河，中央稍为突出，有3道拱形铁门，入口处有阿特拉斯巨神群像。宫殿四周有2排柱廊，气势雄伟。宫内以各色大理石、孔雀石、石青石、斑石、碧玉镶嵌，以包金、镀铜装潢，以各种质地的雕塑、壁画、绣帷装饰，真可谓金碧辉煌，美轮美奂。

冬宫广场气势恢宏，其全部建筑非常和谐——冬宫广场的建筑物是在不同时代由不同建筑师用不同风格建造的。为纪念亚历山大一世战胜拿破仑，在广场中央竖立了一根亚历山大纪念柱，高47.5米，直径4米，重600吨，用整块花岗石制成，没有任何支撑，只靠自身重量屹立在基座上。它的顶尖上是手持十字架的天使，天使双脚踩着一条蛇，这是战胜敌人的象征。站在高大的纪念柱旁，人显得格外渺小。想要用相机拍摄纪念柱顶端，必须站在很远很远的地方。我被冬宫广场的气派所震慑，我拿着卡片相机不停地拍着、记录着映入眼帘的气势宏大的广场。

看过广场，地陪见大家已拍摄完毕，便带领我们进冬宫。冬宫馆藏着无数艺术珍宝，地陪请的冬宫讲解员喜欢画作，他带领我们边走边欣赏馆内画作。1764年，叶卡捷琳娜二世从柏林购进伦伯朗、鲁本斯等名人的250幅绘画存放在冬宫，该馆由此而闻名。为了彰显权势，叶卡捷琳娜二世在位的34年间，不断大量地收购各种类别的艺术品，包括16000枚硬币与纪念章。她在位的头10年便购置了约2000幅画。冬宫博物馆里的绘画和雕塑数量是世界上任何博物馆都无法比拟的，有15000幅绘画作品，大部分是油画，涵盖14—20世纪间的作品，达·芬奇、毕加索、拉斐尔、伦勃朗等名家的作品均有收藏。冬宫的人体雕塑作品数不胜数，展出的雕塑作品达12000件之多，分布在20多个展厅，米开朗琪罗雕塑作品《蜷缩成一团的小男孩》是镇馆之宝。冬宫里陈列了很多安东尼奥的雕塑作品，其人体雕塑的衣服质感令人过目不忘。

冬宫的东方艺术馆拥有公元前 4000 年以来的展品 16 万件。其中有几千件古埃及的文物，如石棺、木乃伊、浮雕、纸莎草纸文献、祭祀用品和科普特人的纺织品，还有世界上最大的伊朗银器，以及古巴比伦、亚述、土耳其等国的文物。冬宫的东方艺术博物馆还收藏了大量的中国文物和艺术品，其中有 200 多件殷商时代的甲骨文， 1 世纪的珍稀丝绸和绣品，敦煌千佛洞的雕塑和壁画的样品，以及中国的瓷器、珐琅、漆器、山水和仕女图，还有 3000 幅中国年画。冬宫还拥有除泰国以外最多量的泰国雕塑。

冬宫的西欧艺术馆是最早设立的展馆，占有 120 个展厅，主要展出文艺复兴时期的绘画、素描、雕塑。馆内拥有流传至今的达·芬奇的油画总计 10 幅，《柏诺瓦的圣母》《圣母丽达》就陈列在这里。拉斐尔的《科涅斯塔比勒圣母》《圣家族》，米开朗琪罗的雕塑品《蜷缩成一团的小男孩》，都是该馆的珍品。

古希腊和古罗马的雕像、花瓶等文物，分别陈列在 20 多个展厅里。艾尔米塔什博物馆的建筑和内部装饰颇有特色，拼花地板光亮鉴人，艺术家具精致耐用，各种宝石花瓶、镶有宝石的落地灯和桌子有 400 件左右。

冬宫的珍藏数量浩瀚，解说员告诉我们，若想走完冬宫约 350 间开放的展厅，行程约计 22 公里之长。因篇幅所限，只能精选几幅名画进行记录。

《柏诺瓦的圣母》被视为达·芬奇创作道路上的一个里程碑，创作于 1478 年，据说是他独立完成的第一幅作品。画面母性十足：圣母玛利亚怀抱圣婴，面带幸福的微笑，可爱的耶稣坐在她的膝上。玛利亚手拈鲜花与圣婴逗乐，圣婴右手探出想要拿花，同时伸长另一只手抓住母亲。玩弄花朵这个动作构成了整幅画的主体，这里的圣母不再是中世纪画中的圣母了，她的微笑高度概括了现实中年轻少妇面对自己孩子的幸福感。同时，画中呈现的人物身处的环境，深色墙垣上的窗户一方面显示出行动是发生在室内，另一方面又显示出窗外明净蔚蓝的天空，从而代替了传统的圣母头顶绚烂色彩的"圣光"，以更多的"人性"取代了"神性"。

《扮作花神的沙斯姬亚》是伦勃朗 1634 年创作的，画中的主人公是伦勃朗深爱着的妻子——沙斯姬亚。由于爱得深厚，主人公被画得很美。

皮埃尔·奥古斯特·雷诺阿的名画《持鞭少年》中宛如少女的孩子是古劳恩博士的小儿子埃特恩努。博士向雷诺阿订购了四个孩子的肖像油画，当时雷诺阿所创作的孩子们（特别是少女）的肖像画非常惹人喜爱。

保罗·高更的油画作品《朝拜玛利亚》原来的名字叫《伊阿·奥格娜·玛利亚》，在大溪地的族语中，玛利亚是对天使打招呼的寒暄语。高更来到他憧憬已久的乐园大溪地，创作了这幅油画，整个画面充满鲜艳的色彩，表现出岛民的朴素以及他们的信仰。

立体派画家毕加索创作《牵狗的少年》这幅油画的时候，正是他在巴黎处于贫困潦倒的时期。但是，因与费尔南德相爱，毕加索的创作从"蓝色时期"变为"玫瑰红时期"。这幅作品和"蓝色时期"作品的色调相比，蓝色更为明快。这是以杂技团艺人为主题的一系列油画作品中的一幅。

总之，冬宫的艺术藏品举不胜举。因为时间有限，我大步流星地紧跟地陪，听他细细讲解名画，边欣赏边用卡片相机做记录，因此我走在团队的最后，大开了眼界，但 2 条腿也累得快抬不起来了。

2015 年 7 月第二次途径俄罗斯到冬宫参观时，地陪请的讲解员钟爱雕刻，因此，除了再次观赏名画外，也好好地观赏了冬宫的雕刻，是一次冬宫收藏世界艺术名作的补课。

讲解员告诉我们，IBM 公司与俄罗斯冬宫博物馆经多年合作，2005 年利用现代技术手段让古老的艺术遗产重新焕发出新的生命，运用互联网技术将冬宫馆藏的举世无双的艺术珍宝呈现给了全世界。冬宫博物馆馆长米哈伊尔·皮奥特洛夫斯基博士说："我们很自豪地向冬宫的参观者奉献一个值得关注的新项目，它不仅展示独特的艺术珍藏和沙皇寝宫，而且是当今尖端的电脑技术和非凡的历史艺术遗产相结合的典范。"

参观了冬宫后，圣彼得堡其他景点就一带而过了。我们很想去与冬宫齐名的夏宫参观，又因是自费项目，且票价不菲，团里只有我们四人想去，结果被"少数服从多数"原则否决，遗憾万分。当时就下决心，以后再到俄罗斯旅游，一定要去参观游览夏宫。

魅力非凡的夏宫

2015 年 7 月 19 日，我与小莉、李慧还有上海的老叶一起跟团去俄罗斯和北欧旅游。对于莫斯科的景点，因我和小莉是第二次到莫斯科就选择性地观赏，我们的目标是夏宫。7 月 22 日，我们到了圣彼得堡，7 月 23 日午饭后，终于到了向往已久的夏宫。虽然是阴雨绵绵，但我和小莉兴致不减。

地陪在车上介绍，夏宫又被称为"彼德宫"，位于芬兰湾南岸的森林中，距圣彼得堡市约 30 公里，由美丽的喷泉、公园、宫殿组成，占地近千公顷。夏宫由瑞士人多梅尼克·特列吉尼设计，是历代俄国沙皇的郊外离宫，也是圣彼得堡的早期建筑。在第二次世界大战中，它遭到德国军队的破坏。经修复，夏宫被联合国教科文组织列入《世界遗产名录》。

夏宫历史悠久，1704 年由俄国沙皇彼得大帝下令兴建。18 世纪中期，为纪念俄国在北方战争中的胜利，在宫殿的前面建造了一个由 64 个喷泉和 250 多尊金铜像组成的梯级大瀑布。这座宫殿的建造集中了当时以法国、意大利为代表的全世界优秀的建筑师、工匠。彼得大帝也积极地参加到工程筹划之中，并做了一些具体设计规划，今天保留下来的由他亲自设计的规划图纸就达十几幅之多。1723 年，夏宫举行竣工仪式。后经历代沙皇对夏宫进一步雕琢、润饰，使它变得更加美丽、迷人。

下车后，地陪带领我们进入夏宫，告诉大家集合地点后解散队伍，让我们自由参观。我们在入口的大圆台俯视夏宫的外观，整体结构非常清晰：夏宫分为上花园和下花园，大宫殿在上花园。我们先进入上花园的大宫殿参观：内外装饰极其华丽，两翼均有镀金穹顶，宫内有庆典厅堂、礼宴厅堂和皇家宫室。看完大宫殿后再仔细观赏下花园：大宫殿前是被称作大瀑布的喷泉群，这里有 37 座金色雕像、29 座浅浮雕、150 个小雕像、64 个喷泉及 2 座梯形瀑布。在喷泉群一个大半圆形水池的中央，耸立着大力士参孙和狮子搏斗的雕像，塑像高 3 米，重 5 吨，这就是著名的隆姆松喷泉。我和小莉被其壮美吸引，在这里逗留了近 40 分钟，围绕着金色雕塑从各个角度拍摄，美醉了！然后，我们两人沿着瀑布向前游览，沿途景色优美静谧，确实是度假休闲的好地方。

为了避开人群，我和小莉索性到附近花园里走走。夏宫的绿化非常美，鲜花的种植都是艺术图案，走在其中感觉像行走在画里一般，这是冬宫所没有的。不知何时雨停了，我们收起折叠伞，漫步在笔直的林荫大道上，欣赏灌木丛、喷泉、石砌花圃、珍禽，边走边深呼吸着新鲜的空气，感觉特好。然后，我们走向芬兰湾的海边，面向大海，感受一片纯净。

我的思绪在宁静中跳跃着：夏宫，我们中国也有，圆明园这座中国的夏宫，我于 1990 年 11 月—1991 年 1 月底在中央党校培训时，去过多次，欣赏过圆明园深秋和冬季的美丽与魅力。西方国家中最负盛名的皇家宫殿群落，当属法国的枫丹白露宫（1981 年联合国教科文组织将枫丹白露宫及其花园作为文化遗产，列入《世界遗产名录》）。我虽去了 2 次法国，但行程中却没有枫丹白露宫，实属遗憾！ 2014 年，我在英国深度游时去了温莎城堡，在那里逛了大半天。中国与西方国家的夏宫的最大区别是其中展现的民族文化不同。

时间在不知不觉中过去了。在距离集合时间 40 分钟前，我和小莉走到大瀑布的喷泉旁再次拍摄了一番，因为这时大瀑布喷泉四周几乎没人，有充足的时间和空间进行构思与构图。拍完照片后，我们走向集合地点。夏宫，我们来过了。再见，美丽的夏宫！

2 次俄罗斯之行都是在莫斯科和圣彼得堡城市内，总体感觉是生态环境保护得很好，无论走到何处，满目皆绿，这与俄罗斯政府的治国理念和国民文化素养相关；历史文物保护得很好，我们参观的所有景点大部分是历史文物，特别是圣彼得堡，整座城市都被联合国教科文组织列入《世界遗产名录》；在日常接触中，感觉俄罗斯国民文化素养特高……总之，正如陀思妥耶夫斯基所说："真正伟大的民族永远也不屑于在人类中扮演一个次要的角色，甚至也不屑于扮演头等角色，而是一定要扮演独一无二的角色。一个民族若是丧失了这种信念，它就不再是一个民族了。"

细品风情浪漫的巴黎

我对法国有所了解，是在南京大学哲学系学习的学生时代。那时，我们的马列原著课程中有一本必学的原著，即马克思所著的《法兰西内战》。在书中，马克思阐述了巴黎公社在人类发展史中极为重要的历史地位，巴黎公社"实质上是工人阶级的政府，是生产者阶级同占有者阶级斗争的结果，是终于发现的、可以使劳动在经济上获得解放的政治形式"；巴黎公社在政治、经济、教育等方面所采取的措施，体现了人民管理制的发展方向。读马克思的原著，使我的思想冲出了国门，让我更想到法国去看看，看看这个滋养伟大思想家的国家是啥样的。

印度裔美国经济学家阿马蒂亚·森在他的《以自由看待发展》中对"发展"概念进行了独特的定义。他认为，发展是"扩展人们享有的真实自由的一个过程"，这种关注人类自由的发展观与只关心 GDP 增长、工业化程度、城市化水平的片面发展观形成了鲜明对比。我非常认同他的观点：自由的真正享有才是人的发展的最终目的，财富的意义只在于它可以帮助我们做想做的事情，帮助我们实现我们所珍视的自由。

退休以后，我获得了自由身——可以做自己喜欢的事情，过自由自在的生活。去看看世界著名的浪漫国家——法国，成为我旅游计划的首个目标。我们老两口于 2009 年 4 月 21 日开启了"法意瑞奥"之旅，虽然法国是行程的最后一站，且只观光游览了巴黎一个城市，但在中国旅游业尚不成熟的当时，我已很满足了。

法国和巴黎的标志——埃菲尔铁塔

4月28日午饭后，我们在戴高乐机场下了飞机，乘坐大巴前往巴黎市区，开始了为期3天的巴黎之旅。大巴行驶了不到一小时，我就在车上远远地看到了埃菲尔铁塔的塔尖。我不顾一夜未眠的疲劳，眼睛一直盯着大巴行驶的前方，随着城区渐近，我看到了埃菲尔铁塔的半截"身影"。我的眼睛始终看着窗户外面，随时注意埃菲尔铁塔全身的出现。领队告诉我们，进了巴黎城后的第一个景点就是埃菲尔铁塔。地陪在车上抓紧时间向我们较为详尽地介绍起埃菲尔铁塔。

埃菲尔铁塔设计新颖独特，是世界建筑史上的技术杰作，因而成为法国和巴黎的一个突出标志和重要景点。埃菲尔铁塔是一座于1889年建成、位于巴黎战神广场上的镂空结构铁塔，塔高300米，天线高20米，总高320米。埃菲尔铁塔得名于设计它的桥梁工程师居斯塔夫·埃菲尔。早年，他以旱桥专家而闻名，一生中杰作累累，作品遍布世界，但使他名扬四海的还是这座以他名字命名的铁塔。用他自己的话说：埃菲尔铁塔"把我淹没了，好像我一生只是建造了她"。

地陪告诉我们，埃菲尔铁塔和夏优宫都是为了纪念法国大革命胜利100周年而设计建造的。1889年5月15日，为给世界博览会开幕式剪彩，铁塔的设计师居斯塔夫·埃菲尔亲手将法国国旗升上铁塔的300米处高空。由此，人们为了纪念他对法国和巴黎的这一贡献，在塔下为他塑造了一座半身铜像。

埃菲尔铁塔分为3层，分别在离地面57.6米、115.7米和276.1米处，其中一、二楼设有餐厅，三楼建有观景台，从塔座到塔顶共有1711级阶梯，共用去钢铁7000吨、金属部件12000个、铆钉250万只，超级壮观，据说它对地面的压强只有一个人坐在椅子上那么大。塔的4个面上，铭刻了72个名字，他们都是为了保护铁塔不被摧毁而从事研究的科学家。这个为了世界博览会而落成的金属建筑，曾经保持世界最高建筑45年，直到纽约帝国大厦的出现。

　　法国人说，埃菲尔铁塔是"首都的瞭望台"，的确如此。它设有上、中、下3个瞭望台，可同时容纳上万人，3个瞭望台各有不同的视野，给登铁塔的人们带来了不同的情趣。最高层瞭望台离地面274米，若沿1652级阶梯而上，差不多要1个小时，所以我们选择乘电梯登高。登上最高层瞭望台后远望，顿时产生静谧之感：巴黎城忽然静了下来，变成了一幅巨大的地图，条条大道和小巷画出无数根宽窄不等的线。全巴黎尽在我们的脚下，白天视野清晰，极目可望60公里开外。我们下到中层瞭望台时，地陪告诉我，这一层离地面115米，向外张望可以看到最佳景色。的确，淡黄色的凯旋门城楼，绿荫中的卢浮宫，白色的蒙马圣心教堂都清晰可见，色彩斑斓。我惊奇地发现，巴黎这座浪漫之都，所有建筑的高度都没有超过凯旋门，埃菲尔铁塔当然是巴黎城市建筑的高度之首了。地陪说，傍晚登塔，则见夜色如画，繁灯似锦，翠树林荫，那些交织的街灯，如雨后蛛网，粒粒晶莹。这一层还有一个装潢考究的全景餐厅，终年都是顾客盈门，座位必须提前预订才行。但我们的行程没有傍晚登塔这一项，咋办？我与地陪商量，能否安排我们夜游巴黎。地陪说，夜游人数须达到全团一半人数以上才能安排车。我立刻征求大家意见，没想到全团都愿意夜游巴黎，搞定！

　　晚饭后，领队和地陪带着我们到了巴黎城边的一座高楼，乘电梯到达56层后，再步行上了几层楼梯，登上这座高楼的楼顶，等待着观赏巴黎夜景。到了晚上8点，整个巴黎的灯光全亮起来了，埃菲尔铁塔上的灯先后亮着7种颜色，魅力四射。楼顶上的晚风很大，感觉温度下降了许多，但大家兴致盎然，不断拍照。我们在楼顶上清晰地辨认出埃菲尔铁塔、凯旋门、巴黎圣母院……巴黎夜景凸显出巴黎的魅力和璀璨，我抓紧拍摄！1个小时后下楼，我建议进巴黎城内观赏巴黎夜景，这一建议又被全团团友接受。领队给我们2个小时，让我们乘车近距离欣赏巴黎夜景。

　　白天看巴黎，给我印象最深的是：巴黎城内汽车不拥堵；房屋建筑最高只有4层；城市马路保留着百年前的宽度和面包石铺就的路面，只有香榭丽大道最宽，最宽处约120米，为双向8车道；巴黎市民气质优雅端庄；书报亭有序地排列在人行道旁，折射出巴黎市民喜爱阅读的良好习惯。夜晚游览巴黎，才真正感受到法国人的浪漫情怀：马路上的私家车熙熙攘攘，载着车主人前往歌剧院、电影院或酒吧；路边闪耀着霓虹灯的酒吧，咖啡馆坐满了闲聊、聚会的人们；中国 20 世纪 50 年代初期被禁止的妓院在巴黎却有着合法营业执照，接待着来往宾客，真可谓国情不同；著名的"红磨坊"的红色标志特别令人瞩目，但我们去晚了，演出早已开始。走到巴黎的最高处——蒙马特高地，以山顶的圣心大教堂为中心，是夜生活爱好者的圣地：每一面墙都不尽相同，有五彩涂鸦和各式海报；不论是街边小店还是拐角的咖啡馆都坐满了人，一对对恋人、情侣相拥而坐，旁若无人地细言慢语；狡兔酒吧弥漫着巴黎特有的酒吧文化……在蒙马特高地，只有古旧、温情、安逸和怦然心动，我仿佛回到了 20 世纪 80 年代南京中山陵风景区的夜晚。啊，唯有"夜巴黎"方显法国人特有的"浪漫风情"。

世界上最大的凯旋门

4 月 29 日早饭后，我们首先到了凯旋门前，这是当天第一个要观赏的景点。到了凯旋门，领队和地陪带着我们边观看边介绍。凯旋门，正如其名，是一座迎接外出征战军队凯旋的大门，它是现今世界上最大的一座圆拱门，位于巴黎市中心戴高乐广场中央的环岛。这一广场也是配合凯旋门而修建的，因为凯旋门建成后，给交通带来了不便，于是在 19 世纪中叶，环绕凯旋门一周修建了一个圆形广场及 12 条道路。这 12 条道路都以凯旋门为中心，每条道路都有 40—80 米宽，呈放射状，气势磅礴，就像明星发出的灿烂光芒，因此这个广场又叫明星广场，凯旋门也被称为"星门"，由此成为欧洲大城市的设计典范。围绕着凯旋门走一圈，我才发现凯旋门其实就在著名的香榭丽舍大街的尽头。

为纪念 1805 年打败俄奥联军的胜利，拿破仑于 1806 年下令修建"一道伟大的雕塑"，迎接日后凯旋的法军将士。同年 8 月 15 日，按照著名建筑师让·夏格伦的设计开始动土兴建，后来拿破仑被推翻，凯旋门工程中途辍止。1830 年波旁王朝被推翻后，工程才得以继续。断断续续经过了 30 年，凯旋门终于在 1836 年 7 月 29 日举行了落成典礼。这座凯旋门建成后，成为欧洲 100 多座凯旋门中最大的一座，也是巴黎市四大代表建筑（埃菲尔铁塔、凯旋门、卢浮宫和巴黎圣母院）之一。1970 年戴高乐将军逝世后，明星广场改称为戴高乐将军广场。

凯旋门的结构简洁。地陪说，凯旋门高 49.54 米，宽 44.82 米，厚 22.21 米，中心拱门高 36.6 米，宽 14.6 米。在凯旋门两面门墩的墙面上，有 4 组以战争为题材的大型浮雕："出征""胜利""和平"和"抵抗"，其中有些人物雕塑高达五六米。凯旋门的四周都有门，门内刻有跟随拿破仑远征的 386 名将军和 96 场胜战的名字，门上刻有 1792—1815 年间的法国战事史。地陪告诉我们，为了凸显凯旋门的磅礴气势，巴黎历届政府对凯旋门四周的建筑物限高为 4 层，其高度一律不准超过凯旋门。

凯旋门内设有电梯，可直达 50 米高的拱门。我们跟着地陪沿着 273 级的螺旋形石梯拾级而上。在上面有一座小型的历史博物馆，馆内陈列着关于凯旋门建筑史的图片和历史文件，以及展示拿破仑生平事迹的图片。另外，还有 2 间电影放映室，专门放映反映巴黎历史变迁的资料片，用英、法 2 种语言解说着。游人还可以到博物馆顶部的大平台，从那里可以一览巴黎的壮美景色，欣赏香榭丽舍大道的繁华景象、埃菲尔铁塔的英姿以及塞纳河畔巴黎圣母院、圣心教堂等胜迹风情。我们参观完博物馆就下来了，没有登顶，因为我们的行程有乘船游览塞纳河。

接下来地陪留出时间让我们在凯旋门前拍照留影。地陪说，这是一座帝国风格的建筑，这种风格的兴起与拿破仑的倡导紧密相关。这种风格以罗马帝国雄伟庄严的建筑为灵感，尺度巨大，外形单纯，追求形象的雄伟、冷静和威严。巴黎凯旋门以古罗马凯旋门为范例，但其规模更为宏大，结构风格更为简洁。整座建筑除了檐部、墙身和墙基以外，不做任何大的划分，不用柱子，连扶壁柱也被免去，更没有线脚。凯旋门摒弃了罗马凯旋门的多个拱券造型，只设了一个拱券，简洁庄严。所以，地陪建议大家把凯旋门四周都拍摄下来。

我围绕着凯旋门拍摄时，看到凯旋门东面正对着的香榭丽舍大道，不由得想起大学时看过的法国文学名著，大仲马的《基度山伯爵》、小仲马的《茶花女》、巴尔扎克的《高老头》等作品对香榭丽舍大道的繁华做出的描写，香榭丽舍大道也成为西方文学作品中贵族和新兴资产阶级的娱乐天堂，而今天，我终于身临香榭丽舍大道了。围绕着凯旋门及其周边拍摄照片的过程，我仿佛闻到了战争的血腥味，也领略到了拿破仑在法国历史中的地位。

法国和巴黎另一著名地标——巴黎圣母院

《巴黎圣母院》是法国作家维克多·雨果的第一部大型浪漫主义小说，故事情节曲折跌宕、情调诡奇幽邃、气势雄浑磅礴，携带着史诗般的风格。人见人爱的美丽姑娘爱斯梅拉尔德、残疾丑陋而心地善良的敲钟人加西莫多、心灵扭曲人格畸变的主教代理弗洛德、失去爱女而仇恨发狂的香花歌乐女……他们的故事撼人心魄，他们的情感催人泪下，他们的爱恨情仇激荡在巴黎的上空，连那座由一块块冰冷的石头筑造的大教堂，也因此有了灵魂、有了生命，在这喧嚣阴暗的世俗天地中颤动。雨果在这部小说里，以浓郁的浪漫主义笔调，出色地描绘了中世纪巴黎色彩斑斓的生活风貌、各色人等。他以犀利的笔锋对禁欲主义者的伪善和上层社会的冷酷、残暴、昏庸予以无情的揭露，同时热情讴歌了下层贫民的友爱互助、勇敢正直的优良品格。由此，我对巴黎圣母院留下了深刻的印象。

巴黎圣母大教堂是一座位于塞纳河畔、法国巴黎市中心、西堤岛上的哥特式基督教教堂建筑，是天主教巴黎总教区的主教座堂。它的地位、历史价值无与伦比，是人类历史上最为辉煌的建筑之一。

地陪告诉我们，巴黎圣母大教堂的法文原名是"Notre Dame"，意为"我们的女士"，这位女士指耶稣的母亲圣母玛利亚。巴黎圣母院始建于1163年，是巴黎大主教莫里斯·德·苏利决定兴建的，1250年全部建成，历时80多年。正面双塔高约69米，后塔尖约90米，是法国西堤岛地区的哥特式教堂群中最具有代表意义的一座。教堂因祭坛、回廊、门窗等处的雕刻和绘画艺术，以及珍藏着的13—17世纪的大量艺术珍品而闻名于世，是古老巴黎的象征。虽然这是一座宗教建筑，但它闪烁着法国人民的智慧，反映了人们对美好生活的追求与向往，更体现出法国人对信仰的坚定性。

18世纪末的法国大革命时期，巴黎圣母院的大部分财宝都被破坏或者掠夺，教堂内处处可见被移位的雕刻品和砍了头的塑像，唯一的大钟幸免，没有被熔毁，此时圣母院已是千疮百孔了。之后教堂改为理性圣殿，后来又变成藏酒仓库，直到1804年拿破仑执政时，才将其还为宗教之用。巴黎圣母院修复于1844年，工程持续了23年，修缮了尖顶和圣器堂，今天我们见到的巴黎圣母院，有非常多的要素是修复时重新诠释的。在今天，巴黎圣母院依然是法国哥特式建筑的旷世杰作，并几乎保持了最初的原始风貌，巴黎圣母院也展现了哥特式教堂的发展史。

到了巴黎圣母院前的广场，她那庄严的雄姿就与雨果所描述的一样，我被深深地震撼了。巴黎圣母院因是一座哥特式建筑，高耸而挺拔，教堂的平面形状好像一个拉丁十字。十字的顶部是祭坛，"十字长翼"是一个长方形的大厅，众多的信徒在此做礼拜。教堂的顶部采用一排连续的尖拱，显得细瘦而通透，教堂的正面是一对钟塔。教堂的造型既空灵轻巧，又具有变化与统一、比例与尺度、节奏与韵律等建筑法则，有很强的美感。巴黎圣母院的建造全部采用石材，整个建筑庄严和谐。雨果在《巴黎圣母院》里把她比喻为"石头的交响乐"。

为了摄影需要，我们站在塞纳河畔，远眺高高矗立的圣母院。巨大的门四周布满了雕像，一层接着一层，所有的柱子都挺拔修长，与上部尖尖的拱券连成一体，中庭又窄又高又长。从外面仰望教堂，那高峻的形体加上顶部耸立的钟塔和尖塔呈现一种向蓝天升腾的雄姿。巴黎圣母院的主立面是世界上哥特式建筑中最美妙、最和谐的，水平与竖直的比例近乎黄金比例，立柱和装饰带把立面分为 9 块小的黄金比矩形，十分和谐匀称。

地陪在我们旁边从外到内地向我们介绍巴黎圣母院。巴黎圣母院正面高 69 米，被 3 条横向装饰带划分成 3 层：底层有 3 个桃形门洞，门上于中世纪完成的塑像和雕刻品大多被修整过。中央的拱门描述的是耶稣在天庭的"最后审判"。教堂最古老的雕像则位于右边拱门，描述的是圣安娜的故事，以及大主教许里为路易七世洗礼的情形。左边是圣母门，描绘圣母受难复活、被圣者和天使围绕的情形。拱门上方为众王廊，陈列旧约时期 28 位君王的雕像。地陪说，这些雕像都是重建过的，原来的雕像在 1793 年法国大革命时被误认为是法国君王，被破坏拆除了，到了 1977 年才被找到，现藏于克吕尼博物馆。后来，雕像经复刻放回原位。"长廊"上面第 2 层两侧为 2 个巨大的石质窗子，中间是彩色玻璃窗。装饰中又以彩色玻璃窗的设计最吸引人，有长有圆有方，但以其中一个圆形为最，它的直径为 9 米，俗称"玫瑰玻璃窗"，建于 1220—1225 年。这些富丽堂皇的彩色玻璃上面画着一个个圣经故事，以前的神职人员借由这些图像来做传道之用。圣母院中央供奉着圣母圣婴，两边立着天使的塑像，两侧立的是亚当和夏娃的塑像。据说，第二次世界大战期间，巴黎人怕德国人把雕像抢走，于是拆下来藏起来了。第 3 层是一排细长的雕花拱形石栏杆。在这里，设计师瓦雷里·勒·迪克充分发挥了自己的想象力：他在那些石栏杆上，塑造了一个由众多神魔精灵组成的虚幻世界，这些怪物面目神情怪异而冷峻，俯瞰着脚下迷蒙的城市。还有一些精灵如鸟状，长着奇怪的翅膀，出现在教堂顶端的各个角落。这些石雕的小精灵们几百年来一直这样静静地蹲在这里，思索着它们脚下巴黎城里的人的命运。左右两侧顶上的塔楼是后来才竣工的，没有塔尖。其中一座塔楼悬挂着一口大钟，也就是《巴黎圣母院》一书中，加西莫多敲打的那口大钟。地陪说，登上巴黎圣母院顶端可眺望整个巴黎，欣赏绝美的塞纳河。走进巴黎圣母院，圣母门、审判入口大门和圣安娜门依次排列，上面的雕刻栩栩如生。巴黎圣母院是对古老巴黎历史的承载，其建筑之壮美致使后世的许多基督教堂都模仿了它的样子。

我们走进教堂，四处可见虔诚的信徒双手交叉合拢抵住下巴，闭眼凝神虔诚地祈祷，更凸显出巴黎圣母院的庄严肃穆。我静悄悄地移动着脚步，生怕影响了这些虔诚的教徒，默默地把教堂里面那些神圣的景象记录在自己的相机里。教堂内部极为朴素，几乎没有什么装饰。教堂内无数的垂直线条引人仰望，数十米高的拱顶在幽暗的光线下隐隐约约、闪闪烁烁，加上宗教的遐想，似乎上面就是天堂。于是，教堂就成为"与上帝对话"的地方（这大概就是西方人的生死观的由来）。我抓紧拍摄，几乎一步一景。主殿翼部的两端都有玫瑰花状的大圆窗，上面满是13世纪时制作的富丽堂皇的彩绘玻璃。北边那根圆柱上是著名的巴黎圣母像。南侧的玫瑰花形圆窗建于13世纪，在18世纪时做过修复，上面刻画了耶稣基督在童贞女的簇拥下行祝福礼的情形。其色彩之绚烂、玻璃镶嵌之细密，给人一种似乎有一颗灿烂星星在闪烁的印象，它把五彩斑斓的光线射向室内的每一个角落。圣母院内右侧安放着一排排烛台，数十支白蜡烛交相辉映，洋溢着柔和的气氛。大厅可容纳9000人，其中1500个座席前设有讲台，讲台后面置放3座雕像，左、右雕像是国王路易十三及路易十四，两人齐望向中央圣母哀子像，耶稣横卧于圣母膝上，圣母神情十分哀伤。大厅内摆放了很多的壁画、雕塑、圣像，吸引着络绎不绝的观览游客。厅内的大管风琴共有6000根音管，音色浑厚响亮，特别适合奏圣歌和悲壮的乐曲。

地陪说，在巴黎要享受独自一人的片刻宁静，不妨爬上圣母院第3层楼，也就是最顶层，即雨果笔下的钟楼。教堂正厅顶部的南钟楼有一口重达13吨的大钟，敲击时钟声洪亮，全城可闻。据说在这座钟的铸造材料中加入的金银均来自巴黎虔诚的女信徒。北侧钟楼则有一个387级的阶梯，从钟楼可以俯瞰巴黎如诗画般的美景，有欧洲古典及现代感的建筑物交织，又可欣赏塞纳河上的风光。我们没爬上巴黎圣母院顶楼，因为我们需要抓紧时间参观，午餐后还要乘船游览著名的塞纳河。

世界上最古老、最大的博物馆——卢浮宫

参观了巴黎圣母院后，我们前往卢浮宫。卢浮宫是世界上最古老、最大的博物馆，也是世界上最著名的博物馆之一，位于巴黎市中心的塞纳河北岸，始建于1204年，历经800多年的扩建、重修达到今天的规模。在前往卢浮宫的途中，地陪给我们较为详尽地介绍了卢浮宫的概况。

卢浮宫与巴黎以至法国的历史错综交织在一起。这里曾经居住过50位法国国王和王后，还有许多著名艺术家在这里生活过。建于1204年的卢浮宫，当时只是菲利普·奥古斯特二世的城堡。亨利四世在位期间，花了13年的工夫建造了卢浮宫最壮观的部分——大画廊，这是一个长达300米的华丽走廊。路易十四是法国历史上著名的国王，他把卢浮宫建成了正方形的庭院，并在庭院外面修建了富丽堂皇的画廊，购买了欧洲各派的绘画作品藏于宫内。他一生迷恋艺术和建筑，致使法国金库空虚。拿破仑以前所未有的方式装饰卢浮宫，他把欧洲其他国家所能提供的最好的艺术品搬进了卢浮宫。他不断地向外扩张，并称雄于欧洲，于是几千吨的艺术品从被征服国家的殿堂、图书馆和教堂运到了巴黎，藏于卢浮宫。拿破仑将卢浮宫改名为拿破仑博物馆，巨大的长廊布满了他掠夺来的艺术品。对拿破仑来说，每一幅天才的作品都必须属于法国。这样的观点是其他国家的人所不能接受的。拿破仑失势后，约有5000件艺术品物归原主。但由于法国人的外交手段及法国人的说服力，仍然有许多掠夺来的艺术品被留在了卢浮宫。拿破仑三世是卢浮宫建造以来所遇到的投资最多的"建筑人"，5年内修建的建筑比所有的前辈在700年内修建的还要多。直到拿破仑三世时，卢浮宫整个宏伟建筑群才告以完成，如此长的建设时间，加上拿破仑对别国艺术珍品的掠夺，灿烂辉煌的卢浮宫遮蔽不了血腥的战争掠夺历史。

卢浮宫具有独特的建筑布局。早在1546年，弗朗索瓦一世决定在原城堡的

基础上建造新的王宫，此后经过 9 位君主不断扩建，历时 300 余年，形成了一座呈 U 字形的宏伟辉煌的宫殿建筑群，占地 3 公顷。卢浮宫博物馆包括庭院在内占地 19 公顷，自东向西横卧在塞纳河的右岸，两侧长度均为 690 米，整个建筑壮丽雄伟。用来展示珍品的数百个宽敞的大厅富丽堂皇，大厅的四壁及顶部都有精美的壁画及精细的浮雕。卢浮宫东面高高的基座上开了小小的门洞供人出入。

卢浮宫大门口的金字塔是时任法国总统密特朗做出的决策，他在卢浮宫维修时邀请著名的美籍华裔建筑师贝聿铭为博物馆设计新的入口处。贝聿铭先生经过深思熟虑，提出建造一个玻璃金字塔的方案。这座金字塔是普通的几何形态，用的是玻璃材料。金字塔不仅表面积小，可以反映巴黎不断变化的天空，还能为地下设施提供良好的采光，创造性地解决了把古老宫殿改造成现代化美术馆的一系列难题，取得了极大的成功，享誉世界，这一建筑正如贝老所言："它预示将来，从而使卢浮宫达到完美。"玻璃金字塔塔高 21 米，底宽 34 米，四个侧面由 673 块玻璃拼组而成，总平面面积约 1000 平方米，塔身总重量为 200 吨，其中玻璃净重 105 吨，金属支架仅有 95 吨，换言之，支架的负荷超过了它自身的重量。专家认为，这座玻璃金字塔不仅是体现现代艺术风格的佳作，也是运用现代科学技术的独特尝试。这座金字塔为卢浮宫博物馆，也为巴黎增添了新的耀眼光彩。我切身体会到，有了这座金字塔，不仅增添了卢浮宫的现代美，而且使观众的参观更为便利，博物馆也有了足够的服务空间。

听完介绍，我们紧跟领队和地陪走进卢浮宫。在门厅处，领队请卢浮宫地陪给我们概述卢浮宫展出的丰富的艺术珍品。卢浮宫藏有被誉为"世界三宝"的断臂维纳斯雕像、《蒙娜丽莎》油画和胜利女神石雕，拥有的艺术品收藏达 40 万件以上，包括古代埃及、希腊、埃特鲁里亚、罗马等国的艺术品，有从中世纪到现代的雕塑作品，还有数量惊人的王室珍玩以及绘画精品，等等。卢浮宫的 40 多万件来自世界各国的艺术珍品，根据其来源地和种类分别在六大展馆展出，即东方艺术馆、古希腊与古罗马艺术馆、古埃及艺术馆、珍宝馆、绘画馆及雕塑馆。其中绘画馆展品最多，占地面积也最大。卢浮宫内有 198 个展览大厅，最大的大厅长 205 米，一两天的时间根本无法欣赏完全部的稀世珍品。我们在地陪的带领下参观了极小部分雕塑和绘画。

东方艺术馆共有 24 个展厅，3500 件展品。这些展品主要来自西亚和北非地区，包括叙利亚、黎巴嫩、巴基斯坦、伊朗等国。这些展品出自久远的年代，如公元前 2500 年的雕像、公元前 2270 年的石刻、公元前 2000 年烧制的泥像等，其中带翅膀的牛身人面雄伟雕像（公元前 8 世纪）最为有名。在东方艺术馆第四厅，陈列着著名的《汉穆拉比法典》，该法典出自公元前 18 世纪的古巴比伦，刻在一块黑色玄武岩上。玄武岩中部刻有 282 条法令全文，上部的人物像是坐着的司法之神向站着的汉谟拉比国王亲授法律，国王右手致答谢，以示对神授的法律表示尊敬。见此，我不由得想到，"神授法律"难道不是西方人法律意识的历史根源吗？

古埃及艺术馆共有 23 个展厅，收藏珍贵文物达 350 件。这些文物包括古代尼罗河西岸居民使用的服饰、装饰物、玩具、乐器等。这里还有古埃及神庙的断墙、基门、木乃伊和公元前 2600 年的人头塑像等。

古希腊与古罗马艺术馆约有 7000 余件藏品，以法国王室的收藏品为主。雕塑在该馆内占有主导地位，包括大理石、铜、象牙等制品。在古希腊与古罗马艺术馆中，有 2 件备受世人赞美的、最瞩目的不朽作品——萨姆特拉斯的胜利女神与断臂维纳斯。

萨姆特拉斯的胜利女神创作于公元前 3 世纪，高 3.28 米，站在一座石墩上，是座无头无手的雕像，1863 年从萨姆特拉斯岛的神庙废墟中被发掘。该雕像尽管已失去了手和头，但看得出她正迎风展翅，昂首挺胸，向世人宣告一场战争的胜利。地陪解说道，这是雕塑家为纪念希腊罗地岛的一场海战胜利而制作的。胜利女神迎风微微前倾身躯，披着薄薄的长袍，体魄健壮而又不失轻灵，富有质感。女神虽然失去了头部和双臂，但在人们的眼里她仍是完整的，她表达出的胜利精神不断鼓舞着人们战胜敌人，因而被放置在大厅的台阶上。我特别欣赏萨姆特拉斯的胜利女神所展现出的热情奔放和英雄精神，用女性来展示英雄、飘逸的气势，体现出创作者不仅具有性别平等意识，而且对女性具有相当高的崇拜感，这大概来源于对母亲的热爱。正因为女神头部和手臂残缺，我们已看不到她的容貌，才可以毫无禁忌地想象她是花容月貌抑或是威武豪迈。包裹身体的薄衣仿佛被大海的飞沫打湿，紧贴在女神丰满的胴体上，细密而又富于变化的衣褶勾勒出女神优美的曲线，给人以华丽优雅的美感。这座雕像完美而健全地体现了女性肉体所包含的蓬勃威武力，并赋予其高贵优雅而雄壮的美，被称为是"崇高样式"的理想化人体。这是古希腊时期的典型作品，在动态和静态的平衡上达到了顶峰。

断臂维纳斯对于我们来说更加熟悉，此雕塑创作于 2 世纪。维纳斯是希腊的美神，倾倒了无数崇拜者，断臂维纳斯雕像高 2.04 米，雕像半裸的身躯极为端庄、自然，是表现女性美的最杰出作品。法国重金收购后陈列在卢浮宫特辟的专门展室中，其绝世魅力震动了世界。我们在观赏断臂维纳斯雕像时，旁边有好些来自各国的艺术爱好者或美术创作人员站在女神像旁拿着本子认真地临摹。我把他们与断臂维纳斯雕像一起记录在我的相机里。

卢浮宫绘画馆所收藏的绘画之全、之珍贵是世界上各艺术馆不能比拟的。绘画馆的 2200 多件展品，2/3 是法国画家的作品，1/3 是外国画家的作品，14—19 世纪的各种画派的作品在此均有展出。卢浮宫的地陪给我们较为详细讲解的名画作品有：富凯的《查理七世像》（15 世纪）、达·芬奇的《岩间圣母》（16 世纪）、拉斐尔的《美丽的女园丁》（16 世纪）、勒南的《农家》（17 世纪）、里戈的《国王路易十四像》（18 世纪）、路易斯·达维德的《拿破仑一世加冕大典》（19 世纪）、德拉克洛瓦的《肖邦像》（19 世纪）、安格尔的《土耳其浴室》（19 世纪）等。在所有这些绘画作品中，最为杰出、最受人瞩目的自然是达·芬奇在 1503 年完成的不朽杰作《蒙娜丽莎》。《蒙娜丽莎》被置放在卢浮宫 2 楼中间的一个大厅的墙壁上，显然是特别的保护。玻璃罩周围射出的柔和灯光，足以使观众看清画面的各个细节。《蒙娜丽莎》又称《永恒的微笑》，被认为是西欧绘画史上首幅侧重心理描写的作品。它代表了达·芬奇的最高艺术成就，成功地塑造了资本主义上升时期一位城市有产阶级的妇女形象。画中人物坐姿优雅，笑容微妙，背景山水幽深茫茫，淋漓尽致地发挥了画家那奇特的烟雾状"空气透视"般的笔法。达·芬奇力图使人物的丰富内心感情和美丽的外表达到巧妙的结合，对于画像面容中眼角唇边等表露感情的关键部位，也特别着重掌握精确与含蓄的辩证关系，达到神韵之境，从而使蒙娜丽莎的微笑具有一种神秘莫测的千古奇韵，那如梦似的妩媚微笑，被不少美术史家称为"神秘的微笑"。更奇妙之处在于，站在这幅名画前，不论你从哪个角度看，她那温和的目光总是微笑地注视着你，生动异常，仿佛她就在你身边。我们听完介绍，纷纷拿出相机拍摄《蒙娜丽莎》。

卢浮宫的雕像馆共有展品1000多件，多为表现宗教题材的作品，部分为表现人体和动物的作品。在这里有着色糅金（古代漆艺技法）的木刻《基督受难头像》《十字架上的耶稣》《圣母与天使》，意大利的雕塑《圣母与孩童》，17世纪的《童年时期的路易十四》，18世纪的名人像《伏尔泰》，19世纪的群塑《舞蹈》，等等。

卢浮宫的地陪还给我们讲了一个故事。1850年的一天，有位青年来到卢浮宫，流连于艺术大师的绘画前。鲁本斯激情洋溢的华美色调，委拉斯开兹笔下人物的高雅气度，戈雅粗犷奔放的笔触涂抹出人体的美妙，都是他久久观摩的对象。连着6年，这个青年都是卢浮宫的常客，连门卫都已熟悉他飘逸的身影。13年后，1863年有2幅油画《草地上的午餐》和《奥林匹亚》引发了法兰西艺坛的广泛争议。画面上女性的裸体非常柔美，却冷嘲似的流露出对传统艺术的反叛气息。这2幅画的作者，就是那个曾连续6年在卢浮宫观摩大师名作的青年马奈，那时他已成为敢于创新的画家。又过了10多年，马奈的那幅《奥林匹亚》，竟然也作为珍藏品被收入卢浮宫，公开陈列，供人欣赏。这个故事说明卢浮宫本身也哺育出了不少世界艺坛名家。

法国人民是爱艺术的人民。我们在观赏名画的时候，时不时看到有年轻人拿着本子坐在画前或雕像前认真地临摹，甚至看到幼儿园的小朋友们在老师的带领下欣赏绘画作品，这些孩子从小就接受世界级艺术作品的熏陶，可想其长大后的文化底蕴和素养之深厚了。我赶紧拿出相机记录这些接受艺术熏陶的孩子们的专注景象。地陪看我在拍摄这些临摹者时告诉了我一个历史故事："二战"时期，纳粹德国入侵法国巴黎前，卢浮宫将许多名作分散藏于法国民间，希特勒法西斯曾多次想寻找夺走，最终一无所获。我不由得想到，法国人的浪漫原来是来自从小的历史文化熏陶，而不是一时的率性而为。游走在世界文化著名艺术作品的长廊中，我感受到的不仅是视觉美，更是心灵的文化滋润……

给我们讲解的卢浮宫地陪的专业就是绘画，因此主要带领我们看绘画，仔细地给我们讲解达·芬奇、拉斐尔等著名画家的作品。我们边看边听边走，等他说"下面你们自己看"时，我已经很累了，好在卢浮宫每个绘画馆中间都安放着长条皮沙发供游客休息，真是非常周到人性的服务，我在长沙发上休息 10 分钟后继续观赏绘画。地陪说，因为时间的限制，卢浮宫绝大部分名画很多人都看不全；搞绘画创作的人要想看到更多的作品，必须分多次来观赏。对于雕塑作品，地陪选择性地给我们简介了胜利女神和断臂维纳斯，其余的雕塑作品让我们自己看。卢浮宫允许参观者拍照，于是我们尽量用相机记录下这些世界级艺术珍品,真过瘾!

巴黎著名的宫殿——凡尔赛宫

4 月 30 日早饭后，我们前往巴黎西南郊外伊夫林省省会凡尔赛镇参观凡尔赛宫。凡尔赛宫是巴黎著名的宫殿之一，也是世界著名的五大宫殿之一。

在前往凡尔赛宫的途中，地陪给我们介绍了凡尔赛宫的概况。凡尔赛宫位于巴黎西南 18 公里的凡尔赛镇，是法国最宏大、最豪华的王宫，也是人类艺术宝库中的一颗绚丽灿烂的明珠。凡尔赛宫所在地原是一个小村落，1624 年路易十三在凡尔赛树林中造了一座狩猎宫。1661 年，法国国王路易十四开始建凡尔赛宫，后又经过历代王朝的修葺和改建，于 1689 年全部竣工，历时 28 年落成，至今已有 300 多年历史。全宫占地 111 万平方米，建筑面积 11 公顷，以东西为轴，南北对称，包括正宫和两侧的南宫、北宫，内部500多个大小厅室无不金碧辉煌，大理石镶砌，玉阶巨柱，以雕刻、挂毯和巨幅油画装饰，陈设稀世珍宝。100公顷的园林也别具一格，花草排成大幅图案，树木修剪成几何形，众多的喷水池、喷泉和雕像点缀其间。凡尔赛宫及其园林堪称法国古建筑的杰出代表，1833年被辟为国家历史博物馆，1979年被列入《世界文化遗产名录》。

凡尔赛宫建筑风格独特，我们走到凡尔赛宫大门前，只见凡尔赛宫的宫顶建筑摒弃了巴洛克的圆顶和法国传统的尖顶建筑风格，采用了平顶形式，显得端正而雄浑。

走进凡尔赛宫，内部富有西方艺术魅力的陈设和王宫豪华装潢靓煞了我们的眼。大殿小厅处处金碧辉煌，豪华非凡。我们带着解读翻译器，按照规定路线，紧跟着领队和地陪走过一间间装饰豪华的厅室。当然，我们只走了一部分厅室，不可能一次看完全部。我抓紧时间拍照，边看边拍，一点也不觉得疲劳。凡尔赛宫的内部装饰以雕刻、巨幅油画及挂毯为主，配有17、18世纪造型超绝、工艺精湛的家具。宫内陈放了来自世界各地的珍贵艺术品，其中还有远涉重洋的中国古代瓷器。我们走到著名的镜廊时，只能用"美醉"二字来形容当时的感受。地陪介绍说，由皇家大画家、装潢家勒勃兰和大建筑师孟沙尔合作建造的镜廊是凡尔赛宫的一大胜景。镜廊全长72米，宽10米，高13米，连接2个大厅。镜廊的一面是17扇朝花园开的巨大拱形窗门，另一面镶嵌着与拱形窗对称的17面镜子，这些镜子由400块镜片组成。镜廊拱形天花板上是勒勃兰的巨幅油画，挥洒淋漓，气势横溢，展现出一幅风起云涌的历史画面。漫步在镜廊内，碧澄澄的天空、静谧的园景映照在镜墙上，满目苍翠，仿佛置身在芳草如茵、佳木葱茏的园林中。在欣赏之际，不由得感慨：凡尔赛宫不仅是法国艺术的物质再现，更是法国精神文化的结晶。

看过室内，我们就跟着领队和地陪去凡尔赛宫的后花园。不愧是皇家花园啊，设计造型整体气派，立体感极强，水体与雕塑、园林树木搭配相得益彰。花草排成大幅图案，树木修剪成几何形，众多的喷水池、喷泉和雕像点缀其间，游荡在后花园才是真的心旷神怡啊。虽然天气不好，但我们仍然兴致勃勃地拍照，心情没受到天气丝毫的影响。

走出凡尔赛宫的后门，回望这座富丽堂皇的法国宫殿，我的思绪又回到了《法兰西内战》的历史评价中。被一般人所忽略的是，由于是国王住所，凡尔赛宫里还发生了很多历史事件。历史上曾是法国政治、文化中心的凡尔赛在法国大革命后变得默默无闻，到了19世纪下半叶，它才又成为全世界瞩目的政治中心。1870年普鲁士军队占领凡尔赛，1871年1月18日74岁的普鲁士国王威廉一世在凡尔赛宫举行加冕仪式，就任德意志帝国皇帝。同年，梯也尔政府盘踞在凡尔赛宫，策划了镇压巴黎公社的血腥计划。此外，1873年美国独立战争后，英美两国在此签订了《巴黎和约》。1919年6月28日，在镜廊，法国及英美等国与德国签订了《凡尔赛和约》，第一次世界大战宣告结束。

在塞纳河上观赏巴黎

参观完凡尔赛宫，领队和地陪带领我们去乘游船观光塞纳河，这时是下午3点半。到达上游船的码头时，光线非常好，适宜摄影，我们上船后各自找好了自己喜欢的位置。

地陪站在我们身边较为详细地介绍了塞纳河。它是法国北部的一条大河，全长776.6公里，是欧洲最有历史意义的大河之一，其排水网络的运输量占了法国内河航运量的大部分。自中世纪初期以来，塞纳河与城市相互依存、不可分离。塞纳河流经的巴黎盆地是法国最富饶的农业地区。塞纳河从盆地东南流向西北，穿过巴黎市中心。巴黎城市就是在塞纳河城岛及其两岸逐步建造起来的。巴黎市沿塞纳河10多公里都是石砌码头和宽阔的堤岸，堤岸上可行驶小轿车；有30多座精美的桥梁横跨河上，高楼大厦排列于两岸，倒影入水，景色十分美丽壮观。

塞纳河右岸带有更强的历史厚重感。法国历史上的无数重要人物，都对塞纳河改造和巴黎城市建设起着重要的作用。从 11 世纪开始，巴黎的城市和商业发展向塞纳河右岸拓展。政府在右岸地区建立市场和道路，建设环绕巴黎的首座城墙，拓宽城市道路，建设公共喷泉，同时修建卢浮宫。法国大革命结束后，拿破仑兴建巴黎凯旋门和卢浮宫南北两翼，整修塞纳河两岸，疏浚河道，并修建了大批古典主义宫殿、大厦、公寓。1859 年，在巴黎塞纳区长官奥斯曼的主持下开展了大规模城市改造。拆除巴黎外城墙，建设环城路，在旧城区开辟出许多笔直的林荫大道，并建设新古典主义风格的广场、公园、住宅区、医院、火车站、图书馆、学校，以及公共喷泉和街心雕塑，并利用巴黎地下纵横交错的旧石矿井建造城市给排水系统。今天的巴黎城市规划，基本上沿袭了奥斯曼制定的标准。

塞纳河两岸都种植着梧桐树，树林的后面就是庄严的建筑群。河北岸的大小王宫，河南岸的大学区，河西面的埃菲尔铁塔，还有位于河东城岛上的巴黎圣母院，等等，都以富有鲜明个性的建筑形态，展现出了它们所共有的华美风格。在河道的一个转弯处，好似半岛的地形上，还矗立着一座举着火炬的自由女神像，造型与美国纽约的那座一模一样。虽然纽约的那座是法国民众送给美国民众的礼物，可是巴黎的这座却明显比纽约的那座矮小许多。河上有水闸，水闸都是巨大的铁门，至今仍需手工操作开闭。在距离如此古老的设备不远处的河面上，停泊着用豪华游艇改建成的船型餐厅，舱内的食客可以一边用餐一边观赏河中与对岸的景象。

塞纳河上架着的桥共有 36 座，每座桥的造型都很有特点，而其中最壮观、最金碧辉煌的是亚历山大三世桥。它于 1900 年落成，全长 107 米，桥身由一个桥拱组成，桥身较低是为了不影响香榭丽舍和荣军院的视野，这座桥以其独一无二的钢结构桥拱将香榭丽舍大街和荣军院广场连接起来。大桥两端 4 只桥头柱上镀金的雕像，由长着翅膀的小爱神托着，其华丽造型和色彩在巴黎特别显眼。

总之，塞纳河像一条绿色的丝带，把许多光彩照人的珍珠串在一起，这些珍珠就是河两岸的名胜古迹。地陪告诉我们，巴黎是在塞纳河两岸逐步发展起来的。

有了塞纳河，才有了巴黎城。非常有意思的证据是巴黎街道上门牌的编号，都是从塞纳河生发出来的。在巴黎的街道上，要辨别方向是有规律的，如果这条街道或者大路垂直于塞纳河，离河最近的建筑物便是门牌号码最小的；如果路平行于塞纳河，那么门牌编号随着塞纳河水流的方向依次增大。一条河流与一座城市如此紧密地联系在世界上实属罕见！我们的游船行驶在塞纳河上，让我们把在巴黎城内参观过的名胜古迹又"复习"了一遍，但是，由于地理位置的原因在塞纳河上拍摄出的巴黎的各个著名建筑又有了新的内涵。这时，我才体会到领队和地陪把游览塞纳河作为游览巴黎最后"节目"的用意。

历史文化璀璨的意大利

意大利电影《肖申克的救赎》和《罗马假日》使我对意大利有了一些感性印象，大学时学习西方哲学又使我对意大利有了一些理性认识，因此，意大利成为我走世界的极为重要的目标之一。我去过3次意大利：第一次是2009年4月，为了看看电影《罗马假日》里的罗马城的美丽景象；第二次是2017年8月，主要目标是看庞贝古城；第三次是2019年8月，特地去西西里岛，因为格斯在1787年4月13日到达巴勒莫时写下了"如果不去西西里，就像没有到过意大利，因为在西西里你才能找到意大利的美丽之源"的话语，所以我也要去西西里岛观赏意大利的美丽之源。

露天历史博物馆——罗马

我第一、二次去意大利，下飞机后第一站都是罗马，足见其在意大利的地位——意大利的首都、一座天然的博物馆。罗马是意大利第一大城，是全国政治、经济、文化和交通中心，也是古代罗马的发源地。地陪说，罗马市之所以是世界最著名的游览地之一，因其40%的城区布满了规模宏大的古代建筑和艺术珍品，也是梵蒂冈所在地。

"国中国"——梵蒂冈

我2次去罗马市，参观的第一个景点都是梵蒂冈。梵蒂冈是全球领土面积最小、人口最少的国家，其国土面积只有0.44平方公里。梵蒂冈四面都与意大利接壤，故称"国中国"，是全世界天主教的中心——以教皇为首的教廷所在地，也是世界1/6人口的信仰中心。梵蒂冈城本身就是一件伟大的文化瑰宝，珍藏了波提切利、贝尔尼尼、拉斐尔和米开朗琪罗等人的杰作。梵蒂冈有一个馆藏丰富的图书馆和一个博物馆，专门收藏具有历史、科学与文化价值的艺术品。梵蒂冈的艺术杰作，主要集中在圣彼得广场、圣彼得大教堂、梵蒂冈博物馆和西斯廷礼拜堂。正因为如此，我2次去参观梵蒂冈，都在圣彼得广场耐心排队，长长的队伍里站着各国游客，大家无声地慢慢移动脚步，非常有秩序，呈现出游客们的素养以及期盼着进入圣彼得大教堂一睹为快的心情。

趁着排队的时间，我们团友轮流在圣彼得广场拍照留念。圣彼得广场与圣彼得大教堂是一组不可分割的建筑艺术整体，是举行盛大宗教活动的地方，可容纳50万人。广场长340米，宽240米，由88根方柱和288根圆柱组成的半椭圆形环绕柱廊，柱端屹立着140尊圣人雕像。广场中央耸立着一座高26米的方尖石碑，建筑石碑的石料是当年专程从埃及运来的。石碑顶端立着一个十字架，底座上卧着4只铜狮，两侧各有一个喷水池。每逢星期日中午12时，聚集在广场上的人们，可以聆听到站在王宫窗口的教皇发表晨祷词。我2次到梵蒂冈都在圣彼得广场认真拍照，特喜欢它那古罗马建筑风格之大气。

当我们的队伍走到圣彼得大教堂门口时，我们在广场拍照的人立刻归队。在圣彼得大教堂侧门，我看到2位瑞士门卫。我立刻把他俩拍进我的卡片相机里。圣彼得大教堂东西长187米，南北宽137米，占地15160平方米，穹隆圆顶高138米，能容纳5万人。大教堂建于1626年，是一座意大利文艺复兴与巴洛克艺术相结合的殿堂，是布拉曼德、米开朗琪罗、拉斐尔和小莎迦洛等著名建筑家、艺术家的共同杰作。进入大教堂就是一个长廊，长廊直达大教堂的核心，行走在这长廊上，仿佛进入时间隧道，把我引入古罗马时代。长廊两旁的高墙上保存了文艺复兴时期遗留下来的众多艺术珍品，有文艺复兴初期著名画家乔托所作的镶嵌画《小帆》，有米开朗琪罗的名作《哀悼基督》及圣彼得铜像，等等。圣彼得大教堂里埋葬着各代教皇的圣骨，是世界上最大的宗教殡葬纪念馆。教堂的建筑、绘画、雕刻、藏品，都是艺术珍品。我们进入大教堂，扑面而来的强烈的宗教气势，体现在大教堂入门的长廊及其穹顶的不同凡响。2009 年 4 月，我进入圣彼得大教堂时，逐个拍摄了文艺复兴时期的名作，因那次游客不是太多，能仔细品赏，所以拍摄照片也多。2017 年 8 月，我虽然是第二次参观圣彼得大教堂，但兴致不减，以观赏为主，更体会到文艺复兴时期的名作传递出的坚定信仰、对人本质的正确认知和精神追求。如 23 岁的米开朗琪罗为圣彼得教堂制作的《哀悼基督》雕像。这座雕像的问世使米开朗琪罗名震罗马。不同于充满深邃智慧之美的达·芬奇的艺术作品，米开朗琪罗的作品以力量和气势见长，具有一种雄浑壮伟的英雄精神。在他的雕塑上和绘画中，一个个巨人般的宏伟形象挺立起来，就连他塑造的女性形象也都具有刚勇的气概。所以，我特别喜欢他的作品。在他的故乡佛罗伦萨，他以 3 年时间完成的《大卫》云石雕像被安放在韦吉奥宫正门前，作为佛罗伦萨守护神和民主政府的象征，那也是他最著名的代表作。

古罗马斗兽场

2009 年 4 月第一次去意大利时，我只能外观和听地陪介绍罗马斗兽场。罗马斗兽场位列世界三大古罗马时期斗兽场之首，另外 2 个著名的古罗马斗兽场是维罗纳斗兽场和埃尔·杰姆斗兽场，都是古罗马帝国专供奴隶主、贵族和自由民观看斗兽或奴隶角斗的地方。罗马斗兽场建于公元 72—80 年间，由 4 万名战俘用 8 年时间建造起来的，现仅存遗迹。从功能、规模、技术和艺术风格各方面来看，罗马斗兽场是古罗马建筑的代表作之一。这个用石头建起的斗兽场，长 188 米，宽 156 米，高 57 米，它是罗马最大的环形竞技场。

2017 年 8 月，我和小莉等四人去意大利南部旅游时到了维罗纳。维罗纳斗兽场也是一座古罗马时期建造的圆形竞技场，在市中心的布拉广场，是意大利现今保存最完好的大圆形竞技场。在意大利，它的规模仅次于罗马斗兽场，至今仍然发挥着剧院的功用，以举办大型歌剧表演而著称，每年有超过 50 万人来此欣赏歌剧作品，每场表演可供 2 万人观看。那次，领队只带我们去参观了莎士比亚名著《罗密欧与朱丽叶》这一爱情悲剧诞生的地方，而没有参观维罗纳竞技场，十分遗憾！

　　2019 年 1 月，我和海鹂等四人去摩洛哥突尼斯时，在突尼斯的苏斯参观了埃尔·杰姆斗兽场，它是古罗马三大斗兽场之一。它也是古罗马时代建筑，其规模在世界上仅次于罗马斗兽场，外观呈椭圆形，周长超过 400 米，可容纳 4 万多名观众，法国大作家福楼拜将它誉为"罗马帝国在非洲存在的标志和象征"。最开心的是埃尔·杰姆斗兽场允许游客入内参观。我们进入斗兽场的每一层浏览，从底层至高层。站在高层可放眼斗兽场全景，非常壮观，我仿佛看到人兽相斗的血腥场面，耳旁仿佛响起全场的欢呼声、尖叫声。在古罗马时期，斗兽是最富刺激性的游戏，而我却体味到其中的残忍——奴隶们为了生存，不惜以自己的生命拼搏着……

　　世界三大古罗马斗兽场都是专供奴隶主、贵族和自由民观看斗兽或奴隶角斗的地方，既呈现出古罗马时代的建筑水平和风格，也呈现出古罗马时期人们的娱乐生活状况和热衷刺激运动的追求，哪怕这种运动充满着血腥，充满着人与人之间的极大不平等——把奴隶作为寻欢作乐的工具，但它同时也记录了古罗马时期，随着罗马帝王的入侵把古罗马文化传入周边各国的过程。

罗马市保护古迹的现代理念

　　2009 年 4 月游览罗马，只是白天观赏常规性景点；2017 年 8 月游览罗马，有了夜游罗马的自费项目。夜游罗马，我看到的罗马景观与白天游览罗马截然不同。2 次游览罗马，才使我看到了罗马与其他城市的重大差异——罗马是一个巨大的文物古迹博物馆，一个需要小心翼翼穿越的城市"会客厅"。夜游罗马时我看到的最主要的古迹有罗马斗兽场，马西莫竞技场，社交场所与表演场地，罗马广场——罗马曾经的政治、宗教和商业中心，祖国祭坛——为了纪念意大利统一和维托里奥·埃马努埃莱二世成就而设立的国家纪念碑，卡比托利欧广场，奎里纳莱宫——自 1946 年至今的意大利共和国总统居住地，万神殿，纳沃纳广场，许愿泉、真理之口等。因为历史古迹遍布全城，罗马市民进行了全体公民表决："为了保护古迹，罗马不要建设现代化！"我听到带我们夜游罗马的地陪的这番介绍，非常惊异、震撼！

文艺复兴的发祥地——佛罗伦萨

2009 年 4 月和 2017 年 8 月，我 2 次到佛罗伦萨，第二次去纯属"补课"——第一次去时有很多地方不给游客进，第二次去游览时，第一次只能外观的地方都能进入了，如著名的百花大教堂等。

地陪说，早在 15—16 世纪时，佛罗伦萨就是欧洲最著名的艺术中心，以美术工艺品和纺织品驰名欧洲，更是欧洲文艺复兴运动的发祥地。佛罗伦萨是极为著名的世界艺术之都、欧洲文化中心、歌剧诞生地。当我们进入佛罗伦萨，立刻被弥漫在城市中的艺术气息所吸引，整个市区充斥着中世纪建筑，保持着古罗马时期的城市格局，全市共有 40 多个博物馆和美术馆，其中乌菲兹美术馆和皮提美术馆举世闻名。挨个去看看这些博物馆和艺术馆，是享受一场文化与艺术的饕餮盛宴。

2009 年 4 月去佛罗伦萨时，由于种种原因，我们没进入任何美术馆、博物馆、教堂，都只是外观。2017 年 8 月，我去佛罗伦萨，最开心的是进入了乌菲兹美术馆和百花大教堂参观。乌菲兹美术馆不仅是世界上历史最长的美术馆，还聚集着文艺复兴时期最珍贵的宝藏，这里收藏了 2500 件以上的文艺复兴时期的独特作品，作品的创造者大都是世界上如雷贯耳的大艺术家。佛罗伦萨不仅是意大利的文化中心，也是欧洲的文化中心之一，因此有着一个特别文艺的别名——翡冷翠。我把所见所闻的文艺复兴时期的大家名作全部记录在相机里。

只有走进去，才能看到乌菲兹美术馆的"真面目"。2017年8月，我们走进了乌菲兹美术馆。乌菲兹美术馆是美第奇家族留给世界的最丰富、最宝贵的艺术财富。因其收藏了文艺复兴时期最著名的画家的许多代表作，这座美术馆名声显赫，在清晨尚未开门的时候，参观者就在美术馆外排起了长龙。进美术馆有人数限制，现场买票可能会等很久。我们团队提前买了票可以直接入内参观。虽然我是个绘画艺术的门外汉，但通过工作人员的讲解，还是看懂了一些旷世之作。我们在专业人员的介绍下选择性地观赏了一些名画，下面仅以几幅名画为例说明馆藏精品的丰富、珍贵。

我们首先观赏的是正对着乌菲兹美术馆门口的《以撒的牺牲》，出自卡拉瓦乔之手。画中一个身材魁梧的中年男子右手掐着孩子的脖子，孩子表现出了极大的恐惧，脸色苍白，身体瑟瑟发抖，对即将到来的命运感到恐惧，右边一位身穿白色裙子的女子手拉着男子的胳膊，阻止他伤害孩子。这是一个来自《圣经·创世纪》中的故事，孩子名叫以撒，男子名叫亚伯拉罕，画面中绝望叫喊的以撒，表情十分生动逼真，让人感受到作者想要传达出来的那种生命面临危机的紧张气息。卡拉瓦乔是一位写实派的画家，他擅长将人置于画中，表现故事的真实感，正如他传奇的一生。他所感受到的颠沛流离中的心境，通过他的画作得以体现。

即使我不懂西方美学，但我也知道，有着几千年历史的西方艺术史就是一部描绘人体美的艺术史，这在乌菲兹美术馆更是呈现得淋漓尽致。当我走进美术馆，便被众多的名画与雕像所表现出的人体美所震撼，有婀娜多姿的，有娇俏可人的，有妩媚多情的，有风姿绰约的，更有端庄典雅的，最吸引我的就是波提切利的《维纳斯的诞生》。《维纳斯的诞生》是波提切利为佛罗伦萨的统治者美第奇家族的一个远房兄弟绘制的，即使不知道波提切利所表达的意义，也不得不被这幅画的美所折服。

在众多名家大师里面，对于外行人来说，文艺复兴三杰之一的达·芬奇绝对是被人所熟知的，无论是有着最美微笑之称的《蒙娜丽莎》或是来源于圣经故事的《最后的晚餐》，都让达·芬奇家喻户晓，但这2幅名画都不在乌菲兹美术馆中，这里藏有的是他另外一幅名画《天使报喜》。《天使报喜》的故事也来源于圣经，讲述了天使向圣母玛利亚报告她受圣灵感孕将生下耶稣的故事，画面十分精美。除了《天使报喜》，馆内还藏有达·芬奇的其他作品，如《三博士来朝》，这幅画也沿用了圣经的故事，即在耶稣诞生之时，东方三博士前来朝拜的故事，不过该画由于达·芬奇当时动身前往米兰而未完成。

同样是文艺复兴三杰之一的米开朗琪罗，他不仅精通雕刻，绘画作品也特精彩。乌菲兹美术馆收藏了一幅米开朗琪罗的名画《圣家庭与圣约翰》。米开朗琪罗曾经说过："绘画愈有浮雕效果就愈出色，而浮雕愈像绘画就愈糟糕。"因此，画中的人物都带有雕塑感，童贞女玛利亚和圣约瑟代表着旧的秩序，而圣婴代表充满光明的新世界，背景中的裸体人物则代表基督教之前的岁月。整幅作品呈现出历史发展不可违背的规律——后浪推前浪地向前发展。

拉斐尔是文艺复兴三杰中最年轻的一位。拉斐尔在佛罗伦萨研究了马萨乔的早年画作并目睹了莱昂纳多与米开朗琪罗的作品后，促使他更加刻苦地钻研，创造了一系列作品，描绘圣母的作品占了绝大多数，乌菲兹美术馆收藏的《金丝雀圣母》便是其中之一。画中圣母宁静祥和，呈现出她的慈祥品格。由此，人们习惯把拉斐尔与娇美柔顺的圣母形象联系在一起，他享有罗马梵蒂冈宫廷画家的最高荣誉。可他却英年早逝，在短暂的37年生命中留下了300多幅作品。他的作品风格与米开朗琪罗追求男性阳刚之美的那种狂野不同，拉斐尔性格儒雅，其作品追求理想美。

波提切利是欧洲文艺复兴早期佛罗伦萨画派的最后一位画家，《春》和《维纳斯的诞生》便是其代表作。《维纳斯的诞生》描述了维纳斯从爱琴海中诞生的场景：风之神将其吹到了岸边，而春之神芙罗娜则用繁星织成的锦衣在岸边等候她。不过维纳斯似乎不关心这两者，显得忧郁惆怅，娇弱无力地立于诞生之源，表现了女神是怀着惆怅来到这充满苦难的人间的。

目睹这些曾经只能在书上看到的名作让我无比激动，我边看边用相机拍摄下来。参观完名画后，地陪带我们走过两边布满雕塑的长廊，行走在这样的长廊中，犹如沁润在艺术的海洋里，无论是长廊的结构还是长廊两边的精美雕塑，都给人以丰厚的艺术美感。我们跟随地陪到美术馆 2 楼外的凉台，眺望阿尔诺河以及河上的但丁桥。地陪说，这里是眺望但丁桥的最佳位置。

地陪给我们讲述了但丁桥的故事。但丁桥即维琪奥桥，建于 1345 年，是佛罗伦萨最古老的石桥。名画《但丁与贝特丽丝邂逅》叙述了但丁与贝特丽丝相恋的故事，故事的结局是贝特丽丝离开但丁嫁给了他人。但丁是一位痴情人，贝特丽丝的离去并没有带走他的悸动，他将思念化作文字，写在纸上，于是有了《新生》这一部自传性诗集。思念绵延 20 多年不减，但丁将他的思念传给远在天边的贝特丽丝，就有了旷世巨作《神曲》。正如贝特丽丝成就了但丁——这位中世纪的最后一位诗人，但丁也成全了维琪奥桥，使其成为佛罗伦萨的名片。

维琪奥桥横跨在安静的阿尔诺河的河面上，宛若身材纤细的少女腰上的一条细细的腰带，温婉动人。它不仅有欧洲中世纪特有的风貌，更有让人沉醉的景观。我们从远处看，维琪奥桥桥廊的窗户大小形状不一，颜色鲜亮各有不同，这种不规则的美感正是意大利时尚的体现，在意大利人眼中，真正的美是不羁的。一座城市，有时只与某一个人有关；一座桥，有时也只与一个人有关。没有贝特丽丝就没有但丁，没有但丁就没有《神曲》，没有《神曲》就没有维琪奥桥，没有维琪奥桥就没有佛罗伦萨。细细地逛乌菲兹博物馆至少要 3 个小时，但绝对不虚此行。

亚德里亚海的明珠——威尼斯

我于 2009 年 4 月和 2017 年 8 月 2 次去威尼斯，威尼斯"因水而生，因水而美，因水而兴"，享有"水城""水上都市""百岛城"的美称。威尼斯市区涵盖意大利东北部亚得里亚海沿岸的威尼斯潟湖的118个人工岛屿和邻近的一个人工半岛，更有177条水道纵横交叉。威尼斯约有400座桥梁。在古老的城市中心，运河取代了公路的功能，主要的交通模式是步行与水上交通，世界各国游客纷至沓来，使威尼斯成为世界最浪漫的城市之一。1987年，威尼斯被列入《世界遗产名录》。2019年12月26日，威尼斯位列2019年全球城市500强榜单第57名。

地陪给我们介绍了水城历史。威尼斯于452年兴建，8世纪为亚得里亚海贸易中心，中世纪为地中海繁荣的贸易中心。威尼斯这个城市几乎没有土地可以耕种，如果不进行海洋运输贸易，其居民几乎没有收入来源，在世界经济中，他们只能从事中间商这一角色。威尼斯商人不仅把东方的货物运送到基督教世界，同时也把欧洲的商品输送给西亚和北非，他们因此赚取了巨额的利润。这种中间商的角色一直扮演到21世纪的今天：各色商店遍布威尼斯大街小巷，与威尼斯的独特景观一样吸引着世界各地到此游览的游客。

我们乘游船到达威尼斯本岛，领队安排我们的第一个"节目"就是乘贡多拉在威尼斯"穿街走巷"。贡多拉是独具特色的威尼斯尖舟，这种轻盈纤细、造型别致的小舟已有1000多年的历史了，它一直是居住在潟湖上的威尼斯人的代步工具。贡多拉是由威尼斯的工匠按照古老的口传工艺制造的，进入21世纪，贡多拉依然来往于威尼斯的河道上，但其数目仅剩18世纪的1/20。地陪说，建造一只贡多拉需要2万欧元，相当于20万元人民币，高昂的价格是贡多拉被人们称为"水上法拉利"的原因之一。现在，贡多拉已经成为威尼斯一枚小小的旅游徽章。

我们6人乘坐一条贡多拉，船夫按照领队定的路线穿行于水巷。水巷两旁的房子全泡在水里。这些房子当初是怎么建造的？不怕被水泡倒塌吗？这个问题只有上岸后请教地陪才能知晓，我抓紧时间观赏水巷风情。在阳光的作用下，水面上陈年老房的倒影特别漂亮，房子墙面的颜色各不相同，加上各种风格的小桥架于其上，形成了威尼斯特有的"小桥、流水、人家"：小桥，造型各异，但均具有 15—18 世纪风格；流水，并不十分清澈，估计都是三类水质；人家，99% 都是商家、酒店、咖啡馆，其主要区别在于规模不同而已，房子斑驳的墙壁呈现出日久沧桑；两岸的行人，99% 都是游客。我用相机记录下所看到的水城威尼斯特有的景观，威尼斯的风情总离不开水，蜿蜒的水巷，流动的清波，她像一个漂浮在碧波上的浪漫的梦，诗情画意久久挥之不去。

上岸后，我向地陪请教威尼斯水上房屋的建造方法。地陪说，较有说服力的说法是，威尼斯的建筑是先将木柱插入泥土之中，然后铺上一层又大又厚的伊斯特拉石，这种伊斯特拉石防水性能极好，然后在伊斯特拉石上砌砖，建成一座建筑。由于砖比伊斯特拉石轻很多，所以不会出现房子严重下沉的问题。我的问题有了答案，长知识了。

我们上岸后，领队和地陪带我们逛街。地陪说，威尼斯也是世界著名的历史文化名城，是威尼斯画派的发源地。威尼斯城内古迹繁多，有 120 座教堂，120 座钟楼，64 座男女修道院，40 多座宫殿和众多的海滨浴场。歌德和拜伦都曾对威尼斯城赞扬备至，拿破仑则称其为"举世罕见的奇城"。我们走到圣马可广场就分散自由活动了。圣马可广场是威尼斯的中心广场和城市亮点，有近 1000 年的历史。圣马可教堂建筑雄伟、富丽堂皇，采用拜占庭建筑风格，融合了东西方建筑的精华。教堂正面的 5 个入口及其华丽的罗马拱门上方，则是 5 幅描述圣马可光辉史绩的镶嵌画，分别是《从君士坦丁堡运回圣马可遗体》《遗体到达威尼斯》《最后的审判》《圣马可神话礼赞》《圣马可进入圣马可教堂》，金碧辉煌，非常耀眼。顶部有东方式与哥特式尖塔及各种大理石塑像、浮雕与花形图案。我曾在电视里看过圣马可广场狂欢节的情景。

我们四人没进教堂，在圣马可广场拍摄四周壮美的历史建筑，与广场的鸽群戏耍，享受威尼斯城的璀璨文化和灿烂的阳光。

阳光之城——那不勒斯

2017 年 8 月和 2019 年 8 月我 2 次去意大利，都到了那不勒斯。

地陪介绍，那不勒斯始于公元前 600 年，以其丰富的历史、文化、艺术和美食而著称。那不勒斯历史中心区域被联合国教科文组织列入《世界文化遗产名录》。那不勒斯是意大利南部的第一大城市，风光绮丽，是地中海最著名的风景胜地之一。意大利有句名言："到过那不勒斯，死而无憾。"这是因为那不勒斯有许多令人心动的地方：那不勒斯老城、维苏威活火山、庞贝古城、卡普里岛、阿马尔菲海岸线……

那不勒斯老城

那不勒斯老城最秀丽的地方是风光明媚的桑塔露琪亚海岸，这里的日出景色十分美丽。在老城，隔着那不勒斯湾可以眺望维苏威火山。2017 年 8 月，我们仅在老城区逛了一圈，就在小巷的街边喝咖啡休息。2019 年 8 月，我和海鸥去西西里岛时，到那不勒斯好好地游览了老城。

下车后，地陪带领我们游览桑塔露琪亚海岸。桑塔露琪亚海岸充满着诗情画意：蓝天白云下，眼前是一片蓝绿色的地中海，风平浪静的海洋对面是高大雄伟的维苏威火山，休闲的人们穿着泳衣在海水里如鱼儿一般游来游去，或者驾着小船在海面上荡漾，还有穿着泳衣的中老年人在岸边晒日光浴……见此静美图景，我的耳边仿佛响起《桑塔·露琪亚》的著名船歌。沿着环海大道走下去，我们看到了那不勒斯著名的"蛋堡"。

威猛的维苏威火山

维苏威火山位于那不勒斯市东南，海拔 1281 米，是座活火山，历史上曾多次喷发，最著名的一次是 79 年的大规模喷发，灼热的火山碎屑流毁灭了当时极为繁华的庞贝古城。2017 年 8 月，我和小莉、海鸥、李慧到意大利南部旅游时上了维苏威火山。上火山道路的沿途全是被火山灰烧枯死的树木，其景观震撼心灵，让我们感受到不可抗拒的强大自然力，我把这些全部记录在我的卡片相机里。随着气候变暖，加上这里肥沃的火山灰，使得火山周边成为植被茂密的富庶之地。地陪说，维苏威火山是比较年轻的火山，这几个世纪来一直处在休眠中，曾一度沉寂为休眠火山。人们常常会"好了伤疤忘了疼"。在维苏威火山 200 平方公里的"红色区"内，从山脚至半山腰，大大小小 18 个城镇星罗棋布，将偌大的维苏威火山团团包围，这些城镇在高危区不断扩展，钢筋混凝土建筑向着看似平静的火山口靠近；漂亮别墅、公寓、旅馆等建筑物密密麻麻，高低错落，五颜六色。维苏威火山周围遍布山麓的葡萄园、柑橘园等使维苏威火山的"红色区"生机盎然，这里已是 17.2 万户家庭、60 万人的美丽而潜伏危机的家园。

举世闻名的庞贝古城遗址

2017 年 8 月和 2019 年 8 月，我和海鸥 2 次去意大利，我们都去了庞贝古城。因地陪不同，2 次去庞贝古城我们看到的地方也有些不同，讲解也不同，大大丰富了我们对庞贝古城从感性到理性的了解和认知。

地陪说，从共和国时代到帝国初年，庞贝乘着罗马盛世的春风，最终成为占地约 0.64 平方公里、有着 2 万名居民的繁荣小城。这个数字可能会让很多迷信数字的人觉得不以为然。但根据罗马人的城市规划理念，大部分城市都最好保持在人口不超过 5 万的规模，否则就容易造成各种管理与环境问题，反过来影响城市的可持续发展。所以，庞贝的最终规模应该是罗马人计算后得出的结论。此类小城的居住条件和生活品质，也远比过度扩张的罗马城、巴比伦、亚历山大港或东方的长安要好。考古学家对城市遗址的不断探索，为这个理论提供了最坚实的证据。虽然庞贝的城市人口不多，但仍拥有完备的市政设施。它包括 1 座足以容纳整个城市人口的大型竞技场，100 多家大小餐馆、4 座公共浴室、2 座普通剧场、

2座体育场、7家妓院和10间各色庙宇。从这些设施遗迹就可以看出，庞贝不仅能满足常住人口的生活需求，还能应对来自天南海北的商贾与旅行者的生活需求。这样庞大的第三产业规模，在当时是不多见的。

我们边听边走边看，庞贝和其他罗马城市一样布满了石灰石铺设的街道。道路下方埋有公共供水管道，连接到分布在城市各处的饮水喷泉。值得注意的是，这样完善的设施如果出现在一座并不十分有名的城市，说明当时该城市规划已充分考虑到市民居住的基本要求。但对于繁荣的地中海沿岸城市来说，以上这些都是城市建设的标配。

庞贝古城遗迹说明，发达的经济和完善的基础设施为庞贝居民的精致生活提供了物质基础，其背后也生动地反映了罗马的盛世情景。地陪带我们参观了2户富人的住所遗迹，格局很像我国的徽派建筑。一个大院有三进，进门是天井，天井里放置着"接天水"的装置，这与我国徽派民居简直一模一样，然后是客厅。第二进是主卧室，分别在左右两厢。最后一进是厨房、厕所、堆放杂物的房间。房屋内墙的墙壁上均涂抹着著名的"庞贝红"涂料，可见其装修之讲究。

庞贝古城有4.5—7.9米宽的石铺街道，便于古城的市民前往密布于街边的商店，购买各式各样的食物和用品。商店的商品也异常丰富，包括做成小狗形状的饼干、烘烤的面包、山羊奶酪、各种肉类、坚果和甘甜的葡萄酒，还有专门出售玻璃和金银铜铁材质器皿的商铺。这些都是保存完好的遗迹所呈现出来的。

地陪边讲解边带领我们参观，吃喝和购物绝非庞贝人精致生活的全部。知识分子和商人通常会前往城市西端宽阔的广场进行各种商业谈判、了解政策动向或者在那里雄辩哲学与时政。有闲情雅致的人则会前往能容纳5000人的希腊剧院，观赏喜剧、悲剧、哑剧以及歌舞表演，或是前往澡堂享受沐浴带来的放松。我们看到庞贝的浴室遗址不是一般的讲究：首先是分等级，不同阶层的人进入设施条件不同的浴室；其次，高档次的浴室有更衣室、泡浴室，先泡烫再冲凉；最后，洗澡完毕换好衣服进入化妆室，化妆完毕再出来。每逢节假日，会有大量的人赶到竞技场观看紧张刺激的比赛和表演。随着夜幕降临，庞贝人结束了一天的工作，开始了精彩的夜生活……

正因为有丰富的物质条件和安逸的生活为基础，庞贝人的日常生活中也充满了各类技艺高超的艺术品。各类公私建筑的墙壁、地砖上镶嵌着制作精美的马赛克画，内容从描绘人们打猎到神话故事和历史场景，应有尽有。在广场周围、澡堂之内以及神殿或私人住宅里，都矗立着各类栩栩如生的雕像，甚至妓院老板都会在自家的窑子里装饰各类精美的壁画，以供客人们调情助兴。除了高雅艺术，庞贝的民间手艺也非常发达。在庞贝城的各个墙面，都能发现当时人们即兴创作的涂鸦。内容包括了对仇人的诅咒、对朋友的祝福，以及民间诗人书写的讽刺诗歌，甚至还有政治家为自己拉票而刻上的竞选宣言。它们生动地描绘出这座生机勃勃的意大利小城的形象。庞贝城里的艺术品数量之多也超乎人们的想象，广场上的雕像就多达 40 座之多，反映群众自由生活的涂鸦更是超过了 6000 多幅，足以证明当时庞贝人的生活富足和对精神生活的孜孜追求。庞贝人就这样幸福地生活着，直到 79 年的 8 月 24 日，突然爆发的维苏威火山终结了这一切，那些惨烈情景都呈现在庞贝古城的遗骨上。这座古罗马帝国时期最为繁华的城市在维苏威火山爆发后的 18 个小时内彻底消失了。

作为一个时代的标志，庞贝又是非常幸运的。正因为这场灾难，1 世纪的罗马城市风貌被如此完整地呈现在我们的面前。尽管很恐怖，但却是那么真实。相比之下，那些依赖书卷中惜字如金的记载强行脑补出来的盛世，显得苍白而无力。

碧海仙境的卡普里岛

2017 年 8 月和 2019 年 8 月，我们 2 次去那不勒斯时都去了卡普里岛。卡普里岛是一座石灰岩岛屿，距那不勒斯 18 海里，四面环海，需乘轮渡到达。地陪在轮渡上说，古罗马时期，屋大维在东方战役结束后的归途中曾登陆该岛，被这里的优美环境、宜人气候所折服，不惜以 4 倍面积的伊斯基亚岛换取卡普里岛作为自己的避暑之地。卡普里岛面积不大，但它以其温暖的气候、怒放的鲜花、汩汩的温泉以及美丽的海岸线吸引了众多游人，如今依然是世界各国人们向往的休养胜地，被称为"爱情、梦幻与太阳之岛"。

卡普里岛的2个主要小镇——卡普里和安纳卡普里，由一条悬崖车路连接起来，对外交通只靠卡普里镇的码头。我们第一次去卡普里岛，下了渡轮，出了港口，便感受到浓浓的商业氛围和繁荣的旅游景象。我们在地陪带领下乘电梯上了卡普里镇中心，领队和地陪解散队伍。只见临海边商铺、餐厅栉比鳞次，熙熙攘攘的游人行走在卡普里岛镇中心，虽然只是上午10点多，但其热闹的程度不亚于意大利8月的似火骄阳。

我们四人在著名景点奥古斯都花园浏览拍照。奥古斯都花园面积不大，几座古建筑、艺术雕塑、花园内的巨岩，以及满目苍翠的林叶与盎然盛开的花圃和可以眺望大海的多处观景台，构成了这座美丽又温馨的花园。游览花园后，我们四人就分道扬镳了。海鸥和李慧去海边拍照，我和小莉漫步于小街巷，慢慢走，细细品。我们来到商业中心，广场周边有众多世界级品牌的名品店、酒店、餐厅、咖啡吧，其热闹程度不亚于大都市。尽管烈日当空，但是广场道路两边的露天咖啡吧、酒吧也坐满了休憩、闲聊的各国男女老少，其乐融融。

卡普里镇文化品位很高，世界各国的名牌商品应有尽有，商店门面不大，但商品品质高端。小街小巷小院，以鲜花装点的门面迎客，个性化十足。进入各个小商店，感觉在阅读不同国家的书：每个商店风格不一，营业员气质优雅，待客周到，即使不买，他们也热情耐心地向我们介绍商店销售商品的品牌及其各个款式，让我非常感动。卡普里岛寸土寸金，商业、旅游兴旺，以致步道大都不宽。道虽窄，但两旁建筑的色彩和造型各异，在婆娑起舞的绿叶和碧蓝天空的烘托下，多姿多彩，十分养眼。

我们逛了几家世界品牌商店后，就去靠海边的观景台观海景。在观景台的不同高度、不同方位，可心旷神怡观赏卡普里岛濒临地中海的美景：远处延伸出去的那一道白色堤岸，即是轮渡停靠的码头；建造在峭壁旁和海边的豪宅，成了卡普里岛一道亮丽的风景线；濒临蓝色地中海、在片片绿地中间，是一栋栋白色豪宅；山崖底下，三三两两度假的小艇慵懒、悠闲地漂浮在晶莹剔透的地中海海面上……

午饭时，我和小莉乘电梯下山，在码头附近的一家小餐馆吃了意面。午餐后，我们一行人在领队的带领下乘游船回索伦托入住酒店。

醉人的阿马尔菲海岸线

阿马尔菲海岸位于意大利南部坎帕尼亚大区，全程大约 50 公里。这条曲折绵延的海岸线拥有异常迷人的海湾、壮美的悬崖、中世纪的古迹，还有众多人文底蕴深厚的滨海城镇，因而在 1997 年被联合国教科文组织列入《世界文化遗产名录》，也被《国家地理》杂志评为"人生 50 个必到之地"。2017 年 8 月和 2019 年 8 月，我们 2 次去那不勒斯都到此一游了，基本是"车览"——在车上观赏。2019 年 8 月，我和海鸥游览阿马尔菲海岸线时，领队给我们 2 次下车拍照时间。

从索伦托出发，我们的大巴沿着悬崖边的山道前行，外侧便是蔚蓝深沉的地中海。阿马尔菲海岸只有一条攀附于悬崖的山道，道路多弯虽然难行，但窗外令人难以置信的美丽风光摄人心魄，让我们不时发出哇哇的惊叹声。由于车道狭窄，没有什么机会可以停车驻足观景，所以当车快速掠过小镇波西塔诺的经典地标圣母升天教堂的绿色马赛克圆顶时，我们都恨不能跳下车看个够，电影《托斯卡纳艳阳下》《女神的报酬》等均在此取景。作家约翰·斯坦贝克如此盛赞："这是一个梦想的地方，当你在那里时，她是相当的不真实，当你离开后，她变得栩栩如生。"大巴行驶十几分钟后，我们就看到了普莱亚诺小镇，它的标志性建筑则是一栋蓝色花纹的圆顶教堂，风格与波西塔诺的圣母升天教堂有点类似。

大巴穿过几座看上去极其险峻的峭壁山洞，我们还在回味刚才惊险的大拐弯，就远远地看见前方海岬所环抱的白墙红顶小城。地陪说，那就是阿马尔菲小镇。随着车的行驶越来越近，阿马尔菲小镇清晰地呈现在眼前，防波堤内停泊着诸多游艇，金色海滩上游人如织，一艘巨大的客轮冒着黑烟缓缓驶入港湾，炙烤的阳光令一切都熠熠生辉。

2019 年 8 月，我和海鸥跟团再游阿马尔菲海岸线时，领队让我们在阿马尔菲小镇停留了 15 分钟。身处阿马尔菲小镇，很难想象这里曾经是阿马尔菲共和国的首都。地陪说，在 8—17 世纪期间，亚平宁半岛上并存着热那亚、威尼斯、比萨和阿马尔菲 4 个航海共和国，其中，阿马尔菲共和国盛极一时。"没有一个海上共和国比阿马尔菲共和国更富有，没有一个地方有如此多的金银和贵重的布料，所有阿拉伯人、非洲人和印度人会聚于此。"如今，阿马尔菲虽不及当初辉煌，但已是热门的意大利度假胜地。我们穿过广场，只见人头攒动的街头，悠然自得、小憩乐酣的游客身后，是金碧辉煌的圣安德烈教堂，它始建于 10 世纪早期，教堂门口有很高的台阶。我们来不及细看小镇就到了上车时间。

告别阿马尔菲镇，我们沿着海岸线继续前行，很快经过花园小镇拉韦洛。地陪在大巴上介绍，拉韦洛与波西塔诺、阿马尔菲同为阿马尔菲海岸最著名的三座城镇，它的海拔较高，艺术氛围更加浓厚，薄伽丘、瓦格纳、弗吉尼亚·伍尔夫、戈尔·维达尔等文化名人曾提到这里或在这里留下踪迹。但是，因时间不够我们没去，只能沿着阿马尔菲海岸线回到出发地点。

意大利的魅力之源——西西里岛

"如果不去西西里，就像没有到过意大利，因为在西西里你才能找到意大利的美丽之源。"这是格斯在 1787 年 4 月 13 日到达巴勒莫时写下的句子。歌德也说"不去西西里岛，等于没去意大利"。格斯和歌德对西西里的赞美是我和海鹏去西西里的动力，也是我迄今最后一次踏上意大利国土的动力。

地陪介绍，西西里岛是地中海上最大的岛屿，也是意大利面积最大的省份。这里的确是一块奇妙的地方，迷人的自然风景与丰富的人文景观非常和谐地融为一体，曾经居住在此的希腊人、古罗马人、拜占庭人、阿拉伯人、诺曼人、施瓦本人、西班牙人，他们的文化已然印刻在这里了。西西里岛似意大利那只伸向地中海的皮靴上的足球。巴勒莫是西西里第一大城，也是个地形险要的天然良港。西西里岛辽阔而富饶，气候温暖风景秀丽，盛产柑橘、柠檬和油橄榄。由于有发展农林业的良好自然环境，历史上被称为"金盆地"。

在我们眼里，西西里岛是意大利南方的"珍珠"之一，大自然似乎将它所有的奇迹都赋予了这片土地。2019 年 8 月，我和海鸥去西西里岛时正值最炎热的夏季，热得要命。西西里岛有很多联合国教科文组织认定的世界遗产，许多世界著名的影片在这里拍摄外景，更有我们中国人眼里的稀奇古怪的古镇。虽然天气炎热，但我们在汗水挥洒的同时，看到了许多终生难忘的地方。

西西里首府巴勒莫

据地陪介绍，巴勒莫是西西里的首府，也是岛上的第一大城市，历史上曾经是西西里王国的首都，是来西西里的必游之地。巴勒莫经历过希腊、罗马、拜占庭、阿拉伯、诺曼、西班牙等强权的统治，所以拥有多元的历史文化。意大利文豪但丁称赞巴勒莫是"世界上最美的回教城市"，歌德来此称赞巴勒莫是"世界上最优美的海岬"。曾有一位地理学家这样描述巴勒莫："凡见过这个城市的人，都会忍不住回头多看一眼。"这里保存着珍贵的中世纪文化遗产，许多人把巴勒莫和佛罗伦萨相比较，虽然巴勒莫远不及佛罗伦萨影响力大，但却是极为生活化、充满异国情调的城市。

2019 年 8 月 22 日早饭后，领队先带领我们参观蒙雷阿莱大教堂。地陪在车上向我们介绍了蒙雷阿莱大教堂的相关情况。下车后，经过一段艰苦的陡坡爬行，我们终于看到了蒙雷阿莱大教堂。大教堂的外部是朴实庄严的诺曼式建筑，与那些意大利本土高耸入云的哥特式大教堂相比丝毫不起眼。但其内部自有乾坤，正所谓"包子有肉不在褶上"。从教堂外面可以见到它最深处穹顶的外墙上有雕刻与镶嵌交错纵横的装饰。

蒙雷阿莱大教堂的外部装饰有很多阿拉伯伊斯兰元素的细节，而内部则是大量拜占庭风格的装饰。教堂内部结构完全对称，有狭长高挑的中殿与 2 个侧廊。

中殿最深处的穹顶上端是耶稣的巨大头像，气势恢宏，而正下方是圣母圣子图。整个教堂内部无论墙壁和排柱，都装饰着拜占庭风格的以黄金为背景的彩色马赛克壁画。据领队说，黄金马赛克壁画的面积达到 6500 平方米，是世界上最大的马赛克壁画，黄金圣殿的称呼就来源于此，令人叹为观止。教堂墙壁上金灿灿的画面都与《圣经》故事有关，描述了《创世记》与《新约》里的大事记。蒙雷阿莱大教堂确实是拜占庭文化和艺术的影响力在意大利的另一种表达方式。这座建筑的罕见之处在于协调地将拜占庭镶嵌艺术、阿拉伯建筑风格以及诺曼文化式样融于一身！

我和海鹂在教堂里参观、拍摄了整整 2 个多小时后，就到小侧门买了门票，从小侧门进去，通过狭窄曲折的小楼梯爬到教堂外面的楼顶上拍摄巴勒莫全景。我们意外地发现了教堂屋顶上的蓝色瓦片，很有伊斯兰风格；附近的蒙雷阿莱修道院优美静谧，它有整个意大利保存最好最美的阿拉伯式回廊。从教堂楼顶的角度看，修道院回廊与大教堂的建筑风格完美融合。修道院里的 108 对白色大理石立柱组成的回廊，在清晨的光影里精美绝伦、如梦如幻。每一对大理石石柱上的马赛克装饰都没有重复，于是我将修道院的外景收进我的单反相机中。拍好巴勒莫的城市外景与修道院外景，我和海鹂又回到蒙雷阿莱大教堂里面，我们坐在教堂内的长椅上边休息边继续欣赏，等候集合。

午饭后，我们从查理五世新城门进入巴勒莫市区。巴勒莫市区很大，我们的行程是观看大教堂和王宫这 2 个景点。地陪说，巴勒莫大教堂将中亚、拜占庭及伊斯兰这 3 种建筑风格天衣无缝地糅合在一起，在罗马帝国晚期就已经存在，展现了西西里不同时期不同统治者的文化风格，如同一本记载了西西里历史发展的史书，拥有不可磨灭的观赏价值。我发现巴勒莫大教堂中有一个令人称奇的地方，在大厅的地面上，从北向南有一条铜线，用不同颜色的大理石镶嵌了十二星座。地陪说，阳光在不同月份从穹顶上射进来，会照在相应的星座上。我把这条铜线拍摄进自己的卡片相机里。我们仔细看完巴勒莫大教堂后，就跟随领队和地陪去了诺曼王宫和帕拉提那礼拜堂。

夕阳下的远方

　　诺曼王宫在巴勒莫旧城区的西南角，是西西里最著名的宫殿，有1200年的悠久历史，也是意大利最重要的宫殿之一。地陪说，这座雄伟的宫殿，曾经是中世纪王宫的中心，现在是西西里的国会大厦。诺曼王宫由阿拉伯人在11世纪开始建造，历任巴勒莫的统治者都住在这里。王宫外表古朴大气，有着沧桑感和历史厚重感，建筑共有4层。地陪带领我们重点参观了王宫二楼的最出名的帕拉提那礼拜堂。它是皇家小教堂，虽小，但视觉震撼却不输梵蒂冈的西斯廷教堂。礼拜堂四壁的下半部镶着大理石，上半部描绘着精致的壁画和装饰性图案，是美丽的拜占庭式拼贴画。画面由切割成特定形状的马赛克石片拼贴而成，描绘了一个个《圣经》故事，精美绝伦，令人眼花缭乱。加上镶嵌金叶的彩色玻璃，整个礼拜堂金碧辉煌。两边用来分隔主殿和走廊的是6个阿拉伯式尖拱形结构，既富有视觉立体感，又充满了文化底蕴。礼拜堂内有一座用整块大理石雕刻出来的柱状烛台，是西西里岛上最古老的罗马式艺术品。有人说，帕拉提那礼拜堂是多种文化的小熔炉，反映了西西里岛中各种文化交融的现状。

　　诺曼王宫内部的庭院建有阿拉伯式的回廊。228根大理石柱双双成对，组成了许多拱门，上下共3层，这是非常典型的阿拉伯宫殿的特征。置身于层层叠叠的回廊中，有在画中游览的感觉，不仅有浓厚的古典氛围，还有一种灵活多变的现代空间感。

　　自由活动时间，我和海鸥自费参观了马西莫歌剧院。购票后，我们在歌剧院售票处的小厅排队等候了约半小时。进入歌剧院，我们眼前一亮：气势非凡！听语音器介绍，这座歌剧院是耗时20多年建成的新古典主义风格杰作，占地7730平方米，是巴勒莫的标志性建筑之一。剧院装潢华美，经常上演意大利经典歌剧。剧场地面层中间有座位，更多的座位分布在左右两侧和后面的包间里，7层看台环绕舞台，是典型的马蹄形建筑。除底层外，都以包厢式安排，每个包厢分前后两排，共有五六个座位。我们在楼下拍摄歌剧院内全景后，有名讲解员带我们去3楼正中包间里体验看歌剧的"感觉"，我们坐在3楼包间看向舞台，这里视角最佳，我们仿佛沿着时间隧道来到了1897年的歌剧里。最后，讲解员带我们到二楼音响房间参观，站在正中间地面上画着圆心的中间，轻轻地说一句话，整个房间都能同时听到一样的声音。

结束了歌剧院的参观，但还没到集合时间，我和海鸥便找了一个咖啡馆坐在室外阴凉处，边喝咖啡边休息，观看着街上来往的行人，回想在巴勒莫的游览：虽然马不停蹄，很累，但很值得，毫无疑问的是，蒙雷阿莱大教堂是 2019 年我们在西西里旅行时见到的所有教堂中给我们印象最深最美的。

洞穴之城——马泰拉

2019 年 8 月 18 日早饭后，我们一行乘车前往马泰拉。在车上，地陪给我们介绍了马泰拉的相关情况。马泰拉老城区中的萨西区是意大利最早的人类居所，旧石器时代就有人居住。但这里山高水险，交通不便，因而经济发展缓慢，当年每户农民家生养好几个孩子，跟家禽和马儿一块儿挤在不到 60 平方米的石屋里。青铜时代，新的工具更易于开凿石灰岩层，人们开始在各处开凿窑洞。从 20 世纪 80 年代起，那些被遗弃的脏乱差石窟民居被改建成了别致的餐厅、酒吧和酒店，吸引了世界各地的游客，整个小镇重新焕发了活力。这座城市高高耸立在崖壁之上，充满了史诗般的氛围。马泰拉是地中海地区最著名、保存最好的穴居人遗址，1993 年被联合国教科文组织列入了《世界文化遗产名录》。

直到中午，我们才到达马泰拉。为了让我们体验"洞穴之城"的感觉，午饭安排我们在城门口附近的"洞穴餐厅"就餐，进入餐厅需步行一小截路，可以看到"洞穴之城"的一角，我拿着卡片相机边走边拍。进入"洞穴餐厅"，真的是名副其实的洞穴——就着洞穴开凿出来后再简单装修的餐厅。我们在洞穴餐厅底层就餐，楼上还有 2 层也是就着洞穴开凿出来的。午餐结束后，外面烈日当头，气温高达 40 多摄氏度，我们一部分团友跟随领队和地陪沿着洞穴之城蜿蜒曲折的小道浏览，另一些团友怕热，便自由活动。因为当地大多是上坡和下坡交叉的小道，对于膝关节不好的我来说，相当难走。海鸥怕我摔跤，一直陪伴着我慢行。我俩边走边看边摄影。

午后的烈日下，马泰拉城市结构十分清晰。数层石头小楼构成了马泰拉建筑的主体，楼房笔直，房屋设计考虑到了采光、风向和水的利用。引水和排水都利用了水的重力，使之自然流动。蓄水池在城镇的中央，古城区划分出街道、小巷、台地和台阶。古城处于自然的组织状态，简单的洞室是最原始的开凿对象，有支架的弓形屋顶是洞室的基础建筑。利用石间的水和土，悬垂的花园与菜园交融在矿物地形里。人们聚居在这里，以自己独特而又持续的法则繁衍生息，始终如一。马泰拉的穴居发展十分完善，一直延续了200万年。我们看到，现在这些古老的房子很少有人住了。地陪说，当地居民都搬到政府新建的地方去生活了，但是如果谁想搬回来住，政府将会提供资金作为整修房子的费用；如果作为旅游项目整修后给游客提供方便，那么政府会提供很大一部分的修建资金。马泰拉向人们展示了人类历史上重要发展阶段的建筑与地理环境的综合人文风貌。

我们站在古城的最高处远眺，看到烈日下的整个古城都是白色围墙的石屋，不计其数的岩洞与石屋使整座古城仿佛是一座巨大的石头城堡，而各个石屋又风格迥异。山顶最高处是一座教堂，这里就是马泰拉历史开始的地方。马泰拉的所有都写在古城的"脸上"，是古老的、陈旧的，但又是充满生机的。

饮食、葡萄酒、艺术是意大利文化的组成部分，我们在马泰拉街上逛着逛着，居然看到了一个制作葡萄酒的作坊，作坊的墙上挂有艺术画。在马泰拉街巷里，我们时而停下脚步，观看街头像树的年轮似的建筑：每幢建筑因年代久远而各有特点，每一个建筑后面或许都有一个故事。时而有惊喜，发现穴居间隙中的独特植物。因为我们行走速度慢，看马泰拉的穴居比较仔细，就发现这些穴居与当地的环境和生态系统极其协调。

可爱的楚利建筑——阿尔贝罗贝洛

2019年8月18日午饭后，我们前往普利亚大区巴里省的阿尔贝罗贝洛看闻名遐迩的"蘑菇屋"。阿尔贝罗贝洛是意大利普利亚大区巴里省的一个小城，人口约1万人，城内的楚利建筑世界闻名，1996年被联合国教科文组织列入《世界文化遗产名录》。阿尔贝罗贝洛地区原来是自然条件最差的不毛之地，最早的蘑菇状石屋可追溯至 12 世纪，何时开始有人居住已无从考证。16 世纪开始，越来越多逃避天灾人祸的难民来到这里，就地取材用石灰岩建屋。1797 年，难民向国王请愿，要求合法定居。难民人多势众，国王勉为其难，允许这一类型圆顶石屋合法存在，从而形成了阿尔贝罗贝洛地区独特的楚利村落。典型的楚利风格建筑是居民利用方形石灰岩块围成无柱无梁的圆形房舍，建至适当高度，用岩石片向上堆砌，每片逐步收窄封顶，成圆锥形尖顶，这是一种人类最原始的建屋方法。石灰岩块的房舍，坚固、干燥、冬暖夏凉。阿尔贝罗贝洛的楚利石屋，全球独此一处。

我们到达阿尔贝罗贝洛时，已是晚饭前。领队通知，先到酒店安顿好，在酒店吃晚饭，晚饭后带大家去看"蘑菇屋"夜景。晚饭后，我们跟着领队和地陪去看"蘑菇屋"，我们被夜幕下的楚利建筑深深吸引，它确实是世界奇观。

第二天早饭后，我们在领队和地陪的带领下，前往楚利建筑所在地。沿途经过小城的街巷，基本看不到当地居民，直到一个小广场才看到几个聊天的老人。穿过小广场，很快就到了"蘑菇屋"所在地。啊，眼前一片楚利建筑，一栋栋"蘑菇屋"，好可爱！我们跟随领队进入"蘑菇屋"区域弯弯曲曲的街巷，小道两旁全是特别有意思的"蘑菇屋"。阿尔贝罗贝洛的圆锥形白墙、深色石片圆顶建筑就是当地独有的民居"楚利"，所形成的景象具有一种神奇的超越时空感，好像到了童话世界。每栋楚利的圆顶上都是一个小石头尖塔，顶着一个大理石的圆球，而所有的圆顶上都有各种文字和图画，有的是天主教的象征，有的则是其他世俗之作。

我们边走边看边摄影，边听地陪讲解。地陪说，楚利产生于 19 世纪，遍布普利亚境内各地，但最漂亮的是在阿尔贝罗贝洛。楚利建筑大量采用随手可得的石灰岩，唯有门与斗笠顶下的阁楼地板是木材，阁楼通常作为储藏间或是卧室，部分楚利还建有地下储水槽。楚利建筑的门窗又小又少，石墙厚，屋顶高，这样才能冬暖夏凉。墙面由 2 层紧密堆起的石墙与填充其间的泥土或麦秆组合而成，基于防寒与隔热需要，墙体厚度可达 2 米。由于这种组合使得设置窗户的难度增大，因此，我们看到有的楚利建筑没有窗，有的楚利建筑的窗户连小猫钻进去都得挤一挤。

我们抓紧拍照，因为午饭后就要离开这里。"蘑菇屋"虽整体一样，但其屋顶各异，屋顶有心形、鸟形、日月形等装饰。有的高大屋顶上画着传统但却无人看得懂的怪异图案。高墙挂有稻草人用来驱赶雀鸟，高高的石烟囱饰以公鸡风向标。我和海鸥拍照结束后找到地陪，请他带我们进入一户"蘑菇屋"参观一下。他答应了，要求我们每个人给房主10美元。我们走进神奇的"蘑菇屋"，惊奇地发现里面的装修非常现代：漂亮的客厅里放置了一张沙发，桌子上的花瓶里插着鲜花，右拐看到干净的卧室，另有卫生间，卫生间里有抽水马桶，厨房的厨具也很现代。抬头一看，居然还有阁楼，阁楼上还有一层是粮仓、织布间。我把所看到的"蘑菇屋"内部都记录在相机里。离开前，地陪给我和海鸥在"蘑菇屋"内合影留念。

西西里充满了神奇魅力，因为篇幅所限，不能把所到之处一一叙述，撷取其中难以忘怀的景观加以介绍，千万别误认为我是在做旅游广告哦。

澳新掠影

我早就听说新西兰、澳大利亚生态环境特别好,内心也很向往。退休后,我终于可以利用假期前往,实现自我放逐,让生命从地球的北半球流浪到南半球。我从地球的北半部"飞"到地球的南半部,南北半球,一半是初春,一半是秋天。我用"第三只眼"看澳大利亚、新西兰,发现同在一个地球上,却有着太多的不一样:同样的天空,有着不一样的颜色和云彩,有着不一样的动物和树种,更有着不一样的生活方式……我游走在新西兰和澳大利亚的大地上,除了观赏美景,更关注这2个国家的环境、经济和社会的可持续发展。

幸福的牛

新西兰在太平洋西南部,是个岛屿国家。新西兰两大岛屿以库克海峡分隔,南岛邻近南极洲,北岛与斐济及汤加相望。新西兰国土总面积26.8万平方公里,全国总人口440万,畜牧业是其支柱产业之一。1984年,新西兰的经济成功地从农业为主转型为具有国际竞争力的工业化自由市场经济。新西兰气候宜人、环境清新、风景优美、森林资源丰富、地表景观富于变化,生活水平相当高,2011年排名联合国人类发展指数第5位。

我们在新西兰最大的城市奥克兰落地。在前往罗托鲁阿的途中,满目尽是连片的绿草地。当地导游告诉我们,这里都是私人牧场。我看到绿茵草地上成群的牛身上披着毯子，或是自由自在地走来走去，或是半卧在草地上闭目养神。新西兰的牛很幸福：它们是散养，可以自由自在地在草地上享受"阳光浴"；它们无人看管，想在哪里吃草就可以到哪里去吃草。更为重要的是，新西兰为了保证牛奶的质量，在草地不同区域的草中都加了各种纯天然营养素，因此牛的体内营养很均衡。它们吃饱后就随便在草地上睡觉或者晒太阳。幸福的牛所生产出的牛奶，口感好，质量优，因而国内外市场销量大。

新西兰非常重视食品安全。以牛奶为例，为了保证牛奶的纯天然性和优良品质，新西兰对牛奶生产链中的各个环节都制定了严格的管理制度。每头牛都有档案和编号，编号就挂在牛的耳朵上。公牛与哪头母牛交配，都要严格记录在案，目的是检验2头牛的体质，以便检测母牛生产后牛奶的质量和产量。新西兰严禁往牛奶中加添加剂，更不允许用激素给牛催奶，从源头上保证牛奶的质量。从母牛产奶直到成为人们餐桌上的奶制品，每个生产环节都有严格的规范要求。正是严格的监管制度和质量标准，使得新西兰的牛奶、奶粉等奶制品在世界享有极高的知名度。由此可见，基本规则的存在赋予了新西兰奶制品享誉世界的知名度，也为人们饮用奶制品提供了安全感。

热爱体育锻炼

无论是在新西兰，还是在澳大利亚，每天早晨、午饭之前，或者下午4点钟左右，在马路上、公园里、海滩边，随处可见跑步的锻炼者。与国内在公园里锻炼的人大都是退休后的老年人不同，新西兰和澳大利亚自觉锻炼的人绝大部分是年轻人，而老年人大都在上午10点左右出来散步、晒太阳或者进行体能消耗不大的体育锻炼。在假期或周末，大人会带着孩子出来锻炼，哪怕是四五岁的孩子，也都骑着自己的小自行车与父母一起在室外、草坪上锻炼身体，或者到海里游泳……

这些自觉进行体育锻炼的年轻人将奥林匹克精神现实化，他们视奥林匹克精神为一种生活态度。奥林匹克精神强调人通过自我锻炼、自我参与而拥有健康的体魄、乐观的精神和对美好生活的热爱与追求，这种乐观积极的生活态度是我们拥有完全自信和战胜一切挑战的强大动力。在新西兰和澳大利亚，体育锻炼已成为公民的一种生活方式，是公民积极的人生哲学的外化，是公民不断提高自身素质、成为全面发展的"自由人"所不可缺少的重要途径。

热爱动植物

澳大利亚是全球土地面积第六大的国家，国土面积比整个西欧大一倍。澳大利亚不仅国土辽阔，而且物产丰富，是南半球经济最发达的国家之一，是全球第四大农产品出口国，也是多种矿产出口量位列全球第一的国家。澳大利亚拥有很多自己特有的动植物和自然景观。

我到澳大利亚的黄金海岸时，有幸去看了萤火虫。澳大利亚的萤火虫与我们国内的萤火虫有很大的区别，这里不再细说，我要说的是去看萤火虫时的感觉。大家都知道，看萤火虫必须在晚上天黑以后。我事先准备好 LED 手电筒，以便上山看萤火虫时照明用。我们去看萤火虫的七八个人，随车进入黄金海岸的国家森林公园，导游是一位"90后"的华人女大学生。她要求我们把自己带去的手电筒全关闭，然后发给每人一个只有微弱亮光的手电筒，原因很简单：萤火虫如果遇到强烈灯光，其发亮功能就会受损，而不能发亮就不能吸引蚊子，萤火虫就会饿死（萤火虫靠吃蚊子为生）。为了保护萤火虫，当地严格要求参观者不能自带强光手电筒。这使我感慨万分，以前在书上看过发达国家保护动物的事迹和理论，而现在就发生在我的身边。

夕阳下的远方

看萤火虫的地方是黄金海岸的国家森林公园。漆黑的夜晚，周围一片寂静，但那位"90后"的女大学生一点也不怕，她一边指引我们看路旁的萤火虫，一边不时地用手中亮光微弱的手电筒指着路旁的参天大树，向我们介绍这种只有南半球才有的树种。很多大树的树龄都在百年以上，虽是"爷爷辈"的古树，却枝叶茂盛，盘根错节地挺立在深山之中。它们的雄姿折射出当地政府和公民很高的环境保护意识和能力。

我到墨尔本后，有机会在菲利普岛观看企鹅回家的宏大景观。导游在我们下车时，要求我们一律不准拍照，因为晚上拍照，闪光灯会损伤企鹅的眼睛。晚餐后，在当地时间晚上7点钟，我和团友们冒着雨后的寒冷（当时气温只有10摄氏度左右）坐在大海边看企鹅回家。不论风浪多大，观看企鹅回家的人们都不肯散去。我到海边坐下后，看到四周观看者没有一个人带照相机——大家都很爱护小企鹅啊！在海岸边静坐了半个小时左右，我们终于看到小企鹅回来了！在五六级大风和海浪的冲击下，身高只有33厘米的小企鹅与风浪奋力搏击，冲破异类鸟的阻拦。它们分批上岸，每队企鹅都是十几只，很整齐地走向自己草丛中的家。让我感动的是，观看企鹅回家的几百个人，没有一点声音，只是静静地跟随着企鹅的队伍观看，生怕自己发出的声音干扰了企鹅辨别同伴的呼唤声；哪怕企鹅已在自己脚前，也没有一个人拍照。小企鹅每天都能安然地回家，与当地人们细心的呵护紧密相关。

观看企鹅回家后，我亲身体验到，澳大利亚之所以有多个城市曾被评为世界上最适宜居住的地方，这与该国政府和全民拥有自觉的环境保护意识分不开。

虽然新西兰、澳大利亚之行很短暂，但使我亲身体验到可持续发展与和谐世界之美。

德国的浪漫之旅

2013年上半年，我在上海东湖国际旅游公司报名参加了2013年8月20日去德国的团队游。这次与去澳大利亚、新西兰一样，是我一人参团出国游。

雨中游慕尼黑

2013年8月20日23：40，我们团乘德国汉莎航空公司的飞机飞往德国慕尼黑。飞行12个多小时，第二天到达慕尼黑弗朗茨约瑟夫机场，下飞机后很顺利地办理了入境手续，慕尼黑以小雨天气欢迎我们。地陪在机场等候我们，他是一位身高1.9米的中国小伙子，30多岁，对我们非常热情。

从机场出来的途中，地陪给我们介绍了慕尼黑的前世今生。慕尼黑是德国巴伐利亚州的首府，也是德国主要的经济、文化、科技和交通中心之一，慕尼黑因保留着原巴伐利亚王国都城的古朴风情，被人们称作"百万人的村庄"。历代王公都重视城市建设，在这里建造宫殿，甚至修建整条街道，使得城市面貌不断改善。慕尼黑在历史进程中屡次遭受战争摧残。地陪介绍完后坐下来，我就问他："你在国内是上的哪个大学？学的什么专业？"他很直率地告诉我："我是在河北师范学院政教系读完本科后到德国读研的。"啊，他与我的大学专业很接近！我告诉他，"我是南京大学哲学系毕业的"，他一听，立刻和我握手："师姐，我俩的专业太接近了。"于是，我们算是新朋友了。

午饭后我们将驱车前往阿尔卑斯山的楚格峰，上午就冒雨在慕尼黑老城的市中心玛利亚广场游览。玛利亚广场并不大，但处处可见慕尼黑的历史底蕴和文化积淀。广场上的建筑群非常值得一看：广场正中有一根圣母柱，顶端是圣母玛利亚的金色雕像，她左手持权杖，右手抱圣婴，圣洁端庄。广场北边气势宏伟的哥特式建筑是慕尼黑新市政厅。这里最有趣的是每天都会进行的壁钟表演，广场的钟楼上有着德国最大的木偶报时钟，每当整点鸣响，里面的木偶人就会从钟楼里走出来排队表演。玛利亚广场上的青铜雕像喷泉是鱼泉许愿池，广场西北面引人注目的洋葱头圆顶建筑是圣母教堂，东北边的尖顶建筑是慕尼黑旧市政厅。

在玛利亚广场上，除了欣赏精美的建筑外，还可以看到各式各样的人物，有相偕散步的情侣，有吹拉弹唱的街头艺人，有搭载着游人到处参观的人力车，生活百态近在眼前。雨天的广场也人头攒动，有轨电车川流不息。这里有诸如施华洛世奇这样的品牌商店，也有当地特色的露天美食广场和花鸟市场，在广场一旁的餐厅坐下来喝一杯啤酒，看看街头艺人们的精彩表演，或去古老的教堂参观，都是不错的体验。

很遗憾，我们在慕尼黑只待了 2 个小时，而且下着雨。我在雨中左手撑着伞，右手用卡片相机拍摄着玛利亚广场的历史建筑和广场四周的街景。午餐自理，我与 4 个南京人（下飞机上大巴后才知道团里除了我以外还有 4 个南京来的团友）一起到广场的街边饮食店买了一些面包和饮料作为午餐。午餐后前往阿尔卑斯山的楚格峰，须行驶 120 公里，我便趁机闭目养神。

冒着雨雪登楚格峰

我们到达楚格峰山脚的停车场时，雨还是下个不停，好在是乘小火车登山。我只穿了一件薄羊绒衣和外套，感觉很冷，行李箱都在大巴的下面，下着雨不便开箱，我只好忍着寒冷冒着风雨上山。

楚格峰是德国的最高峰，海拔高度为 2963 米，约是中国庐山的 2 倍。我们乘着"冰川号"小火车登上了楚格峰的 2600 米处。地陪带领我们穿过楚格峰游客服务处，走到户外平台，风雪交加，这下到了考验我的身体素质的时候了。站在德国第一高峰，极目四望，阿尔卑斯山脉千万峰峦美景尽收眼底。雨雪不知何时停了。我把雨伞折叠起来放进相机包里，举着单反相机在楚格峰平台的不同方向分别快速拍摄了十几张照片，这时才发现平台上只有我们 4 个南京来的中年女士。拍完照片，我们立刻跑向游客休息室，我的 10 根手指冻得麻木了。

楚格峰游客休息室非常雅致。我在休息室里稍事休息，身体暖和过来后，就用卡片相机拍摄休息室里的装潢小件和建筑构造。地陪带我们去山上的餐厅吃晚餐。晚餐自助，我给自己点了热咖啡、面包和一小碟蔬菜。全团人围坐在一起，边吃边聊，算是彼此认识一下：除了我们 5 个南京女士（其中 1 名女士带着她的老母亲）外，其他都是上海人。用餐完毕，我们乘小火车下山，前往德国南部的富森入住酒店。上车后，大巴司机非常热心，打开暖气，我顿时浑身温暖，不知不觉在车上睡了一小觉。

魅力无限的新天鹅堡

8 月 22 日早饭后，我们前往新天鹅堡。上大巴时还在下雨，行驶了 40 多分钟，天晴了。蓝天白云之下，空气特别清新，我们从富森附近的酒店到新天鹅堡，一路风景让人遐思神往，眼前是无边的森林、柔嫩的山坡、在绿野中漫步的牛羊，远处是终年积雪的阿尔卑斯山和无尽宽阔的大湖。我坐在大巴上用卡片相机拍摄下这些美丽的田园风光。

在车上，地陪介绍新天鹅堡。新天鹅堡是 19 世纪晚期的建筑，位于德国巴伐利亚西南方，邻近年代较早的高天鹅堡（又称旧天鹅堡）。新天鹅城堡是德国的象征，建于 1869 年，由于是迪士尼城堡的原型，也有人叫它灰姑娘城堡。这座城堡是巴伐利亚国王路德维希二世的行宫之一，共有 360 个房间，其中只有 14 个房间依照设计完工，其他的 346 个房间则因国王在 1886 年逝世而未完成。

大巴开进新天鹅堡停车场，地陪带着我们走向新天鹅堡。我们用了近 40 分钟爬了很长一段高坡，南京海关那名女士的老母亲走不动，又舍不得放弃进入新天鹅堡的机会，领队很体谅老人家，便陪着她慢慢爬坡。我们一队人马跟随地陪，先到新天鹅堡的北面，那里有一座小桥，走过小桥，地陪说，这里是上午拍摄新天鹅堡的最佳机位。我在这个机位拍摄了不同角度的新天鹅堡整体，然后才走到新天鹅堡南面的坡道上，地陪在那里等候我们，等我们人到齐后才领着我们大家到了新天鹅堡的城门前。我们全团人在城堡的门外和门里拍摄了一些照片。地陪强调，一旦进入新天鹅堡内就不准拍摄照片了。进古堡的大门后，只见入口、窗户、列柱廊等全都是半圆头拱，这是罗马式建筑的特征之一。地陪说，后面有一堵墙壁上的拱门是盲拱。数间国王起居室都是哥特式的建筑，并以瓦格纳的歌剧作品里的中世纪传说作为壁画的主题装饰。

我们排着队站好，地陪发给我们每人一个中文翻译器挂在胸前，然后带我们通过一段很陡的台阶，进入城堡内。我们由其内部的"红色的回廊"开始参观。"红色的回廊"地面铺着红色的地毯。在国王生前，城堡中不放置自己的任何肖像。直到 1988 年，慕尼黑的路德维希二世俱乐部铸造了一座国王的塑像放置在此，让每一位游客能在参观前先瞻仰一下这位城堡建造者。"红色的回廊"旁是仆人房，从开放式的窗户中望去，有 5 间双人房。房内都有成套的家具，2 人并用一间。家具是用橡木作为材料的。国王起居室在 4 楼。地陪说，到城堡的参观者经常提出相同的问题：为什么路德维希二世将他的卧室、起居室等建置在 4 楼？国王的房间理应设在 2 楼更为方便而合理。因为在中世纪，每位君主会把自己的生活与起居处设在武器的射程之外，当时武器的围攻和攻击会先破坏较低的楼层。路德维希二世希望建设一座像中世纪时代的城堡，所以他选择了这样的设计。国王起居室的窗户、床罩、椅背都是使用深蓝色的布料及金色的刺绣，全都是路德维希二世所喜爱的颜色，也是巴伐利亚王族的代表颜色，后人把这种蓝色称为"国王蓝"。转进城堡的一角，来到了城堡中的国王寝室。紧接着的数间国王起居室，都是哥特式的建筑，在国王的起居室与勤务室之间有人工钟乳石洞，这是汤霍瑟传说中的爱欲女神维纳斯之洞窟，内有小瀑布与水池，是采用当时尖端科技的电灯及回转式的彩色玻璃建造而成。

国王的宫殿有 15 米高、20 米长。马赛克地板上描绘了如地球形状的椭圆，上面是动物和植物的图案。宫殿的圆顶镶嵌着星星；用黄铜板所制造的枝状灯架，尖锐的形状像极了拜占庭的王冠。灯架上镶嵌着玻璃石头和象牙制的饰品，可以点 96 支烛光，挂在天和地之间，象征着国王的位置。地陪说，国王其实未曾见过这枝状灯架，因为这灯架直到 1904 年他死亡后才安置于这个大厅。新天鹅堡的建筑与其名称相对应，到处装饰有天鹅造型的日常用品、帏帐、壁画，就连盥洗室的自来水的水龙头也装饰成了天鹅形状。离开王宫的门后，往右可看见许多建造在地板上的暖气孔加热中心系统，5 个加热大炉子安装在第一层楼，供应着复杂的城堡内部的地热。

从富丽堂皇的国王宫殿的阳台望出去，是美丽迷人的巴伐利亚乡间景色，左方是清澈的阿尔卑斯湖，右方是较小的天鹅湖。从走廊的窗户也可以看到城堡外的风光，从每个窗户看出去的风景都不一样，名副其实的"一步一景"，令人惊叹新天鹅堡设计者的审美与睿智。

参观完新天鹅堡，我一人慢慢走向城堡附近的停车场。我边走边拍摄途中风景，周边风景美不胜收。走到停车场时发现我是第一个到的，我上了大巴，从背包里拿出事先准备的作为午餐的面包，边吃面包边喝茶。等我吃完后，团员们陆续来到了停车场。地陪问我："感觉如何？"我回答他："太震撼！太漂亮！"他听后告诉我："每次带团参观新天鹅堡，我都会进去看，百看不厌。"我对地陪说："这位国王给后世留下了一座璀璨的童话王国。"

上车后行驶 200 公里左右，我们到达德国黑森林地区著名风景区——滴滴湖。

在车上，地陪悄悄告诉我，到那里会陪我去买一只德国的行李箱。

静谧秀美的滴滴湖

　　大巴开动后，我欣赏了一会儿沿途风景，就开始闭目养神——上午看新天鹅堡，爬上爬下的，实在累了。等地陪唤醒大家时，已经到了当地时间下午 4 点半，天黑下来了，好像快下雨了。

　　滴滴湖在巴符州黑森林地区，海拔 858 米，是黑森林地区最大的天然湖，又是德国西南部最小的湖泊之一，同时还是黑森林地区最漂亮的湖泊之一。滴滴湖的湖水清澈见底，环湖杉树浓郁成荫，周围绵延的丘陵和西部海拔近 1500 米的费尔德古堡，以及黑森林那浓浓的绿、幽幽的湖和林中鸟类天籁般的鸣啼，共同营造出这里独特的浪漫氛围。地陪说，滴滴湖的纯净与德国人注重环保有关。进入湖里的船只必须是人工驾驶的船，每天坐船到此的游客完全可控，小镇居民的生活用水也全都是循环处理的，确保没有一滴废水排进湖中。就连宠物们的卫生，小镇也有专项管理。

　　到达滴滴湖时，天上乌云翻滚，即将下雨。我赶紧走向湖边的平台空地，拍摄几张滴滴湖的湖景照片。大概由于时间和天气的原因，滴滴湖畔除了我们这个团的团友外，没有其他游客，小镇的居民也没出来。我没有多拍照，而是独自站在湖边欣赏湖景。滴滴湖面积不大，但在湖边的黑森林的衬托下，清澈的湖水如一面平镜，四周安静得能听到自己的呼吸声。滴滴湖静静地躺在黑森林的深处，群山环绕，清澈碧绿。也难怪欧洲人对这个小湖青睐有加，因为每个人都可以在这里发现属于自己的生活。我独自一人站在湖边享受着滴滴湖的静谧秀美，沉于遐思。

　　忽然听到地陪叫我，赶紧走到他面前。他拿着我的卡片相机给我在湖边拍了

2张照片后，就带我去买行李箱。我挑选了一只与地陪那只尺寸一样的、中等大小的蓝灰色行李箱。地陪说，日默瓦行李箱出色的外观体现了其设计理念，新推出的凹凸槽纹设计更赢得了全世界旅人的青睐。买好行李箱，我们出来欣赏滴滴湖有名的咕咕钟。滴滴湖就是咕咕钟的故乡，湖畔生长的松树是制造咕咕钟的原料。咕咕钟的外壳是一座木雕的山形小房子，每到正点时，就会有一扇门自动打开，蹦出来一只小鸟报时，发出咕咕的叫声。复杂一点的钟还能看到一连串的木偶表演。咕咕钟是手工雕刻的，工匠们仿造黑森林的木屋，将一个个童话故事展现其上。

吃晚餐时，我与地陪坐在一起，因我要向地陪请教德国黑森林"黑"在哪里。地陪说，黑森林又称为条顿森林，在巴符州山区。它是德国中等山脉中最具吸引力的地方，到处是参天笔直的杉树，林山总面积约6000平方公里。很多人都知道德国有个黑森林，在整个黑森林地区密布着针叶林树，深绿的树叶色彩在群山映衬中显示出一种深沉的暗色，但这绝不是那种暗淡的"黑"，而是充满生机和传说色彩的深墨绿色。地陪还告诉我，德国的黑森林地区生态环境优质，人们的生态保护意识前卫，他们注意饮食的合理性，而且这里是全世界唯一没有心血管病人的地区。

在巴登巴登体验各国政要的享受

8月23日早饭后，我们的目标是海德堡。上车后，地陪小声告诉我："黑森林地区有个小镇叫巴登巴登，是天然温泉小镇，也是各国政要到德国的必到之处。普京每次到德国，都是首先直飞巴登巴登泡温泉，然后再飞到柏林或其他城市去完成他的'公干'。这个巴登巴登是我们去海德堡的必经之地，你们愿意的话可以在此逗留3个小时。"我听完地陪介绍后就大声地向全团转告了他的建议，大家一致表示愿意去巴登巴登小镇体验各国政要的享受。于是，每个人交给地陪10 欧元游览费用。

大巴停在巴登巴登小镇外的停车场，地陪带领大家边走边介绍。巴登巴登是著名的温泉度假地，位于黑森林西北部的边缘上。德语里"巴登"是沐浴或游泳的意思，可想而知这里浴场之多。巴登巴登位于奥斯河谷中，城市沿着山谷蜿蜒伸展，背靠青山，面临秀水，景色妩媚多姿。地陪说，19 纪时，世界上很多大人物都在巴登巴登小住过几日。这座拿破仑三世所钟爱的温泉小镇，接待过俾斯麦、维多利亚女王、俄罗斯沙皇亚历山大和普鲁士的威廉。但这座城市同样也接待文人墨客，诸如陀思妥耶夫斯基、瓦格纳、勃拉姆斯……

我们边走边看，我看到了一座房子的标牌是 Casino（赌场）。地陪回应我疑问的眼神：许多人把巴登巴登说成是欧洲的拉斯维加斯，其实这里跟拉斯维加斯完全是两种味道。巴登巴登是欧洲最大的赌城，但它也是世界上最美的赌城，甚至可能是最豪华的赌城。每年有 60 多万富豪从世界各地飞来这里豪赌，然而这里却没有拉斯维加斯的那种疯狂，永远维持着它的安静。赢钱者，一出门就到商店买奢侈品；输钱者，面带笑容，默然离开。巴登巴登的最大赌场也不叫Casino，它有个文雅的名字——休闲宫，这个宫里不仅有赌场，还有音乐厅、舞厅等。进入这里，必须西装革履，系好领带。

音乐大师勃拉姆斯曾经说过："我对巴登巴登永远有着一种难以言传的向往。"又岂止是他呢？欧洲浪漫主义文学与艺术的大师们都非常喜欢到这个地方来。在舒曼、勃拉姆斯、李斯特等大师的努力下，这个小城在几百年前便成了欧洲沙龙音乐的中心。如今，这里更致力于建成一个文化与会议中心。我在行走中数了一下，这个小镇有 5 个大的音乐厅，还有 1 个露天音乐广场，足见巴登巴登居民的文化素质和音乐素养之高了。

进入小镇后，地陪先带我们去看巴登巴登最著名的古老的罗马浴室——弗里德里希浴场。这是在罗马浴室遗址上建立的浴场，已有 200 多年历史。这座文艺复兴时期风格的浴场外观已经足够吸引眼球了，进入门厅后，我们更是被里面如宫殿一般华丽的壁画与穹顶所震撼。这里至今仍保留着罗马浴的传统，其特点是什么衣服都不能穿，且任何时段都是男女混浴。听了地陪这一介绍，我们团没有一个人敢进去泡澡了。

看过弗里德里希浴场后，地陪带我们去看巴登巴登的政府楼。走到市政府门口感到非常吃惊——就像一座居民楼一样。地陪说："国外很高城市的政府楼都很简朴。"

外观了政府楼之后，地陪解散了队伍，我独自一人逛街。巴登巴登虽然城市不大，但安静秀美，沿街都布满了鲜花，商店里都是各式各样的世界名牌商品。迎面向我走来 2 位看上去 70 岁左右但穿着非常典雅的老太太，她俩走到一家首饰商店的橱窗前小声交流了一会儿，就走进商店选购看中的首饰了。我边走边看，沿途看到了很多画廊和卖名画的商店。这些商店橱窗里摆放的作品都是后现代画，非常有意思，让古老的小镇富有了很强的现代性。我用卡片相机拍摄了橱窗里展出的几幅画。然后，我独自走进一座古罗马时期的音乐厅，里面的装饰品和内装修都是古罗马风格，折射出巴登巴登弥漫着的古罗马时期的文化气息。这大概也是历史上和当今各国政要特别喜爱巴登巴登的原因之一吧。

走到城边，意外发现了一家有中餐的餐厅，我果断进去点了一盘鱼香肉丝、一碗鸡蛋番茄汤和一小碗米饭。久违了的中餐，我吃得好爽啊！午饭后，我们上大巴，前往海德堡。

暴雨中途经海德堡

从巴登巴登出发后的一小时，老天爷突然"翻脸"——雨由小变大，直至成为暴雨。在大巴上，地陪给我们介绍了海德堡的简况。海德堡于 1196 年正式出现在历史文献中，当时是个小城邑。秀美的海德堡是内卡河畔的文化古城和大学城，城内曲折而幽静的小巷充满了诗情画意。早在 16 世纪，海德堡大学就成为欧洲科学文化的中心，如今的海德堡声望不减当年。曾在海德堡大学学习和工作的著名思想家有黑格尔、伽达默尔、哈贝马斯以及卡尔－奥托·阿佩尔。海德堡大学的"哲学家小道"很著名，历史上许多诗人、哲学家曾经常在"哲学家小道"上散步和思考。听到此，看着车外的暴雨，我心生遗憾——大暴雨不停是无法爬山到海德堡大学的"哲学家小道"漫步了。

我们当天下午 2 点半到达海德堡，雨更大了，下车前地陪说："下车后集体到古桥上讲解，然后大家自己找地方避雨。看来海德堡只能看这座古桥了。"我们撑着伞跟着地陪走到海德堡古桥。古桥是一座有 9 个桥拱的石桥，跨越内卡河南北两岸，于 1786 — 1788 年间由 Elector Karl Theodor 所建造。河南岸的桥头有一座桥头堡巍然屹立，与山上的海德堡城堡遥相映衬。桥头堡有 2 座圆塔，塔下面的门洞原来是海德堡老城的入城口。桥上有 2 座雕像，靠南面的是选帝侯卡尔特奥多，靠北面的是智慧女神雅典娜。海德堡古桥是海德堡美景和灵气的点睛之笔，因而成为海德堡的象征。诗人歌德非常喜爱这座古桥。

站在海德堡古桥上抬头就可以看到山上的海德堡城堡。地陪手指向古城堡给我们继续介绍，著名的海德堡城堡位于高出内卡河海拔 200 米高的山上，俯视着狭长的海德堡老城。海德堡城堡里名胜古迹非常多，这些名胜古迹是德国文艺复兴时期的代表作。这是一座美丽的大城堡，也是一座满目沧桑的城堡遗址。马克·吐温说过："海德堡城堡：残破而不失王者之气，如同暴风雨中的李尔王。"

看完古桥后，团友们进入海德堡古桥附近的商店避雨。我在桥上用卡片相机拍摄了几张海德堡古桥照片，并把坐落在国王宝座山顶上的海德堡城堡拉近拍摄了 2 张，快步走进附近商店躲雨。由于雨大，我的 2 条裤腿已湿到膝盖，但却没有一点泥巴，因为路面铺的都是面包石，下水快，无泥巴。大约过了一小时，大雨终于变成了小雨。我撑着快干的雨伞走出商店，到古桥附近的街巷走走。

被大雨洗刷得特别干净的海德堡老城，青山绿水间的石桥、古堡、白墙红瓦的老城建筑，充满了迷人的色彩。海德堡老城尽管也十分现代，但街道、小巷和主要建筑都保留了原来的古朴风格。海德堡实在是一个"偷心"的城市：诗人歌德"把心遗失在海德堡"，马克·吐温说海德堡是他"到过的最美的地方"。这样著名的历史文化城市，因为一场大雨，我们只能匆匆而过。上车后，地陪说："下一站到罗腾堡，需要行驶 165 公里，大家抓紧时间闭闭眼，休息一下。"

鲜活的中世纪小镇——罗腾堡

在到罗腾堡之前一小时，地陪叫醒了大家，他给我们介绍罗腾堡。罗腾堡坐落在靠海岸的高地上，是中世纪保留下来的古城堡，是巴伐利亚州的一颗明珠，完整地保留了中世纪的原貌。德国有南北 2 个罗腾堡。南罗腾堡全名是陶伯河上游罗腾堡，距离纽伦堡西 50 多公里，是德国巴伐利亚最出名的小镇，有"中世纪明珠"的美称，现在是德国最受欢迎的旅游线路——浪漫之路、古堡之路的一个非常重要的组成部分。北罗腾堡在汉堡西南 100 公里，在不来梅东，位于维默河畔。我们去的是南罗腾堡。南罗腾堡古城始建于 9 世纪，12 世纪首次修筑城墙。在神圣的罗马帝国统治时期，商贸活动非常繁荣，罗腾堡也因此盛极一时。这座小城在历史长河中经受了多次战火的洗礼，然而幸运的是许多古老建筑仍然完好无损地保存至今，使今天的罗腾堡保留了欧洲中世纪的浪漫风情，这也正是如今人们如此喜爱这座小城的原因。

我们到达罗腾堡已是当地时间下午 5 点，我们到达时还下着细细的小雨。进入罗腾堡，先要穿过它的城墙与城楼。城墙里有罗腾堡的故乡博物馆，里面展出了文艺复兴风格的宫殿残存片瓦，看着眼前的展品，我有一种回到 19 世纪的感觉。穿过罗腾堡 19 世纪的城堡门进入古城，展现在眼前的是古老的街道、光滑的石子路面。街道两边是精致的老房子、老招牌，老房子漂亮、精致，有着艺术品一般的窗户，走过总忍不住驻足多看几眼。罗腾堡的木框街屋、石头建造的塔楼与中世纪的商店招牌所散发出的迷人魅力，大概没有人能不为之倾倒。我独自静静地拍摄着眼前的古镇：拱形的城门，各具特色的店铺招牌，外墙色彩缤纷并砌上了朱古力色花纹的半木房子，宛若童话世界。无论是路边栅栏里的小花、漂亮的小旅店，还是被精心呵护的居家小院，门口看家护院、迎来送往的小人偶和窗台上的小景，都让人感到家一般的亲切。许多老屋的墙上，还保留着圣像。走在小街小巷里，那些漂亮的哥特式或文艺复兴式的老屋层出不穷，横空出世的老招牌，亮煞眼！墙角矗立着中世纪卫士雕像的老房子，让人立马就想住进去享受一下帝王般的舒服日子。小镇每家窗户都有不同装饰物，一家窗台上的泰迪熊玩具吸引了我的眼球，我走过去，突然头顶上飘落下来色彩缤纷的气泡，才知道这是一只会吹泡泡的小熊，女主人让它为我表演啦。谢谢好客的罗腾堡人！相对于主要的街巷，有一些岔路上的小巷子比较僻静。如果有更多的时间，我真想走进去慢慢地欣赏。

晚上 7 点，我们全团吃晚餐。晚餐后，大巴载着我们行驶 190 多公里，前往法兰克福郊区入住酒店。

黑森州地区最大城市——法兰克福

8 月 24 日早饭后，我们前往法兰克福游览。在大巴上，地陪给我们介绍法兰克福（这是我第一次到法兰克福，之后又 3 次到过法兰克福）。法兰克福是德国第五大城市及黑森州地区最大的城市，同时又是一座文化名城。这里是世界文豪歌德的故乡，歌德的故居就在市中心。《安妮日记》的作者安妮·弗兰克出生于此。法兰克福有 17 个博物馆，还有许多名胜古迹，如古罗马人遗迹、棕榈树公园、黑宁格尔塔、尤斯蒂努斯教堂、古歌剧院等。

下车后，地陪首先带领我们到法兰克福的罗马广场（之后 3 次我到法兰克福都到了罗马广场）。罗马广场是现代法兰克福市容中仍然保留着中古时期街道面貌的唯一广场，罗马广场旁的老市政厅，其阶梯状的人字形屋顶，别具特色。地陪说，里面的皇帝殿是许多罗马皇帝加冕的地方。罗马广场西侧的 3 个山形墙的建筑物是法兰克福的象征。除了柏林的巴黎广场、汉堡的市政厅广场和慕尼黑的玛利亚广场之外，这里是德国最重要的城市广场。地陪说，中世纪时期，罗马广场是整个法兰克福的中心广场，集市和商品交易会及政治性集会和法庭审判都在这里举行。罗马广场中间竖立着面向旧市政厅的正义女神喷泉，建于 16 世纪，女神手持象征公正的天平，使人想起中世纪法庭审判的情形。广场的东侧有帝国大教堂、罗马厅，还有圣尼古拉旧教堂等。帝国大教堂有哥特式的华美外表。它不仅是法兰克福的精神中心，还曾是德国国王的加冕之地，在 1562—1797 年间，共有 10 位皇帝在此举行了加冕典礼。如今的罗马广场一带仍保留着昔日的风貌。

看完罗马广场后，地陪带领我们去外观罗马广场旁的大教堂，30 分钟后就上大巴前往吕德斯海姆，约行驶 65 公里。

浏览"酒城"——吕德斯海姆

上车后，地陪给我们介绍了德国"酒城"——吕德斯海姆小镇。吕德斯海姆建于 12 世纪，被誉为"莱茵河谷最耀眼的珍珠"；因这里几乎百分之百的家庭都有酒庄，年产 2700 万瓶葡萄酒，所以有"酒城"的称号。吕德斯海姆是莱茵河上的乐园，河边山坡上一望无际的葡萄园显示出小镇的浪漫，满城都是重重叠叠的红色屋顶和绿树掩映的街道，闪烁着自然的光彩。

大巴到了吕德斯海姆镇外的停车场，果然，眼前全是葡萄园！下车后，我们跟着地陪进小镇，地陪带我们穿行在一条特别狭窄的巷子里。这条狭窄的小巷子极长，地陪怕走在后面的团友听不见，大声地告诉我们，"这条狭窄的长巷就是小镇最有名的酒巷"。酒巷里的房子全是装饰温馨而华丽的酒馆，许多酒馆都有乐队现场表演，演唱着风情浓郁的歌谣。地陪说，每年夏季周末，吕德斯海姆小镇便成了一年一度街头表演节的场地，其热闹情景就像电影《云中漫步》中所描述的那般美妙。

接着，地陪又带领我们去画眉鸟巷。踩着光滑的鹅卵石小道，走在这条经典小巷里，两边各式招牌、特色小店让人应接不暇，地陪告诉我们："这里每年吸引着数百万来自世界各地的游客。"小巷虽窄，但气质高雅，每一家店都各具特色，连悬挂在墙上的商标也是造型各异，小店里面的工艺品十分精致，洋溢着浓烈的德国风情。小巷两旁排列着一座座黑色桁架小楼，楼层向街心突出，高低错落，都是经过精心雕琢与装饰的，具有浓郁的德国气息。白天的画眉鸟小巷人山人海，热闹非凡，可能都是被小巷里葡萄酒的清香吸引而来的，酒的魅力十足啊！

逛完 2 条小巷，地陪解散队伍，说明集合时间，让大家自己逛。我独自一人在小镇上仔细品味这座"酒城"。小镇的一切都小巧而精致，小酒巷，小商铺，小旅馆，小教堂，甚至城中还有一个小索道站。我乘坐小火车逛了一下吕德斯海姆，不消 15 分钟便可把小镇逛遍。小火车慢悠悠地行驶在整洁干净的轨道上。我沿途看到小镇精致的建筑上布满了鲜花，时不时还会看到一些风趣的小物件，或是看见三三两两的人群坐在街边咖啡店里畅谈，帅哥们聚集在一张桌边喝酒聊天，慵懒的猫咪趴在窗边晒太阳，好奇的游客在小店里寻找心爱之物……我仿佛跟着小火车行驶到了童话世界，这也是"酒城"的独特风味。火车沿着盘山公路往山上走，还看到了山岭旖旎的自然风光。

回到街上，我又遇到地陪了。地陪见我一个人逛，过来陪着我走了走。他告诉我，这个小镇的常住人口只有 1 万多，但是每到节日人满为患，会涌入几十万游客。原因无他，只因为小镇的"雷司令"葡萄酒名声在外，大家都嗅着"雷司令"的酒味儿而来。地陪带我去看吕德斯海姆的音乐盒博物馆。音乐盒是很多人童年渴望的礼物，吕德斯海姆的音乐盒博物馆也成了小镇受游客欢迎的打卡地。这座 15 世纪的房子里收藏着来自世界各地的音乐盒，其中最令人称奇的"玩具"能达到交响乐的演奏水平。这里更能颠覆人们对音乐盒的固有印象。音乐盒能发出从简单的机械鸟鸣到复杂动听的管弦乐声，让人瞬间找回童年的感觉。欣赏之余，还可以购买精致的音乐盒作为此行的纪念，将美好的经历珍藏起来。

我们走出吕德斯海姆的音乐盒博物馆后，很快就到了集合时间。我和地陪穿过画眉鸟巷，这时画眉鸟巷的游客不多了，我在穿行中逐一观赏着巷子里风格各异的酒店以及坐在酒店里穿着得体、优雅的饮酒的客人，感觉吕德斯海姆镇虽小，但品位很高。

快闪历史文化名城——科隆

我们离开吕德斯海姆小镇后，在大巴上团友们都先后进入梦乡。距离科隆只剩半小时路程时，地陪唤醒大家，向我们介绍起科隆的历史。科隆是德国最古老的大城市，它建城于罗马时代。罗马时代是科隆历史上的第一个兴盛时期，这里商贾云集，街市繁盛，城垣高垒。中世纪是科隆的又一个盛世。795 年，科隆有居民 4 万人，是德意志首屈一指的大城，人口甚至超过当时的巴黎和伦敦。蒸汽机时代是科隆的第三个兴盛时期。第二次世界大战中，科隆遭到猛烈轰炸，全城几乎被夷为平地。战后，科隆在废墟上重建，这座历尽沧桑的莱茵古城，如同灰烬中飞出的金凤凰，又成为一个兴旺发达的现代化大城市。现在的科隆市是德国的第四大城市，是一个繁华的商业城市。

我们到达科隆已经是当地时间下午 5 点多。地陪把我们带到著名的科隆大教堂前，给我们介绍科隆大教堂。科隆大教堂在科隆市中心，于 1880 年建成，是哥特式宗教建筑艺术的典范。它有罕见的五进建筑，内部空间挑高又加宽，高塔直向苍穹，象征人与上帝沟通的渴望。除 2 座高塔外，教堂外部还有多座小尖塔烘托。教堂的钟楼上装有 5 座响钟，最重的达 24 吨。科隆大教堂内有很多珍藏品，它与巴黎圣母院大教堂和罗马圣彼得大教堂并称为欧洲三大宗教建筑。1996 年，在世界遗产委员会第 20 届会议报告上，根据文化遗产标准 C（Ⅰ）（Ⅱ）（Ⅳ），

夕阳下的远方

科隆大教堂被联合国教科文组织列入《世界文化遗产名录》。

地陪介绍完毕，让我们自己参观大教堂和大教堂附近的市政厅。我独自一人在苍茫暮色中观赏着科隆大教堂的特色建筑。我绕着科隆大教堂外面拍摄了一圈。那高耸云端的双尖塔非常难拍摄，只有在正面的远处或侧面才能拍摄好。天渐渐暗下来，夜色中的科隆大教堂最为壮观：在灯光的辉映下，教堂显得银光闪烁，灿烂夺目，美不胜收。装在四周各建筑物上的聚光灯向教堂射出一道道青蓝色的冷光，照在宏伟的建筑上，蓝莹莹的璀璨晶亮，仿佛嵌上了蓝色的宝石，染上了绮丽的神秘色彩。教堂中央的双尖塔顶直上云霄，一连串的尖拱窗驮着陡峭的屋顶，整座教堂显得清奇冷峻，充满力量。

拍摄科隆大教堂，我进一步加深了"西方国家的文化大多在教堂"的观念，科隆大教堂的每一处都让我看到了精致的虔诚、持久的忠贞和信仰的永恒。在这儿，不用语言便能感受信仰的魅力，不用书写便能传递心灵的圣洁。

看完科隆大教堂，到了晚餐的时间。地陪带领大家走进一家硕大的餐厅——莱茵花园猪肘店，主食是每人一个大猪肘加一大杯黑啤。深色调的木质装饰风格体现了莱茵地区传统酒窖餐厅的特色。科隆的猪肘闻名世界，和其他地方的猪肘不一样的秘诀就是先腌制过后再放进烤箱烘烤。当硕大的猪肘放在大盘子里被服务员端到餐桌上时，我们吓了一跳："一个人吃一个，怎么吃得下？"估计一个猪肘有1斤。我站起来对地陪耳语："晚餐本来就不宜多吃，更不宜吃油腻食品。别浪费了，一个小组吃3个足矣。"地陪听我说完，便拉着我去看当地人是如何享受大猪肘的。我只见一个身材苗条的30岁左右的女士，面前的大猪肘吃得只剩下一根大骨头，她左手端着喝了一半的黑啤酒，右手拿着吸了一半的烟，好一派享受的感觉。我对地陪说："我们中国人绝对消受不起，赶紧撤掉一些大猪肘，浪费更难看。"地陪跟着我回到我们团的长桌上征求大家意见，大家都同意我的建议。我撕下五小块猪肘里面的瘦肉吃下去，喝了半杯黑啤，就很饱了。再看其他团友，面前的盘子里都剩下2/3只大猪肘，还是很浪费。吃饱喝好，我们上大巴入住科隆的四星级酒店。

浏览"世界桥城"——汉堡

　　8月25日早饭后，我们前往德国的海港城市——汉堡。在到汉堡前的30分钟，地陪介绍了汉堡这座海港城市。汉堡是一座拥有1000多年历史的城市，第二次世界大战中，汉堡遭到严重破坏，古老建筑几乎荡然无存，战后才得以重建。汉堡是德国第二大城市，是德国最重要的海港、最大的外贸中心和德国第二金融中心，同时也是德国北部的经济和文化大都市。汉堡有着"世界桥城"的美称，市内河道纵横，有1500多座桥梁，主要河道的河底有隧道相通，有世界上最长的城市地下隧道。汉堡是德国重要的交通枢纽，被誉为德国通往世界的大门。如今的汉堡港，不仅是德国最大港口，也是国际上最现代化的港口之一。

　　地陪介绍完毕不久，我们就到达了汉堡。下了大巴，地陪先带我们去参观汉堡的仓库城。仓库城建立于1888年，经过多年的发展，如今仓库城的面积已达30万平方米，成了世界上最大的仓储式综合市场。我们看到的仓库城——哥特式建筑构成了水陆两路的长长的仓库城街区，体现了这片区域在1885—1927年间作为储藏区域的珍贵价值，也体现了港口红砖建筑群在20世纪20—40年代作为办公楼时的重要作用。在厚实的墙壁后面储存着来自世界各地的"珍宝"——我们不仅看到咖啡、茶、可可和烟草，还有地毯和高档的电子产品。仓库城里漂亮的桥把各种形状的红房子连接起来，有的红房子带有小塔楼，从水路和陆路都有入口。仓库城这一区域老式的红砖房保留着19世纪的氛围。

　　参观完毕，我们在仓库城的最高处拍摄了半小时的海港照片后离开了，前往市政厅广场。汉堡市政厅位于汉堡市风光秀丽的内阿尔斯特湖边，东连内阿尔斯特湖连拱走廊。市政厅建于1886—1897年间，全部工程造价550万欧元，是汉堡著名景点之一，内设房间647间，比英国白金汉宫还多6间。汉堡市政厅的建筑风格为新文艺复兴风格。地陪介绍完毕，只见团友们都各自奔向各个商店，我独自一人进入市政大厅里面参观。绘有汉堡守护神汉莫尼雅的镶嵌画就安放在市政厅大楼正面上方半圆形壁龛内，金色的拉丁文的意思是："先辈赢得的自由，后人应加倍惜之。"市政厅的二楼是权力机构所在地，德意志 20 位著名皇帝的雕像立在各窗之间，这里有市政府会议室、市议会厅、大宴会厅、市民厅、皇帝厅、塔厅、市长厅、孤儿厅和凤凰厅。在大宴会厅里，我把反映汉堡历史发展的 5 幅巨型壁画全部拍摄了下来。

汉堡市政厅广场周边风景旖旎，附近既有教堂又有市民休闲广场。因为午饭前就要离开汉堡，我在市政厅附近边看边拍，直到集合上车。

快闪可爱之城——吕贝克

从汉堡出发到吕贝克，只需行驶 60 公里。上车后地陪介绍了吕贝克的简况，因为我们在吕贝克的停留时间只有 1 个小时。吕贝克是一座典型的中世纪山地城市，自 1143 年建城以来，一直是欧洲著名的港口及商业城市，它的影响与汉堡、哥本哈根、不来梅等城市相当。"二战"后德国政府努力修缮和保护残存的文物古迹，使得吕贝克旧城依旧成为北欧地区的一座保存良好的中世纪古城。1987 年，吕贝克被联合国教科文组织列入《世界文化遗产名录》，是欧洲北部第一个被列入世界文化遗产的城市。

我们主要浏览吕贝克的旧城区。因为时间限制，我们纯属"穿越型"浏览。大家紧跟地陪，他边走边讲，我与地陪并肩而行，便于记录他的讲解。吕贝克旧城区的东部和北部现已被划为保护区，保持着中世纪的完整格局。这一保护区建筑的最大特点是将 10 世纪城市特有的宗教性与世俗性和谐地融为一体。它同时又是一座活的建筑博物馆：哥特式、巴洛克式、非经典式……从中世纪到现代的各种建筑风格都有。其中哥特式的圣玛丽教堂、罗马式的大教堂等众多教堂尖顶簇拥在旧城区上空，仿佛是一片"教堂森林"。旧城的北区是中世纪城镇特色的典型代表，而这些特色主要通过当地独特的砖造房子和建筑阶梯形的山花显示出来。城东区保存了一些手工艺人的朴素住宅，这些住宅大都设有内院，有一定的虚实开阔变化。城内的贵族宅邸则更为讲究，它们结构坚固，设施完备，空间富于变化，装饰精巧细致，艺术价值很高。旧城的西南区是幽静而略显拘谨的城区，但也有一些浪漫的田园风格，吕贝克人将这里称为"画家角"。在我们眼中，尽管在第二次世界大战期间城市遭到破坏，但经过一系列的修复和改进，吕贝克历史文化仍旧保存得很好。结束了吕贝克的浏览，我们赶紧上大巴。地陪说，行驶60多公里后到什未林，在途中休息站大家自己解决午餐。

游览什未林城堡

上大巴后，地陪说我们不进城区，只看一个景点——什未林城堡。童话般的什未林城堡在什未林湖的一个岛上，它建成于19世纪。我们下大巴后跟着地陪走到什未林城堡前，地陪给我们进行了"看图说话"式的讲解。在历史上，什未林城堡曾是王宫。1974年，什未林城堡被用作艺术博物馆，并开始内部重新修复。2009年，联邦花园展在什未林进行，因此城堡花园被部分改建。

地陪带着我们外观并讲解完毕，让我们在此自由活动一小时。利用这一个小时，我拍摄了自己对什未林城堡感兴趣的部分。进入什未林城堡内需自己购票，我购票后快步进入了什未林城堡内部观看，内部墙面装潢富丽堂皇，气势恢宏。我快步行走过几个房间。很巧，我邂逅了到此拍摄电视剧的剧组，剧组演员们身着18—19世纪德国的服装，他们与什未林城堡共同构成18—19世纪的王宫景观。我趁机"蹭"拍了几张剧组演员照片。

然后，我走向什未林城堡的后花园。我在城堡后花园里坐了一会儿，默默地品味着眼前的什未林城堡。如果说什未林湖是这片土地上的一颗璀璨明珠的话，那么什未林城堡就是这颗明珠上最夺目的闪光点；如果说新天鹅堡是一座德国山上的童话城堡，那么什未林城堡就是当之无愧的德国水上的童话城堡。隔湖相望，城堡镀金的尖顶在阳光的照射下闪闪发光，与水面的波光粼粼交相辉映，更增添了几分古典色彩。后花园的绿化工艺性特强，整体就像一幅刚画成的水粉画。休息片刻后我在后花园走了一圈。什未林城堡后花园有各具形态的雕塑，这些姿态各样的雕塑各自代表的意义虽不同，但最大的共同点就是逼真。

上车后行驶 210 多公里，我们前往德国首都柏林。大家在车上睡了一觉，晚上入住柏林五星级酒店。

在柏林穿越历史

参观无忧宫

8 月 27 日早饭后，我们从柏林酒店出发前往著名的无忧宫。到达无忧宫，我们自由活动 40 分钟。下车后，只见无忧宫大门外站着一位穿古装、吹长笛的表演者。有趣的是他只要看见中国旅行团到来就会吹奏凤阳花鼓调，也不知他师从何人，难道师父没告诉他这首曲子是以前安徽灾民逃荒乞讨时街头演奏的曲子吗？宫门外 10 米处有一个风车磨坊，地陪说，它比这王宫年龄还大。这座建于 18 世纪的无忧宫，供腓特烈大帝避暑之用，宫殿相当雄伟，外墙侧雕梁画栋。无忧宫的园林风景特色是在无忧宫南侧山坡上建立的梯形葡萄藤山。为了达到尽可能利用太阳射线的目的，墙被建成了以台阶为中心的微弓形，其中承重墙的墙面被更换，取而代之的则是来自葡萄牙、意大利和法国的单株葡萄藤。梯形露台的前端则被绿色草坪覆盖，并被种植上了紫杉树和灌木加以分割。132 级台阶被建在中轴线上，这个梯形露台被分成了 6 个部分，山的两边都建有坡道。

山下的空地上是一座巴洛克风格的观赏花园，花园的正中心建起了一个带有喷泉的蓄水池。地陪说,遗憾的是,腓特烈大帝从未亲眼看见喷泉喷水。因为在他那个时代,还没有足够的技术让喷泉喷出水来。花园里有大理石雕刻成的美神维纳斯、商业神墨丘利、太阳神阿波罗、月神狄安娜,诸神被放置在水池的四周。

在无忧宫的一侧,有一座虽不宏伟但金碧辉煌的亭楼,这栋建筑被称为"中国楼",周围站立有各种亚洲特色的人物雕像,这些雕像都确确实实是镀金的,包括整个亭楼外壁都用镀金装饰。"中国楼"顶部有根据中国传说而想象制作的猴王雕像。由此可见,腓特烈大帝喜好各种文化,对东方的中国也充满了好奇和向往,因此建造此楼。

接下来进入无忧宫内参观。地陪说,无忧宫内允许参观者拍照。地陪发给每人一个翻译器,我们边听边参观边拍摄。宫殿正殿中部为半圆球形顶,两翼为长条锥脊建筑。中央往前凸起,呈圆弧状,屋檐上刻有"SANSSOUCI"字样。柱子凸出外墙,上方是各种体态的女人雕像。每个雕像至少有一只手做出往上撑着屋檐的姿态,下半身则是波浪状的裙子,往下演变成破碎的样子,有一种力、动态与幻想的美感。殿正中的圆厅是瑰丽的首相厅,天花板上的装潢富有想象力,四壁镶金,光彩夺目。宫内多用壁画和明镜装饰,辉煌璀璨。据翻译器里的中文介绍,整个宫内有1000多座以希腊神话人物为题材的石刻雕像。宫殿东侧是珍藏名画的画廊,这些绘画多为文艺复兴时期意大利、荷兰画家的名作。画廊宽敞明亮,我们在中文翻译器的解说中看完了无忧宫的主要房间,我拍摄了每个房间的景观,领略了腓特烈大帝在无忧宫里的艺术生涯。

走出无忧宫后,地陪说,《波茨坦公告》签署地就在无忧宫的附近,只需行驶10分钟就可到达,问我是否愿意去。我当然愿意啦!上大巴后,我就把这个信息告诉团友们,并强调了《波茨坦公告》的历史意义,以征求他们的参观意愿。大家愿意前往,我们每人给地陪10欧元,立刻前往《波茨坦公告》签署遗址。

观看国家分裂的见证——柏林墙遗址

地陪带领我们看柏林墙遗址在市区里的痕迹——一条长长的砌在地面的砖,

不知晓者是不知道这条地面砖的历史价值的。然后，我们沿着这条地面砖走到了柏林墙遗址。地陪说，柏林墙最早只是一道铁丝网，后来才改造成混凝土墙。柏林墙全长约155公里，由混凝土墙、铁丝网组成，沿墙修建了大量的瞭望塔、碉堡和壕沟。德国在"二战"期间被美、苏、英、法四国分区占领，1949年美、英、法、三国占领区合并为德意志联邦共和国，而苏联占领区则成立了德意志民主共和国，德国分裂为两个国家。在此情况下，柏林也因被四国分别占领，美、英、法三国管制下的西部称为西柏林，与苏联控制下的东柏林相对峙。在"二战"后的经济恢复发展中，西柏林得到西方国家尤其是美国的援助，经济发展非常迅速，因而吸引了大量的东德人民通过西柏林逃往西德。民主德国在受到巨大损失之后，在1961年采取了建筑隔离墙的办法阻止东德公民进入西德，而这道防护墙就是历史上有名的"柏林墙"。

20世纪80年代末，苏联经济模式下的东欧经济陷入困境，使东欧国家刮起了改革的旋风，引发了民主德国执政党的内部斗争。领导人更换后，民主德国最终开放了柏林墙关卡，"柏林墙"开放的当天，有10万东德人涌向西柏林，东西柏林人在时隔28年后，终于得以团聚。在"柏林墙"开放的第二年，德国也完成了统一。从1961年"柏林墙"建立到1989年"柏林墙"的倒塌，28年间被捕的人数达到3221人，而成功逃往西柏林的人数只有5043人，人民付出了惨重的代价。柏林墙如一部民族血泪史，永恒地矗立在那里，作为历史遗迹保留了下来，最长的一段也不过1公里，但它见证了德国的分裂与统一，就像一道无法消除的伤疤，永远提醒着柏林人不要忘记当年的血泪和创伤。我用相机拍下"柏林墙"遗址和"柏林墙"遗址的著名画作。面对"柏林墙"遗址，我思绪万千：国家分裂使德国广大百姓遭殃，国家统一使德国走向强盛，自由的生活是全世界各国人民永远的向往。

柏林是欧洲绿色环保城市之一

8月28日早饭后，地陪带领我们观光浏览柏林市区的历史文化遗存，全是外观。我却关注起柏林的城市生态环境质量，在柏林定居了 13 年的地陪详尽地向我介绍了柏林的环保情况。柏林在城市空间布局、雨水回收利用、慢行系统导向、垃圾分类回收、可再生能源利用等绿色城市建设方面有着成功经验，值得世界各国借鉴。

1994 年，柏林就以蓝绿交织出生态城市的城市规划。柏林市域面积 891.85 平方公里，其中森林面积约 1.6 万公顷，公共绿地超过 3300 处，近 1.3 万公顷，分别占城市总面积的 18% 和 14%。城市的闲置角落、公屋建筑的平屋顶和垂直墙壁都被绿化了，政府根据绿化面积按比例给予补贴或减税激励。社区周边的公共空间允许市民申请低价租用，变成蔬菜和花草混合种植的小菜园或小花园。

柏林是最早实施雨水回收利用的海绵城市。柏林年降雨量为 580 毫米，与北京接近。"无污染的直接用，轻污染的简单处理后用，有污染的强制处理后排放"的雨水回收利用理念，让柏林成为海绵城市建设的典范。政府鼓励平屋顶绿化和建设地上景观设施，吸水蓄水并减轻排水压力。这样，城市遭受大暴雨时绝对不会被淹没。城市人行道用石块或透水砖铺设，成为柏林独特的风景。道路上的雨水，由于含有大量金属、橡胶和燃油等污染物，经专用管道进入污水处理厂处理后排入河流。

柏林是以慢行系统为导向的畅通城市。柏林地铁地下 156 公里，地面 190 公里，城际铁路 300 公里，公交线路 5000 公里，联合构建了便捷快速的交通系统。大面积的森林绿地为慢行交通系统提供了可能。为增进人和城市的融合，道路普遍不宽，红绿灯多数可手动感应触发。骑行系统是柏林道路不可或缺的部分，在道路中单独规划并印有自行车通行标识，连续不中断。在城区交通系统中，很多道路减少一条小汽车道，调整为自行车道，甚至有道路只保留一条汽车单行道，而拥有左右两条自行车道。小汽车礼让自行车和行人成为公共规则。

柏林是最早实施垃圾分类回收的循环城市。1904 年，德国开始实施城市垃圾分类收集。严格的分类和回收系统，使德国的垃圾回收利用率在欧洲名列前茅。德国人从上幼儿园开始就学习垃圾分类，从小养成垃圾分类的好习惯。通过垃圾分类教育、自律教育、收费措施、法律保障、风气引导、时尚宣传等综合措施，3R 理念［减少原料（Reduce）、重新利用（Reuse）、物品回收（Recycle）］在柏林落地生根。

柏林是以利用可再生能源为主的节能城市。德国民用电价平均超过 29 欧分，为全欧洲最贵。节能成为德国人的生活习惯，租卖房子都要标明能耗。德国电费贵和能源转型有关。一方面是减少空气污染颗粒物排放的需要（德国规定 PM_{10} 及以下颗粒物超过 50 微克的天数每年不能超过 35 天），有计划的用天然气发电取代成本低却污染严重的褐煤发电。另一方面，德国决定于 2023 年 4 月关闭了最后 3 座核电厂，普及利用可再生能源，包括太阳能、风能、海洋能、水能、生物质能、地热能、生物燃料和氢能等。

我们于 8 月 29 日早饭后在柏林登机，途经法兰克福，于 8 月 30 日顺利回到浦东机场。浪漫的德国之旅虽然结束，但记忆永存。

游走在历史文化灿烂的英伦三岛

出师不利

  2014 年 4 月 28 日下午 4 点 20 分，我们团在浦东机场集合，飞向伦敦。这次去英国，同行的有李慧（大院里的好友）与王亚华（一名记者的母亲）。飞机飞行了 12 个小时左右到达伦敦希斯罗机场。在飞行途中，没想到同行的小王鼾声大起，我坐在她身旁一夜未眠。下飞机入境在海关验证时，我的十指居然没有指纹，怎么搞都出不来，全团就我一人无法入境。一位英国海关的男士要我坐在入境签证附近的长条凳上等候，我估计他们去上海领馆调我的面签数据了，我很安静地坐着等待。这时，小王已经帮我取到了行李箱，李慧与我隔着栏杆相望。等了约十几分钟，那位英国海关的男士非常有礼貌地告诉我："对不起，女士！您可以入境了。"我们的领队小周（一名杭州小伙子）立刻走过来带我到接我们的大巴处。他告诉我，有团友对我非常不满意——我耽误了大家的时间。我上大巴后，大声向全团团友致歉说："对不起，耽误大家的时间了。"我们在伦敦城外附近的酒店入住。

  我到酒店拿了房间钥匙后立即洗澡、吃安眠药、睡觉。我和王亚华一个房间，李慧与另一位团友一个房间。睡下不久，王亚华的鼾声顿时大起，比在飞机上声音还大，我又一夜不眠。

浏览伦敦

第二天早饭后，我们前往伦敦市区观光。在大巴上，地陪（一名在英国定居了多年的北京男士，年龄约 40 岁）向我们简单概述了伦敦的情况。伦敦是英国的政治、经济、文化和金融中心，拥有 19 家世界 500 强公司总部和 7 座世界排名前 100 的大学。伦敦的博物馆、图书馆、电影院和体育场馆数量位居世界首位，是全世界唯一举办过三届奥运会的城市，拥有世界上最出名的电影节、音乐节、时装周及数量最多的高等教育机构和著名大学，名列全球最佳留学城市。地陪忘了介绍伦敦在历史上曾是空气污染很严重的"雾都"，而当代，伦敦的城市生态环境质量在世界各国首都中名列前茅。

到了伦敦市区，我们在伦敦塔桥附近下了大巴，然后跟随领队和地陪步行到塔桥。地陪在塔桥旁向我们介绍道，伦敦塔桥是一座上开悬索桥，横跨泰晤士河，因在伦敦塔附近而得名，是伦敦的象征。该桥始建于 1886 年，1894 年 6 月 30 日对公众开放，将伦敦南北区连接成一个整体。塔桥两端由 4 座石塔连接，2 座主塔高 43.455 米；河中的 2 座桥基高 7.6 米，相距 76 米；伦敦塔桥最初为木桥，后改为石桥，如今是拥有 6 车道的水泥结构桥。2 座主塔上建有白色大理石屋顶和 5 个小尖塔，远看仿佛两顶王冠。当泰晤士河上有万吨船只通过时，主塔内机器启动，桥身慢慢分开，向上折起，船只驶过后，桥身慢慢落下，恢复车辆通行。2 块活动桥面，各自重达 1000 吨。从远处观望塔桥，双塔高耸，极为壮丽。

领队留给我们 20 分钟时间，让我们在塔桥附近拍照。看完塔桥，领队和地陪带领我们去乘船游览泰晤士河的候船处。等了 10 多分钟，我们就上船了。上船后，我和李慧、小王在船的前排就座，船开了，直奔向塔桥。我站起身举起单反相机拍摄河上的塔桥，非常遗憾，天气不好，拍不出塔桥的倒影。船行驶到塔桥面前就折返了，向着著名的议会大厦行驶而去。依泰晤士河畔而建的议会大厦是英国的政治中心，是伦敦最有名的建筑之一。这座建于维多利亚时期的哥特式建筑恢宏磅礴，雕刻装饰精致绝伦，充满浓郁的英国古典气息。议会大厦不仅是英国君主政体的象征，同时也代表着英国民主政治的精神。议会大厦不仅外表雄伟壮观、内部装饰华丽，而且其建筑结构和内部设计也能充分体现出世界上最古老的君主立宪政体。地陪说，英国国会开会时，国王坐在上议院的国王宝座上，但首相和议员需从下议院进入自己的席位，普通公民也可在旁听席观看议会进程。我问地陪："我们能否进去参观？"他告诉我，我们团没有预约进入议会大厦的门票，所以只能在船上外观。这让我感到遗憾！我们在泰晤士河上观光了40分钟，就上岸继续参观。上岸的地方就在大本钟所在的街对面的下方。

地陪等大家到齐后简介大本钟。大本钟的钟楼坐落在议会大厦旁，也是伦敦的标志之一，于1859年5月31日建成，高97.5米，是世界第三高钟楼。大本钟塔台结构的底部由沙色的砖砌石灰石覆盖。塔顶端的其余部分是一个铸铁的框架式尖顶。4个时钟表盘离地面54.9米。外墙上有4面巨大的钟表朝向东南西北4个方向，分针有4米多长，国会开会期间，钟面会发出光芒。外观大本钟后，地陪带我们去威斯敏斯特教堂。又是外观！我在心里哀叹。

威斯敏斯特教堂通称威斯敏斯特修道院，坐落在伦敦泰晤士河北岸，1987年，威斯敏斯特教堂与威斯敏斯特宫、圣玛格丽特教堂一起被联合国教科文组织列入《世界文化遗产名录》。联合国教科文组织世界遗产委员会对威斯敏斯特教堂的描述如下："在重要的中世纪遗迹原址上于1840年重建的威斯敏斯特宫殿是新哥特式建筑的典型。这里还包括圣玛格丽特教堂，这是一座小型的直角哥特式风格的中世纪教堂。威斯敏斯特教堂具有重要的历史意义和象征意义，从11世纪起历代国王都在此举行加冕仪式。"站在教堂大门外，地陪较详细地向我们介绍了威斯敏斯特教堂的历史和内部状况。威斯敏斯特教堂的著名不仅在于它是皇家专用教堂，还在于教堂内部别有洞天——安葬了许多国王和名人。教堂内，还有一座特殊的小礼拜堂。说它特殊，是因为这座小礼拜堂是献给牺牲于"不列颠之战"（1940年秋季发生的英德空军之战）的皇家空军战士的，小礼拜堂的彩色玻璃上绘有当年参战的空军中队的队徽，这为满目的皇家奢华中注入了一股刚健悲壮之气。

宏伟壮观的威斯敏斯特教堂是英国的圣地，是英国众多教堂中地位显赫的，是英国地位最高的教堂。除了王室成员，英国许多领域的伟大人物也埋葬在此。因此英国人把威斯敏斯特教堂称为"荣誉的宝塔尖"，如死后能在这里占据一席之地，则是至高无上的光荣。其中著名的"诗人角"就位于教堂中央往南的甬道上，这儿安葬了许多著名的诗人和小说家，如英国14世纪的"诗圣"乔叟就安葬于此。伴他长眠的有丁尼生和布朗宁，他俩都是名噪一时的大诗人；著名的小说家哈代和1907年诺贝尔文学奖获得者吉卜林也葬在这里。"诗人角"中央，并排埋葬着德国著名的作曲家亨德尔和19世纪最杰出的现实主义作家狄更斯。还有些著名文学家虽葬身别处，但在这里仍为他们树碑立传，如著名的《失乐园》的作者弥尔顿和苏格兰诗人彭斯就享受着这种荣耀。教堂里还伫立着许多音乐家和科学家的纪念碑。其中最著名的是牛顿，他是人类历史上第一个获得国葬的自然科学家。他的墓地位于威斯敏斯特教堂正面大厅的中央，墓地上方耸立着一尊牛顿的雕像，旁边还有一个巨大的地球造型以纪念他在科学上的功绩。此外，进化论的奠基人、生物学家达尔文，天王星的发现者、天文学家赫歇尔等许多科学家都葬于此地。在威斯敏斯特教堂内还安置着英国著名的政治家丘吉尔、张伯伦等许多知名人士的遗骸。

我们从外面观赏了这座古老教堂的宏伟结构，看到它低调中显现着辉煌。教堂正门向西，由2座全石结构的方形塔楼组成。整座建筑古典庄严、高大古朴，弓形的石雕精美细致，挺拔的立柱直指苍穹。教堂最上端耸立着由彩色玻璃嵌饰的尖顶，巍峨地冲向天际，精巧绝伦。抬头仰望，会有一种天堂般高深莫测的玄妙感和神秘感。教堂四周高处的窗户都是用五颜六色的彩色玻璃装饰而成，它们使以灰色为主调的教堂在庄严中增加了几分典雅和华丽的情调，其精美豪华、富丽堂皇为英国教堂之冠，不愧是英国哥特式建筑中的杰作。

我最看重威斯敏斯特教堂的人文意义：在教堂里专为杰出人物划出一席之地。英国的名人身后有幸进入威斯敏斯特教堂，他们或被埋葬在教堂内，或者在此竖立纪念碑。这里墓室累累，纪念碑林立，堪称英国著名的历史文物陈列馆。威斯敏斯特教堂既是历代国王加冕登基、举行婚礼庆典的地方，也是英国王室和各界名人陵墓所在地，从这个意义上来说，威斯敏斯特教堂是一部英国的石头史书。听完地陪详尽的介绍后，感觉上了一堂形象的英国历史课。威斯敏斯特大教堂的确是世界上巍峨壮丽的教堂之一，它的外观恢宏凝重，装潢优美精致，整座建筑金碧辉煌而又静谧肃穆，确实是英国哥特式建筑中的杰作。它见证了泰晤士河的千年沧桑，引发人们对千古风流人物的无限崇敬，它不仅是英国最出色的哥特式建筑，还是一座历史博物馆。

看完威斯敏斯特教堂，我们跟着领队和地陪去外观英国首相府。不一会儿就走到首相府大门门口。因是首相办公重地，闲人免进，大铁门紧闭，门外站着几个警卫人员。他们看到我们中国游客表现的非常友好，面带笑容。我以简易英语与警卫交流，希望能允许我站在门外拍照，他竟然答应了。我立刻用相机快速拍摄，给李慧和小王分别在此拍照，又请李慧给我与警卫在此合影留念。

午餐后，我们先去大英博物馆，这是预约的，可以进去参观。大英博物馆的门外人非常多，大多是各国游客。我只能把相机高高举起拍摄了 2 张博物馆大门外的照片，角度很不理想，随后立即紧跟团队进入大英博物馆馆内。地陪说，由于大英博物馆非常大，一次是看不完的，我们只能看一楼的埃及文物馆、希腊和罗马文物馆和二楼的东方文物馆。地陪给我们讲解道，大英博物馆成立于 1753 年，于 1759 年 1 月 15 日起正式对公众开放，是世界上历史最悠久、规模最宏伟的综合性博物馆，也是世界上最著名的四大博物馆之一。博物馆里收藏了世界各地许多文物和珍品及很多伟大科学家的手稿，藏品之丰富、种类之繁多，为全世界博物馆所罕见。大英博物馆拥有藏品 800 多万件，埃及文物馆是其中最大的陈列馆，有 10 万多件古埃及各种文物原件，代表着古埃及的高度文明。希腊和罗马文物馆、东方文物馆的大量文物反映了古希腊罗马、古代中国的灿烂文化。藏品的主要来源是英国于 18—19 世纪对外扩张中掠夺来的。听到这里，我想到八国联军火烧圆明园，气愤万分！由于空间限制，有 99% 的藏品未能公开展出。

埃及文物馆分为木乃伊和埃及建筑 2 个馆,是博物馆中最大的专题陈列馆之一,这里展有大型的人兽石雕、庙宇建筑、为数众多的木乃伊、碑文壁画、镌石器皿及黄金首饰原件。其展品的年代可上溯到 5000 多年以前,藏品数量达 10 万多件,其中包括 19 世纪英国海军统帅纳尔逊从法国国王拿破仑手中夺取的古埃及艺术品。地陪说,大英博物馆的埃及文物都是真品,都是英国抢来的或购买来的古埃及最珍贵的文物。2200 多年前的古埃及象形文字、埃及草书体和希腊文的罗塞塔石碑藏在大英博物馆中,并据此破译了古埃及象形文字,堪称镇馆之宝。"你们以后去埃及都看不到这些珍贵的埃及文物!"地陪如是说。

看完一楼的展品后,我们跟随地陪到二楼东方文物馆参观。因为下午还要去外观白金汉宫,我们得抓紧时间,主要看中国馆的展品,因为中国馆的藏品非常多。我在 33 号展厅边看边拍,这个展厅是专门陈列中国文物的永久性展厅,与古埃及、古希腊、古罗马和印度展厅一样,是该博物馆仅有的几个国家展厅之一。该馆收藏的中国文物囊括了中国整个艺术类别,一言以蔽之,远古石器、商周青铜器、魏晋石佛经卷、唐宋书画、明清瓷器等标刻着中国历史上各个文化登峰造极的国宝在这里皆可见到,可谓门类齐全、美不胜收。如《女史箴图》是当今存世最早的中国绢画,是尚能见到的中国最早专业画家的作品之一,在中国美术史上具有里程碑的意义,一直是历代宫廷收藏的珍品。世界上只剩 2 幅摹本,其一为宋人临摹,被北京故宫博物院收藏,另一幅就是大英博物馆中的这件摹本。它本为清宫所藏,是乾隆皇帝的案头爱物,藏在圆明园中。1860 年,英法联军入侵北京,英军从中国获得并携往国外。1903 年被大英博物馆以 25 英镑的价格收藏,成为该馆最重要的东方文物,称之为"镇馆之宝"也毫不为过。此画卷每年对外展出 2 个月。其他精品还有"北宗"之祖、唐代画家李思训的《青绿山水图》、五代江南画派代表人物巨然的《茂林迭嶂图》、北宋山水画三大名家之一范宽的《携琴访友图》、北宋著名画家李公麟的《华岩变相图》、唐宋八大家之一苏轼的《墨竹图》。我把这些在国内看不到的名画记录在相机里。我非常喜欢瓷器,大英博物馆里的中国瓷器,上自汉唐,下至明清,青花、钧瓷、唐三彩、景泰蓝按年代与产地排列，应有尽有，大概是中国以外最大的中国陶瓷馆了，且比中国的任何博物馆都丰富绝美。我用相机拍摄了很多中国瓷器珍品。

看完中国馆后，我们三人下楼到大英博物馆门厅内拍摄。大英博物馆的核心建筑占地约 56000 平方米。博物馆正门的两旁，各有 8 根又粗又高的希腊爱奥尼式圆柱，大中庭位于大英博物馆中心，于 2000 年 12 月建成开放，是欧洲最大的有顶广场。广场的顶部是用 3312 块三角形的玻璃片组成的，漂亮极了！我们在这里拍摄了几张照片。然后，我们从边门走出大英博物馆，又在边门外拍摄了几张照片。

接下来，跟着领队和地陪步行去白金汉宫。白金汉宫是英国君主位于伦敦的主要寝宫及办公处，只能外观。地陪给我们简介，白金汉宫内有典礼厅、音乐厅、宴会厅、画廊等 775 间厅室，宫外有占地辽阔的御花园。女王的重要国事活动都在该地举行，来英进行国事访问的国家元首也在宫内下榻，王宫由身着礼服的皇家卫队守卫。

白金汉宫的广场中央耸立着维多利亚女王镀金雕像纪念碑，顶上站立着展翅欲飞的胜利女神。维多利亚女王雕像上的金色天使，代表王室希望能再创维多利亚时代的光辉。地陪说，若王宫正上方飘扬英国国王旗帜，表示女王仍在宫中；反之，就意味着女王外出了。

地陪讲解完毕，我们自己拍照，当时是下午 2 点多，阳光特强，拍照光线不理想。于是，我们先在白金汉宫铁门外拍摄了几张照片，然后到王宫外的花园去闲逛。花园很美，有草地、小径和各种花草树木。王宫旁边还有一个大院子，里面的绿草坪和大树让人心生惬意。下午 5 点集合。上大巴后地陪说，我们的晚餐是英国人最喜欢的鱼餐，也是女王的最爱，为此，女王经常偷偷溜出王宫来吃鱼餐。说完后，他要大家注意看窗外，如果看到王宫附近马路上出现一辆黑色轿车，且前后左右有 4 辆摩托车护驾，就是女王溜出来吃鱼餐了。地陪话音刚落，我就看到我的右边马路上出现了女王的黑色轿车，突然，女王伸出头来并向我们大巴友好地挥手。我来不及拿相机，女王的车开得很快。

晚餐后立即上车去酒店。进酒店后，我感觉很累很累——连续两夜没睡，又在伦敦市内整整走了一天。为了保持精力，我请小王与李慧换房间。从此，在英国期间李慧与我睡一个房间。

走进温莎城堡

与李慧一个房间，夜间特安静，我终于睡了一夜好觉，把2天的疲劳赶走了。4月30日早餐后，我们乘大巴前往温莎城堡。温莎城堡距离伦敦约40公里，在大巴上，地陪介绍了温莎城堡相关情况，进城堡后就解散队伍，我们各自排队参观。

温莎城堡是英国王室的家族城堡，也是现今世界上最大的有人居住的城堡。在英国，城堡无处不在，这些城堡历史悠久、气势恢宏、景色优美、内涵丰富。英国有的城市就是从一个城堡发展起来的，如温莎。1110年，英王亨利一世在这里举行朝觐仪式，从此，温莎古堡正式成为宫廷的活动场所。经过历代君王的不断扩建，到19世纪上半叶，温莎城堡已成为拥有众多精美建筑的庞大古堡建筑群。所有建筑都用石头砌成，共有近千个房间，四周是绿色的草坪和茂密的森林。伊丽莎白一世有相当多的时间是在温莎城堡度过的，她认为温莎城堡是国土中最安全的地方，而且危急时可以撤退到这里，就像伊丽莎白一世描述的一样："如果有需要的话，温莎城堡可以承受围攻。"伊丽莎白二世在她登基成为英国女王后，决定将温莎城堡作为她主要的休养所。整修完毕，伊丽莎白二世、菲利普亲王与他们的2个儿子搬进温莎城堡，直到菲利普亲王与女王先后去世。地陪给我们讲了一个发生在温莎城堡的真实故事。1936年，英王爱德华八世曾在此两度向离婚的美国平民辛普森夫人求婚，为了爱情毅然放弃王冠，由一国之君降为温莎公爵，出走英伦三岛，直到1972年其灵柩才重返温莎。这段"不爱江山爱美人"的风流逸事，不但使古堡声名远播，也为温莎平添了几分缠绵浪漫的气氛。

大巴不能进温莎城堡，在城堡外的停车场停下。我们下车后跟随领队和地陪沿着城堡外一条长长的上坡路进入城堡，这条路上放置了一些长条凳供人们歇息，城堡外的墙下是绿茵草地，养眼至极。我边走边把城堡外景拍摄下来。进入城堡后，地陪给我们2小时的参观时间。

城堡分为东西两大部分。东面的"上区"为王室私宅。西面的"下区"，是进入温莎城堡的入口处。我和李慧始终走在一起，先在"下区"一个小广场看皇家卫队的列队表演。我们冒着烈日等候了20分钟，皇家卫队终于入场开始列队表演了。在军乐队进行曲的伴奏下，皇家卫队从广场一侧雄赳赳气昂昂地走来了。我们边看边拍摄，等皇家卫队表演完毕走出表演场时，我和李慧才离开，进入温莎城堡的圣乔治教堂。

圣乔治教堂面积不大，位于温莎城堡的西区中部，始建于1475年，是一座当时盛行的哥特式垂直建筑，在英国其建筑艺术成就仅次于伦敦市区的威斯敏斯特教堂。英国历史上许多重大事件都发生在这里。自18世纪以来，英国历代君主死后都埋葬在这里。此外，这里还有许多王后、王子和其他王室成员的陵墓。教堂内厅是举行宗教仪式和嘉德骑士勋章获得者每年朝觐国王的庆典的场所。圣乔治教堂有陵墓的那片地方有扇门锁上了，就是不让参观。我们没在圣乔治教堂多逗留，要去城堡"上区"王室居住处参观。走出圣乔治教堂后，我和李慧互相拍摄了教堂外面的风景照，就赶紧去"上区"王室居住地。这时，我们才有时间浏览温莎城堡内部环境，用相机拍摄了几张温莎城堡内部环境照片。

我和李慧快步走到"上区"，排队进入王室私宅。根据翻译器的中文指引，我们边走边看。温莎城堡演绎了英国传世经典，18世纪王室使用的部分家具，如今仍摆设在温莎城堡188号、196号、207号、208号、214号和225号房间内。王室私宅分为国王和女王的餐厅、画室、舞厅、觐见厅、客厅、滑铁卢厅，这里以收藏皇家名画和珍宝著称。滑铁卢厅是为庆贺滑铁卢战役胜利而建的。身临王室私宅，目睹王室私宅的内部环境，王室日常生活程序和情景跃然眼前，其完美地存在是由英国政体决定的。参观完温莎城堡后，午餐在城堡外附近的餐厅吃西餐。午餐后，领队给大家1小时逛温莎镇的街区，然后驱车开回我们入住的伦敦郊区的酒店。时间安排很从容，大家也不累。

走进莎翁故居

5月1日早饭后，我们带着行李上大巴。地陪说，我们行驶160多公里后到达斯特拉特福小镇，外观莎士比亚故居，然后再去巴斯附近入住酒店。我听到"外观"就不满意，等地陪坐下后我小声问他："莎翁故居可以进去参观吗？"地陪告诉我："行程安排外观，如果你自己购票是可以进入的。"我决定购票进入莎翁故居参观。一路上入眼的都是伦敦郊区的春光景象，绿色草地夹杂着黄色的油菜花，漂亮极了。

伦敦以西180公里的斯特拉特福镇坐落于埃文河畔，是英国伟大戏剧家威廉·莎士比亚诞生和逝世的地方，也是皇家莎士比亚剧团的诞生地。由于在美国和加拿大还各有一个名为斯特拉特福的地方，而英国的斯特拉特福镇坐落于埃文河畔，所以称其为埃文河畔斯特拉特福，以示区别。我们下了大巴，首先看到的是在几条街交汇处的一座钟楼，地陪告诉我们，这座钟楼由美国费城慈善家柴尔兹在1887年维多利亚登基50周年之际捐赠，外形精美绝伦，成为当地地标性建筑。

莎士比亚故居在小镇的亨利街北侧，是一座带阁楼的2层楼房。这座16世纪的老房子外墙是泥土颜色，斜坡瓦顶，所以在周围的建筑群中十分显眼。地陪说，这是一座都铎式建筑。这种建筑因流行于英国都铎王朝而得名，混合着传统的哥特式和文艺复兴风格，充满厚重的历史感。莎士比亚的父亲是经营羊毛、皮革制造及谷物生意的杂货商，1565年接任镇民政官，3年后被选为镇长。莎翁家在当时是个殷实人家。莎士比亚的父亲当年买下这座2层楼房，一半做住宅，一半做手工作坊。1564年4月23日，莎士比亚出生在这座楼里。他的童年和青少年时代都是在这里度过的。后来他离开故乡到伦敦谋生，直到晚年才回来。地陪带着大家在莎翁故居外墙旁讲解完毕，就带大家去小镇河边看人物雕塑。我去购买进入莎翁故居的门票前问李慧和小王："你俩愿意和我一起看吗？"她们愿意和我一起进入莎翁故居，我立即去买门票，一张门票 15 英镑，我买了 3 张。

我们三人一起走进莎翁故居的小院子。小院子里栽培着几十种莎士比亚戏剧中提到的花卉，如紫罗兰、玫瑰、勿忘我、迷迭香等，很别致。我们先在莎翁故居的小院子里拍了单人照，然后进入莎翁故居的房内。扑面而来的是 16 世纪世界文学巨匠的生活气息——故居按照联合国有关规定的"修旧如旧"原则，把 16 世纪的古建筑修整得原汁原味。行走在 16 世纪的世界文学巨匠的房屋内，我心潮澎湃，莎翁的那些剧作像电影一样在我眼前闪现。莎翁这位文坛巨匠流传下来的作品包括 37 部戏剧、154 首十四行诗、2 首长叙事诗等。莎翁作为世界文化史上的一座丰碑，我很喜欢看根据他的作品拍摄的电影，没想到退休后，我居然有机会走进他的故居！

莎翁故居的一楼是工具室、厨房和餐厅，二楼是卧室、书房和客厅。工具室里大都是劳作的工具，估计是作坊雇工干活用的工具。卧室不大，床也不大，从床的长度可以猜测莎翁身高在 1.6 米左右。书房里放置了书桌和一个展柜，展柜里面有一大本翻开的《莎士比亚全集》首版"第一对开本"和莎翁的其他手迹、钱币、友人向莎士比亚借钱的借据，莎士比亚幼年在学校念书时的课桌，还有竖着放的刻在透明塑料板上的戴安娜、温家宝等四人头像，以示他们来此参观过。客厅里就是一张桌子和几张木椅。我全部拍摄下来了。我们仔细观看着这些保存完好的 16 世纪文物，深深钦佩英国对历史文化的重视和保护水平。

走出莎翁故居，来到小镇的中心。正好看到穿着表演服的中老年表演队，很巧！我们三人索性不去逛小镇了，看看英伦风情的"广场舞"。他们表演了 30 分钟后，我们的领队和地陪带着我们的团友过来了，集合上车的时间也到了。晚餐后入住在巴斯古城附近的酒店。

温泉古城——巴斯

5月2日早饭后，地陪告诉我们会在巴斯待一上午，看3个景点：大教堂、皇家新月楼和著名的普尔特尼桥，然后大家自由逛街，看看巴斯古城。地陪在大巴上向我们简介了巴斯古城。

巴斯，在英文中的意思是"洗浴"，用作城市名反映了该市起源于温泉浴场。古罗马时期，这里是神庙和温泉浴场，是罗马人献给水与智慧女神莎丽斯米娜瓦的礼物。今天，古城的火车站的名字仍然叫作 Bath Spa（巴斯温泉小站）。巴斯城处在群山环绕的圆形凹地中，巴斯城存有古罗马及其他多个时期的特色建筑物，包括罗马神庙、古罗马浴池、巴斯修道院、大泵房及6个考古地段，是英国西部的著名旅游胜地和著名温泉疗养胜地。美丽的埃文河缓缓流经巴斯城，横跨河上的是巴斯城有名的普尔特尼桥，该桥建于1769—1774年，颇具意大利风情，是巴斯城标志性景观之一。女王伊丽莎白一世下旨把普尔特尼桥作为世界第一枚邮票上的图案。1987年，巴斯城被联合国教科文组织列入《世界文化遗产名录》。

下了大巴后，领队和地陪带我们先去看英国著名女作家简·奥斯汀在巴斯的故居。巴斯的美景，巴斯的人文，对简·奥斯汀的创作都产生了无形的影响，很多简·奥斯汀迷来到这里，都会去体验充满英式风情的传统服饰和下午茶。我们下车后先去了简·奥斯汀在巴斯的故居。我在故居外拍了几张人文照片，还拍摄了团友孟建江与讲解员翩翩起舞的照片。然后，全团又跟着领队和地陪去看小城中心的罗马古浴场遗址，这是全欧洲保存最为完好的古罗马时代建筑群。地面建筑是后世杰作，真正的遗址在地面以下6米，最值得一看的有大浴池、国王浴池及女神莎丽斯米娜瓦的铜像等。地陪形象地说，巴斯的古罗马遗迹极为丰富，行走在巴斯古城就等于用脚步丈量古罗马人的生活时光。

紧接着我们去外观巴斯的建于15世纪的大教堂。教堂朝西的一面以有许多大窗户和扇形拱顶闻名，因其窗户多，有"西方灯笼"之称。外观巴斯大教堂后，领队和地陪带我们去看 1774 年竣工的皇家新月楼，它呈弧形，长达 184 米，由 30 多栋淡米色房屋联结成一座半月形建筑，采用意大利式装饰，共有 114 根圆柱，壮丽高雅，匠心独具。30 多栋住宅在同一屋檐下整齐排列，一条宽阔的街道把这 2 组建筑群连接起来。皇家新月楼的道路与房屋都排列成新月弧形，优美的曲线令人陶醉，尽显高雅贵族之风范，被誉为英国最高贵的街道。皇家新月楼在建筑史上和所有的旅游书中都占有一席之地，然而站在它面前，文字和照片都苍白无力，很难描绘它实际上带给人的震撼。那是一种夺人呼吸的惊艳：月牙般的造型，完美的弧线，构建出这样一幢皇家新月楼。

接下来，我们前往巴斯的普尔特尼桥。领队和地陪带我们穿过皇家维多利亚公园，这是一个绿树成荫的，包括植物和林地花园大道的公园。公园历史悠久，1830 年，由当年还是王储的 11 岁维多利亚亲自宣布对外开放，这也是英国第一个以她名字命名的公园。在公园就可以看到普尔特尼桥。我们走到普尔特尼桥附近，望过去满眼都是古老的痕迹。有许多 18 世纪乔治王时代的建筑散落在大桥两侧，伫立桥头，眺望雅芳河两岸风光，仿佛置身威尼斯水城一般。地陪说，这座三拱桥为了适应雅芳河涨水而设计，桥洞非常宽，可以使水流减速，三孔桥下筑有 3 道弧形的台阶，水流经过，自然形成 3 道三级别致优雅的漂亮水幕，让安静的埃文河凭空有了动感与韵律。普尔特尼桥是世界上仅有的在整座桥两侧开设店铺的 4 座桥梁之一，桥上的商店包括花店、老地图店和果汁吧等。

我们三人在巴斯古城里晃悠。我发现巴斯的建筑风格除了中世纪地段与沿河的街道，其规划很有意思：它的街道被规划为直线格子式样，提供了远景视野；在中心地区，这些街道呈直角互相交错；巴斯古城的建筑与自然背景相协调，大规模的有大窗户的新古典建筑优美地与城市自然环境融为一体。

巴斯不仅是一座古城，更是一种生活方式。走马观花四处留影的只是游客，真正懂得悠闲的巴斯人在河边散步，在草地上野餐，或是坐在广场旁的咖啡馆、酒吧，一边看街头艺人表演一边怡然地喝着下午茶。修道院前的广场上常能看到一个装扮武士的年轻艺人，身穿罗马式的盔甲长袍，浑身涂满了银粉，摆好姿势长时间地站在那里一动不动，让人误以为他是一尊雕像。当游客半信半疑地去拉他的衣角，他又会突然做出夸张的表情搞怪，甚是顽皮。同样顽皮的还有埃文河上那对白天鹅，最喜欢游客给的吐司。它们高兴时就去普特尼桥边游玩一下，吃点东西；累了就躲回人比较稀少的河旁，把头埋到翅膀底下睡一觉，免得受到打扰。巴斯，让人的心灵格外静谧。

我们边走边看边"品尝"巴斯古城居民的生活，古韵与现代交融成一体，真棒！突然看到领队小周迎面走来，他微笑地向我提建议："周阿姨，下面的行程逐渐向北，气温会越来越低，我看你的衣服有点单薄，建议你在巴斯买一件厚风衣。"我欣然接受了领队小周的建议，与李慧和小王找服装店，发现了一个门面很小的不起眼的服装店。走入，立刻看到各色多款风衣。我买了一件防雨布面料的中长款黑风衣，李慧也买了与我一样的黑色风衣。出了服装店，就看到地陪在寻找团员们集中吃午餐。

离开巴斯，我在大巴上遐思，小城巴斯不愧为英国唯一列入世界文化遗产的城市。巴斯是一个被田园风光包围着的古典小城，人口不足 9 万，却是一座漂亮而典雅的小城，它的典雅来自新古典主义的房屋建筑风格，它的美丽来自风景绮丽的乡村风光。

神秘的巨石阵

午餐后我们从巴斯前往巨石阵，约 60 公里。我们下车后只看到一大片广阔的空间，绿色的草地中夹杂着黄色的油菜花，好美的暮春之景！地陪到旅游中心领了翻译器分发给我们，走 30 分钟左右就到巨石阵前了。巨石阵，又称索尔兹伯里石环、环状列石、太阳神庙、史前石桌、斯托肯立石圈等，是欧洲著名的史前时代文化神庙遗址，一些巍峨的巨石块呈环形屹立在绿色的旷野间，这就是英伦三岛最著名、最神秘的史前遗迹。领队说，1130 年，英国的一位神父在一次外出时偶然发现了巨石阵，从此这座由巨大的石头构成的奇特古迹开始引起了人们的注意。在英国人的心目中，这是一个神圣的地方。

翻译器里介绍，这个巨大的石建筑群，占地大约 11 公顷，由许多整块的蓝砂岩组成，每块约重 50 吨。巨石阵不仅在建筑学史上具有重要地位，在天文学上也同样有着重大的意义：它的主轴线、通往石柱的古道和夏至那天早晨初升的太阳在同一条线上；另外，其中还有 2 块石头的连线指向冬至日落的方向。因此，人们猜测，这很可能是远古人类为观测天象而建造的，可以算是天文台的雏形了。巨石阵的主体由几十块巨大的石柱组成，这些石柱排成几个完整的同心圆。巨石阵的外围是直径约 90 米的环形土沟与土岗，内侧紧挨着的是 56 个圆形坑。由于这些坑是英国考古学家约翰·奥布里发现的，因此又叫奥布里坑。最不可思议的是巨石阵中心的巨石，这些巨石最高的有 8 米，平均重量近 30 吨，更有重达 7 吨的巨石横架在 2 根竖起的石柱上。巨石阵是如何建造的呢？目前没有人知道。

我边听翻译器的中文讲解，边拍照。我和李慧、小王围绕着巨石阵走了一圈，拍摄了一圈，我对李慧说："这巨石阵太神奇！摆法与太阳有关，说明与古代人祭祀有关。"我们慢慢走向集合地方。上车后，我向领队提了一个小要求："明天我们早点出发，到剑桥大学城先去乘船游康河，体会一下徐志摩当年的感觉。"地陪答应了。

游览剑桥大学城

5 月 3 日，我们带着行李上大巴，离开伦敦郊区酒店前往剑桥大学城。剑桥大学成立于 1209 年，和牛津大学并称英国最优秀的 2 所大学，是世界十大学府之一。剑桥大学的自然科学成就尤其突出，哺育出牛顿、达尔文这样开创科学新纪元的科学大师；有 88 位诺贝尔奖得主出自此校，人们由此称剑桥为"自然科学的摇篮"。这里英才荟萃，星光灿烂。且不说自然科学家的长长名单，就是在社会科学方面也培养出一批栋梁之材，哲学家培根、经济学家凯恩斯、历史学家特里维廉、文学家萨克雷都曾负笈剑桥大学，终成泰斗。

剑桥的原意是"剑河上的桥"。剑河是当地一条环城河流，这条曲折蜿蜒的小河，两岸杨柳垂丝、芳草萋萋，河上架设着许多设计精巧、造型美观的桥梁，其中以数学桥、格蕾桥和叹息桥最为著名。徜徉在剑河岸边，历史悠久的学府和经典建筑俯仰皆是，高大精美的校舍、庄严肃穆的教堂和爬满青藤的住宅矗立在绿树红花间，翠色葱茏，古意盎然。我们到达剑桥大学城后直奔剑河——体验诗人徐志摩的康河之情。很早之前，我就被徐志摩的《再别康桥》所感动。《再别康桥》全诗以离别康桥时感情起伏为线索，抒发了对康桥依依惜别的深情。语言轻盈柔和，形式精巧圆熟，诗人用虚实相间的手法，描绘了一幅幅流动的画面，构成了一处处美妙的意境，细致入微地将诗人对康桥的爱恋，对往昔生活的怀念，对眼前的无可奈何的离愁，表现得真挚、浓郁、隽永，是徐志摩诗作中的经典。

剑河岸边小码头停泊了供游客使用的五六条船，我们全团包用了 3 条船。上船时才知道船夫就是剑桥大学的学生，他告诉我们："我们不知道康河，不知道徐志摩是何人，更不知道《再别康桥》这首诗。但是中国游客来到剑桥大学城，都要到剑河乘船游览，我们学生就分批来此当船夫，挣点钱补贴生活费。"暮春的剑河两岸非常秀美：几座有故事的老桥还是如当年那样为师生们默默"提供服务"，两岸学院的古老教学楼在剑河里的倒影依然魅力无限。上船后我就小声地朗诵着徐志摩的《再别康桥》："轻轻的我走了，正如我轻轻的来；我轻轻的招手，作别西天的云彩……悄悄的我走了，正如我悄悄的来；我挥一挥衣袖，不带走一片云彩。"诗句随波荡漾，在船上每个团友心中流淌。剑河两岸的暮春风景，使我们上岸后仍然意犹未尽。

上岸后领队和地陪带领我们游览剑桥大学城的一部分。暮春确实是剑桥最美的季节，路旁是一排排苍翠的大树和一树树白色、淡紫色的樱花，在阳光的照耀下，显得生机勃勃。剑桥大学各个学院门前的草地上，紫红的、粉红的玫瑰，鹅黄色的旱水仙，群芳争艳；挂在路灯柱上、住宅阳台上的鲜花盛开着。繁花似锦，赏心悦目。然而，最使人流连的还是那满城的绿色，青葱的草地几乎铺满了这座小城除了街道以外的一切空地。那一栋栋高大的校舍、教堂的尖顶和一所所爬满青藤的住宅就在这一片绿色之中。

我们到剑桥大学城时，正值剑桥大学学生上课时间，我们只能外观各个学院。领队和地陪带领我们沿着狭窄的街巷先外观彼得学院。它是剑桥大学最古老的学院，创立于 1284 年，是剑桥大学第一个学院，也是最小的学院，走廊连接着学院和小圣玛丽教堂，昔称圣彼得教堂，学院因此而得名。教堂左手边，是戈德弗雷·华盛顿的纪念碑，戈德弗雷·华盛顿曾经是彼得学院的院士和教堂牧师，他还是大名鼎鼎的美国第一任总统乔治·华盛顿的叔祖父。纪念碑上所刻的华盛顿家族的徽章，据说是美国国旗的星条图案的来源。彼得学院几百年的历史培养出了许多学者名人，其间的奇闻趣事也不少。我看到彼得学院的房屋建筑都很古旧，并没有重建的痕迹。

外观彼得学院后，地陪接着带我们外观三一学院。三一学院由国王亨利八世创立于 1546 年，无论是学术成就还是经济实力、学院规模，在剑桥大学现在的 31 个学院中都是名列前茅的，三一学院最令世人仰慕的就是，这里培养了伟大的科学家牛顿、著名哲学家培根、多位王室贵族及 6 位英国首相、多位诺贝尔奖得主。大门右侧的绿草坪中间，长着一棵枝繁叶茂的苹果树，传说这棵树上的一个苹果曾经落到牛顿头上，从而启发他发现了万有引力定律。我们拍下了这棵苹果树。

接下来是自由活动，午餐自己解决，我们三人继续外观国王学院。国王学院也是剑桥大学内最有名的学院之一，成立于 1441 年，由当时的英国国王亨利六世创建，因而得名"国王学院"。为了显示国王的雄厚财力，学院建立之初就追求宏伟壮观的建筑，而其建筑群中最著名的当属学院的礼拜堂，它耸入云霄的尖塔和恢宏的哥特式建筑已经成为整个剑桥镇的标志和荣耀。国王学院的主要入口是雄伟的 19 世纪哥特式门楼。我们三人分别在国王学院雄伟的门楼前拍照留念，然后到学院门楼前入口处，我请李慧给我与穿着礼服的非常绅士的老年门卫合影，趁机拍摄了几张国王学院内景。

整个剑桥大学城散发出的书香滋润着我的心灵……

阅读约克古镇

离开剑桥大学城后，大巴载着我们行驶 250 公里左右直奔建于古罗马时期的约克古镇。在大巴上的时间很长，地陪给我们介绍了约克古镇的历史，我立刻拿出包里的小本子记录下来。约克古镇在英国东北部，是北约克郡的城市。约克古镇是英国著名的历史文化名城之一，与罗马帝国及维京人有很深的渊源，其建城历史可以追溯到 71 年，丰富的历史资源带动了约克的观光产业。地陪讲完就要我们闭目养神。到约克古镇已经是当地时间下午 4 点多了。我们跟随领队和地陪进入约克古镇。

英王乔治六世曾经骄傲地说过："约克的历史，就是英格兰的历史。"我们走在古镇的街上，到处都可看到约克的历史古迹。与大部分英国城市不同，约克古镇出乎意料地扛住了工业革命的内卷化，躲过了"二战"的毁灭性打击，并没有让现代性带走这里的古典气息。一砖一瓦，都还如旧。如今，宏伟城墙下那些星罗棋布的小巷依然守护着约克古镇的每个角落。在这里，远离了都市的喧嚣与浮躁，尽情享受英伦小镇为人们带来的悠闲与宁静。约克古镇是文学名著《简·爱》《呼啸山庄》的作者勃朗特姐妹成长的地方。

领队和地陪把我们带到约克大教堂前讲解。约克大教堂又称圣彼得大教堂，是欧洲现存最大的中世纪时期哥特式教堂，是世界上设计和建筑艺术最精湛的教堂之一，耗费了200多年的时间才建成。教堂始建于627年，当时是一座全木结构的建筑，后来在内战中被战火摧毁。1080年，诺曼人重建教堂，主要用石材建造，历经数百年依然坚实、挺拔，尤其是那些雕刻令人赞叹不已。领队小周告诉我，《哈利·波特》系列电影中的霍格沃茨大厅的拍摄地就在约克大教堂大厅内，遗憾的是我们只能外观。

外观约克大教堂后，地陪解散队伍，让大家自由感受英国这座古镇的气息。李慧和小王去另一座教堂参观，我独自一人走上约克的古城墙，因为领队小周说约克古老的城门和城墙凝聚着中世纪的历史，约克的古城墙是整个英格兰古城墙中保留最完整、最长的城墙。城墙最早修建于罗马人统治时期，现在保留下来的大部分城墙是12—14世纪重建的，断续地环绕在古城四周。我独自在城墙上漫步非常惬意，还能看到在古城内看不到的古迹。古城墙上的克利福德塔是约克所剩无几的珍贵遗迹，塔内有旧时约克城堡的缩小模型，还有该塔历史变迁的介绍。我沿着古城墙走了一圈，看着约克古镇的全景，感受着古镇的沧海桑田和岁月变迁。我发现城墙壁上有很多铜针，后来到大巴上问地陪，他说这是当地的考古学家和工程师为了准确测定修复工程的位置而安插的。我独自在古城墙上拍摄了半个多小时才走下城墙，去寻找古镇有名的肉铺街。

肉铺街是约克最著名的商业街，有着充满童话色彩的建筑，也是英国迄今为止保存最完整、最古老的中世纪街道。走在肉铺街，我眼前的店铺都是既精美又有个性的小店，文艺气息浓厚。约克是英国最大的巧克力生产基地，无数大牌巧克力都在约克生产。肉铺街有不少小店里都有卖巧克力的柜台，使我这个爱吃巧克力的人不断驻足。我穿过肉铺街到了另一个街，边走边看。我走着走着，看到了贝蒂茶屋。贝蒂茶屋在英国家喻户晓，提起约克的美食和用餐地点，第一个想到的就是"Betty's Cafe Tea Rooms"，它堪称英格兰北方最好的茶室，也是约克人气最旺的美食名店，在约克郡乃至英格兰北部都有着响当当的美誉，开店至今已有90多年历史的贝蒂茶屋，一年四季总能见到排长龙的景象，人气极旺。当然，它除了作为一家格调优雅又提供精致食物的餐厅而闻名外，让人最不能错过的当属它极具英国范儿的下午茶了。我忍不住在这里坐下，来一杯咖啡，再买一些点心……时光仿佛停止，让人格外悠闲从容。

狭窄的街面，黑色的屋顶，高耸的教堂，傍晚时分走在古老的街道上，仿佛进入了狄更斯《老古玩店》中描写的场景。傍晚，约克古镇游人渐渐稀少，有一种古老的味道在四周飘洒、蔓延，它是英国最原始纯朴的油画。大概这就是约克曾被评为"年度欧洲最佳旅游城市"的原因吧。

当天我们夜宿利兹附近。

爱丁堡——英国著名的文化古城

5月4日早饭后，我们从利兹出发，行驶350多公里前往英国著名的文化古城——爱丁堡。在大巴上，地陪介绍了爱丁堡的简况，并说到了爱丁堡他请我们每个人品尝苏格兰著名的麦卡伦单一麦芽威士忌酒，团友们听说地陪请客很开心。爱丁堡是英国著名的文化古城、苏格兰首府，位于苏格兰中部低地的福斯湾的南岸。1329年建市，1437—1707年为苏格兰首都，苏格兰国家博物馆、苏格兰国家图书馆和苏格兰国家画廊等重要文化机构都在爱丁堡。爱丁堡的许多历史建筑亦完好保存下来，爱丁堡的旧城和新城一起被联合国教科文组织列入《世界文化遗产名录》。2004年，爱丁堡成为世界第一座文学之城。

大巴行驶到爱丁堡城外的休息站，大家下车，地陪在这里请我们喝苏格兰威士忌，仅是一小杯，约30毫升，我端杯一饮而尽。地陪说，这里商店的羊毛衫和羊绒衣比爱丁堡便宜，质量也好。我们喝完酒就逛休息站附近的商店，商店面积很大，里面全是各式各样的男女羊绒衣。上海团友老叶请我帮他挑选羊绒衣。我给他挑选了一件羊毛衫和一件羊绒背心，款式很不错，摸上去手感极舒服，价格确实比伦敦便宜多了。

　　我们下车后开始步行，这里古堡雄踞，市区建筑古色古香、典雅宏丽。地陪说，爱丁堡的市区被王子街公园绿地分隔为两部分，使不规则状的旧城与设计成几何状的新城之间有了一个鲜明的对比，但公园又是两者最主要的组成部分。整个爱丁堡城市的建筑都由石头建成，教堂的尖塔连同那些优美的极为合理的古典和新古典主义的各种建筑，在城市中构成特殊景观。在老城中，有几座19世纪末的旧建筑一直保存至今。我们穿越王子街直奔古城堡，在地陪带领下爬上一个高坡，穿越爱丁堡广场，终于来到了爱丁堡古城堡的大门口。进入城堡后又是一长段上坡路，站在城堡上可以俯瞰全城。

　　领队和地陪带着我们参观爱丁堡古堡。地陪说，爱丁堡古城堡的魅力在于它的古老历史。爱丁堡古城堡6世纪就成为苏格兰王室的堡垒，比英格兰的利兹城堡早200多年，比温莎城堡早400多年，比德国的海德堡城堡更是早600多年。后两个城堡我已造访过，若论其古韵，显然都不如爱丁堡古城堡。我们先看古堡里的大炮，那门于15世纪制于比利时的著名大炮，诉说着古城堡经历了200多次战役的苦难。从古代战争的意义上说，爱丁堡古城堡无疑是最坚固、最险要、最难攻克的堡垒，它筑在海拔135米高的死火山岩顶上，一面斜坡，三面悬崖，只要把守住斜坡的城堡大门，便固若金汤，敌军纵有千军万马，对它都无可奈何。地陪说，爱丁堡古城堡让苏格兰人自豪的是它在政治和文化上的地位。爱丁堡古城堡经历了许多苦痛和沧桑，政治和军事上的斗争使它始终处在中心地位。在城堡中展出的中世纪以来的各种兵器和军装，都告诉后人古堡对于爱丁堡的意义非凡。我在这里拍摄了一些照片。

　　紧接着我们认真欣赏了爱丁堡古城堡的另一个傲人收藏，即中世纪以来各个时代的兵器和军装，兵器室中陈列的长约1.5米的巨剑，更是稀世珍品。另外，在军装陈列室中展出的各种华丽精致的军服，制作精良，兼具实用性和美观性。我们参观了古堡中展出的兵器后就开始参观教堂，即圣玛格丽特礼拜堂，它也是爱丁堡现存最古老的建筑，直到当下，每周都有一名叫玛格丽特的爱丁堡妇女轮流到这里来献上鲜花、打扫教堂，折射出苏格兰人特有的虔诚。城堡中央是王宫广场，16 世纪的王宫建筑还耸立在广场的周围。广场东边的宫室是当时国王的起居之处，里面被称为"吉斯的玛丽之屋"的是和玛丽女王有关的古迹。为了配合这些颇具古风的建筑，古堡城门口站岗的哨兵依然保留着身穿苏格兰传统服饰的传统。

我们在爱丁堡古城堡里参观了 2 个多小时，几乎所有景点都看了，才向城堡外走。走到城堡下区的一个地方看到一个久违的红色邮筒，我请李慧给我在邮筒旁边拍摄照片。之后我们走向爱丁堡古城的城门，在城门下我和李慧分别给对方拍摄了单人照。

从古堡出来是一条大街，由东偏北，长约 1 英里多，是爱丁堡著名的"皇家一英里"街道。街道两旁有许多皇家建筑，气势宏伟。其中，圣吉尔斯教堂塔顶为 1495 年所建，其造型如苏格兰王冠，教堂的 4 根大柱子为 12 世纪所建成，彩色玻璃和精美木雕也都令人赞叹不已。"皇家一英里"的尽头就是圣十字架宫，原是寺院的宾馆，后来经过改建成为国王的行宫。如今每年夏季，国王都要来此小住一周。

从圣吉尔斯大教堂向西到一个大十字路口向南，走不远就会看到一条向西斜下去的弧形街道，那就是被誉为"爱丁堡最美大街"的维多利亚街。一条宽敞的坡道，紧密排列的建筑在爱丁堡老城区勾画出一条优雅的弧线。弧线与东高西低的大斜坡组合，显得灵动与别致。街道两旁耸立着黑乎乎的老建筑，爱丁堡老城像一杆老烟枪，百年以上的建筑没有不黑的，可是这杆"烟枪"下端被涂上了七彩颜色，让原本阴郁的气氛变得明快活泼。

我们几个团友在爱丁堡城门广场拍摄了十几分钟，就走向王子街公园。途经几家羊绒衣商店，我们按照自己选择分别进入。我独自进了一家门面很小的羊绒衣专卖店，这家店铺门面虽小但货物高档，我在里面柜台竟发现以戴安娜署名为商标的羊绒围巾，罕见又意外，但每条价格高达几百英镑。我毫不犹豫买了 2 条，一条送给表妹小莉。价格标牌上说明每条羊绒围巾 5% 的利润将无偿援助非洲贫困儿童(符合戴安娜生前慈善行为)，这就意味着买围巾者也援助了非洲贫困儿童。

王子大道花园在古城堡下方，该花园风景如画，里面屹立着苏格兰著名文学家司各特的纪念塔。在花园的一块绿地上有蜚声世界的苏格兰花钟，花钟图案由2.4万朵鲜花组成，每1分钟就有1枝杜鹃花跳出来，为世界上最大最奇特的花钟之一。我坐在王子大道花园路边的长条椅上休息片刻，边休息边想，苏格兰人的风貌，不仅呈现在古城堡里展出的古炮、城墙、战争纪念馆和博物馆中，而且也在我们能触摸得着、感受得到的现代性创造上。这种创造是在历史传承基础上的现代性成果。

集合上车后，大巴载着我们驶向格拉斯哥附近的酒店，在酒店吃晚餐。

气势恢宏的巨人堤

5月5日早餐后，我们前往码头搭乘渡船前往北爱尔兰，抵达后参观北爱尔兰北部海岸绵延伸展且长达8公里的被人称为巨人石道的巨人堤。前往巨人堤途中的海景很美，我们不顾海风扫脸，在海边拍了一些照片。经过较长时间的行驶后，我们终于到达巨人堤的服务中心。每个人领了一个翻译器后，又分别乘服务中心的中巴前往巨人堤。

翻译器介绍，世界著名而奇特的巨人堤岸，位于北爱尔兰贝尔法斯特西北约80公里处大西洋海岸，是由总计约4万根六角形石柱组成的8公里海岸。石柱连绵有序，呈阶梯状延伸入海。巨人堤道被认为是6000万年前太古时代火山喷发后熔岩冷却凝固而形成的，巨人堤道及堤道海岸1986年被列为世界自然遗产。巨人堤是大自然塑造出的又一世界奇景，石柱有高有低，相互错落，气势雄伟。

翻译器讲解的巨人堤道是火山熔岩在不同时期分五六次溢出的，由此形成峭壁的多层次结构，大量玄武岩柱排列形成石柱林。组成巨人堤道的典型石柱宽约0.45米，延续6000米长。有的石柱高出海面6米以上，最高者达12米左右，还有大量淹没于水下或与海面持平的石柱。巨人堤有高崖保护，分大堤、中堤、小堤三类。石柱大部分是完全对称的六边形，也有少数是四边、五边、八边和十边形的，直径在 0.38—0.5 米之间。我和李慧、小王始终在一起行动，在巨人堤旁边我们分别摄影，小王很厉害，居然爬到巨人堤上半部，我在下面给她拍照。我的膝盖关节不行，不能爬到巨人堤的岩石上，只能在巨人堤周边拍摄一些照片。拍摄完毕，我们乘坐中巴回到巨人堤服务中心等候集合上大巴去酒店。

接下来两天，我们先后去了美丽的威克洛郡，看了连绵群山间藏着的"爱尔兰花园"，参观了与吉尼斯世界纪录同名的健力士黑啤酒展览馆，并在其顶楼层畅饮了黑啤酒。

领略北欧四国风情

众所周知，北欧涵盖芬兰、挪威、瑞典、丹麦和冰岛五国。2015 年 7 月，上海东湖国际旅行社独立组团游览俄罗斯和北欧四国，我与小莉、李慧和老叶报名参团。我们的领队是东湖旅游公司聘请的一位北京姑娘——小邓，她是专带北欧团队的，线路熟透了，不用再请地陪，旅行社省钱了。

7 月 21 日 11 点 40 分，我们从浦东机场出发，前往莫斯科，途中飞行约 10 小时。第二天下午当地时间 4 点 05 分到达莫斯科机场。

7 月 22 日—7 月 24 日，我们四人跟团行动。重游俄罗斯，触景生情，我想的更多的是苏联变成现在的俄罗斯这一翻天覆地的历史巨变，中国应该如何汲取其教训，如何走好自己的发展道路？

7 月 24 日傍晚，我们在圣彼得堡乘"公主号"豪华邮轮前往芬兰。

北方的洁白城市——赫尔辛基

7 月 25 日，我们在邮轮上吃早餐。边吃早餐边欣赏海景，难得有这样的机会。早饭后，我们在甲板上拍了几张照片，风太大，就回到船舱里。我在手机上百度了一下芬兰。芬兰之所以被称为"千湖之国"，是因为它有 18.7 万多个大小湖泊，是全欧洲最大的湖区，森林面积约有 69%。大自然赐予了芬兰得天独厚的生态环境啊！芬兰的国土面积比我国台湾大 10 倍，三面分别被瑞典、挪威和俄罗斯所包围，现在的芬兰已成为高科技发展的工业大国。刚看完百度，我们的邮轮就到了赫尔辛基码头。

赫尔辛基是芬兰首都和最大的港口城市，也是芬兰经济、政治、文化、旅游和交通中心，是世界著名的国际大都市，已连续多年被评为全球最宜居的城市之一。赫尔辛基毗邻波罗的海，是一座古典美与现代文明融为一体的都市，又是一座都市建筑与自然风光巧妙结合在一起的花园城。市内建筑多用浅色花岗岩建成，有"北方洁白城市"之称。赫尔辛基也是一座充满活力的文化都市，曾被选为 2000 年欧洲 9 个文化城市之一。赫尔辛基三面环海，一面背山，港湾特多，岛屿星罗棋布。

下了邮轮，领队带领我们乘大巴参观赫尔辛基大教堂。在大巴上，领队小邓给我们介绍了赫尔辛基及其大教堂。赫尔辛基大教堂建于 1852 年，出自德国建筑师恩格尔之手。赫尔辛基大教堂是一座路德派新教教堂，为新古典主义风格，能容纳 1300 人。无论在市区的哪个角落都能看到这座气宇非凡的乳白色建筑，因此也被称为"白教堂"。宏伟的建筑内有很多精美的壁画和雕塑。大教堂矗立于游客聚集的参议院广场中心，每当教堂钟声响起，整个广场一片肃静，众多游人一同静静感受能让心灵宁静的珍贵一刻。

我们的大巴就停在教堂前广场的旁边。下车后我一眼望去，希腊廊柱支撑的乳白色教堂主体和淡绿色青铜圆顶的钟楼十分醒目，宏伟的气势和精美的结构使其特别耀眼，教堂周围没有任何建筑，可见其尊严威武，难怪是赫尔辛基市的地标性建筑。教堂平面是对称的希腊十字形，四面都有柱廊和三角楣饰。主入口在西侧，祭坛在东侧。在铺满古旧石块的参议院广场中心，竖立着建于 1894 年的沙皇亚历山大二世铜像，以纪念他给予芬兰广泛的自治。

大教堂前是参议院广场，东西两侧分别为内阁大楼和赫尔辛基大学，南面不远处是总统府、最高法院和市政厅所在地。从参议院广场到赫尔辛基大教堂，只需要走过百级石阶，却也正是这百级台阶，尽显了教堂与世俗的不同，赫尔辛基大教堂的美和神圣深留于我们心中。

领队给了我们 40 分钟时间在赫尔辛基大教堂及其周边地区拍照。我和小莉爬上大教堂高高的石阶梯，在大教堂大门外拍照。站得高就看得远，我们在大教堂门前观赏了大教堂前的市中心参议院广场周围淡黄色的新古典主义风格的建筑，还看到距离大教堂较远的码头广场，码头广场上有一个露天自由市场。我们拍了大教堂后走下石阶，到广场的沙皇亚历山大二世铜像附近拍了一些照片，我给李慧和老叶拍了几张照片，很快就到集合时间了，我们上大巴前往乌斯潘斯基教堂。

在大巴上，领队小邓告诉我们，芬兰有很多不同风格的教堂，而乌斯潘斯基教堂是一座深红色的俄罗斯风格教堂，它在首都赫尔辛基东南部，由俄罗斯大师阿列克西·格诺斯塔耶夫设计，建成于 1868 年。乌斯潘斯基教堂是斯堪的纳维亚半岛上最大的东正教教堂，是北欧最大的东正教教堂，也是赫尔辛基市区的标志性建筑之一。乌斯潘斯基大教堂也叫"红教堂"，因其建筑材料是红色的，教堂用深红色墙砖构筑，顶部有 13 个金绿色圆顶，是东正教教堂典型的洋葱头造型，从城市的任何角度看都同样醒目壮观。外饰繁复精致，细腻多变，独具匠心。

我们下车后，只见红教堂像一座巨大的俄罗斯古堡，走到教堂大门前时，看到教堂大门是由石柱拱门构成，顶上是一个大大的由无数蜡烛组成的吊灯，再往上是精雕细琢的拱顶。走进教堂，墙上有许多俄国画家绘制的基督像及十二门徒的壁画，继承了东正教教堂的风格，教堂的背面是纪念俄国沙皇亚历山大二世的牌匾，留下了俄国入侵的证据。教堂内安葬了芬兰英雄卡尔·古斯塔夫·曼纳海姆元帅的遗体，他曾率军抵挡苏联的侵略。教堂内部保留了传统东正教教堂的装饰风格，富丽堂皇又庄严肃穆。正中央是镀金的圣坛和管风琴，两旁立着路德和阿格里科拉的雕像。在圣坛后方是一道用纯金铸造的圣墙，4 根大柱子由整块花岗岩雕琢成，让这座教堂显得与众不同。

我问领队，芬兰为什么会有这样一座俄罗斯风格的建筑呢？领队小邓说，一方面，芬兰东部一半以上都和俄罗斯接壤，因此在地理位置上受到了俄罗斯文化的影响。另一方面是历史原因，1808 年芬兰战争后，芬兰被俄罗斯占领，成为俄罗斯的自治大公国，并由沙皇兼任大公直到 1917 年，而乌斯潘斯基教堂就是在这期间建造的，用于纪念俄国沙皇亚历山大二世。

走出教堂，我和小莉从各个角度仔细观赏了乌斯潘斯基大教堂外貌并拍摄下来。乌斯潘斯基教堂有着浓郁的俄罗斯风格，在飘着朵朵白云的蓝天下，教堂深红色的砖墙配上 13 个极具东正教代表性的金绿色洋葱顶，倚在湖边，门前的草坪也格外茂盛，美得像一幅俄罗斯风景画，让人不敢上前打破那份美好与宁静。

赫尔辛基大教堂与乌斯潘斯基大教堂，一个坐落在海边的大广场上，一个坐落在湖边的小山丘上；一个纯白而圣洁，一个深红而凝重；一个是爱情的象征，一个是被侵略后留下的痕迹。去芬兰感受北欧风情的同时，又想感受一些俄罗斯风情，就一定要来乌斯潘斯基教堂看看。

看完红教堂，我们乘大巴去西贝柳斯公园。西贝柳斯公园坐落在芬兰首都赫尔辛基市中心西北面，是为了纪念芬兰的大音乐家西贝柳斯而建，他是芬兰民族乐派的奠基人和杰出代表，芬兰人视其为"音乐之父"，他的代表作《芬兰颂》被称为芬兰"第二国歌"，曾经对芬兰民族解放运动起了很大的推动作用，成为芬兰民族精神的象征。公园内绿荫成林，青翠欲滴。西贝柳斯纪念碑是以铁管组合成超现实意象表现的造型，洋溢着浓厚的现代气息。在这座令人难忘的公园内，除了由 600 根钢管组成的类似管风琴的抽象塑像外，还有一座西贝柳斯的头像雕塑。这 2 座充满浪漫色彩的雕像都是芬兰著名女雕塑家艾拉·希尔图宁的作品。

领队小邓告诉我们，西贝柳斯去世后，政府为了纪念这位伟大的作曲家，公开征集纪念碑方案，最后希尔图宁方案入选。但是，这座由 600 根钢管做成的雕像当时对芬兰来说实在太超前了，所以要求作者再完成一座作曲家的头像雕塑，这使雕塑家很不快。她认为钢管雕像足以反映西贝柳斯的贡献，但是最终她还是同意再制作一座人像。仔细看西贝柳斯雕像，其表情奇特，不禁让人对这座雕像产生很多联想。

随后，我们参观了阿曼达铜像、总统府，在码头市场自由活动约半个小时。

之后乘车前往图尔库。晚餐后，于当地时间 20 时 55 分搭乘维京豪华邮轮前往斯德哥尔摩。

北方威尼斯——斯德哥尔摩

7 月 25 日晚，我们在邮轮上过夜。我对邮轮上那些活动基本没兴趣，就在船舱里休息和翻阅一些资料。斯德哥尔摩是瑞典的首都，是瑞典的政治、经济、文化、交通中心和主要港口，也是瑞典国家政府、国会以及王室的官方宫殿所在地，是世界著名的大都市。斯德哥尔摩位于瑞典的东海岸，濒临波罗的海和梅拉伦湖入海处，风景秀丽。市区分布在 14 座岛屿和 1 座半岛上，70 余座桥梁将这些岛屿连为一体，因此享有"北方威尼斯"的美誉。

7 月 26 日，我们在邮轮上吃早餐。早餐后不久就到达斯德哥尔摩，领队小邓带着我们在峡湾街俯瞰斯德哥尔摩全景。我们拍摄了一些照片，然后乘大巴参观久负盛名的颁发诺贝尔奖时举行晚宴的市政厅，观赏瑞典 13 世纪的建筑。

斯德哥尔摩既有典雅、古香古色的风貌，又有现代化城市的繁荣。大巴穿行在老城区，只见金碧辉煌的宫殿、气势不凡的教堂和高耸入云的尖塔，而狭窄的大街小巷显示出中世纪的街道风采。走到新城区，则是高楼林立，街道整齐，苍翠的树木与湖水粼粼的波光交相映衬。在地面、海上、空中竞相往来的汽车、轮船、鱼鹰、海鸥，给城市增添了无限的活力，而远方那些星罗棋布的卫星城，更给人们带来一抹如烟如梦的感觉。

上午，我们只参观颁发诺贝尔奖时举行晚宴的市政厅。斯德哥尔摩是阿尔弗雷德·诺贝尔的故乡。从 1901 年开始，每年 12 月 10 日的诺贝尔逝世纪念日，斯德哥尔摩音乐厅都会举行隆重仪式，由瑞典国王亲自给诺贝尔奖获得者授奖，并在市政厅举行晚宴。

夕阳下的远方

我们的大巴在市政厅附近停下，把我们全团人放下后开往停车场。领队小邓带领我们进入斯德哥尔摩市政厅。斯德哥尔摩市政厅建于 1911 年，历时 12 年才建成，是瑞典建筑中最重要的作品。斯德哥尔摩市政厅是斯德哥尔摩的形象和代表，也是该市市政委员会的办公场所。

我们从外部看，市政厅大楼建筑两边临水，主体是一座巍然矗立的塔楼，高达 106 米，上面有 3 个造型优美的金色王冠，是瑞典传统像徽，代表瑞典、丹麦、挪威三国国土和人民的合作无间。塔楼与沿水面展开的裙房形成强烈的对比，加之装饰性很强的纵向长条窗，整个建筑犹如一艘航行中的大船，宏伟壮丽。斯德哥尔摩市政厅是一座红砖砌筑的建筑物，领队说外墙由 800 万块红砖砌成，在高低错落、虚实相间中保持着北欧传统古典建筑的诗情画意。市政厅周围广场宽阔，绿树繁花，喷泉雕塑点缀其间，加上波光粼粼的湖水的衬映，景色典雅秀美。

领队说，瑞典人把斯德哥尔摩市政厅当作自己的骄傲，因为它不仅是这个国家乃至整个北欧的标志性建筑之一，还是每年颁发诺贝尔奖后举行晚宴的地方。我感到奇怪的是，既然市政厅如此重要，却从未出版过一本专门介绍斯德哥尔摩市政厅的摄影集。我问领队原因何在？领队说，瑞典人认为，他们对市政厅太熟悉了，专门拍摄一个影集毫无必要，直到后来一位叫李亚男的年轻中国人拍摄出版了《未知之美》摄影集，才改变了这种看法。在《未知之美》中，作者选择了大雾天在远景机位拍摄整栋市政厅建筑，于是，红墙的色彩暗淡了，金顶的光芒消失得无影无踪，市政厅若隐若现，似乎与浓雾、湖面融为一体，看起来极像中国的泼墨山水画。

我们跟随领队走进市政厅内参观，只见大厅院内、走廊和房间里有大大小小数百个人物雕塑。领队指着这些雕像说，在《未知之美》中，这些雕塑变得灵动起来：冬末春初的梅拉伦湖上，巨大的冰块在水面上漂浮着，那分明是流淌着的舞台，而湖边的女性雕像便是跳跃的舞者；夏季的早晨，蜘蛛在雕像的手与身体间结成了网，露珠凝结于网间，给石雕赋予了盎然生机。而这些，都体现出中国传统文化中的动静结合之美、人与万物和谐之趣。

我们紧跟团队走进斯德哥尔摩市政厅一楼，首先参观的是蓝厅。领队说，这就是每年 12 月 10 日诺贝尔奖颁奖结束后举行晚宴的地方。颁奖仪式结束后，瑞典国王和王后都要在宴会厅为诺贝尔奖获得者举行隆重盛大的宴会，表示热烈的祝贺。如今，这里已经成为世界上众多物理、化学、医学、经济学、文学等领域专家的毕生追求和奋斗目标。这一天都会有上百部相机拍下人们的一举一动，毫不夸张地说，蓝厅的每一个角落都曾被摄影胶片记录过。有着 100 多年历史的诺贝尔奖，使光荣与遗憾共存、赞誉与轻视同在，许多获奖者的名字因为时间久远几乎被人们淡忘了，但诺贝尔奖本身和见证其历史的市政厅永远备受瞩目。

蓝厅是一个内庭院式的大厅，与整体建筑的外庭院相呼应。设计师原先计划在红砖外铺上代表瑞典国旗的蓝色马赛克，结果在看到美丽的瑞典传统手工制作的红砖后就放弃了原先的想法，因此蓝厅不蓝也就成了一个继承瑞典传统文化的故事。听了领队小邓的简介，我用手中的相机拍摄了蓝厅的每个地方，生怕有所遗漏。

接着，我们跟随领队通过台阶到了议会厅。领队说，议会厅是斯德哥尔摩议员们开会的地方，每一个座位上都有议员的名字，也就是说议员的座位是固定的。议员座位旁边是旁听席，所有人都可以来旁听议员们开会。后来每次议员开会都有电视直播，因此无人来旁听了。直面议会厅，与伦敦的议会大厦相比，这里规模小得多，但同样可以感受到西方民主。领队说，议会厅的设计也有一个故事。当初设计师并不想把屋顶建成现在这个样子，天花板原先是要封顶的，在即将完工时却发现，还没来得及铺设顶棚的屋顶很像维京人的船架，而维京人是斯德哥尔摩最早的居民。于是，设计师改变主意，不仅不封顶棚，还在屋顶上画出了日月星辰，表示议会所探讨的话题没有见不得光的内容，这样才有了议会大厅美丽而立体的船形屋顶。

我们从议会厅出来就跟领队进入了百拱厅，领队说，这里是斯德哥尔摩市政厅的荣誉入口处，国王和贵宾就是通过这里到达蓝厅的，相当于贵宾通道。百拱厅屋顶有 100 个蜂窝状的拱，代表 100 名议员，后来发现偶数名议员会出现票数相等的情况，就增加了 1 名议员，是 101 名。本届议会一共有 50 名女性议员，51 名男性议员，可见在这个国度男女是很平等的。因大部分议员是兼职的，因此议会的会议通常在下午 4 点以后才召开。

出了百拱厅，领队带我们进入一个很小的房间——法国厅。领队说法国厅是结婚登记厅，是比金厅、蓝厅更为神圣的地方，斯德哥尔摩的市民从这里领走的不仅是结婚证书，而且是对这个美丽城市的深情与祝福。每周六有 10 对新人在这里公证结婚，而预约的人已经登记到了半年以后。

出了法国厅就到了一个小型的宴会厅，说小也不小，只是和蓝厅相比小多了。宴会厅一面美景如画，另一面则是画如美景了。这一组壁画叫作王子画廊，是现任国王的叔叔历时 5 年才画完的，画的对象就是另一面窗外的风景，这样不管坐在餐桌的哪一边都可以欣赏美景了。画上的很多建筑仍然可以在窗外对面的岛上找到。

我们跟随领队从小宴会厅走向一座金碧辉煌的大厅，即金厅。金厅的四周墙壁是共用 1800 万块 1 厘米见方的金色和各种小块彩色玻璃镶成的一幅幅壁画。领队说，装饰采用的是"三明治"工艺，即在 2 片玻璃之间夹上金箔，这样金子用量只有十几公斤而已。在明亮的灯光映射下，无数光环笼罩，金碧辉煌。正中墙上大幅壁画上方，端坐着一位神采飞扬的梅拉伦湖女神。女神脚下有 2 组人物，分别从左右两边走近她，右边一组是欧洲人，而左边一组则是亚洲人。我们团中有人眼尖，发现画有一位穿着清代服饰的中国人，吸引了大家争相上前观看，领队说这位中国人是康有为。这幅镶嵌壁画象征着梅伦湖与波罗的海结合而诞生的斯德哥尔摩，是人类向往的美好之地，不仅是一幅现实主义与浪漫主义相结合的艺术杰作，也是市政厅的"镇厅之宝"。结束了金厅的参观也就结束了整个市政厅内部的参观，出门时把贴在胸前的市政厅门票撕下贴在出口处的一块木板上。

参观完市政厅内部后，我和小莉端详市政厅大楼的庭院。市政厅庭院的结构，一圈建筑里是一个小广场，里面还保留着几棵树，绿色的爬山虎藤蔓延在墙上，在盛夏时与红砖配在一起非常漂亮。市政厅南面是一个较宽阔的花园，隔水和骑士岛相望。花园的草坪修剪得很整齐，靠水的平台两侧有男女 2 座雕像，分别代表歌唱和舞蹈。站在水边，颇有中国杭州"平湖秋月"的感觉。南面墙上的窗户像是绣上去一般，东面则安放着比尔格·雅尔的镀金像，雕像平放在一个石棺上。雅尔是斯德哥尔摩的创建人。

我们在市政厅庭院里拍摄完照片，已经到了集合时间，上大巴去吃午餐。午餐后去看瓦萨沉船博物馆，领队小邓说，瓦萨沉船博物馆不可不去，那是一艘 17 世纪的远洋旗舰，展现出了 300 年前的生活。

斯德哥尔摩共有各种各样的博物馆 50 多座，瓦萨沉船博物馆是其中较有名气的一座。领队说，瓦萨是一艘古战船之名，它是奉瑞典国王古斯塔夫二世的旨意于 1625 年开始建造的，也是世界上保存完好的 17 世纪船舶之一。这艘战船本来是单层炮舰，可是，国王得知瑞典的海上强敌丹麦已拥有双层炮舰，便不顾本国的技术水平，下令把炮舰改造为双层。1628 年 8 月 10 日，斯德哥尔摩海湾风和日丽，一艘旌旗招展、威武壮观的大型战舰，在岸上人群的一片欢呼声中，扬帆启航。不料刚行驶数百米，一阵微风吹来，"瓦萨号"战舰摇晃了几下，竟立即连人带船沉入 30 多米深的海底。3 个多世纪过去后，1959 年，有关方面着手进行打捞，直到 1961 年 4 月 24 日，这艘在水底沉睡了 333 年的战船才重新露出水面。之后，又经过潜水人员和考古人员的艰苦劳动，终于在沉船附近和船体内部找到了大批极为珍贵的实物。1964 年，在打捞沉船的现场建起了这座水上博物馆，并正式开放。为了便于游人就近参观，又能妥善地保护文物，博物馆的设计者根据舰船本身的布局，沿船体四角设了双层看台，除去支撑船体的下部吃水部位外，观众一走进馆内，即可看到舰船底层的内部设施；登上一层楼后，在高台走廊上，可将船上的景物一览无余。这是一艘共有 5 层甲板的军舰，上面有 64 门大炮。船上涂色或镶金的雕塑品，有威武的戴盔披甲的骑士，有婀娜多姿的美人鱼，有挥剑砍杀的罗马士兵，有神话里的各种人物，有象征着美好和纯洁的裸女，还有形形色色的文章和基督教的圣经。远远望去，这一切是那么的瑰丽多彩、金碧辉煌，寓威严于富丽之中，真不愧是显赫一时的战舰。舰旁的展览室里，陈列着从海底打捞上来的原"瓦萨号"舰上的实物，其中有帆、炮、人体骨骼、水手服、工具、金币，甚至还有牛油、朗姆酒等。在"船上生活"展览室里，陈列着当时"瓦萨号"船上生活的模型：一群水手正在推磨、酿酒、擦大炮，一些军官正在喝酒、谈笑。"瓦萨号"战舰不仅是世界上被打捞起来的最古老和保存最完整的战舰，而且是一个巨大的艺术宝库，船上装饰的各种精美雕饰，表现了在17世纪文艺复兴晚期影响下瑞典流行的巴洛克艺术风格。

参观完瓦萨沉船博物馆，我们立即上大巴前往瑞典的延雪平省，欣赏著名的维特恩湖——瑞典第二大湖。领队在大巴上简单介绍延雪平省，它在瑞典中西部，省区风光秀丽，森林覆盖率为63%，省内有大小湖泊2000多个。维特恩湖的面积在瑞典仅次于维纳恩湖，长129公里，最宽处26公里，深118米；维特恩湖的形状细长，湖的总面积约为1912平方公里，河盆面积约为4503平方公里。湖内岛屿面积约为25平方公里，有居民1000多人。我们在车上观看维特恩湖，领队小邓告诉我们，我们入住的酒店就在湖边，大家办理好入住手续后可绕湖环行欣赏。我和小莉因在大巴上看了维特恩湖，入住酒店后便休息了。

美人鱼的故乡——哥本哈根

7月27日早饭后，我们从延雪平省出发，行驶228公里到达哥本哈根——丹麦的首都。在车上，领队小邓给我们介绍了哥本哈根的相关情况。

哥本哈根是丹麦王国的首都、最大城市及最大港口，也是北欧最大的城市，同时也是丹麦政治、经济、文化和交通中心，是世界著名的大都市。哥本哈根曾被联合国人居署选为"全球最宜居的城市"，并给予"最佳设计城市"的评价，哥本哈根也是全世界最幸福的城市之一。丹麦重要的食品、造船、机械、电子等工业大多集中在这里，世界上许多重要的国际会议都在此召开。哥本哈根是重要的港口城市，整个城市洋溢着的浪漫气息迷倒了所有前来游览的人。蒂沃利公园和美人鱼是哥本哈根的象征。还有世界第一条步行街——斯特洛伊艾，琳琅满目的商品会让喜欢购物的人为之动心。哥本哈根富有魅力的不仅是购物，逛逛博物馆和美术馆，感受这里的历史，也可以给人留下更深刻的印象。如果走累了或者肚子饿了，可以在露天咖啡座或餐馆稍事休息。哥本哈根的中心街区有各色饭馆，不仅提供丹麦传统菜肴，还有世界各国的美味。

哥本哈根属于温带海洋性气候，四季温和。夏季平均气温最高约为22摄氏度，最低约为14摄氏度。我们在中国的夏季到此，只感觉凉爽适宜，大家都穿着春秋两用衫。午餐自理，我们在途中休息站买了面包等食品。到达哥本哈根后，我们首先参观了哈姆雷特城堡。行程上是远观，我们一致要求进入城堡，每人向领队交了费用后，下车得以进入哈姆雷特城堡。

在进城堡内部前，领队告诉我们，哈姆雷特城堡又称为克伦堡宫，是北欧保存最好的文艺复兴时期的城堡之一，始建于1574年，1585年竣工。宫殿用岩石砌成，褐色的铜屋顶气势雄伟、巍峨壮观，是北欧文艺复兴时期建筑风格最精美的宫殿。据说莎士比亚名作《哈姆雷特》是按照克伦堡宫的地理位置和当时的历史所写的，所以克伦堡宫又名哈姆雷特宫。抛除莎士比亚所赋予的光环，克伦堡宫本身也是一座具有观赏性的建筑，建筑风格宏伟，周围风光旖旎。到哈姆雷特宫需要经过一座小木桥，很有意思的是，在桥的一边设置了一只铜手，不仔细观察还注意不到它。试想如果一个游客正在沿着木桥走，不经意间扫到了这只手，是不是会被吓一跳呢？这里被形容为"丹麦最美的一角"，整个城堡紧邻海峡，进入室内参观必须要有工作人员带领。

我们跟随讲解员进入城堡的房间内，仔细观看，认真拍摄，每个房间都保留着《哈姆雷特》的场景，却没有看到莎士比亚的任何痕迹。结束参观快出门时我才有机会问领队小邓："这个哈姆雷特城堡咋没留下莎士比亚的痕迹？"小邓带我走到城堡大门的一个不起眼的角落——那里有一个莎士比亚的雕像。我这才了然——城堡只是再现《哈姆雷特》戏剧场景，而不是凸显戏剧作者莎士比亚。

夕阳下的远方

参观完毕哈姆雷特城堡，我们乘着大巴进入哥本哈根市区，直奔哥本哈根的象征——美人鱼雕像，以及源自北欧的家喻户晓的神农喷泉。

美人鱼是一座举世闻名的铜像，她在哥本哈根市中心东北部的长堤公园里。我远望这个人身鱼尾的美人鱼，她坐在一块巨大的花岗石上，恬静娴雅，悠闲自得。我小学时看《安徒生童话》就知道了丹麦的美人鱼故事。我第一次亲眼看到美人鱼铜像是在2010年上海世博会的丹麦馆，那是美人鱼铜像自其诞生90多年来首次离开家乡丹麦。它被安放在上海世博园丹麦国家馆内的水池中央。在为期6个月的世博会期间，它在丹麦展厅接待游客约550万，几乎接近丹麦全国人口的总数。现在我在其故乡终于亲眼看到它，与上海世博会相比，场景不同：美人鱼铜像安放在哥本哈根朗厄利尼海滨步行大道东侧的浅海中；在水深不足1米的海水中，堆放着几块花岗石做底盘，上面安放着一块直径约为1.8米的椭圆形花岗岩做基座，其上摆放着高约1.5米的古铜色的小美人鱼雕像。雕像的上半身为一少女，整齐的秀发束在脑后，丰满的乳房高高隆起，右手扶在基座的石头上，左手搭在右腿上。下半身似人又似鱼，修长的双腿呈跪姿，腿的下端没有脚，而是细长的鱼尾。美人鱼背对大海，面朝海岸，头颅低垂，似有所思。

领队给我们介绍，美人鱼铜像的原型来自丹麦童话作家安徒生于1837年创作的童话《海的女儿》中的主人公。丹麦作曲家费尼·亨利克把《海的女儿》演绎成芭蕾舞剧《小美人鱼》，嘉士伯啤酒厂创始人之一卡尔·雅各布森观看《小美人鱼》芭蕾舞剧后，被小美人鱼的人格魅力和悲怆命运所打动，他决定捐资制作一个小美人鱼雕像。他邀请雕刻家爱德华·艾瑞克森操刀，还邀请了饰演小美人鱼的芭蕾舞女演员艾伦·普莱丝做模特儿。艾瑞克森计划制作小美人鱼的裸体雕像，可是普莱丝不愿在雕刻家面前展示自己的胴体。结果，雕像的面容是普莱丝，而躯干则是雕刻家的夫人艾琳。雕像用青铜浇铸，于1913年8月23日正式展出。8月23日是美人鱼雕像的生日，人们每年都会为她举办庆祝活动。在哥本哈根和丹麦的历史发展中，这个传说中的女性已成为强而有力的精神支柱。从小美人鱼铜像的鱼尾中，也能真切地感觉出它在丹麦人民心目中成了牺牲精神和高尚情操的象征。

我拿着单反相机端详小美人鱼铜像，其姿态优雅，孤独地坐在海边一块巨大的花岗岩石上，鱼尾人身，面容略带几分羞怯，眉宇间稍有几分忧郁，以若有所思的神情望着海岸，显露出少女纯真的美，又仿佛在等待着她的王子的远航归来，但却始终不见王子踪影。她神情忧伤，联想到童话故事的悲剧结局，让人不免心生难受之情。美人鱼端坐在海边的几块巨石上，拍岸的浪花不时拍打着铜像。在浪花簇拥上来的一瞬间，美人鱼美丽婀娜的鱼尾仿佛真的就在水中游动，而美人鱼那双略带忧郁的眼睛则在惊涛拍岸中露出了真诚和渴望。

拍摄完美人鱼铜像后，我们去看神农喷泉。神农喷泉也在长堤公园内，景点规模不大，但这个喷泉因为有了神话传说而闻名。领队说雕像表现了西兰岛形成的神话故事。传说女神吉菲昂得到瑞典国王戈尔弗的许可，同意在他的地盘上挖一块地给她。但国王只给了一天一夜的时间。于是，女神就将4个儿子化为4头神牛，在瑞典国土上挖出一块土地填进海里。从此，瑞典的国土上留下了一个维纳恩湖，而挖出来的土地填进海里的就是西兰岛。于是，吉菲昂女神被视为丹麦的创世纪女神。

神农喷泉雕塑是丹麦传统文化的杰作。雕像是一位美丽的姑娘，左手扶犁，右手挥鞭，赶着4头神牛在奋力耕作，水从牛鼻和犁铧间喷射而出。铜雕气势磅礴，极具力量美。雕像形态各异，铜牛的鼻孔喷溅，凝成薄雾，喷泉汹涌，形同垂瀑，台基周围随着道路的坡度用花岗石随坡度延伸围成一泓水池，所有泉水汇集池内。水池内两边各有一条铜铸巨蟒盘缠，左右两股喷泉，喷向铜牛。整个结构气势磅礴，蔚为壮观。1959年，郭沫若访问丹麦时写的那首赞美哥本哈根的诗中的"四郎岛（即西兰岛）上话牛耕，泉水喷云海水平"两句，描写的就是吉菲昂喷泉。

接下来领队小邓带我们去公园附近的王宫广场，外观女王居住的丹麦王宫——阿美琳堡宫，远眺歌剧院及大理石教堂，为时半小时。因为是外观，我兴趣索然，拍了几张王宫外景照就走向集合地点。

大巴把我们带到哥本哈根的市政厅广场，领队带着大家边看边讲解。这里是丹麦四通八达的交通网络中心，广场上有"0"公里的起点，表示所有距哥本哈根的距离都从这里开始测量。广场的中心建筑市政厅建于 1905 年，由建筑师马丁·纽阿普设计，其建筑结合了古代丹麦与意大利文艺复兴时期的风格。富丽堂皇的市政厅大厅面积为 1500 平方米，主要用于结婚典礼和官方接待。市政厅正门上方的镀金塑像是哥本哈根的奠基人——阿布萨隆大主教。市政厅正门左侧，有一尊丹麦伟大童话作家安徒生的雕像。我们分别与童话大师合影握手，感受一下大师的气息。广场上矗立着高 110 米的钟楼，钟楼门的上方，人们可以看到著名的"世界钟"。该钟有 13 套机械装置同时运行，显示全球各地时间以及各种天文时间。大家分别拍摄了钟楼。领队告诉大家，市政厅广场具有 800 年的历史，见证了丹麦的许多重要历史事件和时刻，如 1945 年 5 月，10 万人在此聚集，庆祝丹麦从德国的占领中解放。1992 年夏天，丹麦国家足球队获得欧洲冠军时，也有 10 万人在此狂欢庆祝。我们在这个见证丹麦重要历史时刻的市政厅广场逛了近一小时。

接下来参观哥本哈根琥珀博物馆。琥珀，是冻结时空的精灵、神秘而罕有，不仅拥有美学欣赏价值，更具有历史科研价值。为呈现这些价值，许多国家都兴建了大大小小的琥珀博物馆。全世界最出名的琥珀博物馆有欧洲的俄罗斯加里宁格勒琥珀博物馆、丹麦哥本哈根琥珀博物馆、立陶宛帕兰加琥珀博物馆、波兰格但斯克琥珀博物馆，亚洲的日本久慈琥珀博物馆、中国深圳世纪琥珀博物馆。哥本哈根琥珀博物馆与其旗舰店，在哥本哈根纽翰入口的拐角处。我们进入的一楼是典雅的琥珀商店，楼上则是琥珀博物馆。在这里，展示出丰富多彩的珍贵琥珀，还可以购买琥珀首饰。我和小莉纯粹参观展品，没有购物。

参观结束，去我们最想看的新港酒吧街。哥本哈根是欧洲最具童话气息的城市之一，音乐、美酒、时尚，这些快乐的元素不约而同地聚集在哥本哈根的大街小巷和波光水影里。其中最诱人的地方就是哥本哈根的新港：一条不宽的临海水巷，河道的一边停泊着中世纪风味的帆船，另一边则开满了各种餐馆、酒吧和咖啡馆；这里的房子大多都是在 17 世纪建造的，能够保留到现在实属不易，而且这些房子的色彩非常艳丽，就像是用乐高积木拼出来的童话世界一般。阳光暖暖地洒在哥本哈根的新港上，像当地特产的琥珀一样，晃着明丽的光。到丹麦"不见新港，不识哥本哈根"，由此可见，新港是丹麦最充满活力的地方，不仅集齐了音乐、美酒、时尚等文化的快乐元素，就连那波光河水倒映出来的运河老屋也从白天热闹到晚上，永远都是一派热闹的景象。同时，当地居民的生活状态特别舒适，一派北欧城市港湾生活的绝佳典范。

新港其实不新，它是开凿于 1673 年的人工运河，这条运河将海水引到城市中心，原本是为了经济发展，却成就了城市的诗意。新港已经有 300 多年的历史了，时代的不断演进使之逐渐成了全国最长的酒吧街。每到夜晚时，这里就进入欢快时光，到处都是冒着泡沫的啤酒，人们开心地畅饮。这个时候也是很多年轻人最喜欢的时刻，他们在此邂逅了自己的另一半，童话故事并不都是骗人的。

我们在新港酒吧街自由闲逛，只见街边鹅黄、浅蓝、红色的 17 世纪砖屋与停靠港边的高桅杆木船在阳光下倒映在水中，班次频繁的观光船在河道间穿梭，似一幅美丽的风景画呈现在我们面前。我和小莉赶紧从各种角度拍摄这幅只能在电视里才能看到的景象。拍好照片后随便拐进一家酒馆，仍能从褐色的墙体上嗅到榉木的清香。只有行走在新港酒吧街，才真切体会到它能迅速帮助人们卸下一天的疲惫，静下心来随心游玩，让人融入幸福的安静时光。美国媒体将哥本哈根新港评为世界上最幸福的地方之一，它入选的原因，就是因为它悠久的历史、迷人的风景，以及那遍布街道的餐厅和酒吧，使人们下班之后都会聚集在这里，跟自己的家人和朋友尽情喝酒畅聊，共度这美好的时光。我和小莉在新港酒吧街沿街拍照，直到下午 4 点多了，光线有极大的局限为止。兴趣盎然。

我们从上午观赏哈姆雷特城堡和美人鱼铜像到下午在新港酒吧街闲逛，整整一天，好好享受了哥本哈根的"童话世界"，过瘾！

途经哥德堡

7月28日早饭后，我们前往奥斯陆，途经瑞典第二大城市哥德堡。在此下车，领队带领我们外观哥德堡市政大厅广场。

哥德堡市政大厅广场也叫古斯塔夫·阿多夫广场，是哥德堡的市中心广场，广场中间竖立着哥德堡创立者——瑞典国王古斯塔夫二世·阿多夫的雕像。广场上的建筑都是3层的历史建筑，北边靠近林荫大道的是哥德堡的市政厅，这座白色的古典建筑始建于1672年。与其并列在一起的建筑是新市政厅，建于1759年。与新市政厅连在一起的是最高法院原法官的住宅，现在是哥德堡市政府办公楼。市政厅旁边就是最高法院，建于1936年。广场东边的马路斜对面，是哥德堡最大的购物中心；南边是运河。这个广场还有一个功能，就是用于人民表达自己的意愿。

看着眼前十分简朴古旧的哥德堡市政大厅广场，我非常感慨：一是始建于1672年的市政厅至今没有改变，凸显出哥德堡人民尊重历史、保护城市记忆的现代理念和行动。二是1849年改建后保留至今的市政大厅广场，政府部门功能集中，既节约了城市建设的公共支出，又方便了市民生活。三是哥德堡市政大厅广场除了简朴外，还是市民发表个人意见的场所，体现出很强的民主政治理念。这样的城市才真正是绿色和谐的可持续发展城市。

我和小莉在市政大厅广场拍完照片后，领队还没集合队伍，我俩围绕着哥德堡市政大厅广场四周走走，感觉不错。

午餐后，我们继续向着奥斯陆前进，夜宿奥斯陆郊区。

古老的都城——奥斯陆

7月29日早饭后，我们在领队小邓带领下，参观奥斯陆著名的维格朗雕塑公园。维格朗雕塑公园以挪威雕塑大师古斯塔夫·维格朗的名字命名，园内雕塑共有650座人物雕像，这些雕塑作品绝大部分为裸体，座座栩栩如生。所有雕像都是由铜、铁或花岗岩制成，耗费了20多年时间，公园占地80公顷，按几何图形设置。进入公园后我们自由参观。

公园内虽然雕像比比皆是，但是错落有致。园里有一条长达850米的中轴线，正门、石桥、喷泉、圆台阶、生死柱都位于轴线上，主要雕像、浮雕分布其间。石桥两侧各有29座彼此对称的铜雕。喷泉四角，各有5幅树丛雕，四壁为浮雕，中央是托盘群雕。圆台阶周围是匀称公布着36座花岗岩石雕，中央高耸着生死柱。全部雕像组成几幅美丽的几何图案，匀称和谐，浑然一体。

公园里的雕像集中突出了一个主题——人的生与死，展现出人的生命历程。如喷泉四壁的浮雕，从婴儿出世开始，经过童年、少年、青年、壮年、老年，直到死亡，反映了人生的全过程。而四角的树丛雕，一角是天真活泼的儿童，一角是情思奔放的青年，一角是劳累艰苦的壮年，一角是垂暮临终的老年，组成了人生的4幅画面。圆台阶周围的36座石雕，也是从婴儿出生开始的，依次环行，渐渐看到人生各个时期的形象：孩子们在捉迷藏，少年们在扭打玩耍，情侣在窃窃私语，老人们熬度暮年，到死亡为止。石桥两边的护栏上，安放着反映日常生活的58座青铜雕像，塑造了许多青年男女和儿童。体格雄健的男子、绰约多姿的少女和纯真无邪的儿童组成了一组群雕。它们有的在尽情地跳舞，有的在谈情说爱，也有丈夫打骂妻子儿女的……维格朗在这组雕像群中，穿插了一个新的主题思想——父亲与孩子们在一起。相传20世纪初期，在西方男人们的心目中，料理家务、养儿育女和经营"后方"是妻子们的事。他们一方面向往成家立业，另一方面却又不甘心陷入家庭生活的网套。最引人注目的是一尊号啕大哭的小男孩雕像，只见他跺着双脚，挥动着胳膊，仿佛在寻求父母之爱。圆台阶中心的生死柱，无论艺术技巧或思想内涵，都是园中具有代表性的杰作。它是维格朗花费 14 年心血雕成的。石柱高达 17 米，周围上下刻满了裸体男女浮雕，共 121 个。柱上死者惨相目不忍睹，有夭折的婴儿、不幸的青年、披头散发的妇女、骨瘦如柴的老人。这根生死柱描绘了世人不满于人间生活而向"天堂"攀登时，相互倾轧和相互扶掖的情景。人们有的沉迷，有的警醒，有的挣扎，有的绝望，组成了一个陡峭上升的旋律，令人震撼。

我站在维格朗雕塑公园最高处回望，可见公园的系统结构，在此拍照非常壮观。我独自一人在此猛拍一阵，把园中雕塑尽收相机里。拍完后我找了一个地方坐下休息、静思：维格朗雕塑公园雕塑群是最生动的人生教育课堂，比教室里苍白的人生教育更生动形象。

参观完雕塑公园后，我们立刻乘大巴去外观奥斯陆王宫。王宫是挪威最著名的标志性建筑之一，也是 1814 年前挪威历史的见证者。1825 年 10 月 1 日由国王卡尔·约翰奠基，1849 年 7 月 26 日国王奥斯卡一世正式投入使用，现在奥斯陆王宫是国王哈拉尔五世的办公地。它地处一片高地，正对面是市中心的主要街道——卡尔·约翰大街。环绕王宫的是 330 亩的林地和公园，穿过这里的公共大道可一直通往市中心的商业区。在平时，当哈拉尔国王在王宫中时，王宫的上空飘扬起红底金狮的皇家旗标。如果旗标上有一个三角形的缺块，那就意味着国王这时不在王宫里，由王储暂时替代作为国家元首。这情景与英国白金汉宫一样啊！王宫的功能是多样的，既是国王王后的居所，也是国王处理日常事务的地方，国王还在此召开国务会议、举办国宴，招待其他国家来访的领导人。

王宫占地 3320 平方米，内部共有 173 间房间，装饰十分高贵豪华，有专门的接待室。主楼外是皇家花园和王室广场，花园内绿树成荫、小径通幽，还有几座精美的雕塑。王室广场是挪威最大的庆典广场，每年 5 月 17 日挪威国庆节，王室成员会出现在王宫阳台上，向广场上的游行队伍挥手致意。总之，从外观看，富有的挪威其王宫却十分"寒酸"。

皇家花园只在夏季对公众开放，须有专门向导带领。我们有幸进入皇家花园，在里面游览了一个小时。花园修饰简朴，树木错落有致，绿茵草地给人静谧和谐的感觉。我们边走边拍，非常休闲，没有了旅游的快节奏感后，整个人从里到外都很放松。这时，拍照已成为次要，欣赏美景成为主旋律。在皇家花园后门附近居然有一个"中国宫"，乍一看就是一个类似于蒙古包的房子。领队小邓说："当时的国王和建筑师根本没有去过中国，凭想象建造出这个中国建筑。"从王宫后花园出来，我们去外观奥斯陆市政大厅及广场。

奥斯陆市政大厅是这座海洋城市的政治中心，也是诺贝尔和平奖颁奖地，由挪威的艺术家们从1900—1950年不断的装饰和润色才得以完工。它向人们展示了挪威的历史、文化以及人们的工作和生活。这座红色砖的建筑于1950年奥斯陆建城900年时建成，也被称作"双塔红砖"，周围有大量雕塑，表现了挪威人生活的各个方面。奥斯陆市政大厅风格简约，引人注目的是建筑上有欧洲最大的时钟，更引人关注的是每年12月，全世界的目光都聚焦于挪威奥斯陆市政大厅所举办的诺贝尔和平奖的授奖典礼。

市政大厅前有一个很大的喷泉，顺着两边的台阶走向市政大厅，宽阔的大厅四面是大型的富有历史意义的壁画，其中一侧放置了一架钢琴，顺着台阶走上一层，可见几个不同类型的房间，每个房间都有特别的展示，从家具摆设到人物壁画以及可以透过窗户看到的海景，让人感受到其间的历史氛围，体验其中的过往与变迁。

午餐后，我们乘大巴继续出发，通过哈当厄尔峡湾大桥，前往峡湾小镇。我们沿途在大巴上欣赏美丽的庄园、牧场、瀑布、小木屋、山脉，即使在夏季也可看见壮观的雪山，田园风光美不胜收。晚上入住峡湾小镇——顿时进入冬天，四面都是雪山……

美不胜收的松恩峡湾

7月30日早饭后，我们乘车前往松恩峡湾，乘坐游船能更加深入感受其魅力。前往峡湾的途中，成片的雪包裹着的山坡地，形成了各种图案，呈现出多彩的神笔之功，超棒！在途经一片雪山地时，我们看到前面的另一支中国团队穿着各色羽绒衣的团员散布在雪地里，形成了色彩斑斓的图景，构成人与环境的和谐之美。我们强烈要求停车，在此拍摄雪景。领队非常通达人情，让我们下去拍照30分钟，然后再上车前往弗洛姆。下车后我手举单反相机一阵"狂扫"，好爽！大家按时上车继续前行。

将海拔2米与海拔867米的米达尔连接起来的弗洛姆，在挪威语中的意思是"险峻山中的小平原"。这里也和它的名字一样，民房散布在山谷间。在弗洛姆站有咖啡屋和小卖部，当然也有向导处和饭店。我们在此等候了10多分钟，领队小邓取回预约的船票后，我们排队上船，开始了挪威之旅最精彩的峡湾游览。

松恩峡湾从卑尔根北部的海岸一直延伸到群山耸立的尤通黑门山国家公园，以及冰川林立的约斯达布连国家公园，是挪威最大的峡湾，也是世界上最长、最深的峡湾，全长达204千米，最深处达1308米。两岸山高谷深，谷底山坡陡峭，垂直上长，直到海拔1500米的峰顶。峡湾两岸的岩层很坚硬，主要由花岗岩和片麻岩构成，并夹杂着少数的石灰岩、白云岩和大理岩。松恩峡湾最狭窄、最负盛名的一个分支是奈勒伊峡湾，其最窄处的水面只有250米宽。2005年，奈勒伊峡湾被联合国教科文组织列入《世界遗产名录》，它还与盖朗厄尔峡湾一起被美国国家地理学会评为世界最佳自然遗产地。我们去时，松恩峡湾地区正在申请可持续旅游目的地认证，该认证代表了对那些采取了系统性的措施减少旅游业负面影响的旅游目的地的肯定。

我们站在船的甲板前部，只见两岸山峦起伏，层林叠翠，忽而云雾缭绕、虚无缥缈，忽而白雪皑皑、寒气逼人。峡湾的水清澈透明，水面如镜。即使海水风高浪急地咆哮而来，到了峡湾内，也只好乖乖地向高山峻岭低头，收起烦躁的心潮，变得风平浪静了。在没有游船经过时，峡湾的水面几乎没有任何波浪。在阳光的照耀下，海面泛起粼粼的波光。

峡湾两岸地势险要，可以登陆的地方很少，偶有一些古朴的民宅点缀于山腰，野性中蕴藏着生机。我边拍摄峡湾风景边想，松恩峡湾之美，美在群峰竞秀，美在碧水蓝天，美在飞瀑万千。

忽然，不知从哪里飞来一群海鸥，船上观景的人们顿时骚动起来：有的人在自己包里寻找面包喂海鸥；有的人举起手机拍摄飞翔的海鸥，以海鸥与群山为背景拍摄风景照……各种动机促使船上几个团的中国游客由"静观大众"变成了"欢乐人群"，我趁机偷拍了一些人物照片。

领队小邓走到我的身边小声告诉我并指给我看，世界文化遗产奥尔内斯木教堂就坐落在松恩峡湾岸边。始建于12世纪下半叶的奥尔内斯木教堂，是挪威最古老的教堂。这座教堂呈黄褐色，与周围的青山绿水十分协调。小邓说，它和一般的圆木建筑教堂不同，是用垂直的柱子和木板支撑，将每根柱子和外壁的厚板分别垂直嵌入底梁和上梁，不使用一根钉子或螺丝（直到13世纪，北欧才开始出现石头建筑屋基及砖石教堂）。这座四方形的三层建筑，全部用木板建成。每层都有陡峭的披檐，上有尖顶，外形很像中国的古庙。它将维京文化与基督教文化巧妙地融合在一起，形成了北欧独特的建筑风格。

我听着小邓的讲解，看着峡湾岸边高山下的红色屋顶的小木屋，星星点点地散落在岸边的绿茵草地上，犹如一幅漂亮的山水油画。正因这自然之美，挪威的峡湾被国际著名旅游杂志评选为保存完好的世界最佳旅游目的地和世界美景之首，并被联合国教科文组织作为自然遗产列入《世界遗产名录》。

7月31日早饭后，我们在奥斯陆乘飞机，途经莫斯科，回到上海浦东。优美而惬意的北欧之旅结束。

难忘的迪拜＋巴西、阿根廷之旅

我早就向往着去巴西和阿根廷走走看看，终于在 2016 年 4 月实现了这个夙愿。2016 年 4 月 11 日，我与上海团友一起，跟随上海东湖国际旅行社开启了巴西、阿根廷之旅。因为去阿根廷的飞机行程很远，中间必须要过渡休息，因此，东湖国际旅行社将迪拜作为中间过渡休息国。正好，这样我也有机会转转迪拜了。

4 月 11 日晚上 8 点，我们全团 40 人在浦东机场集合，晚上 11 点乘坐阿联酋航空公司飞机前往迪拜，夜宿飞机上。第二天早上抵达迪拜机场，下飞机领行李时好好领略了迪拜机场的现代、豪华和气派。我拿到行李箱就开始用卡片相机拍照，狠狠拍摄一番后才跟随队伍走出机场。

浏览阿布扎比清真寺

4 月 12 日清晨，出机场后，我们乘车去吃早饭，就餐的小酒店充满了伊斯兰文化特点。早饭后，我们乘大巴前往著名的阿布扎比大清真寺。阿布扎比清真寺，坐落于阿联酋首都阿布扎比市，它在首都阿布扎比的 2 座桥梁之间，是阿联酋的标志性建筑，是阿联酋七酋长国中最大、全世界第八大的清真寺。下车之前，领队要求女团友拿出围巾把头包起来，这是全世界清真寺的要求。

下车后，骄阳悬空，我们大汗淋漓，尽管如此，大家还是兴致勃勃地听地陪讲解。阿布扎比清真寺于 2007 年的古尔邦节竣工，其实这座清真寺的全称为谢赫扎耶德·本·苏尔坦·阿勒纳哈扬清真寺，其中，谢赫扎耶德·本·苏尔坦是阿联酋第一位总统的名字。此清真寺也正是为了纪念这位已故的阿联酋总统而建造的，寺内有他的陵墓。作为全世界最大的清真寺之一，阿布扎比清真寺能一次性容纳多达 4 万穆斯林做礼拜。为了加深穆斯林与非穆斯林的了解和宣传伊斯兰文化，2008 年 3 月起，该清真寺对所有游客开放，它也是阿联酋唯一对外开放的清真寺。来此参观的包括外国游客在内的所有人必须脱鞋入内，女士还必须穿上阿联酋妇女的传统黑色衣服。

我当时没有夏季的黑色长袖 T 恤，且下飞机后没时间开箱换衣服，就穿着身上的中袖真丝 T 恤衫、用围巾包着头与我们团队一起进入。大清真寺的长廊和中庭大院豪华漂亮，雕刻着阿拉伯特色图案的汉白玉铺就的地面，惊煞了我们的双眼。我和老叶走在全团后面，等团友走远后，我开始用单反相机和卡片相机拍摄中庭和长廊，估计拍了 20 多张照片后，我和老叶才走向大清真寺里面。在门口，每个人都必须脱鞋，穿着袜子进入大清真寺室内。清真寺的规矩很庄严，这是对神灵的虔诚表达。

我和老叶脱鞋走进大清真寺后，立即被里面的建筑装饰所震惊。整座清真寺的设计充分呈现出伊斯兰教的风格，借鉴了世界上不少有名的清真寺的设计。地陪说，该寺的设计师、建造原材料分别来自意大利、德国、摩洛哥、土耳其、伊朗、印度、中国、希腊和阿联酋本国，因此它也体现了国际化的建造思路。

清真寺占地 2.2 万平方米，设计有 82 个圆形穹顶，主穹顶高 85 米，黄金装饰着的柱子多达 1100 根。地板上的色彩不是颜料彩绘，而是用天青石、红玛瑙、紫水晶、鲍鱼贝等天然材料拼构而成。清真寺建造耗资 55 亿美元，仅黄金就用去了 46 吨，整个建筑群都用来自希腊的汉白玉包裹着，非常庄严肃穆。而那些精美的雕刻则是来自中国工匠的手艺。主殿内的波斯地毯被誉为世界上最大的手工编织地毯，达 5627 平方米，重达 47 吨，造价 580 万美金，由 1200 名伊朗工人采用 38 吨羊毛历时一年半编织而成。最令人惊叹的是将近 6000 平方米的地毯上居然没有一处缝痕。殿堂里悬挂着 7 个世界上最大的镀金黄铜水晶吊灯，是在德国加工定做的,价值千万美金,在全世界清真寺吊灯中首屈一指。在礼拜大厅内,吊灯的色彩由典雅的蓝色变为炫目的金色。阿布扎比清真寺内共有 7 盏吊灯,在镀金基础上,镶满施华洛世奇水晶,达数千颗。最大的一盏吊灯在礼拜大厅的主圆顶上,是全世界最大的枝形水晶吊灯。听到此番介绍,我心服口服地默认了阿布扎比清真寺的奢华——阿联酋确实富得流油!大清真寺的宣礼塔,塔高 107 米,黄金塔顶光彩熠熠。不同于其他宗教用击鼓、吹号或敲钟方式聚集信徒,伊斯兰教用口召唤信徒礼拜。

地陪介绍完毕就解散了队伍,我们各自分散去拍摄大清真寺内部。我和老叶互相给对方拍摄后,又各自拍摄了半个多小时,才走出大清真寺。穿鞋后,我赶紧走到大清真寺外部,顶着骄阳的暴晒,拍摄以穿着黑衣服的当地居民与大清真寺合为一体的照片,这样的人文照片比单纯只有建筑的照片内涵更为丰富。

走进棕榈岛

走出大清真寺后,我们乘车前往棕榈岛。沿途道路的绿化不亚于发达国家,地陪在车上告诉我们,阿联酋处于沙漠之中,我们所见到的每块石头、每一棵树都是用钱买来的,这个国家就是靠石油变钱,花钱买进所需一切。途经市区,高楼大厦造型新颖,且都是奢华型。我们到了进入棕榈岛的入口,下了大巴后换乘单轨列车进岛,以全新角度饱览全球瞩目的号称是"世界上最大的人工岛"的棕榈岛的美丽风光。

棕榈岛是迪拜的 3 座人工群岛的总称,它分为朱美拉棕榈岛、杰贝阿里棕榈岛、迪拉人工岛。耗资 140 亿美元打造而成的迪拜棕榈岛被誉为"世界第八大奇迹",岛屿包括"树干""树冠"和新月形围坝。岛上种植了 1.2 万棵棕榈树,这些树苗均是在位于朱美拉的苗圃里栽培的。整座岛屿就是一个巨大的避暑胜地和游玩天堂，上面拥有 2400 套海边住房，可以入住 5000 人。另外，还有运动场、健身房和电影院等设施。为了准确定位，建造过程中，迪拜使用了全世界唯一的私人卫星"伊科诺斯"，它功能强大，足以与俄罗斯和美国的军事卫星相媲美。但是，整个建造过程仍然充满艰辛。独特的棕榈树形状让施工成了噩梦，因为要想成功就必须十分精确，没有全球卫星定位系统不可能完成。整个工程只有 2 条直线，其余都是曲线。这项工作全靠一个 5 人小组定位，他们每天都要绕岛步行，背着沉重的背包，为小岛建立网格坐标。有了这些坐标，疏浚船就能精准无比地喷出砂石。

棕榈岛于 2001 年开工，是世界上最大的陆地改造项目之一，尤其是世界岛，其仿照世界地图形状建造，规模空前，整个棕榈岛工程完全用沙子岩石搭建成型，岛屿绵延 12 公里，深入阿拉伯湾 5.5 公里，迪拜的海岸线从此由直线变成了曲线，凭空延伸了 720 多公里，由一个像棕榈树干形状的人工岛、17 个棕榈树形状的小岛以及围绕它们的环形防波岛三部分组成。其中朱美拉棕榈岛的规模庞大，在太空中都能看到。棕榈岛上建有 1.2 万栋私人住宅和 1 万多间公寓，配套设施有水下酒店、一处室内滑雪场和与迪拜城市大小相当的主题公园。2012 年，朱美拉棕榈岛建成后，成为世界上最大的沿海人工岛。我们离开迪拜，在飞机上俯瞰镶嵌在蓝色大海上的棕榈岛，实在是壮观。

为了让迪拜扬名海外，迪拜王储谢赫穆罕默德·本·阿勒马克图姆修建了全球最奢华的酒店——"阿拉伯之塔"（七星级），建造了一流的高尔夫球场和赛马场……迪拜几乎是完美的旅游点，一年四季阳光普照、沙滩优美、海水湛蓝，每年接待 500 万名游客。修建巨大的人工岛显示了迪拜誓与新加坡和中国香港竞争成为世界商业港中心、与拉斯维加斯竞争成为世界休闲之都的决心。

我们走进棕榈岛后，满眼都是奢华：用金钱堆起来的酒店、人造沙滩，造型新颖，装饰漂亮，绿树成荫。豪华酒店、沙滩住宅别墅、住宅大厦、游艇会、水上乐园、餐馆、大型购物中心、运动设施、水疗设施及戏院等，看得我们眼花缭乱。最终，我们深入棕榈岛腹地，参观迪拜最宏伟的亚特兰蒂斯酒店，并在酒店内享用餐厅自助午餐。

进入餐厅吃自助午餐须事先预定，进入时须排队。进入后，我站在摆满全球各国食物和果蔬的桌子面前发呆，不知吃啥好，食品丰富得令人难以选择。最后，我还是按照自己的饮食习惯选取了少量鱼虾、蔬菜和 2 片面包。老叶看我盘子里的食物这么少，笑着说："你进这八星级自助餐厅吃饭太不划算，不吃肉怎么行？李慧来就开心了，她啥都能吃。"我吃完盘中餐后，取了一些巧克力冰激凌作为餐后甜点，过瘾后，拿着卡片相机把这八星级自助餐厅内丰富的食品都拍摄了下来，并且把餐厅内外漂亮的景观也拍摄了一遍。这自助餐厅外面的走廊就是海洋博物馆，可以看到各种海洋生物。我在拍摄时发现，除了我们这个团的团友外，在餐厅里吃饭的人很少，当地人更少。看来这家自助餐厅就是做当地贵族和游客生意的。酒店外面的绿化之好，猛然一看都不信是身处沙漠的国度。

吃好喝饱再拍照，我们这个团的人才离开棕榈岛。午餐后，领队带我们前往哈利法塔旁边最新落成的迪拜最大、最现代的购物中心自由活动一小时，后前往酒店。晚餐后，回酒店休息，第二天早饭后飞往巴西。

仰视基督像

4 月 13 日早饭后，我们从迪拜机场登机，飞往南美的里约热内卢，下午 5 点多下飞机。从机场到酒店的途中，领队告诫我们，里约的社会治安很不好，请女团友们把项链戒指都取下收起来，到了酒店后不要一人单独外出，更不能一人背着单反相机在海边拍照，感觉最后一条告诫是针对我的。进入里约城，沿途都是大西洋的海洋风光，沙滩、阳光和养眼的美女，很爽。路过了一些贫穷区域，房屋歪斜，感觉快要倒塌，里面居然还有人住着，领队说："这些就是里约的部分贫民窟。"我们的酒店紧靠大西洋海边。进入酒店不久，就吃晚餐。

晚餐后，我在房间休息。躺在床上百度里约，了解到里约的相关情况。里约热内卢简称里约，曾经是巴西首都（1763—1960），位于巴西东南部沿海地区，东南濒临大西洋，海岸线长 636 公里。里约热内卢主要属于热带草原气候，终年高温，温差小，季节分配比较均匀。里约热内卢基督像是该市的标志，也是世界新七大奇迹之一。海滨风景优美，为南美洲著名旅游胜地。里约热内卢曾在马拉卡纳球场举办过 1950 年和 2014 年 2 次世界杯足球赛。

4 月 14 日，我们开始了里约的游览。第一目标就是去看著名的基督像。里约热内卢基督像也叫巴西基督像，是一座装饰艺术风格的大型基督雕像，位于巴西的里约热内卢基督山上，既是该市的标志，也是世界最闻名的纪念雕塑之一。这座大型基督像落成于 1931 年，总高 38 米，体积庞大，有 1145 吨重，左右手的指间距达到了 23 米。雕像中的基督身着长袍，双臂平举，深情地俯瞰着山下里约热内卢市的美丽全景，预示着博爱精神和对独立的赞许。基督像面向着碧波荡漾的大西洋，张开着的双臂从远处望去，就像一个巨大的十字架，显得庄重、威严。基督像的身影与群山融为一体，一些云团不时飘浮在山峰之间，使基督像若隐若现，增加了基督像的神秘圣洁。巨大的基督像建在这座高山的顶端，无论白天还是夜晚，从市内的大部分地区都能看到。基督像张开双臂欢迎来自世界各地的游客，是巴西人民热情接纳和宽阔胸怀的象征。

在前往基督山看基督像的途中，领队给我们介绍了建造基督像的历史背景。

观看基督雕像须爬山。游客可以从公路乘坐大巴或乘坐科科瓦多山火车上山游览。以前列车到达终点后人们还需要爬上 222 级阶梯才能到达雕像前，这对行动不便者和老年人是一大障碍。2002 年的古迹大整修中，雕像附近安装了 3 座全景升降机和 4 座电扶梯。另外，从雅丁波卡尼科区的帕奎公园有条捷径步道通往山顶。另一种上山方式则是包车，经过蜿蜒的山路穿越蒂竹卡丛林，到达山上狭小腹地的停车场，拥塞的情形可想而知，回程可顺道前往马塔夫人展望台，它位于 396 米的山腰，不但可以较近距离眺望里约美景，也可从另一个角度欣赏基督像。由于它绝佳的位置，所以成为许多广告商、名模的取景地点。我们团的团友基本都是中老年人，为了照顾大家，领队让我们乘大巴到达山下停车场，再乘一截电梯到达山顶，这样可以节省很多体力和保护双膝关节。

我们的大巴在登山途中，须经过里约的一个贫民窟。领队请大巴司机在一个机位较好的地点停车，让我们下车拍摄贫民窟。这片贫民窟是里约贫民集中居住点，且是黑社会成员集中居住点。我用长焦距把这大片贫民窟拉近进行拍摄。在拍摄中想到，里约与我们刚离开的富得流油的迪拜棕榈岛、阿布扎比清真寺相比，真可谓是天壤之别。

拍摄完贫民窟，我们上大巴继续登山，到了科科瓦多山的停车场后，我们跟随领队去乘电梯，到达山顶。这些电梯和电扶梯被称为"看不见的工程"。里约人早就习惯一抬头就看到基督像，电梯和电扶梯的设置必须考虑到景观，视野中不能出现多余的东西。当初做了好多次测验，确保从山下绝对看不到任何人为设施。这些电梯和电扶梯都依附原有的自然景观建造，例如，做成和山势同样的坡度，利用天然绿树做遮蔽，且涂上绿油漆。电梯的透明窗户是特殊玻璃，即使阳光照射也不会反射。电梯的出口处是基督像的下方，矗立了基督像设计者的头像，我赶紧拍摄下来，然后与老叶一起登上十几级台阶，来到了基督像前。啊，真是雄伟壮观。仔细看，会发现由于修补的石材不一，耶稣全身的颜色并不一致。只见耶稣张开双臂，俯瞰着脚下的朝圣者，神情祥和。基督雕像的基座同时也是一座能够容纳 150 人的天主教堂。

地陪说，这座基督像由外壳和内部填充物构成，外壳参考当时著名的雕像设计师惯用的一种石材，还有一些钛金属。填充物是一种砂、糖和鲸鱼油的混合物，并用电的原理破坏了其中化合物盐的结构。整体组装采用了水泥。基督像各大部件在法国制造，到巴西组装，和自由女神像差不多，巨像里面装有电梯。基督像的材质分成外壳和内部填充物两大部分。由于信仰一致，这座世界第一的基督像是有关国家技术合作的产物，是世界各国开放交流的实证。

巴西利用这座基督像号召全球妇女关注乳腺癌防治，每年的 10 月是全球"粉红丝带"乳腺癌防治月。2011 年 10 月 4 日，基督像就变成了粉色，以呼吁人们对乳腺癌予以更多关注。

我和老叶拍摄了基督像之后，发现这里是里约的最高点，科科瓦多山的海拔是 770 米，山高 709 米，是观光里约热内卢的最理想地方，我们就在此拍摄里约的城市风景。山上古木参天，郁郁葱葱，怪石悬崖，流泉飞瀑，云雾缭绕，景色奇绝。由于里约热内卢气候湿润，耶稣山上铺锦叠翠，奇花异草，争芳斗艳。立足山巅，举目向上是湛蓝色的天空，一团团云雾从怪石中腾起，飘飘悠悠。脚下，整个里约热内卢城在我们眼中缩小，摩天大楼变小了，无数的街道纵横交错，行驶在公路上的汽车宛如缓缓蠕动的乌龟。远处，大西洋中的巨轮穿梭往来。如此难得一见的景观实在少见。我和老叶拍摄完毕后，慢慢下山走到停车场。下一个游览目标是畅游大西洋。

我们乘大巴下了科科瓦多山后回到市区，前往著名的科帕卡巴纳海滩漫步，感受大西洋沙滩的韵味，非常惬意。回酒店途中，看到公路天桥下露宿的穷人，心里很不是滋味——里约的贫富差距巨大。

午饭后，我们继续欣赏里约的城市海洋风光：参观科帕卡巴纳炮台，欣赏椰风海韵和美丽的大西洋风光，参观建筑风格独特的天梯造型的里约热内卢大教堂。

我们先去科帕卡巴纳炮台。科帕卡巴纳炮台在科帕卡巴纳海滩的右侧前端入海处，是科帕卡巴纳要塞，尽管已作为旅游胜地，游人如梭，没有多大的军事意义，但仍旧归军队管辖。里约热内卢面临大西洋，共有 72 个海滩，许多海滩的两侧建有要塞，以保卫这座城市。科帕卡巴纳炮台于 1914 年启用，现今仍保存所有原始特征和架构，包括 4 个配备德国制造的克虏伯大炮的防弹圆顶、弹药库、枪室、廊道、食堂和新艺术风格的洗手间。1986 年变成陆军历史博物馆，收藏资料和武器。

大巴在停车场停下后，领队和地陪带着我们走进科帕卡巴纳炮台。这里有一个大门，是收门票的。在大门外看到一个当地女童，甚是可爱，镜头感很好，我立刻把她拍摄进我的卡片相机。刚拍好这 2 张照片，就听到领队叫大家一起进入，在里面逗留 30 分钟，我抓紧时间拍摄了几张炮台面前的海景。只见大西洋海浪不断向崖壁冲击着，泛起层层波浪，由于风小，海浪势头不大，因此海面上比较平静。我独自一人慢慢往大门外走，在快要到大门时，见大门内道路旁的桌椅已经坐满了人，他们边聊边喝，我这才想到，下午茶的时间到了。看着这些闲聊的人们，我不由得被他们的生活理念所感染——人还是轻松自在的随性而活好，不要刻意去追求那些无聊的名和利……

集合后，我们去市区参观建筑风格独特的天梯造型的里约热内卢大教堂。

朴实无华的里约大教堂

地陪在大巴上告诉我们，里约大教堂始建于 1964 年，1976 年落成使用，位于里约热内卢的中心，是为了纪念圣塞巴斯蒂安而建造的。教堂造型独特，气势恢宏，是里约热内卢的标志性建筑之一，也是现代艺术的杰作。

到了教堂前一看，确实如地陪介绍，这座教堂与我所看到的欧洲国家古老典雅的教堂不同，是一座钢筋水泥结构的现代化建筑，教堂呈圆锥形，高 75 米，底径 106 米，整个框架结构由规则的方框构成，好像天梯，所以被称作天梯造型大教堂。教堂宽敞高大，气势恢宏，可容纳 2 万人。

教堂正门前是教皇保罗二世的铜质塑像，左侧是顶端竖立着十字架的钟楼。建筑群庄严肃穆，其奇特的造型，在现代化的楼群建筑之中独树一帜。教堂的主体建筑都由规整的框架结构以及方框构成，从外面望去，像是一架高耸入云的天梯。大教堂外观很高，里面更是宽敞明亮，带状分布的落地玻璃熠熠生辉，既气派又美丽。

我细细观察后发现，里约大教堂的内部装饰与欧洲古老教堂不一样，这里没有豪华的装饰，非常简朴，简朴得只有教徒们的座椅，台上也没有金饰装潢，就一张讲台，朴实无华得直入心灵。尤其吸引人的地方是设计者的环保理念——通过镂空的墙体将室外的光线和海风导入，教堂里面不需要安装灯光和通风设备。这体现出巴西人特有的人与自然和谐相处的绿色理念。

教堂周围环境优雅，草木葱茏，给人一种别致的美感。里约大教堂建筑群外观设计简洁中不失庄严肃穆，各类奇巧的设计，即使放眼现代建筑设计也不失大师风范。同时，周边优雅幽静的环境，无形中衬托着教堂，远观让人感觉草木生机盎然，近观则气势恢宏。

这一天的游览，从物质到精神 2 个层面，看到了里约这个城市在世界上独特的风格：传播大爱的对外开放、人文主义的城市建设、绿色环保的生活理念。这些，真值得我们借鉴。

参观完里约大教堂后，领队和地陪带着我们在酒店附近的海滩散步，这种慢节奏的旅游，使我们能充分体验和感受大西洋沿岸居民的生活，比紧张地穿梭于一个个景点之间的感觉好得多。我们在散步中看到里约人在黄昏中穿着比基尼走向大海，看到一家家围坐在海滩的圆桌边聊天，也看到穷苦的流浪者在海滩边找寻着……里约社会结构的分层由此突显。

畅游大西洋

4 月 15 日早饭后，我们乘大巴直奔码头。沿途看到里约城内洁白如雪的细沙海滩、四季明媚的阳光、蔚蓝的大海和海边天生魔鬼身材的巴西姑娘，非常养眼。到达码头后，我们排队上了一艘较大的"海盗船"——有古老的船帆，掌舵者穿着海盗服装，很有意思。船上不仅只是我们的团友，还有其他国家的团友，我们坐在一起欣赏海景。

我们的船在里约附近的大西洋上畅游，主要观赏里约的海滩和跨海大桥。里约热内卢海滩在里约热内卢居住区的前面横跨 4.5 公里，可以将美丽迷人的瓜纳巴拉湾尽收眼底。它的景色之美让人目瞪口呆：花岗岩环绕着通往海湾的大门，这种"城市—海滩"的布局给予游客别样的海滩品位。毫无疑问，这是世界上最有名的海滩之一，灰色的公路、白色的沙滩、蓝色的海水是城市边缘的三原色。这是一个养眼的海滩，随便走一走，就会发现沙滩活动中有许多漂亮身材和美丽面孔的美女。马路上逛街的当地人也都是比基尼打扮，离海滩这么近，一高兴就可直奔海边游泳。

由于"海盗船"是木帆船，随着微微的海浪会稍微有些左右摇晃。一般不会引起晕船，因为是在城市近海行驶，风浪不大。"海盗船"驶向大西洋40分钟后，就隐约看到了著名的跨海大桥——尼特罗伊大桥。再向前行驶，尼特罗伊大桥就在我们眼前展现其婀娜的雄姿了。地陪说，尼特罗伊大桥始建于1968年，1974年通车。该桥为南美最长的跨海大桥，全长13.7公里，双行车道，各宽26.4米。桥对面是尼特罗伊市，过桥时可浏览里约市风光。尼特罗伊大桥像长虹一样，横空出世。尼特罗伊跨海大桥是一座箱形桥梁，坐落在瓜纳巴拉湾，将里约热内卢和尼泰伊罗连在一起。这座跨海大桥是南半球最长的钢筋混凝土大桥，也是世界第六长大桥。地陪说，建桥之前，两市居民来往很不方便，需乘坐游船往来于两市。这座跨海大桥建成后，海湾变通途，每天来往大桥车辆多达11万辆，给两市市民出行带来实实在在的方便。

我一看到尼特罗伊跨海大桥就举起单反相机拍摄，随着我们的"海盗船"行驶位置的变化，尼特罗伊大桥在我的镜头里不断变换其形象，一会儿像一个大弯道挺立在大西洋上，一会儿像婀娜的少女在大西洋上翩翩起舞，一会儿又像一把利剑直插进波涛翻滚的大西洋。机位和视角的变化展现出尼特罗伊跨海大桥的魅力无穷，尽管施展无穷的想象力吧，任何想象在这座南美最长跨海大桥面前都不为过。

午餐后我们将要上面包山观看里约这座城市的景观。

在面包山俯瞰里约全景

午餐后，我们乘缆车上面包山。面包山是巴西著名旅游景点，此山因形似法式面包而得名，位于瓜纳巴拉湾入口处，是里约热内卢的象征之一。面包山高394米，登上山顶可将里约全景尽收眼底。我们搭乘的上山电缆车是意大利制造的，外形像泡泡似的电缆车，不仅容量可达75人，而且可提供360度的观景视角。2部缆车分别自山顶及山脚同时对向开出，开行时间自上午8点至晚上10点，每半小时开出一班，车票需在电缆车起站红色海滩购买。

我们登上山顶后，将里约全景尽收眼底。1565年，里约市在面包山和狗面山之间创建，现在山脚下还能看到当年保卫里约市的圣若奥古城堡。因为我们上山的时间是当地时间下午2点，阳光过强，拍摄出来的照片都过曝。于是，我围绕山上的道路走了一圈，走到山背面，感觉阳光弱一些，才拿出单反相机拍摄一些画面。在面包山俯瞰里约，眼里一片蔚蓝色：天空和海面都呈现为一样的蔚蓝色，很美。拍完面包山的背面，我再慢慢朝着向阳的地方走去。走到向阳处，只见山脚下全是富人小别墅，别墅的红瓦房顶映衬着蔚蓝色的天空和大海，灿若星辰。阳光倾泻在大西洋上，水面波光粼粼。见此美景，我举起单反相机就拍摄。拍着拍着，扬州的团友唐老师走过来，要我用他的手机给他拍摄几张照片，我立即拿过他的手机，选了几个角度的风景，给他拍摄了几张，直到他满意为止。这时，我才发现老叶不知走到哪里去了，否则，我也可以给他拍几张。

在面包山上逗留了一个小时后，我们集合乘缆车下山。下山后距离晚饭时间还早，我们就去逛街。老叶的随身包的带子不行了，他请我和领队陪他去商店选购。走了好几家店，才看到老叶中意的随身包。

漫步伊瓜苏的鸟园

4月16日，我们吃过早饭后去机场，飞向伊瓜苏大瀑布。飞行时长2小时，在途经伊瓜苏瀑布上空时，我在飞机上用卡片相机航拍了伊瓜苏瀑布及周边环境——一大片绿树丛中的大瀑布。

下飞机时已接近午餐时间。地陪带领我们去酒店吃午餐，幸好是符合我们口味的中餐。午餐后的游览景点是伊瓜苏鸟园，号称"百鸟天堂"。鸟园的门面不大，很容易让人错过，游客很难想到在这个不显眼的门里面，是如此的别有洞天，简直是一个鸟儿的王国，鸟儿数量与品种之多堪称世界之最。

伊瓜苏的热带鸟园内有多座高达8米的巨型鸟笼，有大嘴鸟、鹦鹉、黄莺和很多其他巴西品种的鸟类栖息，园内计有180种、共900只的鸟类。游客可在一条约1公里长的柏油步道上步行，进入巨型鸟笼内看鸟。蝴蝶园、蜂鸟笼及饲养蛇和鳄鱼的爬行类动物区则和环境保护中心连接在一起。鸟园内半数以上品种都濒临灭绝。鸟园里的树木高耸入天，走入树林让人有窒息感，估计是树林里缺氧所致。我们团队基本是排队前行，大家走得较慢，边走边观赏边拍摄。鸟园里面还有鳄鱼和火烈鸟等其他动物，当然，最吸引人的还是巴西鹦鹉。巴西鹦鹉有绿色的、红色的、蓝色的、黄色的，大小各异，五彩缤纷。大金刚鹦鹉绚丽多彩，红绿、黄蓝金刚鹦鹉是世界上最大的鹦鹉，从头到尾巴尖，足有1米长。它们是巴西的"国鸟"，巴西的钱币上都有它们的画像。快走到鸟园大门时，我看到一个员工手举着牌子，招呼游客与巴西鹦鹉拍照。老叶走过去，让一只绿色鹦鹉站立在他的拳头上，我给他拍了2张。然后，他要我走过去像他一样，让鹦鹉站立在我的拳头上，他也给我拍了与鹦鹉的合照，算是永久留念。

从鸟园出来，我们回到酒店休息，准备第二天早饭后前往伊瓜苏大瀑布。

观赏伊瓜苏大瀑布

4月17日，早餐后我们前往巴西、阿根廷两国交界的伊瓜苏大瀑布。在大巴上，地陪向我们详细介绍了伊瓜苏瀑布。被誉为"南美第一奇观"的伊瓜苏瀑布是南美洲最大的瀑布，也是世界著名瀑布之一。"伊瓜苏"在当地印第安人的瓜拉尼语中意为"大水"。伊瓜苏瀑布位于阿根廷北部和巴西交界、伊瓜苏河下游处的伊瓜苏国家公园内，距伊瓜苏河与巴拉那河汇流点约23公里。伊瓜苏河发源于巴西南部，沿途汇集了大溪小流，穿过维多利亚山口，以雷霆万钧之势向巴西和阿根廷交界的平原奔腾。在伊瓜苏受到阿古斯丁岛的阻滞，河道之宽达3公里，形成一个水深仅1米左右的湖面，湖水流到绝壁时，飞泻成一大瀑布群。伊瓜苏国家公园因其有出色的自然美景和多元生物自然生态栖息地，1984年和1986年根据自然遗产遴选依据（Ⅶ）（Ⅹ），阿根廷伊瓜苏国家公园和巴西伊瓜苏国家公园先后被联合国教科文组织作为自然遗产列入《世界遗产名录》。1999年，伊瓜苏国家公园又被列入濒危世界遗产，原因是当地居民将原本在公园设立时放弃的一条公路重新启用了。

领队给我们3小时游览世界第一大跨度的巴西伊瓜苏瀑布群。我们到达伊瓜苏国家公园的大门外时，看到了很多特警部队队员。大概是出身于军人家庭的缘故，看到军队，我不由自主地走过去，想与他们合影。我与一个班／排长模样的军人示意，表达了我的请求，他立刻非常友好地召集了五六个军人帅哥与我合影。合影完毕，我回到自己团里，与大家一起走进伊瓜苏国家公园。大约走了四五分钟路，就听到了瀑布声音；再往里面走，初见部分瀑布。

我们漫步于伊瓜苏瀑布对面的小道上。由于伊瓜苏瀑布很宽，国家公园修建了一条让游客观看瀑布的小道，并且在小道沿途设置了较好的机位拍摄台，真周到！进入栈道，便置身于"飞流直下三千尺"的宏伟景观之中。我漫步于曲折小径，观赏最壮观的天然奇景，领略275道瀑布的万马奔腾气势和惊心动魄的感受，仿佛目睹世界诞生一般。于是，我决定脱离团队，在小道沿途一个个的拍摄台排队等候拍摄，轮到我时，我就快速地用单反相机、卡片相机和手机轮番拍摄。由于天气晴朗，加上瀑布的水汽，凡是有瀑布的地方都有彩虹，一条条彩虹环绕着瀑布，太漂亮了！我就这样不停地排队拍摄，不由得已经用去了2个小时。等我走到瀑布马蹄形的地方，看见下面有一条较宽的木栈道可以走到瀑布面前的50米地方，我就从坡上下去，走到木栈道上。但是，走了50多米的木栈道，就感觉瀑布的水似大雨般向我扑面而来，我的单反相机根本不能用，卡片相机也会受潮，我立刻回身走回小道上。再向前走了10分钟，就走到瀑布主流面前了，我感觉站在这里才能真正感受到瀑布的气势。我狠狠地用单反相机拍摄了十几张，左右环视，已经看不到我们团的任何人，只好请一个老外在这里给我拍摄一张以瀑布为背景的照片。等她给我拍摄好，我拿过卡片相机一看，因背光脸是黑的。正在遗憾时，有人拍了我的手臂，转头一看，是一名公园工作人员。他把我请到他的电脑面前，告诉我，他可以给我拍照，用电脑后期处理后，照片中人脸就亮了。于是，我索性请他给我拍摄了5张，我选择了3张比较满意的请他在电脑上处理、放大，我满意地刷卡付款、走人。

我拎着照片走向电梯等候处，排队上电梯，这样可以保护双膝关节。在等电梯时意外发现这里拍摄瀑布的机位也挺好，立刻拿出卡片相机拍摄起来。更意外的是，电梯用的是透明玻璃罩，在电梯缓缓上行时，我不断地用卡片相机拍摄，把伊瓜苏瀑布的源头也拍摄得清清楚楚。上了电梯后，我拎着照片走向集合地，看到地陪了。我问她是否可以乘直升机俯瞰伊瓜苏瀑布，她回答我"可以的"。我就告诉她，我和老叶要乘直升机从天上俯瞰伊瓜苏瀑布。到集合时间了，团友们到齐后，我们大巴开向乘直升机的地方。我和老叶交了150美元，排队乘上直升机，全团仅我和老叶与另一个男团友从伊瓜苏瀑布上空俯瞰伊瓜苏瀑布。直升机上升后，我把手伸出飞机窗外，用卡片相机拍摄了十几张伊瓜苏瀑布的全景。

感觉真过瘾！下飞机后更让我惊喜的是，直升机服务处把我们从上直升机到下机后的全过程都拍摄、制作成光盘卖给我们，10 美元一张，我和老叶都买了自己乘直升机俯瞰伊瓜苏瀑布的光盘。

以面对面和乘直升机 2 种方式观赏世界著名的伊瓜苏瀑布，了却了我此生心愿。

近观远眺莫雷诺冰川

4 月 18 日，我们吃过早饭后去机场，飞往阿根廷南部大冰川，经停阿根廷首都布宜诺斯艾利斯，再从布宜诺斯艾利斯乘飞机出发，飞到冰川附近的小城卡拉法特市。抵达卡拉法特小城时已是下午 5 点，我们全团入住酒店后就在小城漫步，感受这个位于安第斯山脉脚下、阿根廷湖畔的人口只有 1 万多的小城的宁静古朴气息，尽情呼吸这里的清新空气。我和老叶在卡拉法特小城漫步，小城人口很少，商店也都是销售滑雪类的商品。我们逛了半小时就回酒店——外面气温很低，我没穿棉衣，怕受凉感冒了。

4 月 19 日早饭后，天还不亮，我们就乘大巴前往莫雷诺冰川。行程 3 个多小时，途中的前一小时几乎在黑暗中行走。大巴行走了 2 个小时，天亮了。莫雷诺冰川位于南美洲南端，南纬 52 度附近，在阿根廷圣克鲁斯省境内，是目前世界上少数仍在向前推进的活冰川。它发源于面积达 13000 平方公里的南巴塔哥尼亚冰原，该冰原为极圈外第二大冰原。夏季时常可以看到"冰崩"奇观：一块块巨大的冰块落入阿根廷湖，一声声震耳欲聋的响声让人屏息凝注，但很快，一切又都归于平静。莫雷诺冰川在冰川界尚属"年轻"。莫雷诺冰川似一堵巨大的冰墙，每天都在以 0.3 米的速度向前推进，身临其境，似乎感受到冰川时代的气息。莫雷诺冰川以探险家弗朗西斯科·莫雷诺的名字来命名，他是 19 世纪研究此地区的先锋，并在保卫阿根廷领地上有重要贡献。莫雷诺冰川是巴塔哥尼亚余下 3 个没有后退的冰川之一，以每天 0.3 米的速度向前推进。目前，莫雷诺冰川的冰舌阔面为 5 公里，平均高于阿根廷湖水面 74 米，总冰深度为 170 米。

地陪介绍完毕，我们看到沿途一派初冬景观，道路两旁是五颜六色的树木，五彩树后面是白雪皑皑的冰山，美醉了我们一车人。大巴行驶到一处，地陪接受了我们的强烈停车要求，让我们下车拍摄 20 分钟，正好司机可以休息一下。

我请上海团友赵建平替我拍摄了 2 张风景照，我也给他们夫妇拍摄了照片。上车后又行驶了 50 分钟，我们看到了莫雷诺冰川后半截的冰舌。地陪让我们下车拍摄照片。赵建平又给我拍摄了 2 张照片，我也给他们夫妻俩拍摄，然后我给老叶和领队小徐也分别拍摄了 2 张。之后，大巴继续前行 40 分钟，赏尽冰川附近的秀色山水，还体验了冰川公园的环保行动——在我们进入冰川区域时，大巴突然停车，上来一名园区工作人员，发给我们每人一个较大的塑料袋，请大家把随身可能产生的垃圾放进垃圾袋，出来时将垃圾交还给园区工作人员。

总共行驶了 4 个小时左右，终于到达了莫雷诺冰川。我们乘船观赏冰川，这样可以近观冰川全貌。领队和地陪带领我们去上船的地方排队，排队时地陪给我们交代了上船近观莫雷诺冰川的注意事项，不仅是安全方面，更突出强调的是绝对不能把身上的垃圾丢向冰川的湖面。上船后，我看到我们这船有包括我们在内的 2 个中国团队，还有 1 个老外团队。3 个团队的共性是团员都是退休老人。

我上船后选择了一个最佳机位，把单反相机和卡片相机都准备好。莫雷诺冰川所在地环境静美，水面平静如镜。在还未到达冰川面前时，我抓紧先拍摄周边风景。观光船行驶速度很慢，非常有利于拍摄，老天爷也很关照我们，阳光灿烂，蓝天白云，这时的光线也很好。船行驶到冰川前 50 米的地方，我用相机狠狠"狂扫"眼前的莫雷诺冰川，然后给老叶、赵建平夫妇在冰川前拍照，赵建平也给我在冰川前拍了好几张。拍好照片，仔细观看眼前活冰川的立面，只见冰川由于阳光的作用，局部立面呈现出蓝莹莹的色彩，与蓝天相映成趣。立面还有一些裂痕、裂隙和褶皱，我不由得想到最早提出冰川在自身原因下运动的科学家斯韦恩·帕尔森曾说过，运动是冰川区别于其他自然冰体（如河冰、湖冰、海冰和地下冰）的最主要特点；一系列的冰川地质地貌现象，如裂隙、褶皱等的形成，冰川侵蚀、搬运和沉积作用都与冰川运动紧密有关。想到这些，我赶紧把近距离看到的冰川运动痕迹记录进相机里。我拍摄好冰川立面，接着又拍摄了冰川的整体……有生以来第一次近距离观看冰川，而且是世界罕见的活冰川，不仅仅是新奇，更赞叹大自然的造化是如此丰富多样，感叹人类在大自然面前的渺小。

结束近观冰川，我们上岸后在冰川旁的餐厅吃午餐。填饱肚子后，地陪带着我们上大巴。因为早晨 4 点多起床、5 点半出发的缘故，上了大巴后绝大部分团友都闭眼休息了。地陪看大家午休，就没说话。我因从不午睡，一直观看着窗外美景，必须承认，莫雷诺冰川周边具有我所到过的任何国家都没有的魅力景致，我用卡片相机在大巴上不停地拍照。大巴开了 40 分钟的山路后突然停了，地陪叫醒睡着的团友下车。我下车后一看，原来我们到了莫雷诺冰川的后上方。

下车后，地陪告诉大家，在这里既可以比较近距离拍摄活冰川，也可以中距离地俯拍莫雷诺冰川。原来，这是一个拍摄冰川非常好的陆地机位。我走下公路，沿着弯曲的木栈道朝着莫雷诺冰川走过去。我边走边感叹："这边风景独好！"我在弯曲的木栈道上边走边用卡片相机拍摄，这样实际是随着栈道高度的变化在不断变化拍摄角度，每一处拍摄的冰川都具有不同的形态，一直走到最下面，距离冰川只有一两百米。我赶紧给老叶在这里以冰川为背景拍摄了几张，他也给我拍摄了几张。刚拍好，就听到冰川发出"噗噗"的声音，我想，应该是冰川要冰崩了，要老叶注意看。果然，2 分钟后，我们眼前的冰川开始冰裂，我赶紧把这冰裂景观拍下来。冰裂时间只有五六分钟，崩溃面积也不大，但这就是活冰川的象征——冰裂意味着冰川的缩小、跃动、生长，周而复始，使冰川不断向前推进着。我们位于莫雷诺冰川的上方，目睹着莫雷诺冰川小面积的冰裂，仿佛身处极地，对于我们这些临时来客实属不易。

拍摄了莫雷诺冰川小面积的冰裂后，我独自沿着木栈道向上走。木栈道附近的景色特美，树叶绝大部分是艳红的，星星点点的黄叶参差其中，极少绿叶正在变化边缘，我抓紧拍摄。我边走边拍，突然看到扬州团友唐大棣先生在我上面的栈道拍摄，我赶紧朝他走去，请他给我以红叶、冰川为背景拍摄 2 张照片，他毫不犹豫地拿过我的卡片相机，按照我设定的机位给我拍摄了 2 张，我也给他拍摄了 2 张。我感觉这几张照片非常美，唐老师的自我感觉也很好。

听到领队喊"集合了"，到了我们与莫雷诺冰川说再见的时候了，大家都恋恋不舍地再次看看莫雷诺冰川。返回的途中，由于方向变化，我看到了去时不一样的景色，湖水里倒映着冰山，微风漾起褶皱，再次陷入美景之中。

4 月 20 日，我们乘飞机飞回布宜诺斯艾利斯。在卡拉法特小城机场的入口处，有一个标注卡拉法特的地图，地陪要我在地图前伸开臂膀，用身体测量从卡拉法特到上海的距离，我用尽吃奶的力气也无法连接 2 个地点，可见卡拉法特小城距离中国上海有多么的遥远。我在用身体测量地图上两地距离时，地陪用我的卡片相机给我拍了照作为纪念。到达布宜诺斯艾利斯后，地陪带领我们外观歌隆剧院，这是世界著名抒情剧院之一，以它的黄金吊顶、水晶灯和彩色墙壁闻名于世。随后参观了布宜市区内的森林公园（约 1 小时），这个占地广阔的公园有"布宜之肺"的美誉，参观森林公园里面的玫瑰园和贵族公墓，并且在阿根廷国母贝隆夫人的墓前瞻仰凭吊。之后，送往机场乘坐阿联酋航空公司的飞机前往迪拜。

当晚，乘飞机飞回迪拜，经过 18 个小时的飞行，所有团员都感觉 18 个小时的连续飞行超越了身体极限。到达迪拜，领队立刻带大家入住酒店，洗澡、睡觉。

4 月 21 日，早饭后领队带着我们在迪拜的帆船酒店周边的海滩上拍照。午餐到八星级自助餐厅吃饭。午饭后，一部分人去滑沙，一部分人逛迪拜最高级的商场。我既没去滑沙，也没去购物，而是在迪拜最高级的商场和扬州团友唐老师喝咖啡、聊天。

4 月 22 日早饭后去迪拜机场，飞回上海。

这次迪拜＋巴西、阿根廷之旅，我既仰视了世界七大奇迹之一的基督像，又观赏了世界三大瀑布之一的伊瓜苏瀑布，更目睹了世界少有的活冰川——莫雷诺冰川，终生难忘！

穿行在东欧六国

自从东欧剧变后，我就想去看看巨变后的东欧原社会主义国家现在的状况，直到 2016 年才实现这个夙愿。2016 年 9 月，我和好友朱至仁跟随上海东湖国际旅行社出行波兰、奥地利、匈牙利、捷克、德国、斯洛伐克六国，之后又跟随上海东湖国际旅行社出游小巴尔干半岛，除了罗马尼亚外，东欧的原社会主义国家基本都跑到、亲眼看了一遍。

历史文化与现代文明交相辉映的华沙

2016 年 9 月 20 日上午 10 点，我们团在上海浦东机场集合，当天下午 1 点 15 分搭乘汉莎航空公司的客机经德国法兰克福转机前往华沙，到达华沙后在郊区入住酒店。晚上入住酒店后，"翻阅"了华沙的历史。

9 月 21 日，我们早饭后进城，全天在华沙市区参观。先顺路到瓦年基公园瞻仰音乐家肖邦的雕塑像。因瓦年基公园内有波兰著名钢琴家肖邦的青铜雕像，因此被许多中国人称为肖邦公园。它是波兰最美丽的公园之一，具有英国园林风格。我们拍摄了肖邦铜像，地陪简要介绍了音乐家肖邦及其他的爱国行动。时间有限，我们没有深入参观公园全景，只是在入口处及附近走走。大片的绿茵草地和大树非常养眼，草地上随处可见鸽子、野兔等野生小动物，与人类和谐共生，由此可见华沙生态环境的优质，我们在这样的环境中随便走走，感觉非常惬意。

接下来我们去瞻仰无名烈士墓。前往无名烈士墓须经过华沙大学，经大家呼吁，领队和地陪带领我们进入华沙大学校园内参观。我们进入了华沙大学的一幢教学楼，师生正在上课，我们静悄悄地观看后就在华沙大学校门内外拍了一些照片，然后瞻仰无名烈士墓。地陪说，华沙无名烈士墓建于 1925 年，第二次世界大战期间遭到毁坏，如今的无名烈士墓是在废墟上重建而成的。无名烈士墓中存放着从战场上收集来的泥土，墓上刻着烈士们战斗过的地点与日期。地陪简要介绍了华沙人民在"二战"期间反法西斯的英勇斗争事迹。我们瞻仰了无名烈士墓，并在其四周拍摄了一些照片，记录下这些波兰的战争记忆，我们接受了国际性革命教育，瞻仰结束后乘大巴去参观城堡广场。

城堡广场是华沙的一个广场，是该市最美丽的地点之一，是现代的华沙市中心通往华沙旧城的入口。地陪在车上向大家介绍，皇家城堡起源于 14 世纪，最初为哥特式建筑，后来改建为文艺复兴式，1596 年，首都从克拉科夫迁到华沙后，此处就成为波兰王宫，以及国会议事堂。我们走进广场便看到矗立在广场中心的波兰国王齐格蒙特·瓦萨三世纪念柱，城堡广场聚集了一些外国游客和当地居民，观看街头表演，参加集会，观看演唱会。

地陪给我和至仁在城堡广场的拱桥处拍了 2 张合影，我们就在城堡广场边看边拍摄。看完城堡广场，地陪带我们去参观华沙的圣十字教堂。地陪说，圣十字大教堂矗立于华沙市中心，它的命运与这座城市乃至整个波兰民族的命运紧密相连。只有深刻了解这座城市和这个民族的历史，才会知道此大教堂在华沙人民心中的地位。1944 年，波兰军民以这座教堂为堡垒，举行英勇的反纳粹起义，战斗持续了 14 天，勇士们将鲜血洒在十字架下，为自由和平花朵的开放把生命献在了祭坛上。这座著名的教堂也同时"牺牲"，成为战死者的灵堂。现在的圣十字大教堂是 1946 年重建的巴洛克式建筑。音乐家肖邦是位爱国者，生前曾在这座教堂多次做过祈祷。他临终时嘱咐亲人，在他死后一定要将他的心脏运回祖国。遵照其遗愿，肖邦的心脏安放在华沙圣十字教堂，就在一根廊柱的神龛内。

听完地陪介绍，我们顾不上去欣赏教堂的设施，赶紧按着地陪的指点找到教堂中左侧第二根柱子，这个柱子的下面埋藏着肖邦的心脏。这根柱子上刻有《圣经》中马太福音第 6 章 21 节："因为你的财宝在哪里，你的心也在哪里。"我们向肖邦的心脏默哀，耳边仿佛响起他的那首《A 大调军队波兰舞曲》。地陪告诉我，肖邦的挚友亚当·密斯凯维奇死后，其心脏也陪伴肖邦心脏葬于圣十字大教堂的左侧立柱旁。

看完教堂后，地陪带我们去看华沙美人鱼。在华沙维斯瓦河西岸，矗立着一座人身鱼尾的青铜雕塑，这是英雄城华沙的象征——华沙美人鱼。地陪说，美人鱼铜像高约 2.5 米，是波兰著名女雕塑家卢德维卡·尼茨霍娃的作品，于 1938 年建成。美人鱼的上身是端庄文静而又英俊无畏的美丽少女，她头发卷曲，眉清目秀。右手举宝剑过顶，左手执盾牌护身，双目凝视远方，眉宇间洋溢着浩然正气，表现出波兰民族坚贞不屈的性格。坚实的碑座将美人鱼塑像高高托起，突出了她那英勇无畏的身姿。世界上有不少地方的美人鱼雕像都是双腿连在一起，形成一个鱼尾。但华沙美人鱼雕像却有着分明的 2 条腿，腿的边沿雕成鱼的鳞翅，在腿的终端才合成鱼尾。整座雕像集俊美与力量于一体，静中有动。在华沙美人鱼身上，寄托着波兰人民对自由、幸福的渴望。

午餐后我们乘大巴前往克拉科夫，基本耗费了半天时间，晚上入住克拉科夫郊区。

漫步在克拉科夫古城

9 月 22 日早饭后，我们乘车进入克拉科夫城区。克拉科夫市是波兰南部最大的工业城市，克拉科夫省首府、直辖市，建于 700 年前，是中欧最古老的城市之一。文艺复兴时期，波兰是欧洲东部最繁荣、最强大的国家，而克拉科夫则是欧洲文化和科学的中心之一。著名的天文学家哥白尼就曾在克拉科夫大学接受教育。

地陪说，到波兰旅行，华沙可以不去，但克拉科夫一定要去。因为古城克拉科夫有着悠久的历史，它是中世纪古都、波兰第三大城市、重要的铁路枢纽。第二次世界大战期间，被并入德国版图的"总督辖区"，波兰全境陷入战火，唯独克拉科夫幸免于难，中世纪的旧城原貌比较完整地保存了下来。克拉科夫老城风景多姿多彩，1978 年被联合国教科文组织列入《世界文化遗产名录》。克拉科夫是中世纪欧洲首都的一个范例，从单一城堡发展为充满活力的新兴城市，这是克拉科夫独具一格的城市发展特色。市内古典的建筑物弥漫着中世纪的风情，被誉为波兰最美丽的城市。城市的中心随历史发展而变化，最终又回到 1257 年建立的古城和集市广场，红砖和石料普遍用于各种建筑。

我们的大巴在城外停下，上午主要在老城的中央广场上自由分散活动。克拉科夫老城内矗立着各个不同历史时期的古建筑，街头巷尾都弥漫着中世纪的风情。我们跟着地陪和领队进城后，就自由自在地漫步于克拉科夫大街小巷，品味克拉科夫的历史与现代的"混搭式存在"：古街巷里陈旧的房屋，诉说着战争后重建的艰辛；街边小店出售的咖啡、面包与鲜花呈现出现代人的需求。我边走边拍，记录着克拉科夫古城的历史与当下。

我们到达老城中央广场时是当地时间上午 10 点多，地陪提示我们中午 12 点看教堂的钟。我和至仁在中央广场慢慢游荡。克拉科夫的中央广场号称是全欧洲最大的中世纪广场，也是克拉科夫最让人心动的地方，温馨又充满活力，精致且不失淳朴，许多人到克拉科夫就是为了来感受这里的地方风情。红色的玛利亚教堂是克拉科夫的标志，阳光映照之下，它散发出迷人的暖红。广场中央的纺织会馆，已改为商场和博物馆，里头的摊位售卖琥珀、木盘餐具、波兰娃娃等各种波兰民俗手工艺品。

快到中午 12 点的时候，在广场散步和喝咖啡的人们都停下来，对教堂行注目礼：12 点一到，教堂钟楼顶部的小窗户就会打开，一只金色的喇叭伸了出来，嘹亮地吹奏一段曲子，吹完后，吹奏者向下面的人挥手，广场上的人们以愉快的呼哨声和掌声回应。这是我在欧洲其他国家教堂看不到的景观，新奇又愉快。这一快乐时刻过去，我们才由外而内地观看圣玛利亚大教堂。

地陪说，圣玛利亚大教堂是典型的哥特式建筑，整座教堂全部是用手工制作的红砖修建而成，内部装饰、塔楼以及教堂顶部的修建整整花了一个世纪的时间，名副其实地精雕细刻。它的外观是低调的美，走进之后，我的眼睛就不知往哪看了——从墙面的壁画到穹顶，到祭坛、讲经坛、唱诗班座椅，任何一处都散发着炫目的色彩。这才是圣玛利亚大教堂的特色啊！

看完教堂后，地陪带领我们参观瓦维尔城堡，即当年波兰王朝的王宫。瓦维尔城堡是一座哥特式建筑，在历史上曾长期是波兰王室的住所，是波兰的国家象征之一。城堡北侧的瓦维尔主教堂是皇家教堂，14世纪以后波兰所有的国王都是在此加冕的。19世纪，瓦维尔城堡教堂整修后，这里便成为波兰国王和民族英雄的墓地，教堂尖塔是瓦维尔主教堂的钟楼，里面悬挂着一个1521年铸造的8吨重的西格蒙德一世大钟，宗教氛围令人震撼。自1930年以来，城堡已经改为博物馆，瓦维尔城堡是波兰的顶级艺术博物馆之一，博物馆里艺术品的藏品规模在波兰也是首屈一指的，遗憾的是不准拍照。这时，我的感觉是：波兰，越品越有味儿。

"二战"记忆——奥斯威辛集中营

午饭后我们乘大巴前往奥斯威辛集中营，这是我到波兰的关注点之一。在车上，地陪介绍了奥斯威辛集中营，它是纳粹德国时期建立的1000多座劳动营和灭绝营中最大的一座，面积达40平方公里。由于有上百万人在此被德国法西斯杀害，故素有"死亡工厂"之称。在这一集中营被杀害的110万人，其中绝大部分是犹太人。1945 年 1 月 27 日，苏联红军解放波兰；1947 年 7 月 2 日，波兰国会立法将奥斯威辛集中营旧址辟为殉难者纪念馆；1979 年，联合国教科文组织将其列入《世界文化遗产名录》，以警示世界"要和平，不要战争"；2017 年 11 月，"法兰克福审判"相关档案被联合国教科文组织列入《世界记忆名录》。

下午我们到达奥斯威辛集中营遗址时，天空布满了乌云，我的心也阴沉下来。下车后步行了十几分钟，就到了奥斯威辛集中营大门口，入眼的就是当年运送"犯人"和集中营内必需用品的铁路，我的心开始紧缩起来。一进门，有文字介绍的地方，当初是新来"囚犯"报到的地方，地陪给我们翻译了这些文字介绍。我们穿过进门处的大厅，外面天井中有个布告栏，上面用不同文字写着几行字："希望你在参观时，能以庄严的态度纪念这群受难者。"进入集中营后是自由行动，我和至仁一起参观。

集中营共有 28 幢二层楼的砖房，在 1942 年被捕犹太人数达到最高峰时，此地必须容纳 2 万人，连地下室和阁楼都塞满了人。目前有 13 幢开放供人参观，其中 8 幢供俄国、波兰、捷克、奥地利、南斯拉夫、匈牙利、法国、比利时、意大利、荷兰等国展示自己国家在德军手下所受的苦难。另有几幢是按类别展示，我们按顺序参观：第一幢展示了秘密警察杀死囚犯的方式；第二幢展示了"犯罪证据"；第三幢展示了"犯人"每天的生活。有一幢砖房，连地下室共有 3 层，是当年的"死牢"，虽已经过 50 余年的时日，但它仍弥漫着一股死亡的气息。我怀着沉重而悲愤的心情在奥斯威辛集中营里边看边拍，用相机记录下法西斯丧失人性的罪行。走出牢房时，老天爷好像非常理解我沉痛的心情，当我拍摄监狱和铁丝网围栏时乌云密布，当我拍摄来自各国的参观者时晴空万里。我把挂在展示栏里当年奥斯威辛集中营里的照片用卡片相机翻拍下来——牢记历史，反对战争，珍视和平！

离开奥斯威辛集中营后，我们乘大巴前往斯洛伐克中世纪小镇。

游览斯洛伐克首都

　　9 月 23 日早餐后，我们前往斯洛伐克首都——布拉迪斯拉发。地陪在车上向我们介绍布拉迪斯拉发，它是斯洛伐克共和国的政治中心，是总统府、国会、政府所在地，也是文化中心，这里有大学、博物馆和歌剧院。布拉迪斯拉发与欧洲的重大事件密切相关，我们这一代人对布拉迪斯拉发最熟悉的历史事件，是 1968 年发生"布拉格之春"后，华沙条约集团对该市进行的军事占领。布拉迪斯拉发坐落在多瑙河的河畔，左邻奥地利，右挽匈牙利，使之悠然自得地占据着欧洲的正中心。布拉迪斯拉发分别由新、老 2 个城区组成，旧城区名胜古迹很多，老城以其众多著名的教堂而闻名，拥有许多巴洛克式建筑的宫殿。在新城区，现代化的高层建筑气势恢宏，一片欣欣向荣的景象。

　　进入老城后，我们自由行动 1.5 小时。布拉迪斯拉发宁静安详，没有欧洲大都市的繁华热闹，更多的是乡村般的惬意。老城的古代建筑保存完好，保留着中世纪城市的原貌，一座座饱经沧桑的历史遗迹在对人们无声地讲述着它们经历过的时光与故事。老城区的房子大多是巴洛克风格的建筑，漫步在老城方石铺就的街道上，仿佛穿越到了中世纪。在这里随处可见富有创意的店铺招牌和街头雕塑，比如，帽檐遮着眼睛的拿破仑，站在街角举着照相机偷拍的摄影师，趴在窨井口看着过往人群的管道工等有趣的雕像。另外，这里同样可以看到扮成雕像的形形色色的街头艺术家。大家按规定时间集合，接下来地陪带我们游览。

　　地配带领我们走到圣米歇尔门，它建造于 14 世纪，是哥特式建筑，是布拉迪斯拉发古城墙里保存下来的唯一的中世纪城门，也是进入布拉迪斯拉发老城区的必经之地。在中世纪时期，城镇被城墙所包围，出入只能通过 4 个加固的城门。地陪带我们从迈克尔大门进入。迈克尔大门原是哥特式建筑，16 世纪时被改造成文艺复兴样式，塔顶"大天使迈克尔杀死巨龙"的雕像是此景点名称的由来。

塔楼顶端的露台，是俯瞰老城美景的绝佳之地。如今塔内辟为小型兵器博物馆，城门下方有一个罗盘，360 度的方向刻了此地与世界各大都市的距离，这里距北京 7433 公里。

老城在奥匈帝国时期是茜茜公主家的后宫，这里的老建筑都源自奥匈帝国时代，虽然历经战火等灾难，但保护得很完整，整体面貌宁静而庄重。在这样一个美丽的中世纪古城，特别适合悠闲地到处逛逛。不知何时我与至仁走散了，我独自闲逛。街道旁边有很多古建筑和教堂，还有很多知名的雕塑，到处是咖啡馆、啤酒屋和餐馆，巷道中有画画和唱歌跳舞的艺人，街上的人不是太多，逛街特别舒适惬意。我走着走着，就到了圣马丁大教堂。教堂修建于 14 世纪，是一幢经典的哥特式教堂。教堂内拥有 3 个大小相等的通廊，为前来做礼拜的人提供了广阔的空间和明亮的灯光，教堂的室内构造和装饰很值得一看，拱形的穹顶给人肃穆感，还有很多精美的雕塑。我不由得想起地陪的话，圣马丁大教堂因曾经有 11 位君主和 8 位王后在这里举行加冕典礼而著名。

很快就到了集合时间。我们上车后行驶 200 多公里，前往布达佩斯，到那里入住酒店、吃晚餐。

多瑙河的明珠——布达佩斯

布达佩斯是欧洲著名的古城，世界遗产委员会是这样描述布达佩斯的：布达佩斯位于多瑙河畔，为匈牙利的首都，也是该国主要的政治、商业、运输中心和最大的城市。这座城市为欧盟第七大城市，是东欧一个重要的中继站，有"东欧巴黎"和"多瑙河明珠"的美誉。布达佩斯是一个充满魅力的旅游城市，最重要的名胜都位于多瑙河畔，因而多瑙河沿岸、布达城堡区和安德拉什大街被列为世界文化遗产。1987 年，根据文化遗产遴选依据标准（Ⅱ）（Ⅳ），布达佩斯（多瑙河两岸、布达城堡区和安德拉什大街）因其是世界上城市景观中杰出的典范之一,被联合国教科文组织世界遗产委员会批准作为文化遗产列入《世界遗产名录》。2002 年《世界遗产名录》将这里的范围进行了扩增,把安德拉什大街纳入其中。

9 月 24 日早饭后,我们开始游览布达佩斯,为时 3 小时。我们跟随领队和地陪到达英雄广场。地陪说,英雄广场是布达佩斯的中心广场,是一个融合了历史、艺术和政治的胜迹。广场的整个建筑群壮丽宏伟,象征着几经战争浩劫的匈牙利人民对历史英雄的怀念和对美好前途的向往。广场的右边是全国最大的画廊,左边是美术馆。广场两侧有 2 座对称的弧形石柱壁,每一座石柱壁之间,各排列着 7 尊历史英雄的塑像,石壁上方各有 2 组勇士驾驭战车的塑像。广场中心矗立着一座 36 米高的千年纪念碑,碑柱顶站立着大天使加百列的石像,这位在《圣经》中同情人类、慰劳人类的天使,展开双翅,似乎刚刚从天而降。石柱的基座上,有 7 位骑着战马的历史英雄的青铜像,他们是匈牙利民族在此定居时的 7 位领袖。英雄广场宽敞肃穆,雄伟壮观。

我们在英雄广场及四周参观,回顾着匈牙利人民的斗争史,匈牙利人民是为了自由敢于斗争的人民。拍完照片,已经到了集合时间。接着,我们乘大巴去观光雄伟的国会大厦。

到了国会大厦前,我们都为之一振。地陪介绍完毕,立刻解散队伍,让我们自己观赏拍照。我独自拿着单反相机在国会大厦南面广场边自由观赏拍摄。布达佩斯国会大厦是一座宏伟壮观的建筑,它坐落于美丽的多瑙河畔,整个建筑的外观很像英国伦敦的国会大厦,外部为灰白色,雕刻着非常复杂的精细图案。地陪说,这是当时最为流行的哥特式建筑。大厦的正门,面阔三间,朝向佩斯,2 尊铜狮像雄踞两旁。门前广场两侧有 2 位匈牙利著名的民族英雄塑像,环立的 16 根组合柱上雕刻着匈牙利的历代名王,大厦内外共有人物雕塑 242 尊,既有早期的部落首领、后来的历代名王,也有参加大厦施工的工匠。它精美的外观,形成了多瑙河畔最为亮丽的景致,成为布达佩斯的新地标。这座典型的新哥特式建筑群的长度虽比伦敦的英国议会大厦短,但外观的豪华壮丽却有过之而无不及。在国会大厦北面广场上，我拍到一座引人注目的纪念碑，碑上的群雕人物形象栩栩如生。遗憾的是不能进入国会大厦参观，紧接着地陪带着我们去游览渔人堡，外观了马加什教堂。

我们站在教堂对面的人行道上听地陪介绍：马加什教堂位于著名建筑渔人堡一侧，是布达佩斯的象征之一，由于历代匈牙利王的加冕仪式皆在此举行，亦有"加冕教堂"之称。这个外观属新哥特式的教堂，蕴含了匈牙利民俗、新艺术风格和土耳其设计等多种色彩，特别是一旁的白色尖塔和彩色屋顶，为整个教堂增加了趣味。正如雨果所形容的，马加什教堂是一座"石头的交响曲"。它抛弃了传统哥特式建筑的对称结构，独具匠心地将高高的钟楼修建在教堂的一角，使得整座建筑一下子变得轻盈，少了其他教堂的沉重与拘谨。教堂外三位一体广场上的纪念柱，是18世纪的老城居民为了纪念当时消除了黑死病而设立的。我们在教堂外面拍了几张照片后，跟随地陪过马路，走了2分钟就到达渔人堡。

渔人堡是一个新哥特式和新罗马式相结合的观景台，位于布达佩斯布达一侧的多瑙河畔的城堡山上，邻近马加什教堂。地陪说，渔人堡最早曾是个鱼市，渔民们为了保护自己的利益而修建了此堡，作为防御之用。渔人堡四周环境优美，景色十分秀丽，站在这里可以鸟瞰布达佩斯全城美丽的风光和多瑙河对面的国会大厦。如今，渔人堡是布达佩斯市民晚饭后悠闲散步的重要场所，城堡的一部分作为餐厅使用。马加什教堂与渔人堡之间的铜像，则是第一位匈牙利国王圣·伊斯特万一世。渔人堡旁的希尔顿旅馆，外层是茶色的玻璃帷幕，映照着渔人堡和一旁的教堂倒影，美丽而迷人。自由活动时，我站在玻璃帷幕前的高台上拍摄了好几张国会大厦的倒影，很有意境。

听完介绍，我和至仁在渔人堡自由自在地拍摄附近的景色和河对面的国会大厦，很过瘾！渔人堡四周环境优美，景色秀丽。渔人堡建有许多阶梯和人行步道，7座塔的观景平台全天免费开放。

午餐后驱车前往维也纳，路上行程3个多小时，我在车上闭目养神。晚上在维也纳近郊入住酒店。

再游世界音乐之都——维也纳

9月25日早饭后，我们在维也纳市区观光游览，为时一整天。这是我第二次游览维也纳（第一次是2007年），重游维也纳，仍然兴致不减。

维也纳位于多瑙河畔，是奥地利的首都和最大的城市，被誉为"世界音乐之都"，每年元旦举办的维也纳新年音乐会是世界各国人民翘盼、关注和热爱的，我也是维也纳新年音乐会几十年的忠实观众。维也纳已连续多年被联合国人居署评为全球最宜居的城市，其市中心古城区被列为世界遗产。

美泉宫是游览维也纳的重点。1743年，奥地利女皇玛丽亚·特蕾西亚下令在此营建气势磅礴的美泉宫和巴洛克式花园，总面积为2.6万平方米。美泉宫内部的大部分装饰采用的是洛可可艺术，这在奥地利极其罕见。来自洛林的艺术家们致力于皇家花园的扩建，他们将花园的林荫路设计成星状，各条林荫路在美泉宫中轴交汇，巴洛克艺术的花园代表了皇家由内向外的统治。美泉宫正面涂抹的是原创性的赭色，德语中赭色被称作"美泉黄"。此后，所有奥匈帝国和哈布斯堡王朝的皇家建筑都油漆成这种颜色。美泉宫共有1441间房间，其中45间对外开放供游客参观。整个宫殿是巴洛克风格，其中有44个房间是洛可可风格，优雅别致。美泉宫内的中国陶瓷数不胜数，宫中专门有东方古典式建筑，以青瓷、明朝万历年间的彩瓷盘等作为装饰。美泉宫虽不能和凡尔赛宫相比，但依旧显示出哈布斯堡王朝家族的气派。宫殿长廊墙壁上是哈布斯堡皇族历代皇帝的肖像画以及玛丽亚·特蕾西亚女皇16个儿女的肖像。2007年，我到维也纳旅游时参观过美泉宫，所以2016年9月到美泉宫，我主要游览美泉宫的花园。

我2次到美泉宫，还是最爱这皇家花园。美泉宫背面的皇家花园是一座典型的法国式园林，占地2平方公里，有30多万棵树，硕大的花坛两边种植着修剪整齐的绿树墙。我穿过玫瑰园，越过硕大的花坛和两边种植着修剪整齐的绿树墙，直奔海神喷泉，上山看凯旋门。美泉宫山顶的凯旋门两侧的白色大理石神话雕像，古典主义柱廊建筑，顶部是加冕帝国雄鹰站在地球上。凯旋门顶部为人们喜爱的观景台，到这里来远眺，视野极广，能看到许多特别的景致。海神喷泉花园的尽头是一座 1780 年修建的美丽喷泉，水池的中央是一组根据希腊海神尼普顿和追随者的故事塑造的雕塑。从山顶俯视美泉宫，所有景色尽收眼底。

我步行二三十分钟就到了海神喷泉雕塑群边，摄影结束后我没走蜿蜒的山路，直接从绿茵山坡上去。绿坡上有各国的游客躺在坡上晒太阳，爬行约 10 分钟我就到了坡上的池塘边。池塘里有天鹅、野鸭和一些不知名的鸟在悠闲游玩，池水如镜，凯旋门和蓝天的倒影在水面上映出，形成一幅美丽的自然画。我独自一人在花园里逛着，想着，欣赏着，直到快到集合时间才离开这皇家花园。集合后上大巴前往国家歌剧院。

奥地利历史上产生了众多名扬世界的音乐家：海顿、莫扎特、舒伯特、约翰·施特劳斯，还有长期在奥地利生活的贝多芬，等等。这些音乐大师在 2 个多世纪中，为奥地利留下了极其丰厚的文化遗产，形成了独特的民族文化传统。维也纳国家歌剧院是世界上最著名的歌剧院之一，素有"世界歌剧中心"之称，也是维也纳的象征。我们到了国家歌剧院前，地陪说我们只能外观，真是遗憾。国家歌剧院是一座高大的方形罗马式建筑，是仿照意大利文艺复兴时期大剧院的式样，全部采用意大利生产的浅黄色大理石修成的。建筑结构富丽堂皇，反映了哈布斯堡王朝的奢靡之风。正面高大的门楼有 5 个拱形大门，楼上有 5 扇拱形窗户，窗口上立着 5 尊歌剧女神的青铜雕像，分别代表歌剧中的英雄主义、戏剧、想象、艺术和爱情。在门楼顶上，两边矗立的是骑在天马上的戏剧之神的青铜塑像。门楼内的墙壁上画的是莫扎特的最后一部歌剧《魔笛》中的精彩场面。

听地陪介绍的同时，我拍摄了几张国家歌剧院外形的照片。地陪介绍完毕，就要带着我们前往金色大厅，我立即向地陪建议："晚上不是给我们买了进入金色大厅听音乐会的票了吗？就别再慢慢介绍金色大厅了，最好带我们去看看行程上没有而又值得看的地方，好吗？"我的建议得到团友们的同意。经商量，地陪带我们去看施特劳斯家族的家族音乐厅，仍然是外观。施特劳斯家族音乐厅的官方名称是维也纳库尔沙龙王宫音乐厅，在维也纳城市花园附近的一个不大的院子里，维也纳沙龙管弦乐团长年在此演出纯正的施特劳斯家族著名的圆舞曲、进行曲、波尔卡舞曲、轻歌剧歌曲和序曲，因而被誉为约翰·施特劳斯家族音乐作品最纯正的传承者。我们在院子里外观了库尔沙龙王宫音乐厅后，就跟随着地陪走到维也纳城市公园。

晚餐后，我们排着队跟着地陪走进维也纳音乐厅。啊，我终于实现了自己的夙愿——在维也纳音乐厅里欣赏施特劳斯圆舞曲。维也纳音乐厅即维也纳爱乐之友协会音乐厅，是维也纳最古老、最现代化的音乐厅。音乐厅内的金色大厅是每年举行维也纳新年音乐会的法定场所。我们走进音乐大厅，在一楼，每个人必须把外套存放在衣服存管处。存放好外套上二楼，与电视里看到的场景一模一样，只是没有布置鲜花。我和至仁的座位在舞台的右侧，可以清晰地看见舞台，我惊呆了：这样一座世界闻名的音乐大厅，地板被磨得几乎没有油漆了，观众的座椅也很陈旧，但墙上的油漆还是金光闪亮的。我们全神贯注地听了 2 个小时的施特劳斯圆舞曲。中场休息时，我请至仁给我偷拍了一张照片后，我自己到听众席最后面拍了几张全场照片。维也纳市民文化素养确实很高，中场休息说话声音很小，演出时更是安静，专注地观看舞台上的乐队演奏，静静地享受着曼妙的圆舞曲……我身处维也纳金色大厅欣赏施特劳斯圆舞曲的美好感觉与在家看电视的现场直播是完全不同的。

世界最美小镇——哈尔施塔特

9 月 26 日早饭后，我们从维也纳酒店出发，前往奥地利著名古镇哈尔施塔特，约行驶 285 公里。哈尔施塔特是奥地利州萨尔茨卡默古特地区的一个村庄，位于哈尔施塔特湖畔，是奥地利最古老的小镇，海拔 511 米，至 2015 年已有 1221 名居民。地陪说，哈尔施塔特又被称作"世界上最美的小镇""著名爱情打卡地"。哈尔斯塔特于 1997 年被联合国教科文组织列为世界文化遗产，这里的世界文化遗产博物馆的文物十分珍贵，有从原来的盐矿里挖掘出的衣服及采盐工具、铁器时代的生活用具以及最早的蒸汽船模型等。

我们到达哈尔施塔特时已经是当地时间上午 10 点左右，阴转多云。既然到了这一著名古镇，不能因天气影响心情。我们下车时，地陪说午餐自理，并告知我们小镇购买午餐的地方，随即解散队伍，让我们自由行动。我和至仁结伴漫步行走在这著名的奥地利小镇上。

小镇围绕着哈尔施塔特湖，民居依山傍水。这座小镇伫立在险峻的斜坡和宝石般的湖泊旁，远处海拔 3000 多米的山峰和眼前清澈透底的湖泊，把这个地方变成了人间天堂。如果住在临湖的庭院旅馆，推窗见湖，遥望湖上泛起青烟，仿佛人间仙境。镇上人很少，安静得很。哈尔施塔特其实不大，快步走 15 分钟就可横穿而过。山坡上临湖而建的木屋，层层叠叠，错落有致，在阳光照耀下显得格外引人注目。小镇的居民偏爱木头，家里的墙壁、窗户、阳台，甚至连路牌都是用木头做的。建于湖上的哥特式教堂的尖塔是这座村镇最好辨识的标志，它忠诚地守护着这个平静的地方，无论你走到什么位置几乎都能看到它的身影。我们边走边拍摄。

哈尔施塔特湖水清澈透底，在高山峡谷之中，像一条宽阔的绿色绸带。一排排临湖而建的木屋，为了不同于别家，每家每户在屋形、色彩上表现出自己的风格。由于处于湖边，每户人家还在临岸的水中建有木船屋，专门停靠自家小木船或游艇。

令人意想不到的是，这里的居民似乎个个都是艺术家。每户人家的木门都打开着，里面展示并出售他们自制的各种手工工艺品：麻线编的装饰品、民族娃娃，各种形态的陶制品，等等。当然，最多也是最吸引人的要数木雕艺术品，有可爱的动物卡通造型，也有现代感十足的生活物品，还有名人的雕像，等等。

走在狭长的小镇上，还能时不时看到各种各样的木头路标。在一个路口，一块木牌上刻有 3 个箭头，上面写着路的名称；一家旅馆在附近的墙上挂着一个男人在床上呼呼大睡的木牌作为路标；一家饭店索性在外墙装饰着木头做的鱼头，告诉游人千万别错过美味；而学校、公司等也都有各种木头标牌。小镇居民爱木头的例子还有很多，每家每户门口还堆着木材以备冬用，码头、车站也都用木头建造，教堂选用木雕装饰，还有各种木工学校。

中午时分感觉饿了，我和至仁买了各自喜欢的西餐。午餐后，我们从小镇的教堂下面朝小镇外面走。没料到，太阳破云而出，我赶紧拿出单反相机紧靠湖边拍摄。这时，只见一群鹅游荡在清澈的湖面，仿佛跳着优美的圆舞曲，湖面泛起涟漪，"白毛浮绿水，红掌拨清波"，诗意盎然；湖边的木屋在阳光下层层叠叠地向我们展示着哈尔施塔特人的"木头情怀"。我们不由得放慢脚步，抢拍阳光下哈尔施塔特的醉美景色。我想，任何人走进哈尔施塔特小镇也绝不会伤春悲秋。到集合地点时，大巴早就在那里等候我们最后到达的几位摄影爱好者。

上车后，直接去乘船游览奥地利最美湖区——圣沃夫冈。

魅力湖区——圣沃夫冈

哈尔施塔特旁边的另一个湖边有个美丽的小镇——圣沃夫冈，这里是奥地利最美的湖区。它位于萨尔茨堡与哈尔施塔特之间，是去哈尔施塔特的必经之路。我 2007 年 4 月与老公来奥地利时来过，这是第二次来。

圣沃夫冈湖区是哈布斯堡王朝的王公贵族们最喜欢度假、打猎的胜地，茜茜公主也经常来此避暑。1965 年，好莱坞拍摄《音乐之声》曾在这一带取景。圣沃夫冈整个地区由 12 个大大小小的湖泊串联在一起，宛若珍珠一般。环绕湖区主要有 3 个小镇，其中规模最大的是圣沃夫冈镇。湖边白色的圣沃夫冈教堂内的帕赫圣坛远近闻名，是 1481 年米歇尔·帕赫完成的杰作。小镇的自然风光美在圣沃夫冈湖，宁静优美的圣沃夫冈湖被茂密森林绿地和陡峭群山环抱，景色醉人。地陪给我们 1 小时分散自由游览圣沃夫冈镇。

因为是第二次来，所以我就把第一次来时没有拍摄到的小镇景色补拍了一遍。圣沃夫冈小镇是一个宁静精致、悠闲迷人、令人难忘的地方，小镇不大，街道不宽，但是干净、畅通，路旁每座建筑都堪称艺术品。小镇到处都是旅馆，可以想象旅游旺季时其热闹的景象，其中最著名的是白马酒店，正是拉尔夫·贝纳茨基的轻歌剧《圣沃夫冈湖畔的白马酒店》使其名扬海外。小镇里的每扇窗都构筑起一道道艺术风景线，有的在窗户四周精心绘画，有的则在窗台上摆满鲜花，把奥地利人的优雅和艺术气息表现得淋漓尽致。奥地利民族不仅是热爱音乐的民族，还是钟爱绘画、对生活充满着热情和艺术气息的民族。

1 小时后，我们走到湖边等候游湖船只。上船后，我们在湖上飘荡了 2 个小时，风很大，我的衣服穿少了有点冷，但仍然坚持在船的甲板上拍摄：小镇傍湖而建，被群山密林环绕，山峦起伏，水波荡漾，这里没有喧嚣，只有宁静祥和，只有蓝宝石般湛蓝的湖泊；湖区周围迷人的自然风光，清新纯净的空气，无法用语言描述，沉浸其中，静静地感受，仿佛到了人间仙境！

晚餐在圣沃夫冈小镇就餐，晚餐后入住圣沃夫冈小镇的湖景酒店。推开我们入住酒店的凉台门，啊，领队分给我们的是湖景房，站在凉台就直面圣沃夫冈湖，绝对棒！我决定第二天早点起床，在凉台上拍摄清晨的圣沃夫冈湖。

第二天晨起，我们快速洗漱完毕后推开凉台门，外面的风景震撼心灵：湖面如镜，云雾氤氲，山树倒影，如同仙境。我们全神贯注拍摄，几乎忘记早餐时间，我们到餐厅时只剩一个团友在那里吃早饭，其他人都吃完早餐去拍摄魅力湖景了。我和至仁赶紧吃早餐，吃完之后忍不住又在餐厅外的大凉台拍摄湖景，这时太阳快要出来了，朝霞映照下的圣沃夫冈湖分外美丽，拍摄了几张赶紧回房间收拾行李准备上车。

第二次游览萨尔茨堡

9月26日早餐后，我们乘大巴前往萨尔茨堡，这是我第二次到此一游。从圣沃夫冈小镇出发，行驶47公里左右就到了萨尔茨堡。在车上，地陪抓紧时间给我们介绍了萨尔茨堡。

萨尔茨堡是萨尔茨堡州的首府，也是奥地利的第四大城市。萨尔茨堡是音乐天才莫扎特的出生地，在莫扎特不到36年的短暂生命中，超过一半的岁月是在萨尔茨堡度过的。萨尔茨堡也是指挥家赫伯特·冯·卡拉扬的故乡，是电影《音乐之声》的拍摄地。萨尔茨堡老城在1996年被联合国教科文组织列入《世界文化遗产名录》。美丽的萨尔茨河把萨尔茨堡分成新城、旧城两部分，一座座各具特色、历史久远的尖塔教堂和修道院，绿树成荫的园林和千姿百态的喷泉，把萨尔茨堡打扮得格外美丽，因此这里被联合国列为世界人类文明保护区。

地陪带领我们在外围参观了著名指挥家卡拉扬的故居，卡拉扬的故居无论是在百年前还是现在都是座豪宅。我站在卡拉扬故居的院子里，耳边仿佛响起卡拉扬留给后人的精彩曲目。然后，我们游览米拉贝尔花园，它是最受游人喜爱的拍摄地。这个集聚了罗马雕塑、喷泉、花园、迷宫的巴洛克式花园，曾是知名电影《音乐之声》中女主角玛丽亚带着孩子们欢唱"Do-Re-Mi"的地方。花园旁的米拉贝尔宫殿承载了萨尔茨堡太多的记忆，如今成了萨尔茨堡的市政厅。米拉贝尔花园是宫殿旁边一个小小的花园，花坛是用五线谱镶嵌而成的；草地上用新鲜花卉造型做装饰，四周布置了很多希腊神话中的雕像。我坐在花园的长椅上晒太阳，看着小蜜蜂在花团上采蜜，感觉空气香香的。米拉贝尔花园的景色主要靠花草的造型和色彩来衬托，花园中央是一座大型喷泉，四周有许多希腊神话中的人物雕像，花园的后方就是侏儒花园。

在米拉贝尔花园逗留了1个小时后，我们就跟着地陪去莫扎特故居，又是外观，听地陪介绍。1773年，莫扎特一家搬进了萨尔茨堡市老城区马卡特广场8号这栋房子的二楼，这是一栋2层加阁楼的建筑。莫扎特一家有8个房间，莫扎特在这里度过了8年时光。第二次面对莫扎特故居，我不由得想起莫扎特曾说过的话："生活的苦难压不垮我，我心中的欢乐不是我个人的，我把欢乐注入音乐，为的是让全世界感到欢乐。"他确实做到了。

我和至仁两人在自由活动时间里参观了萨尔茨堡大教堂，这是一座17世纪的巴洛克建筑，以其雄伟的立面和巨大的圆形屋顶体现了阿尔卑斯山一侧早期巴洛克建筑风格雄伟的特征。大教堂的前庭中央矗立着1766—1771年圣沃夫冈与约翰·巴布提斯特·哈根瑙尔为希基斯蒙·施拉腾巴赫伯爵大主教建造的圣母柱。它见证了萨尔茨堡教主至高无上的权力与独立性。我们在大教堂里走了40分钟，出来后，我们逛逛街边店铺，看了我最爱的瓷器店，然后我们在街边买了咖啡面包作为午餐，边吃边观赏萨尔茨堡街的街景，很是休闲。

集合时间到了，我们上车前往林茨夜宿。

古老的克鲁姆诺夫小镇

9月28日早餐后，我们从林茨出发，驱车前往捷克的中古时期小镇——克鲁姆诺夫。克鲁姆洛夫是南波希米亚的迷人小镇，也是世界上最美的小镇之一。该城市于1992年被联合国教科文组织列为世界文化遗产，它也是全世界唯一被联合国教科文组织列入"世界文化和自然双重遗产"的地方。在行驶的70公里路途中，地陪给我们介绍了克鲁姆洛夫。捷克有2座克鲁姆洛夫城，一座是波希米亚的克鲁姆洛夫，另外一座是摩拉瓦的克鲁姆洛夫。我们去的是波希米亚的克鲁姆洛夫。克鲁姆洛夫的历史始于13世纪，因具有超过300座历史建筑物而闻名，大部分建筑物建于 14—17 世纪之间。整个小镇被流经该处的马蹄铁形的、宽阔蜿蜒的伏尔塔瓦河环抱着，而著名的城堡则建在河的对岸，风采依然。登高远眺，以城堡为中心的中世纪城市一望无边，令人惊叹。而克鲁姆洛夫城堡是捷克除了布拉格城堡之外最大的一个古堡。

我们到达克鲁姆洛夫时，天气阴转多云，边走边拍。在小镇的外围，可以看到色调秀丽的古堡塔，这是镇上最高的建筑，也是克鲁姆洛夫最明显的坐标。

我们跟着地陪过了桥，进入古镇，团友们成鸟散状，各人按照自己的目标自由观赏。我和至仁两人边走边看边拍，欣赏着古镇的中古建筑，古镇保护完好，使我们目不暇接。巍峨矗立在伏尔塔瓦河河畔的圣维特教堂是克鲁姆洛夫旧城区的地标之一，它是当地最古老、最大的教堂。地陪说，它目前仍在使用，每当星期日上午 9 点 30 分，教堂的钟声会准时响起，小镇上的居民会按时前来做礼拜。小桥是连接旧城区和城堡的通道，桥上人来人往，络绎不绝。桥面由许多小石头铺成，而桥栏则是用木质做的，站立在桥上可以观赏桥下缓缓流淌的伏尔塔瓦河水和两岸美丽如画的风景。

克鲁姆洛夫的博物馆内非常详细而有趣地介绍了克鲁姆洛夫这座小镇和周边地区的历史，馆内也有许多人类历史遗产。古镇的拱形建筑特别多。地陪说，在博物馆附近，有一个观景台，是拍摄城堡的最佳位置之一。我赶紧走到那里举起单反相机"猛扫"，其实在后来的漫步中才发现，克鲁姆洛夫古镇任何地方都是极佳的摄影地。

我们看到，奢华的玫瑰酒店是镇上唯一的一家五星级酒店。玫瑰酒店背临伏尔塔瓦河河畔，这是在由意大利建筑师巴尔塔札尔·马济设计，建于 1588 年的耶稣学院的基础上改建而成的。斯沃诺斯基广场是镇上人气最旺的地方，广场四周的建筑风格从巴洛克式、哥特式到文艺复兴式，应有尽有。房子都是彩绘的，五颜六色，屋顶都是三角形的，典雅又大气，让人赏心悦目。广场上有纪念瘟疫死难者的圣像石柱、历史雕塑及喷泉，城中到处都是古老的建筑和狭窄的小巷。我特别喜欢在这些古老的街巷里漫步穿行，有穿越时光隧道的感觉。整个小镇的

夕阳下的远方

街道都是石头铺成的，街道两旁是各式餐厅、咖啡屋、酒吧、工艺及艺术品小店，不论从哪个角度拍摄，都像明信片。我突然发现了以捷克著名小说《好兵帅克》为名的餐厅——SVEJK；小镇上到处都能见到街头艺人，正好遇上他们在演奏我最喜欢的音乐——由著名德国音乐家约翰·帕赫贝尔作曲的 D 大调《卡农》。由于小镇没有受到任何战争的破坏和工业革命的影响，错落有致地铺着橘红色瓦顶的建筑，展现出波希米亚的热情与浪漫。小镇的小街巷中除了有绚丽多彩的 14—17 世纪巴洛克式、哥特式和文艺复兴式的建筑外，远处还有郁郁葱葱的山丘。这些绿色自然环境给古镇增添了绵绵的活力。

我们终于到了城堡。克鲁姆洛夫城堡的彩绘塔最初建于 13 世纪，1580 年被翻建为文艺复兴样式，彩绘塔的景致美得令人惊叹。外面墙壁上的彩绘栩栩如生，让人过目难忘。攀登到古镇最高处的城堡时，居高临下地看这座古镇全景，令人心旷神怡。通过城堡孔洞，远眺小镇，一切尽收眼底。马蹄形走势的河流淌着清澈的河水，红瓦、白墙、碧水、绿树真实地展现在眼前，犹如一幅巨大无比的天然油画。欧洲许多小镇的美丽和风情可以与巴黎、罗马、维也纳、布拉格媲美。相比于大城市，小镇少了喧嚣和华丽，却多了宁静和朴实。

出城堡下山后，我们沿着伏尔塔瓦河河畔漫步。多少年来，它养育了沿河的人们和文化，河水川流不息地流向远方。此时此刻，耳边响起捷克作曲家斯美塔那的著名交响诗组曲《我的祖国》里的"伏尔塔瓦河"乐章的旋律。克鲁姆洛夫很小，它悠久的历史和迷人的魅力却如此巨大，它的魅力在不经意的细微之处，一砖一瓦一石一墙一树，都是这座城市辉煌与苍凉的见证。行走在克鲁姆洛夫，宛如置身于画中，我不时会问自己，这是在梦中吗？不记得哪位作家曾经这样说过："它是一个梦乡，你在时，它不是很真切，你离开后，它变得栩栩如生。"用这样的句子来形容风景如画的克鲁姆洛夫，是再恰当不过的了。

从克鲁姆洛夫古镇出来，我们上了大巴，驱车 170 公里左右，前往捷克首都布拉格。

千塔之都——布拉格

9 月 29 日早饭后，地陪带着我们在布拉格市区观光游览。布拉格建筑给人整体上的观感是建筑顶部变化特别丰富，色彩极为绚丽夺目，号称欧洲最美丽的城市之一，也是全球第一个整座城市被指定为世界文化遗产的城市。因此，布拉格全城都是步行街，这可苦了我们，一天走了 2 万多步。

地陪带我们先观看著名的查理大桥，这是我向往已久的古桥。布拉格市是一座山清水秀的多桥之城，碧波粼粼的伏尔塔瓦河穿城而过，共有 18 座大桥横架在河水之上，将两岸的哥特式、巴洛克式和文艺复兴式的建筑连成一体。其中，查理大桥是布拉格人在伏尔塔瓦河上修建的第一座桥梁。此桥是捷克现存较大的古桥，也是连接布拉格老城、小城和布拉格城堡的交通要道。查理大桥是典型的哥特式建筑艺术与巴洛克雕塑艺术的完美结合。桥的一端入口处耸立着查理四世的全身雕像，两侧是带有巴洛克式浮雕的哥特式门楼。我们上桥后边走边看，观赏了艺术家的表演，还有一些手工艺创作表演，在桥上还可以买到很多艺术品。查理大桥上有 30 尊圣者雕像，为天主教圣徒和保护神，造型有女神、武士、人面兽身像和兽面人身像等，都是出自捷克 17—18 世纪巴洛克艺术大师的杰作，被欧洲人称为"欧洲的露天巴洛克塑像美术馆"。我把这些雕像逐一收进自己的相机里。据说只要用心触摸雕像，便会带给你一生的幸福，桥上的一尊铜像的某些部位已被游客摸得发亮。我们也去摸了摸，但愿能给自己带来好运。

我们在查理大桥上流连忘返，不由得想到与查理大桥相关的很多名人。被誉为"捷克音乐之父"的作曲家斯美塔那曾说："那天清晨，我缓缓地走上大桥，没有人知道我想干什么。就在这时我突然听见了伏尔塔瓦河的激流在撞击查理大桥的声音……"这些感情全都被凝聚在了他的著名交响诗组曲《我的祖国》中。卡夫卡这位出生在查理大桥桥墩边上的犹太人，干脆把查理大桥称为他生命的摇篮。1934 年 5 月，静静地躺在维也纳郊外疗养院里的卡夫卡，让守候在他身旁的好朋友雅努斯记下了他生命中的最后一句话："我的生命和灵感全部来自伟大的查理大桥。"如今的捷克人说："米兰·昆德拉没有了祖国，而卡夫卡不但有祖国还有人民。"

下桥后地陪带我们去看布拉格天文钟，也被称为"布拉格占星时钟"，是布拉格的一座中世纪天文钟，安装在老城广场的老市政厅的南面墙上。这座大钟至今走时准确，当地人在此驻足校对手表的时间。天文钟是一座精美别致的自鸣钟，钟楼建于 1410 年。根据当年的地球中心说原理设计，上面的钟一年绕一周，下面的钟一天绕行一圈，每天中午 12 点，12 尊耶稣门徒从钟旁依次现身，6 个向左转，6 个向右转，随着雄鸡的一声鸣叫，窗子关闭，报时钟声响起。我和至仁在这著名大钟前耐心地等到整点，看敲钟，既有趣又很有历史感。

布拉格城堡是捷克的要塞，始建于 9 世纪，经过国内外建筑师和艺术家多次改建、装饰和完善，城堡集中了各个历史时期的艺术精华。城堡过去是皇帝、国王的宫殿，如今是捷克总统为外国元首来访举行欢迎仪式和接受外国大使递交国书的地方。站在城堡上眺望整个布拉格市，美景尽收眼底。1992 年，布拉格城堡被联合国教科文组织列入《世界文化遗产名录》。远远望去，城堡外是乳黄色的楼房，里面有铁灰色的教堂、淡绿色的钟楼、白色的尖顶。布拉格城堡的画廊收藏了许多古典绘画，最早从 16 世纪开始，而且以 16—18 世纪绘画为主，包括意大利、德国、荷兰等各国艺术家作品，共 4000 余幅。

我们看完城堡后去圣维塔大教堂，地陪说它除了有丰富的建筑特色外，也是布拉格城堡王室加冕与辞世后长眠之地。我们参观的重点是 20 世纪的彩色玻璃窗、圣约翰之墓和圣温塞斯拉斯礼拜堂。我们跟着地陪走进教堂，左侧色彩鲜丽的彩色玻璃就是布拉格著名画家穆哈的作品，为这个千年历史的教堂增添了不少现代感。绕过圣坛后方，纯银打造、装饰华丽的是圣约翰之墓，他是 1736 年的反宗教改革者，因此葬在圣维塔大教堂中。

走出圣维塔大教堂后我们去圣乔治教堂，圣乔治教堂是捷克保存最好的仿罗马式建筑，教堂的基石和 2 个尖塔从 10 世纪一直保存至今。一旁的圣乔治女修道院是波希米亚的第一个女修道院，曾在 18 世纪被拆除改建为军营，现在是国家艺廊，收藏了 14—17 世纪的捷克艺术作品，包括哥特艺术、文艺复兴和巴洛克等不同时期的绘画作品。

观看完教堂，地陪带我们去黄金巷，这是一条出售手工艺品的商业街，热闹程度与查理大桥不相上下，地陪建议我们可在这里买些喜欢的纪念物品。小巷不大，建筑都是小小的，色彩丰富，像童话王国里精灵的居所。黄金巷 22 号一间水蓝色的房子曾是卡夫卡的居所，现今已经成为一家小书店。

游览完布拉格城堡，犹如上了一堂生动的捷克国家简史课程，生动直观，丰富精彩。随后上大巴直奔捷克境内的温泉小镇卡罗维瓦利，行驶 3 个小时后到达卡罗维瓦利，入住酒店。

温泉小镇——卡罗维瓦利

9 月 30 日早饭后，我们前往卡罗维瓦利观赏维吉特尼温泉。下车后进城，感觉城市风光秀丽，气候宜人。城市倚着爱情山，山上有爱情公园，在峻峭的山岩上竖立着一只小鹿的铜像，它是卡罗维瓦利的城徽。城内的巴洛克式建筑、温泉长廊及优美山谷，数不胜数。街道沿河兴建，两旁建筑古色古香，洋溢着维多利亚时代风格。市内每股泉水都有长廊，长廊内有水龙头，我们沿着泰培拉河两岸的人行道走着。卡罗维瓦利共有 17 个泉眼，每分钟可喷出 2000 多升泉水，其中以弗热德洛温泉最为有名，它喷出地面高达 11 米，水温达 72 摄氏度，泉水中含有大量矿物质，既可用来沐浴治疗疾病，又能饮用。

地陪说，卡罗维瓦利因温泉著名，吸引了世界各国名人到此度假，修养身心。自 19 世纪起，彼得大帝、贝多芬、肖邦、莫扎特、歌德、普希金、果戈理、屠格涅夫、席勒等都到卡罗维瓦利度过假；马克思于 1864 年、1865 年到这里治病疗养，同时在此完成了《资本论》的初稿；托尔斯泰的《战争与和平》中的一些篇章，也是在这里完成写作。从 1950 年起，国际电影节每 2 年在卡罗维瓦利举办一次，不少国际级影星就下榻在这里的酒店。

我们跟着地陪走进温泉回廊。走了十几分钟就进入了温泉区域。路边都是温泉眼。地陪提示，温泉区内的温泉眼温度是不同的，按照温泉的温度分片。这里有不同温度的温泉眼，从 40 摄氏度、50 摄氏度直到 72 摄氏度。维吉特尼温泉温度高达 72 摄氏度，冲力强大的水柱可达 14 米，在玻璃屋内观赏会有身处蒸汽浴室的感受。观赏完温泉区域，我们自由活动 1 个小时，欣赏这里的美景。

漫步于维吉特尼温泉区域，处处皆美景，静谧而雅致，充满着人与自然的和谐，我用相机记录下眼前的所有。我们沿着泰培拉河两岸行走，浏览河边独特的欧洲中古艺术建筑。

德沃夏克花园别有风味。我走到花园就会想起大音乐家德沃夏克。德沃夏克是捷克著名的作曲家，1841 年 9 月 8 日诞生在布拉格近郊一个贫穷家庭里，他的作品表现了热爱祖国、热爱家乡、热爱生活的思想感情，具有鲜明、动人的音乐形象，音乐语言平易、朴实、富于民族和民间特色。

我们走到建于 1881 年的沙多瓦温泉回廊，2 个青铜圆顶凉亭连接着长长的走廊，铁制的白色走廊如精美的镂空绣品，凉亭中间一头是希腊女神雕像，另一头是长吐蛇信的温泉座，泉口流淌着能直接饮用的 40 摄氏度的温泉。

徜徉在卡罗维瓦利温泉小镇，悠然自得，尽享欧式浪漫风情。

迷人的冰岛＋荷比卢之旅

2016 年 6 月 15 日，我和李慧开启了冰岛＋荷比卢之旅。因为还是跟团，而且是上海东湖国际旅行社张总亲自带团，于是又遇到 2014 年去英国时认识的团友孟建江夫妇和叶克明，一路欢畅。

出师也不利

6 月 16 日在法兰克福转机时，全团的行李出来后，发现少了李慧的行李箱，我们全团只能在取行李箱的地方耐心等候李慧行李箱的信息。张总与机场管理方联系，询问李慧行李箱的下落，一个小时过去仍然没有找到。于是，在张总与法兰克福机场管理方协调之下，机场答应继续寻找李慧的行李箱，并赠送给李慧 2 套洗漱用品和内衣，我们赶紧去飞冰岛的候机处等候登机。

6 月 16 日下午 4 点到达冰岛后，我们乘坐一辆大型中巴前往酒店。去酒店的途中，只见公路两旁的土地都呈火山灰状。张总告诉我们，冰岛位于北大西洋中脊之上，由于岩浆活动活跃，火山喷发，大西洋中脊越来越高，露出海面就形成了岛屿，属于海洋岛中的火山岛。由于冰川与火山大范围并存，因此冰岛被称为"冰与火的国度"，我们所见到的土地就是火山灰。火山灰无法生长其他植物，只能生长鲁冰花，于是冰岛政府用飞机抛撒鲁冰花花籽。

大巴行驶了 2 个多小时，到了我们在冰岛下榻的第一家酒店。孤零零的一座一层房子，周边非常空旷，房前有一条小河，小河四周是绿色的草地。距离这座房子不远，有一家农户，再远几百米外，还有四五家农户。总之，人少地阔，环境优美。我们被眼前的田园风光深深吸引，进房间放好行李箱，我和李慧就拿着相机到户外拍摄夕阳下的田园风光。蓝天白云之下，河水清清，绿草茵茵，我们的心灵也变得格外宁静。处于这样的环境之下，李慧也暂时忘掉了遗失行李箱的烦恼。我们在房前的草地上拍了一个小时左右，张总要我们进酒店吃晚餐。进入酒店餐厅，我们问张总："天不黑就吃晚餐啦？"张总说："冰岛就是白天长，夜很短，有的地方 24 小时天都不会黑。"对我这个睡眠不好的人来说，这是件比较糟糕的事。等晚餐上来后，我们更傻了——每人一小份西餐，说不上是啥，根本吃不饱。后来张总与酒店总管商量后，给我们每人添加了面包和烤鱼，总算填饱了胃。看来，在冰岛期间，我们会有诸多"不适应"，也算是一种北欧的特殊体验吧。

观看冰岛的地质奇观

6 月 17 日早饭后，我们全团 20 人乘坐一辆大型中巴，去参观冰岛著名的"黄金旅游圈"，主要包括黄金大瀑布、盖策间歇泉和辛格维利尔国家公园。首先游览辛格维利尔国家公园。地陪说，冰岛处于地球的一个特殊位置，即地处北美洲大陆板块与欧亚大陆板块交界处，这条交界即北大西洋中脊的裂谷，换言之，该裂谷是北美板块和亚欧大陆板块的分界线，这两大地质板块的落差有 10 多米。裂谷穿过整个冰岛，使冰岛成为世界上唯一的裂谷暴露在海平面之上的部分，而这部分包括了冰岛的著名景区辛格维利尔国家公园，在此可见到在其他任何地方都不可能看到的 2 个板块的边缘。2004 年，它被联合国教科文组织列入《世界文化遗产名录》。

在这个公园，我们不仅看到了冰岛最重要的历史遗迹，也看到了这里俯拾皆是的自然奇观。在这里，我有生以来第一次目睹了地球板块之间的分界线及板块边缘，非常震撼！我在阴转多云的天气下抓紧拍摄，用相机记录着北美洲大陆板块与欧亚大陆板块交界处及其周边景观。站在这些裂缝旁，感觉仿佛到了火星上。辛格维利尔国家公园完美地展现了地球万物"再现"与"更新"的地质成长过程：周边地区火山活动频繁，绵延的熔岩在延展，包括熔岩隧道和火山岩洞。这里的火山已沉寂了2000多年，公园里是一片绿意盎然，独特的冰岛苔藓覆盖着熔岩。我们沿着2个板块之间的裂缝行走，一条大栈道带着我们进入了峡谷。这条步行道清晰地显示出这里发生过的地质过程。放眼望去，交界处都是这千万年来的新生土地。我和李慧用相机记录下北美洲大陆板块与欧亚大陆板块之间的裂谷，同时记录下大自然的鬼斧神工——两大地壳板块之间如刀切的峭壁。我和李慧继续前行到一个看台上仔细观看这奇特的地质景观，发现我们一不留神就在欧洲和北美洲之间跑了一个来回。断裂带两侧黑褐色的火山岩狰狞突兀，绵延数公里。一些裂缝注满了清冽冽的冰雪融水，与火山岩和青草地构成宁静而又神秘的画面。

我们在辛格维利尔国家公园看到了冰岛最大的天然湖——辛格瓦德拉湖（又名议会湖）。冰川融水倒灌在峡谷里，形成狭窄且深不见底的湖泊，湖水清澈，波平如镜。还看到一个人文景观——世界最古老的"民主议会"会址。张总告诉我，早在930年，经39个部落酋长倡议在此地召开居民议事大会，1000多年前，前来参会的部落首领就在那片苍茫的草原上搭起帐篷开会。议会是冰岛最高立法和司法的权力机构，议会的产生标志着冰岛作为一个独立国家的产生。1944年6月，4万多冰岛人民在此处宣布摆脱丹麦统治而独立，成立冰岛共和国。因此，这里被称为西方议会政治的发源地、冰岛的国家摇篮和历史圣地。冰岛最早的教堂也是建立在辛格维利尔，当时挪威国王送了钟和木材来建此教堂。教堂后面是国家公墓，其历史可以追溯到1939年，这里安葬着许多冰岛的名人雅士。我走到"民主议会"会址前拍摄了2张照片，午餐后去看黄金瀑布和间歇泉。

冰岛亦被称为瀑布之国。地陪在大巴上告诉我们，冰岛境内有数百座美丽的瀑布，特别是雄伟壮观的黄金瀑布。黄金瀑布是冰岛最大的断层峡谷瀑布，气势宏大，景色壮观。我们午饭后到达黄金瀑布，呈现在我眼前的是一系列阶梯状瀑布，与我之前看到的伊瓜苏大瀑布没法比，心中有些小失望。下车后我和李慧就各自拍摄。老叶走过来，我们相互给对方在瀑布高处拍摄照片后开始往回走。走到似坳口的峡谷时，才看出黄金瀑布的气势：湍急的水流顺势而下，注入峡谷，落差达 50 多米，发出震耳欲聋的轰鸣。阳光下，在蒸腾的水雾中，布满闪着金光的点点水滴，彩虹若隐若现，仿佛整个瀑布是用黄金造就的，大概这就是"黄金瀑布"之美称的由来吧。站在这里，才是观看黄金瀑布的最佳位置，只见从高处倾泻而下的瀑布溅出的水珠弥漫在天空，在阳光照射下形成道道彩虹，景象瑰丽无比。这里的防护栏只是一条细绳，我们幸好是夏季到此，晴空万里，蓝天白云下观看瀑布魅力无穷。

观看完黄金瀑布，我们乘车去看冰岛著名的间歇泉。在前往间歇泉的途中，地陪给我们科普了间歇泉形成的原因：在火山活动地区，炽热的熔岩会使周围地层的水温升高，甚至化为水汽。这些水汽遇到岩石层中的裂隙就沿裂缝上升，当温度下降到汽化点以下时就凝结成为温度很高的水。这些积聚起来的水，还有地层上部的地下水沿地层裂隙上升到地面，每间隔一段时间喷发一次，形成间歇泉。冰岛的间歇泉是大间歇泉，泉眼口径为 10 厘米，泉水温度接近 100 摄氏度。这个地区是一个大喷泉区，约有 50 个间歇泉，到处冒出灼热的泉水，热气弥漫，如烟如雾。每次喷发前隆隆作响，正在喷发的大间歇泉响声渐高，沸水随之升腾，喷向高空，水柱高达 61 米，居冰岛各喷泉之冠。

我们下车后，只见一片空地上布满了很多小型的间歇泉，像一个个煮着开水的火锅一样，咕嘟咕嘟地冒着水泡和热气。再往里面走去，有一圈游客围着大圈在等候着一个大型间歇泉喷发。我和李慧就在附近驻足，等候了约 20 分钟，突然地下冲出近百米高的热气，我赶紧用卡片相机抓拍，连拍了好几张，总算把冰岛的大间歇泉喷发的实景记录下来了。然后，我们就去拍摄几个路边的小型间歇泉，很有意思。这些大自然景观也是我有生以来第一次见到。

夜宿冰岛南部小镇海德拉。

有生以来第一次目睹黑沙滩

6月18日早餐后，我们驱车前往维克小镇，去看小镇最著名的黑沙滩。地陪在车上给我们科普：黑沙滩的形成与火山作用有关，远古时候的一次海底火山爆发，导致海底的泥层翻出地面，与海边的泥土糅合在一起后，在海水和风力长年累月的作用下，熔岩与泥土逐渐融合，终于变成今天绵绵不绝的黑沙滩。冰岛有许多活火山，黑沙滩的"沙子"便是来自火山熔岩。经过海风与海浪的雕琢，黑色的玄武岩变成了黑沙，在冰岛的几处黑沙滩中，维克小镇的黑沙滩最负盛名。

去维克小镇的沿途风光壮美无比：火山、瀑布、河流、湖泊、冰川以及独特的山景，这一切令我们陶醉。到了维克小镇附近，就看到小镇半山腰上一排尖顶小房子。这排小尖顶房既是维克小镇的标志，更是冰岛黑沙滩的标志。黑沙滩毗邻风景如画、安宁和睦的维克小镇，与风琴岩峭壁相伴。下车后我们向黑沙滩奔去。与平日里常见的海滩不同，维克小镇的沙子在阳光下泛着乌亮的黑色光泽，走近前才发现，脚下并非细细的沙砾，而是碎岩，甚至有些硌脚。俯身捧一把黑沙，沙依旧是黑黑的，手却丝毫不沾。身处此地，脚下的黑沙和眼前晶亮的海水，加上密布的乌云，仿佛进入了魔鬼的领地。我站在黑沙滩远眺，北大西洋一望无际。黑沙与白浪在阳光下形成强烈反差，"笔架山"礁石与其隔海相望，交相呼应，呈现出举世闻名的海滨美景。一些海龟爬到乌黑乌黑的沙滩上，也让人激动不已。辽阔的黑色海滩绵延在蜿蜒的海岸边，清澈的海水轻轻地涤荡着黑色的沙石，它好似维克小镇这个美丽少女的乌黑秀发，在海风中柔柔飘荡，散发出迷人的气息。黑沙滩和"笔架山"礁石隔海相望，遥相呼应，那是一种天荒地老的守候和忠贞。阳光洒在一望无垠的黑沙滩上，折射出金黄的光芒，微波粼粼。最神奇的还是沙滩上的那座玄武岩石墙，大块岩石呈棱柱形排列成风琴状，乍一看还以为是人为刻凿和拼接而成，其实是火山岩遇海水冷却凝固过程中收缩而成的产物，是数百万年的岁月留下的鲜明烙印。

张总给了我们40分钟逗留时间，足够我们享受黑沙滩了。我和李慧在黑沙滩互相拍照后，欣赏着北大西洋扑面而来的海浪拍打着黑沙滩的海景。我和李慧在黑沙滩上流连忘返，直到沙滩上只剩下我们两人了，我们才赶紧归队。接下来，去看黑瀑布。

远观黑瀑布

史卡法特国家公园是冰岛面积最大的国家公园及自然保护区，该公园集冰川、火山、峡谷、森林、瀑布于一体，景色壮观，斯瓦蒂黑瀑布是这里最著名的景观。黑瀑布的水从70多米的悬崖上跌落到深潭里，激溅起来的水花气势震撼人心。黑瀑布是冰岛的骄傲，也是自然界的壮观。

下车后地陪说，看黑瀑布需爬山，我有了心理准备。果真，观赏斯瓦蒂黑瀑布需攀登很高的山，且山路很不好走：需要徒步往返3.7公里，大概需要1.5个小时。我几乎用了吃奶的劲才走到离斯瓦蒂黑瀑布五六百米的地方，再也走不动了。我决定停下，把单反相机拿出来，用长焦镜头拉近黑瀑布观赏，并拍摄了几张照片。在镜头里看瀑布，才明白斯瓦蒂黑瀑布之所以被称为"黑瀑布"的原因——它是在黑色玄武岩石壁上的瀑布。斯瓦蒂黑瀑布造型特殊，大概与其所处的地势相关，周围是柱状玄武岩结构。一条落差12米的瀑布从黑色玄武岩断崖倾泻而下，白色瀑布与黑色玄武岩柱状节两个极端对立的元素和谐统一在一起，构成了罕见而让人难以忘怀的景象。老叶很厉害，居然走到黑瀑布下面近观，并且仰拍了黑瀑布。老叶上来后告诉我，站在山顶遥望，看到峡谷上方飞奔而落的流水，像是悬挂着一条白色的玉带。当你站在谷底近距离观赏时，又发现是黑色的水帘悬挂在山岩上，那种喷薄而出的气势让人震撼。白色的水被黑色的岩石衬托着，清灵透彻的水便成了梦幻般的黑色，这是在黑瀑布前才能看到的景观。

下山时，我和李慧站在半山腰的一片草地上，向前方眺望，可以看到1996年洪水冲刷形成的斯凯达拉尔沙漠以及冰岛的最高峰华纳达尔斯赫努克山。远眺沙漠，感觉沙漠也是黑色的。我和李慧被眼前开阔的自然景观所震撼，站在这里狠狠拍摄了半个小时。我不由得感叹：在冰岛旅游的最大特色就是人与大自然零距离接触，感受人类在大自然中的渺小！

夜宿史卡法特国家公园附近小镇的酒店。

游览冰河湖

6月19日早饭后，我们乘车去看冰岛最大、最著名的冰河湖。地陪介绍道，我们看的杰古沙龙冰河湖是天然潟湖，在瓦特纳冰川国家公园里。瓦特纳冰川国家公园不仅地貌丰富，更有世界上其他地方所没有的独特景色，如冰原、火山、冰舌、崎岖的高地和熔岩景观。冰河湖是由冰川融化的水汇聚而自然形成的，随着一直在消融的冰川和湖中不断累积的碎冰块，冰河湖的规模逐年扩大。所以，杰古沙龙冰河湖的美景源自冰川的消融，也是当前全球变暖的一个直观后果。

乘船游览杰古沙龙冰河湖是最美的体验，湖里到处是巨大的浮冰。我们到此是6月，正是乘游船观赏冰湖的好时光。我们下车后，领队要我们先去冰河湖对面的黑沙滩拍照，他去给我们买船票。等我们从冰湖附近的黑沙滩拍好照片聚集到冰湖船票出售处时，领队告诉我们当日船票已经卖完，只好买了第二天上午的船票。领队给大家1个小时摄影时间，我们分别在杰古沙龙冰河湖的岸边和附近的山坡上拍摄。蓝天白云之下，杰古沙龙冰河湖特别静美，大小不一的冰块浮在湖面上，浮冰有蓝色的，也有无色透明的，然而这里的冰大多数都拥有一种独特的颜色——"冰岛蓝"。站在这样纯净的蓝色面前，心灵都要被它的纯净摄去。动人的"冰岛蓝"固然是冰湖吸引游人的一大原因，而冰湖最大的魅力还在于其多变的景色。我们到达冰河湖是当地时间的下午，太阳当空，在不同的光线作用下，冰湖里的冰块呈现出不一样的色彩，富有变化之美。

6月20日早饭后，我们再次乘车到达杰古沙龙冰河湖。天公不作美，大风暴雨同时光临。打开车门，一阵大风袭来，人站立不稳，暴风雨使我们难以撑伞，冰岛的风大真是名不虚传啊。我们全团顶着狂风大雨走到湖边的一个小商店里集合，地陪征求大家意见，是否愿意冒着风雨乘船游湖，我们所有团员都不怕风雨，坚定地上船游湖。我们全团20人分乘2只船游湖。冰河湖的游船水陆两栖，不需要码头。我把单反相机收好，拿出卡片相机，准备在风雨中拍摄湖中蓝冰。上船后，一到湖中心，风雨更大，把我撑着的雨伞吹翻了，根本别想拍照。我只好双手拿住雨伞，不敢轻易拍摄。雨中的杰古沙龙冰河湖是一个充满了梦幻世界般的蓝色冰湖。船行驶到一座巨大的蓝冰面前，我再也禁不起"蓝色诱惑"，索性放下手中雨伞，冒着风雨快速地拍摄了湖中心的几块形状特美的巨大湛蓝冰块。然后，把卡片相机收起来，雨伞整理好，认真观赏雨中湖景。为了安全起见，我们的游船在湖中游览了20分钟就上岸了。上岸后，我赶紧和李慧躲进湖边小商店，我买了2杯热咖啡，暖暖身子，又买了面包，就着热咖啡，当作午餐。

晚上入住酒店后，中巴司机在张总的请求下，安排好家中孩子，开着他的私家车带我们去离酒店较远的一座大型超市，解决李慧的换洗衣服问题，我陪着李慧一同前往。李慧买了外穿的牛仔裤，一件白色中长风衣、一条绿色围巾，还有内衣等，满载而归。

快闪冰岛首都

6 月 22 日早饭后，我们游览冰岛首都雷克雅未克。地陪介绍，雷克雅未克是冰岛的首都，也是全国最大的城市和最大港口，地理位置上非常接近北极圈，是全世界最北的首都，同时也是世界上纬度最高的首都，西面、北面临海，东面和南面被高山环绕，受北大西洋暖流影响，气候温和。由于雷克雅未克地热能源丰富，盛产温泉，故此城市上空经常弥漫着如雾的水汽。9 世纪，冰岛的发现者以为水汽是烟，所以便将此地命名为雷克雅未克，其冰岛语意是"冒烟之湾岸"。

我们跟着地陪，穿行在大街小巷。我眼中的雷克雅未克，是个非常低调的国家首都，城市建筑非常简朴，保持着数百年前的风貌和格局，折射出冰岛的城市建设和发展理念的现代化。我们首先游览在市中心的雷克雅未克大教堂，又被称为哈尔格林姆斯教堂。因为当天教堂要举行婚礼，我们只能外观。雷克雅未克大教堂位于雷克雅未克市中心的山丘上，建于 1930 年，是该市的地标性建筑。我从未见过这种式样的教堂——像一架管风琴，教堂前矗立着纪念冰岛独立之父西格松雕像，我围绕着西格松雕像拍摄了几张照片。

紧接着地陪带领我们前往市区观光游览美丽的托宁湖，附近有国会大楼，市政厅等具有北欧特色的建筑物。雷克雅未克城市布局匀称和谐，无摩天大楼，居民住房小巧玲珑，大多是 2 层小楼，风格各异。市内街道不宽，整个老城区街道泾渭分明，给人以古色古香、整齐美丽、宁静优美之感。进入市政厅后，我被其简约风格所震惊。雷克雅未克市政厅在托宁湖西北角，形如船坞，风格独特。我们在市政厅里楼上楼下走了一圈，看见墙上的壁画，感觉很有味道。游客可以自由进入市政厅，独自游览，如果有问题需找部门官员，可以通过楼下接待总台联系、引荐，与相关政府部门官员交流，不需要事先预约。参观完市政厅后，张总带着我们在市政厅附近逛街。街上行人极少，马路狭窄，道路整洁，环境幽静。逛街 10 分钟后，张总带着我们前往珍珠楼。

我们在珍珠楼里逗留了近 1 个小时，集合上车，去吃午餐。

我在蓝湖没泡温泉

午餐后，我们前往世界著名的蓝湖温泉。冰岛的蓝湖地热温泉是世界顶级疗养胜地，蓝湖地热温泉在冰岛西南部，距离首都雷克雅未克大约 39 公里。去冰岛旅游的人都会来蓝湖泡温泉，因为水中含有丰富的矿物质成分，蓝湖的水呈蓝绿色。我因高血压不能泡温泉，去蓝湖不泡温泉，人生总有遗憾。团友们一听说我不泡温泉，立刻要求我替他们拍照留念，我答应了为全团拍摄在蓝湖泡温泉的即景照片。进入蓝湖后，全团要泡温泉的人先后进入蓝湖温泉。蓝湖温泉是室外温泉。大家在排队领物件时，我就先行进入温泉区域，寻找最佳机位。在团友们还没入内时，我看到一群老外在蓝湖温泉里穿着泳衣聚集庆祝生日，这种奇特的生日庆祝会，是我有生之年第一次看到，我毫不犹豫地用手中的单反相机记录下来。紧接着我又拍摄了一对一对情侣、爱人在蓝湖温泉中秀恩爱的接吻照片、拥抱照片，家人与孩子的亲情照片……

拍摄了 20 多分钟后，我们的团友先后跳进蓝湖温泉池，我立刻开始为团友们拍摄泡温泉的照片。团友们都自动游到距离我最近的地方，我为他们连续拍摄了 40 分钟后，总算完成了全团的拍摄任务。于是，我走出温泉区域，在蓝湖四周拍摄。这时，天上乌云密布，有点压抑。由于第二天早上要飞往阿姆斯特丹，所以下午 4 点半的时候，张总就要求大家上车离开蓝湖温泉返回市区。

扫描风车村

6 月 23 日，早上 4 点半我们就起床了，因为飞往阿姆斯特丹的机票是早上 7 点 40 分。到了机场，均为机器自助办理机票。我们这些外语极差的团友只能靠领队张总一人给我们办理机票了。张总好辛苦啊！我忍不住把他耐心给团友们自助取机票的样子拍了下来。飞行 4 个小时的航程，上午 11 点 40 分准点到达阿姆斯特丹机场。我们在飞机上自行解决了午餐。下飞机后，直奔阿姆斯特丹市区，游览达姆广场。短暂逗留后，前往著名的风车村。风车村是有居民居住、开放式的保留区和博物馆。风车村里的古老建筑生动描绘了 17、18 世纪的荷兰生活。真实的房子，古老的造船厂，制作木鞋的表演，还有风车，每年吸引着成千上万的游客。250 年前，在这片狭小的土地上，矗立着 800 多座风车，它们承担着各种工业任务。

到达风车村后，张总说分散活动 1 个小时。我和李慧在风车村观看了博物馆，里面包括木鞋制造厂、白蜡制造厂、面包房、奶酪和乳制品作坊以及 100 多年的杂货店。在博物馆里得知，荷兰人吃乳酪也制作乳酪，每年外销到世界各国的乳酪产量超过 40 万吨。然后我俩走到风车旁拍照，风车是记录荷兰历史的最佳印证之一。远在那个以风车为主要动力的年代，荷兰在 200 多年内便建造了约 1000 座风车。这个国家靠着风车动力使得伐木业与造船业繁荣发展，直到新的发明蒸汽动力取代风车动力之后，风车才正式退出历史舞台。现在，大部分的风车都已被拆除，少数保留下来的风车，便开始它另一阶段的贡献——旅游观光。由于功能不同，几乎所有保留着的风车的造型都独一无二，很难找到一模一样的。

拍完风车，我们进入村内观看居民房屋。每家每户、房前屋后都有花草装扮，房后的小院子里有休憩的桌椅，可见这里居民不仅安居乐业，生活理念也相当健康。不时可见骑着自行车穿过村里的泥土路的人，我不由得想到当年我在党校课堂上向学员介绍过荷兰的绿色出行方式——荷兰是全球唯一的自行车道在全国联网的国家。

阅读羊角村

6月24日，早晨我起床后推开窗户向外看，一片朝阳洒向人间，好美的晨景。我快速洗漱完毕，拿起卡片相机在窗户上拍摄了几张照片。然后下楼吃早餐。吃完早餐后赶紧收拾行李，收发了几条微信，感觉阿姆斯特丹酒店的 Wi-Fi 不给力，就拖着行李箱下楼了。

我们的车从阿姆斯特丹出发，行驶了120公里，终于到达闻名遐迩的羊角村——这是近年来才开发的景点。地陪说，羊角村有"绿色威尼斯"之称（也有人称其"荷兰威尼斯"）。当时一群挖煤矿的工人定居在这里，他们的挖掘工作使当地形成了大小不一的水道及湖泊。而在每日的挖掘过程中，除了挖出煤，他们还在地下挖出许多羊角，经过鉴定，确认这些羊角应该来自一批生活在1170年左右的野山羊。因此，他们便将这里称作羊角村，该名称一直保留至今。

走进羊角村，我们就被这里的自然景观吸引住了：一条清澈的小河围绕着村庄，村庄的道路两旁都是花草树木，颇具特色的房屋在路旁的花草丛中……张总让大家在河边自由活动，吃了午饭再集体乘船游览羊角村。我在河边漫步，看到来此旅游的老外们也非常休闲，他们结伴成对地坐在酒吧、小院里边喝咖啡边聊天，这才是真正的旅行生活。我独自慢慢地拍摄着羊角村的自然风光，羊角村的休闲美景使我心情颇佳，不知不觉就到了午餐时间。

午餐后我们集体乘船游览羊角村，在游船上，地陪给我们详细介绍了羊角村。历史上，羊角村非常贫穷落后，土壤贫瘠且泥炭沼泽遍布，唯一的资源则是地底下的泥煤。居民为了挖掘出更多的泥煤块卖出赚钱，不断开凿土地，形成一道道狭窄的沟渠。后来，居民为了使船只能够通过、运送物资，将沟渠拓宽，从而形成今日运河湖泊交织的美景。我们在船上看到水面映照出两岸一幢幢绿色小屋的倒影，这里房子的屋顶都是由芦苇编成的。地陪说，这可是比任何建材都来得耐用，使用时间少说也有 40 年以上，而且冬暖夏凉、防雨耐晒。从前，芦苇是穷苦人家买不起砖瓦建房而用来替代的，现在的芦苇可是有钱人家才买得起的建材，价格为砖瓦的几十倍。这里的地价也早已水涨船高，所以这里大部分的居民大多是医生、律师等高收入人群，这与从前苦哈哈的情况形成了一种时空交错的对比。所以，羊角村村民经济收入从其所居住的房屋就可直观，凡是居住在芦苇顶房屋里的居民都是中产阶层以上的富人。看着两岸的小屋，我真长了见识：在羊角村，芦苇屋顶竟成了富人的标志之一。

体验羊角村最好的方式是乘船在运河巡游，乘坐平底木船穿梭村落，聆听船夫兼向导娓娓细说各个房子的历史与特色，除了欣赏美景外，文化收获也不少。我在船上用长焦距镜头搜索岸边和运河的风景：在运河转弯角的岸边有不少酒店，只见很多白发老人坐在酒店花园里喝啤酒、品咖啡，想必他们也是到此的远足者。又见到远处运河里一只船，船上有一对中老年夫妇，半裸上身享受日光浴，同时摇桨划船进行体育锻炼，真可谓一举多得。他们看到我用长焦距拍摄他们后，非常友好地向我招手致意。当我拍摄完毕转过身来，看到岸上一对青年情侣拥抱热吻，不由得想到，羊角村的确适合各类游人到此休闲。

我们在羊角村的小运河里游览了 2 个多小时就上岸了，因为接下来将乘车行驶 152 公里前往莱顿小镇。上车后我不知不觉睡了一觉。

魅力无限的莱顿小镇

前往莱顿的途中，地陪介绍了这个小镇。莱顿是荷兰著名的小镇，它在古莱茵河畔，面积仅 23 平方公里，人口却有 11.7 万之多。这里曾是 17 世纪欧洲最大的纺织工业基地，当大城市在工业化进程中成为高楼林立的现代都市时，这个小镇却返璞归真，仍保留着 17 世纪时的建筑和风情，同时，更因为拥有一所知名的高等学府和世界著名的画家伦勃朗而增添了高贵不凡的气度，傲立于世界著名历史文化名城之列。

我们到莱顿小镇已经是下午 3 点。张总和地陪带着我们逛古镇，很滋润。我们穿梭于小镇的大街小巷，观赏着小镇里 17 世纪的建筑。运河穿过小镇中心，河岸旁有红砖铺成的小道，风景十分秀丽。我看到运河边的草地上坐着一些休闲的青年学生，运河中倒映出她们秀美欢快的身影，场景非常美，我马上用长焦镜头记录下来。沿着哈勒姆街走 500 米左右，就到达一处十字路口，该路口左侧有个教堂，在此向右拐，就到了运河，这一带有很多咖啡馆。从这儿往西走，就到了大圣彼得教堂、莱顿大学本部和国立古代博物馆。也许有大学的缘故，这里有一种沉稳安静的气氛。莱顿小镇有悠久的文化传统，城里有 5 个博物馆。居民们有很多机会看到经典的音乐剧、舞蹈和戏剧表演，由此可见莱顿小镇居民的文化素养很高。

莱顿是一座典型的大学城，大学各学院遍布莱顿城，莱顿大学的莘莘学子也让这座古典美丽的欧洲小城的气氛更加轻松而充满活力。日本著名的俳句作者蒲原宏曾咏叹："莱顿大学城，月色凉如冰。"莱顿大学培养了众多影响人类文明进程的杰出人才，如笛卡儿、惠更斯、伦勃朗、斯宾诺莎等科学文艺巨匠。16 位诺贝尔奖得主（洛伦兹、爱因斯坦、费米等），9 位国家元首（约翰·昆西·亚当斯、丘吉尔、曼德拉，两任北约秘书长等），多位荷兰领袖和王室成员（包括现任荷兰首相马克·吕特）都在莱顿大学以求学、任教等方式留下了他们的足迹。莱顿大学秉承"自由之棱堡"的校训，成为欧洲最早实践宗教和信仰自由的大学之一。其开放包容的治校精神，从荷兰黄金时代以来，吸引了无数国际顶尖学者慕名前往，在自由学术环境下潜心治学，让其一度成为欧洲科学人文中心。"近代科学始祖"笛卡儿在莱顿大学访学期间完成并发表了《第一哲学沉思录》；"欧洲最伟大艺术家之一"伦勃朗在莱顿时期，突破油画艺术史上里程碑式的光线技术；爱因斯坦在莱顿大学近20年的客座教授期间，留下了《玻色－爱因斯坦凝聚态》等研究手稿。与许多欧洲大学一样，莱顿大学没有围墙，法学院、图书馆、学生中心等许多建筑风格独特。这些古老的建筑与老城区一带几个普通的哥特式教堂和市政厅一样，古朴而精致，在结构和装饰上并不以华丽取胜，显得朴实无华，与街巷的鹅卵石路面相得益彰，给人一种安静的感觉。密布全城的运河让这些建筑有了灵气，两岸的建筑在河面的倒映中显得格外清晰，偶尔有人划船经过，或者是悠闲的海鸟停在水面，打破了水面的宁静，水转波动，建筑的倒影便在弯曲的波浪中漾开了。我和李慧在莱顿大学拍摄了一些照片。在莱顿，沿着古建筑夹岸而立的运河散步是最好的游览方式，地陪带着我们沿河边走到威德斯捏格胡同——伦勃朗的出生地，外观。再往北就是白色吊桥和风车，是最正宗的荷兰风景。

莱顿人引以为豪的景物除了著名的莱顿大学、保存完好的古建筑外，就是风车和吊桥。这边的风车在小镇中算是保存得最好的。莱顿的吊桥式样各异，有类似于大吊车的弯钩形状的，有四方木架形状的；也有的特别简单，没有架子，由电动绞车直接升降桥面。这些吊桥的支架漆有不同的颜色和图案，与周围的建筑风格协调统一。一座座错落有致的吊桥，装点着弯曲的运河，景深因此变得更丰满。

逛到下午5点多，我们上车前往入住的酒店。

漫步鹿特丹

6月25日，我们吃过早饭后出发，行驶35公里到达荷兰第二大城市——鹿特丹。地陪在车上告诉我们，鹿特丹是一座从沼泽地崛起的城市，在历史上几经兴衰。它原本是鹿特丹河附近的渔村，20世纪60—70年代，港口和工业区面积由26.3平方公里扩大到100平方公里，使鹿特丹自1961年起跃为世界第一大港。它有400条海上航线通往世界各地，每年约有3.1万艘海轮和18万—20万艘内河船舶停靠。港口年货物吞吐量高达 3 亿吨，装卸集装箱达 400 多万只标准箱。港口设备先进，拥有机械化装卸码头、大型仓库和冷藏库，是世界最大集装箱港口之一。听完地陪的介绍，不由得想起 2013 年我去过的德国港口城市——汉堡，那是德国最重要的海港和最大的外贸中心，有着"世界桥城"的美称，是欧洲最富裕的城市之一。汉堡是世界大港，被誉为"德国通往世界的大门"。到达鹿特丹后，可视范围内的城市景观，比德国汉堡差远了。

下车后我们步入鹿特丹，宛如置身于一座新兴的大城市。地陪说，它的城市建设规划是按照第二次世界大战以后的新布局实施的，建筑物基本上是战后新建的，外观新颖别致，大多为西欧风格，造型独特，异彩纷呈。除了市政厅较古老外，著名建筑都是现代化的样式，因此被誉为欧洲较现代化的城市。听此，我们不由得驻足在这些造型各异的高楼建筑前拍摄一番。在老城区，许多街道路面是用石头铺成的，保留着数百年前的风貌。鹿特丹市内河道很多，有各种各样的船只停泊在河边。在建筑物近旁，在河畔，在桥边，荷兰独特的风车随处可见，构成一幅如画的景象。市区街道整齐清洁，住房的最大特点是居民住户的楼层窗户都养有五颜六色的鲜花，是一座名副其实的欧洲港口花园城市。商店里商品琳琅满目，市场供应极为丰富，出售的货物大部分是来自"欧共体"的产品。街道上奔驰的有意大利、德国和日本生产的汽车。通信和邮电发达，街上公用电话亭到处可见。各国风味的餐馆、酒家、快餐店鳞次栉比，还有华侨餐馆供应地道的中餐。看到中餐馆我就心定了——可以吃到中餐了。

地陪带我们重点外观鹿特丹在"二战"后从瓦砾中重建起的别具风格的建筑——立体方块屋，欣赏如诗如画般的码头，他说是为了引发我们对荷兰航海黄金时代的"怀旧情思"。我们这些团友可没法"怀旧"，而是各自拿着相机、手机拍摄码头风景。午餐果然是中餐！午餐后前往安特卫普——比利时的港口城市。

游览安特卫普

午饭后，乘车前往比利时的港口城市安特卫普。行驶了 98 公里后到达安特卫普。在车上，大家休息了一会儿。安特卫普是比利时第二大城市、欧洲第二大港、世界第四大港、世界上最大的钻石加工和贸易中心，是欧洲人口最密集的地区。安特卫普是欧洲著名文化中心，是著名艺术大师鲁本斯和凡·戴克的诞生地。人们被其吸引的是它的三大看点：一是保存完好、充满中世纪情调的旧市区古老建筑；二是神秘的钻石加工和交易；三是有世界声誉的绘画艺术和众多的博物馆，如罗宾斯故居博物馆、皇家艺术博物馆、国家海运博物馆以及钻石博物馆等。听完地陪介绍后，我确定了自己的游览重点，即安特卫普中世纪的古老建筑，以及享誉世界的绘画艺术。

张总告诉我们，到了安特卫普之后，重点让大家在市中心广场一带自由活动。我和李慧在安特卫普的教堂——这座城市独具魅力的地方，边参观边拍照片，因为教堂里有先哲们将《圣经》故事制作成的一幅幅油画。在享受了古代艺术后，我们就去逛安特卫普的古城古街道，外观安特卫普的世界建筑遗产。安特卫普的市政广场、市政厅是 100 多年前的古建筑，现在的市长和议员就在里边办公。旧城区建筑多为 3—4 层砖砌建筑，保护完好；10 来层高的砖砌教堂建筑十分令人感叹；城区街道房屋立面颇具地方特色。街道宽敞，路面铺砌的石块错落有致，各国游人乘坐马车尽情地欣赏街道两侧变化各异的房屋和街景。我和李慧游走在这些古老的街巷里拍照，真开心啊，仿佛回到了中世纪。安特卫普以其独特的露天雕塑闻名于世，街头各处可见雕刻精美的人物雕塑，这里的露天雕塑公园里安放着数以百计的精致雕塑作品。

逛完古老的街巷后，我和李慧慢慢走到中心广场，这里是我们集合的地点。市府大楼、大教堂、商会大楼不规则地散布在广场四周。市府大楼以及 5 栋漂亮的商会大楼都是文艺复兴式的建筑，约在 16 世纪末建造。市府大楼于 1564 年建造，建筑物的正面有 76 米长，装饰风格充分展示出佛兰德斯式及意大利文艺复兴式的风格。我和李慧在广场的各个角度拍了照片，由于一直没喝水，感到口干舌燥，李慧去一家百年咖啡店买了咖啡请我喝。

集合后张总要我们拍摄集体合影，随后，我们上车前往入住的酒店，在酒店吃晚餐。

小威尼斯——布鲁日

6 月 26 日早饭后，乘车行驶 107 公里，来到比利时著名小镇布鲁日。布鲁日是比利时西佛兰德省省会，也是比利时著名的文化名城、旅游胜地。20 世纪初，布鲁日连接外港泽布腊赫的运河通航，工商业发展兴起，素有"北方威尼斯""比利时艺术圣地""佛兰德珍珠"等美称。市内河渠如网，风光旖旎，古式房屋鳞次栉比，市容仍保留有浑厚的中世纪风貌。城区河道环绕，水巷纵横，并有运河通往北海岸外港。

我们到达布鲁日是上午 9 点左右，阳光和煦，照在身上十分惬意。我们一群人被布鲁日镇外阳光照耀的大草坪所吸引，纷纷举起相机、手机拍照。大约过了半小时，张总招呼大家通过镇外的桥进入布鲁日。进入布鲁日就有一个水塘，里面有几只鸭子在水中嬉戏。由于阳光的折光，鸭子戏水的画面很美，我抓紧时间拍摄下这幅比利时的"鸭先知"景观。拍摄了十几分钟，我们才真正走进了布鲁日小镇。美丽而娇小的布鲁日，最好的游览方式莫过于步行。小城四周有城墙环绕，城门耸立，有的门边还有风车。城区中心有 2 个紧邻的广场——布鲁日大广场和博格广场，各游览路线也大多由此展开。张总果断解散队伍，告诉大家 11 点半在大广场集合。

　　我和李慧进入布鲁日小镇后，漫步在街巷里拍摄古老建筑和幽深的小巷，很有韵味。我最喜欢国外古镇的幽深小巷，完全原生态，且不像国内景点那样人满为患。在布鲁日古镇，即使步行四五十分钟也看不到一个人。布鲁日给我们的第一个印象是镇内河渠如网，河上游船如织，大小桥梁随处可见。正如地陪介绍的那样，布鲁日是座水城，河道遍布城里，很多建筑依河道而建，且以文艺复兴时期的式样为主体，完整地保存了中世纪城市的整体风貌，城市内很少有机动车和柏油路。在河道两旁，一幢又一幢中世纪建筑掩映在绿树丛中，这旖旎的水乡风光使我们恍如隔世，漫步在这座水城里，其乐融融。

　　在市中心广场，历史古迹比比皆是。14—15 世纪期间，这里被认为是佛兰德斯艺术的摇篮。建于 1376 年的市政厅是比利时最古老的市政厅，正面 6 扇尖顶的窗垂直排列，造型新颖，别具特色；市政厅的外墙上有浮雕，均取材于《圣经》故事和历史人物，形象鲜明，生动传神。市政厅不远处，还有几座文艺复兴时期遗留下来的古老教堂，其外形有哥特式、巴洛克式、拜占庭式，颇为壮观。教堂内保存着布鲁日画派大师们，如扬·凡·爱克、汉斯·梅姆林和杰勒德·大卫等人的绘画珍品。其中，建于 13 世纪的圣母院是布鲁日最著名的历史古迹，珍藏了雕塑大师米开朗琪罗的大理石雕塑《圣母像》。市中心的市场大厅上矗立着一座雄伟的钟楼，上面挂有 46 个钟铃的钟琴，琴声美妙悦耳。

　　我和李慧顾不上口干舌燥，在布鲁日古老街巷穿街走巷，仿佛成了"忘情鸟"。直到最后走到广场集合地点，才买了咖啡坐下来休息一会儿。喝完咖啡，我们又把广场建筑的细节拍摄了一番。我和李慧刚拍摄完毕，就听张总吆喝大家在广场集中拍摄全团合照。我们全团 20 人在中心广场拍摄了 2 张集体合影，摄影师是我们 80 多岁的团友老陈。拍完集体照，我们上车前往布鲁塞尔。

领略布鲁塞尔

我们的车从布鲁日出发，行驶了 99 公里，来到了比利时首都——布鲁塞尔。布鲁塞尔是比利时的首都和最大城市，也是欧盟的主要行政机构所在地，还是北大西洋公约组织总部驻地，有"欧洲的首都"之称。另外，布鲁塞尔也是 200 多个国际行政中心及超过 1000 个官方团体的日常会议举办城市。布鲁塞尔的上城区是行政区，主要名胜有路易十六式建筑风格的王宫、皇家广场、埃格蒙宫、国家宫、皇家图书馆、现代古代艺术博物馆；下城区还是繁华的商业中心。布鲁塞尔拥有全欧洲最精美的建筑和博物馆，摩天大楼跟中世纪古建筑相得益彰。整座城市以王宫为中心，沿"小环"而建，游览以步行为佳。

在布鲁塞尔郊外的王宫附近，有一组原子结构型的建筑，故名原子球，又被称为原子博物馆，是为纪念 1958 年布鲁塞尔世界博览会而兴建的。它一共有 9 个球，每个球直径达 18 米，最高的球离地 102 米，球与球之间有管道相通，有些管道里还安装有电动扶梯，供游人上下。我们的车先到此处，张总让我们在这里拍摄原子结构型建筑，然后再进城。

布鲁塞尔市区名胜古迹甚多，张总建议我们主要在上城区游览，因为上城区是王宫、议会、政府机关所在地，集中了众多著名旅游景点，尤其是各种风格的历史建筑及藏品丰富的博物馆。如需购物的团友可去下城区，那里商店鳞次栉比。我们跟随张总和地陪游览了市中心的大广场。大广场周围屹立着许多中世纪的哥特式建筑，其中以市政厅最为壮观，附近还有历史博物馆、马克思当年常去的天鹅咖啡馆，以及 1830 年比利时革命的发祥地金融街剧场等。布鲁塞尔有盛誉全球的"布鲁塞尔第一公民"塑像，矗立在大广场附近的埃杜里弗小巷中。张总说完，地陪先带我们去看著名的小英雄于连铜像，然后解散队伍，让大家自由行动。

看过小英雄于连铜像后，我和李慧就自由自在地逛布鲁塞尔了，我们先去参观路易十六式建筑风格的王宫。布鲁塞尔王宫坐落在布鲁塞尔公园旁边，是比利时国王行使国家元首特权、接见客人和处理国家事务的地方，也是布鲁塞尔最美的建筑之一。每年从 7 月末到 9 月间，王宫向公众开放，游客可以入内参观。我们是 6 月到此，因而不能入内参观，遗憾了！王宫很长，拍摄机位很难找准。拍摄完王宫后，我们顺便欣赏了王宫旁的布鲁塞尔公园。布鲁塞尔公园是布鲁塞尔中心城内最大的法式风格公园，公园的周围除了有布鲁塞尔王宫、比利时国会大厦还有美国大使馆。伦敦在修建伦敦公园时是希望其存在能让人们忘记城市，而布鲁塞尔修建公园的理念却与伦敦相反，是用植物延伸了城市，使树林成为第二道围墙。公园里的 2 座楼房分别是公园剧院和老沃厅，后者今天成了一处私人住宅。我们漫步公园，可见散落在各处的精致雕像、喷泉和音乐演出台，有年轻人在跑步，也有居民坐在一起看书、聊天，公园成为市民休闲常去的场所。

接下来我们就去布鲁塞尔大广场。大广场是古代布鲁塞尔市的中心，曾被大文豪雨果称为"世界上最美丽的广场"，现在的大广场富有生活气息，各种咖啡馆、巧克力店和餐厅遍布四周。布鲁塞尔市政厅是大广场众多建筑物中最引人注目的建筑，这座哥特式建筑物是布鲁塞尔的城市地标，我们只能外观，遗憾了。带尖顶的钟楼装饰有圣米歇尔斩杀恶魔的雕塑，圣米歇尔雕塑及圣古都勒大教堂已有近千年的历史。教堂正立面有 2 座高达 69 米的对称塔楼，采用了当地罕见的哥特建筑风格，浮雕简洁凌厉；南塔楼拥有皇家铸钟厂制造的 49 个排钟。它是比利时最重要的教堂，每年 2 月 21 日的独立日活动、全国性的天主教典礼、皇帝婚礼等都会在此举行。但张总没有安排我们进教堂，很遗憾！拍摄过程中，我深深被布鲁塞尔保存精美的中世纪古建筑所震撼，总体感觉布鲁塞尔比布拉格更文艺。我和李慧两人在大广场上各自猛拍一阵，就跟随地陪去买比利时黑巧克力了。

夜宿布鲁塞尔五星级酒店，酒店条件很好，内装修也很棒。

闲逛卢森堡

6月27日早饭后，我们乘车前往卢森堡，须行驶198公里。沿途阅尽窗外美景，因行驶路程较长，张总组织大家唱歌、朗诵。张总带头唱了首歌，李慧大方地唱了首民歌，老陈的夫人吹奏口琴，还有其他上海团友也纷纷起来唱越剧和歌曲，团友自演自赏的歌唱使大家不觉得路途遥远了。中途休息时，我们自己在休息站解决了午餐。到达卢森堡首都卢森堡市时已经是下午了。

地陪在车上给我们简单介绍了卢森堡市，首都卢森堡市与国家同名，是卢森堡最大的城市，是一座拥有1000多年历史的以堡垒闻名于世的古城。我们抵达后，地陪带着我们观看阿道夫大桥。阿道夫大桥是卢森堡的市标之一，建于19世纪末至20世纪初，桥高46米、长84米，是一座由石头砌成的高架桥。阿道夫大桥跨越峡谷，连接新、旧两市区，而支撑桥梁的拱门左右对称，非常壮观，从桥上眺望远处的风景，十分美丽。

看完大桥后，地陪带领大家去游走佩特罗斯大峡谷。佩特罗斯大峡谷是世界著名的风景区之一，宽约100米，深约60米，将卢森堡市自然地分成南北新老2个城区。站在大峡谷的任何一座桥梁上，都可以看到谷中两壁生长着的郁郁葱葱的参天大树，树木种类繁多，生长方向各异，显示了佩特罗斯大峡谷毫无拘束的自然之美。佩特罗斯大峡谷一旁的宪法广场一侧，有通向峡谷的古老石阶，我们沿着石阶走入谷底，在繁茂树木掩映中，若隐若现的溪流便显现眼前，清澈的溪水奔流在峡谷底部，在薄雾天气时观赏谷底风景，会愈感峡谷之壮阔。但走到谷底时，我感觉双膝关节有点疼，就没有继续跟地陪走，独自在老石阶附近的树丛中拍摄身边的景观。李慧跟着地陪走了一截，没见我，立刻回来找我。我们拍摄了几张照片，沿着老石阶爬上去后，进入卢森堡市区游览。

市区内的圣米歇尔教堂已有1000多年的历史，是国家圣地和一年一度朝圣的场所，从城外老远的地方就能瞧见其顶端 3 个大尖塔。我和李慧走进教堂内参观，里面有人做祈祷，我和李慧静悄悄地在教堂里走了一圈，再次领略了西方宗教文化后随即出来。

卢森堡处处都透出一种难以言传的地方精神，至今风采依旧。今天的卢森堡市以全新的面貌展现在人们面前，它的战略意义已渐渐淡去，国际地位却越来越重要。它不仅是卢森堡大公国的政府所在地，也是世界上投资环境最好的城市之一。我们看到了一些建筑上挂着国际机构的牌子，如欧洲投资银行、欧洲金融基金会等。

我和李慧还发现了一个卖果蔬的集市，到里面逛逛，居然发现了与南京洋花萝卜长得一样的小萝卜，我不由得用卡片相机拍了几张。逛完菜市场，我们又去逛大街，晚餐是中餐。快接近晚餐尾声时，我们发现夕阳出来了，蓝天白云下的夕阳分外漂亮。我和上海团友吉玉华立即拿出单反相机冲出吃饭的酒店，到附近拍摄美景。

晚餐后入住酒店。

又到法兰克福

6 月 28 日早饭后，我们乘车直奔德国法兰克福，行程 253 公里。这是我第三次到法兰克福，到达法兰克福正好是午餐时间。下车后，就见一名老外拎着李慧的行李箱朝张总走来，在张总的努力下，法兰克福机场人员终于找到了李慧的行李箱。原来是因为李慧行李箱里放了 4 个苹果被机场扣留后，因长时间无人认领，行李箱就被机场放置在"无人认领"处了。李慧万分感谢张总，张总要李慧当着机场人员的面打开行李箱，检查是否有遗漏的东西，李慧检查后说衣物完好无损。大家都替李慧开心，全团团友开开心心地跟着张总去吃午餐。

因为我们到达法兰克福时正值周末，所有大商场都不开门。张总带我们去游览法兰克福市中心的历史文化区，我再次徜徉在中世纪的街道上，观赏四周环绕有半木质结构房屋的罗马贝格广场。因为是重游，我也没拍几张照片，但和李慧在流经法兰克福的莱茵河支流——美茵河边拍了不少照片。因为是周末，没有行色匆匆的上班人群，只有偶尔经过的路人和锻炼的人。我们作为这座城市的过客，享受着属于我们的悠闲和清静。阳光照在水面上波光粼粼，对岸教堂在绿丛间若隐若现，2座大桥遥相呼应，一派安逸舒适的景象。岸边设有很多座椅，可供人聊天发呆。有不少当地人在此处野餐闲聊，或者散步跑步。拍完照，张总带我们去参观大教堂。

参观完教堂还没到集合时间，我们就到集合地点附近休息了。李慧因意外地拿回遗失的行李箱，心情特好，买了5杯啤酒，请我、老叶和另外2个团友一起喝。我们边喝啤酒边休息边聊天，梦幻的冰岛＋荷比卢之旅就在愉快的干杯中结束了。

走进文明古国——埃及

古埃及是世界四大文明古国之一，也是世界上最早的王国，他们建造了闻名世界的金字塔和帝王谷。我一直想去埃及近观人类古老的文明，目睹那里的物质文明和精神文明。这个愿望终于在 2017 年 1 月实现了，上海东安国际旅行社组织了百人 7 天荡漾在尼罗河上游埃及的活动，我和海鸥报名参加了。

按照惯例，一般出国都是晚上 11 点多登机。从浦东机场起飞后，飞行 12 小时后，我们到达埃及东南部城市阿斯旺。下飞机后，取了行李，地陪来接机，我们上大巴，前往阿斯旺大坝。阿斯旺大坝位于埃及首都开罗以南 900 公里的尼罗河畔，是当年苏联帮助纳赛尔总统建造的。弧形拱桥式的大坝建成时形成了世界上最大的人工湖——纳赛尔湖。走在大坝上，大坝就像是铺在大湖上的一条宽广的公路，周围无垠阒然，可以感受到清风带来的埃及沙漠中少有的湿润空气。站在大坝边，极目远眺浩瀚缥缈的纳赛尔水库，可以纵览湖光山色，白鹭在山前群飞，渔船点点，波光粼粼。

我和海鸥在阿斯旺大坝上互相拍照后，就各自按自己的关注去拍摄。我对阿斯旺大坝的直观感受是，这是发展中国家的一个水利工程。虽然是当地时间的上午，但是埃及阳光太凶猛，我们刚下飞机都穿着外套，热得不行，汗流浃背，只好忍耐着。

拍摄了一会儿，赤日炎炎似火烧，感觉热得受不了，我索性在一棵树下与地陪聊天。地陪是曾在中国东北上过大学的埃及中年妇女，中文说得很溜，我向她进一步了解阿斯旺大坝的情况。地陪应邀向我介绍，阿斯旺大坝看起来像是铺在大湖上面的一条宽广的公路，大坝两侧除了无边的水面外，还有很多水利设施，这样工业化的场面在埃及是不多见的（接下来在埃及的旅游证明了这个"不多见"）。弧形拱桥式的大坝，高 111 米，长 3830 米，坝底宽 980 米，顶部宽 40 米，将尼罗河拦腰截断，从而使河水向上回流，形成面积达 5120 平方公里、蓄水量达 1640 亿立方米的人工湖——纳赛尔湖。远处是莲花状的大坝建成纪念碑，伴着平静的湖水，我们已无法感受到当年水利工程施工时的浩大场面。埃及全国 90% 的土地是沙漠，而埃及气候炎热、干燥少雨，开罗以南的埃及地区实际上是无雨区，所以尼罗河就是埃及的"生命线"。埃及每年从尼罗河获取 555 亿立方米的水源，约占其总水源的 87%，其中 80% 被用于农业灌溉。阿斯旺大坝建成后，在其南面 500 多公里河段上形成的纳赛尔湖为埃及合理利用水源提供了保障。这片世界第二大的人工湖吞下尼罗河的全年径流，实现河水多年调节，使 1964 年的洪水、1972 年的干旱、1975 年的特大洪峰和 1982 年以来的持续低水位都化险为夷。在几乎全非洲都闹饥荒的时候，埃及的粮食基本自给自足，阿斯旺水坝功不可没。如今筑造阿斯旺水坝所使用的花岗岩，比垒胡夫金字塔用掉的还多，足见其宏伟壮观。12 座发电机，不仅可供应埃及的电力需要，还可提供其他阿拉伯国家使用。

参观完阿斯旺大坝，大巴把我们送到一个码头前，我们跟随领队上船——原来我们入住的酒店就是邮轮。领队在给我们房卡前告诉我们，我们在邮轮上住 2 晚，这两天每天三餐也都在邮轮上的餐厅就餐。每个人的行李箱须贴上我们这个团的标识，因为这次是百人团分成三队游埃及。我们拿到房卡，我和海鸥赶紧进入房间，冲洗、换衣，然后再去船上的餐厅吃午餐。

邮轮上的餐厅不大，3 个队分时段就餐，是自助餐。我和海鸥走进餐厅时，只见餐厅里摆放了 10 多张餐桌，摆放食物的桌上一个大盆里装满了鸡蛋炒饭，这使我格外惊奇——埃及人吃蛋炒饭？自助菜不多，除了我能吃的烧鸡块外，就是土豆，其他就是我不吃的炒牛羊肉等，蔬菜极少，水果只有苦橘。我拿了一个中等大的盘子，舀了 4 勺蛋炒饭、2 块土豆、3 块鸡块，另外拿了 2 个大苦橘。

因为我能吃的菜太少，只能以苦橘补充维生素。很快结束午餐，我和海鸥回到房间。

邮轮在我们午餐时已经缓缓地离开码头，我们只顾了果腹，全然没感觉到邮轮已开动。我和海鸥进房间后把窗帘拉开，只见尼罗河两岸是截然不同的世界：一边是光秃秃的荒漠，一边却是树丛、房屋。尼罗河水在阳光下泛着浑浊的棕黄色，估计河水里含沙量不少。邮轮行驶缓慢，这大概是方便我们休息、观赏吧。

下午的景点是乘船前往一个小岛参观埃及努比亚村落，我们乘一条木船前往。在船上地陪说，岛上居住着上千名努比亚人，他们的祖先早在四五千年前便已建立国家。古埃及人多次南征努比亚人，在埃及很多神殿中，努比亚人都是以被征服者的形象出现。现在的努比亚人是埃及的少数民族之一，他们一直居住在这里，保持着独特的民族文化。

木船行驶了一个多小时靠岸，努比亚村落到了。我们团队上岸后，跟随领队和地陪进村。我们上岸时看到码头边有 2 个村民在观望我们，他们的皮肤是棕黑色的。我们沿着一条小路进村，只见村民的住房是蓝白相间的，蓝色的墙，白色的屋顶，很像希腊的色彩。埃及处于地中海与红海之间，蓝白相间的地中海特有色彩在这里出现了。我边想边走边注意细看这个古老而神秘的努比亚村落。

我们跟着地陪走进村里的一个院子，她告诉我们，这里是努比亚村的一个小学，小学的墙上有一些努比亚的古老图案。史前的努比亚（尤其是下努比亚）被分为几个文化期，这些文化期是用字母来标记的。中世纪的努比亚一般使用希腊字母来书写努比亚的当地语言。1956 年，苏丹独立，努比亚被分给了 2 个国家。1960 年，埃及开始建造阿斯旺大坝。1971 年，大坝建成。此后，下努比亚几乎完全被水淹没。在联合国教科文组织的领导下，当地的文化建筑被转移到高一些的地区保存下来。下努比亚的居民大多数被移居到上埃及的南部，在当地形成了许多说努比亚语的地区。今天，努比亚人基本上属于阿拉伯文化圈，努比亚语言依然存在，但书写时使用的是阿拉伯字母。

地陪介绍完毕后，请了村子小学里的一个中年男老师给我们在教室的黑板上写努比亚文字。他写一个词，地陪就翻译成中文。这位男老师还教我们的团友用努比亚文字写自己的名字，海鸥被请上去用努比亚文字写自己的名字。这种文字互动挺有意思，感觉融入了另一种文明之中。文字互动结束后，我们走出这所小学，在村里绕行一周，回到木船上。

木船在尼罗河继续缓慢行驶。行驶到一块有沙漠模样的地方，游船靠岸，地陪建议大家去岸边拍照。我没下船，独自留在船上把附近的景观拍了几张。团友们上船后，我们返航驶向我们的邮轮。一天的活动结束了。

埃及的双神殿——科翁坡神庙

在邮轮上的第二天，我醒得较早，准备在房间窗口拍摄尼罗河的朝阳，这是乘邮轮观光尼罗河的"节目"之一，别辜负了东湖旅游公司的一片好意。但是我起床时朝阳已经升得比较高了。

早饭后，我们乘着邮轮向南，参观尼罗河岸边的科翁坡神庙。上岸后步行5分钟就到科翁坡神庙了，领队集合队伍，地陪简单介绍了科翁坡神庙。科翁坡神庙是埃及唯一的双神庙——老鹰神和鳄鱼神，其中有全世界最古老的一个太阳历图案。太阳历使我们看到古埃及人如何记录日期，每个日期都对应着当天供奉神的礼品。

地陪介绍完后领队解散队伍，让大家自由观看拍摄。我走进神庙，首先映入眼帘的是神庙大门——科翁坡神庙2000多年来受尼罗河河水泛滥已被严重侵蚀，门前的立柱只剩下柱基。阳光从高大的柱子间洒下来，无比静穆庄重。确实如地陪介绍的那样，整座神庙以正中间的莲花立柱对称分布，左边祭祀的是鳄鱼神，右边是老鹰神，两边的陈设、壁画非常类似。我和海鸥先膜拜老鹰神，然后膜拜鳄鱼神。我们膜拜了双神后边走边看边拍。

我看到一大块石碑上的双神合像旁有一个长翅膀的神像，问地陪，她说画像中双神旁边有着巨大翅膀的是"真理之神"——玛特。我边走边拍，看到有些石柱上的雕刻色彩犹存，双神庙最精彩迷人的就是工艺高超的浮雕。这些浮雕线条朴素却不简单，流畅地勾勒出阳刚的人物形象，其身体线条健朗，还有那些古老的文字、符号和几何图形也特别棒，刻画简单却生动的鸟、蛇等图案，让浮雕具有一层神秘的氛围，仿佛有谜语正在等待观看者去解答，去洞穿深藏在背后的秘密。走到神庙的后墙时，我看到了一些特别的浮雕图案，如世界最古老的手术用的医疗器具。地陪说，这里曾是古埃及著名的医疗中心，人们从遥远的亚历山大、孟菲斯乘船过来看病。左边蹲着的妇女展示的是分娩时的场景，蹲着把孩子拉出来，这种分娩方式蛮奇怪的。去埃及之前不少朋友开玩笑说"带个埃及艳后回来"，嘿嘿，还真有呢，图案里有怀孕的埃及艳后哦。还有一个石碑上的雕刻图更令人惊奇！地陪说，图中像鸡腿一样的 2 个东西，其实是阳具，旁边的点点图表示每天能够进行性生活的次数。上面的一个有 7 个点点的图，表示每天 7 次，这是正常次数，代表身体健康。下面的那个只有 5 个点点的图，则表示身体机能不太给力，需要调养了。

真正令人惊叹的是这块石碑哦——世界上最早的日历（太阳历）。地陪说，日历是从右往左看的，小拱门代表"10"，小柱子代表"1"，合起来的数字就是日期。左边数字对应的浮雕，就是告诉民众当天应该向神祭献什么。这有点像我们中国的老黄历，每天告诉人们"宜"与"忌"。图片中 3 个狮子头图案的神，代表着季节。古代埃及的日历中将一年分为 3 个季节，每季 4 个月。

走着走着，我看到一个埃及老人，他是看守神庙的工作人员，我不由得想起在莫斯科看到的商场营业员和机场工作人员都是大妈级别的"年轻老人"。我请他过来与我合影，他很愿意地走过来，我与海鸥分别与他合影。

正午时分，手机显示 49 摄氏度，我们晒得没法忍受了，不得不撤退，回到邮轮上的餐厅吃午餐。

埃德福神庙灯光秀

　　午餐后，我们回房间休息。午休起来，没啥安排，我和海鸥到邮轮最上面一层的休闲区域观赏尼罗河两岸风光。闲得无聊，两人就拍照玩。我以尼罗河风光和邮轮休闲区为背景，给海鸥拍摄照片。尼罗河长6670公里，是世界上最长的河流，此生能在尼罗河上乘游轮观景2天，足矣！随着游轮缓慢的行驶，我们移步换景，将逐步变换的尼罗河两岸风光收进相机。埃及的阳光实在厉害，我们在顶层玩了1个小时，晒得吃不消，只能回房间休息、聊天。在游轮上吃晚餐时，领队告诉我们，晚餐后上岸去埃德福神庙观赏灯光秀。我十分期待。

　　傍晚时分，大约是当地7点，天未黑。我们的邮轮停靠在埃德福，上岸后乘马车前往埃德福神庙观赏五洲行全国独家包场的埃德福神庙灯光秀。埃德福是一座不太发达的农业城市，略显冷清的街道上，马车是唯一的交通工具，车夫们的呐喊声在滚滚黄沙中此起彼伏："Go！Go！……""Fast！Fast！……"好一番异域风情。上岸后，领队要我们两人坐一辆马车，来回一样，我和海鸥坐同一辆马车。上马车后仿佛回到中国的民国时期，但赶马车的父子俩的身影随时提示我们这是在当代埃及。海鸥上马车后很兴奋，举着手机不停地拍照，我提醒她拍一两张就别拍了，当心手机掉到马车下。我的话刚落音，我的提醒立马成现实——海鸥的手机掉到了马路上，而马车却在快速驶向前方。海鸥急得大叫起来，就在这时，只见坐在前面赶车的男孩飞快地跳下马车，他父亲赶紧刹车，小男孩捡起马路上的手机，递给海鸥，一场虚惊，海鸥赶紧用英语感谢男孩。马车速度很快，大约10分钟，我们就到了埃德福神庙前的广场停马车的空地了。我们下了马车，那个小男孩向海鸥索要捡手机的费用，海鸥给了他5美元，他不干，还要加5美元。海鸥没办法了，我立即去叫领队，但等我和领队回来找到海鸥时，海鸥告诉我们："怕他一直纠缠，只好加了5美元。"

　　我和海鹛紧跟着领队走向埃德福神庙旁的大广场。在途中，领队告诉我俩，埃德福神庙是在 2000 多年前托勒密时期修建的，由于一直埋在 12 米深的沙土和尼罗河沉淀的淤泥下，未受河水泛滥的威胁，成为全埃及唯一保存完好的古代神庙建筑。它供奉的是埃及的保护神——老鹰神。领队手指着神庙一座高大无比的比龙门告诉我和海鹛，古埃及是一个典型的信仰多神的民族，每个地区都有自己的保护神，古埃及时期埃德福的保护神就是老鹰神。比龙门上雕刻着老鹰神的形象，人身鹰面像，大门两侧的女神是老鹰神的妻子——哈索尔女神，他们都戴着代表上下埃及统一的双王冠。我们很快就到了看灯光秀的广场，领队要我俩在广场的台阶找个位子坐下来，天完全黑下来后灯光秀就开始。广场的台阶上已经坐满了各色皮肤的游客，看来神庙灯光秀非常吸引各国游客。

　　天刚黑，开始播放灯光秀了。画面打在神庙的白墙上，是 3D 立体画面 + 英语解说词，灯光绚丽多彩。埃德福神庙灯光秀非常震撼人心，以全英文讲述了老鹰神荷鲁斯和叔叔赛特之间的战争故事，我因英语水平不高而不能完全听懂具体内容，但根据画面可知其故事梗概：荷鲁斯是地上统治者和冥神奥西里斯的儿子，是分管爱情和欢乐的哈索尔女神的丈夫，荷鲁斯的左眼代表太阳，右眼代表月亮。在一次战斗中，荷鲁斯的左眼被叔叔赛特夺走了。在月亮神孔苏的帮助下，荷鲁斯打败了赛特，夺回了左眼，并把它献给了父亲奥西里斯，用以保护奥西里斯在黑暗的冥界不受伤害。这个故事虽然可以在历史书上查阅，但是灯光秀的画面是我有生以来看到的最震撼的，且各色灯光与故事内容紧密相扣。看完灯光秀后，我们在夜色中走进埃德福神庙。神庙内不同区域以各色灯光区分，神秘感超强。

　　虽然这座神庙在沙土中已沉睡了几千年，但由于埃德福神庙所在的地方地势较高，不受尼罗河水泛滥和河泥淤积的影响，因此埃德福神庙不仅塔门、门墙、殿堂、圣殿等一应俱全，还有非常完好的屋顶和围墙。这让我们能够一睹当年罗马人建造它时的样子。神庙里面有一张油画是苏格兰画家戴维 - 罗伯特 18 世纪到埃及旅行时，据他所看到的当时居民在埃德福神庙生活的场景创作的。它让我们在 21 世纪还能看到 18 世纪埃及人生活的日常。

　　我们紧跟领队，在走进埃德福神庙之前，先要经过一间"罗马接生房"。领队说，这间"接生房"是献给伊西斯和奥西里斯之子荷鲁斯的。这样的建筑只在希腊罗马时代建造的神庙中出现。每年，法老都要在这里举行加冕庆典，以庆祝荷鲁斯在新一年中的重生，也庆祝作为神的化身的埃及法老的重生。走过"接生房"，后面就是神庙高大的塔门。

在塔门的门口，领队说，埃德福神庙是一座"仿古建筑"——它是罗马人按照古埃及神庙的格局建造的。领队还说，神庙塔门上部的浮雕，刻画了神庙建造者托勒密十二世朝拜荷鲁斯及诸神的情形。塔门正中，是保护神眼镜蛇围绕太阳的彩翼日轮。塔门上边的壁画是尼罗河的诞生。塔门右边下部是一幅展示法老威力的传统壁画：法老一手挥舞利器，一手揪住敌人的头发，并用重影来表示敌人数量众多、威猛无比。塔门下两旁有 2 座没有佩戴王冠的鹰神雕像，左边的高大一些，象征已成年的荷鲁斯。他的腿中间是托勒密国王，表示国王是荷鲁斯的儿子，得到荷鲁斯的护佑。

我们紧跟领队走进塔门里，领队说，这是一座宽敞的献祭庭院，三面都是石柱子组成的围廊。两边廊柱上，雕刻的大多是各代托勒密国王向众神敬奉供品的场景。埃德福神庙本来是 2 座神庙，它有四重大殿。前面是第一座神庙的 2 座大殿，后面接着是第二座神庙的 2 座大殿。最后是祭祀神灵、奉献供品的小神殿，只有国王和祭司才有权利进入，一般人没有权利进去。在前庭和外柱厅两旁都有一对灰色花岗岩上雕刻的戴着上下埃及王冠的荷鲁斯神鹰雕像，其中 2 个都已经残破，难以复原。另外 2 个保存完好，荷鲁斯神坚定的眼神和巨型的喙，显示出无比的威武和力量。远观，神鹰雕像造型优美、比例准确，线条流畅、美观无比，简直有点像穿着燕尾服的欧洲绅士。近看，神鹰像尊严、霸气，显露王者风范，但却神色落寞，真的有点像电影《百万英镑》中那位愤怒地说"美国人的钱比英国贵族的姓氏更重要吗"的爵士，脸上写满了无奈。它仿佛在重复那位爵士的话，哀叹着"这个国家堕落了"，为古埃及的沦落而不甘地悲叹，神鹰尖锐的利爪又显示出不屈的力量。

我们走进多石柱的大厅，在灯光下看到每一根石柱都有不一样的花形纹饰，各种不同柱式的柱头精美荟萃。多石柱大厅的后面还有另一个三排立柱的大厅，只是规模稍小，每排立柱由 6 根减少为 4 根。主殿与围墙之间狭窄的通道，五彩的灯光，使我看两边的壁画和雕刻时都因距离太近而感到目炫。领队因这里门小挤不进来，就站在通道口招呼我们团队的团友看完后立即走出来。大殿的外墙与殿墙之间有一圈围廊，上面刻满了壁画，述说着当年的故事。左侧墙体上面有一些排水口，有点像我们北京故宫里排水的龙口。因这里灯光很亮，我看到满墙的象形文字。领队说，上面记载的是历代法老来此祭祀的内容，下面记载法老名字的椭圆图案还有一些留着空白，那是留给后面的法老刻名字用的，可是谁能料到，这些空白却被历史永远定格在那里，再也不会有人刻上自己的名字。神庙周围的围墙和通道、廊柱上到处刻满了文字。这些文字记载了法老的丰功伟绩，也反映了臣民们的生活细节，其数量之多堪称古埃及神庙之最。领队最后调侃地说，有人曾做过一个计算，如果让一个人把墙壁上的文字全部抄一遍，足足需要二十年之久。

我们跟着领队再次走到马车休息亭，两人一部马车，回我们上邮轮的地方。一路上看到城市的一条马路和几家商店，但我满脑子却是震撼的神庙灯光秀。我们上邮轮后，邮轮继续缓慢驶向卢克索。

参观哈素女王庙

第四天，我们在游轮上享用自助早餐后办理下邮轮手续，结束邮轮之旅。在卢克索上岸后，领队告诉我们，今天全天都是看神庙。我们乘大巴前往哈素女王庙参观。在大巴上，地陪告诉我们，哈素女王是埃及历史上最重要的女王，她的丰功伟业和在历史上的重要地位犹如中国历史上的女皇武则天。她为了巩固政权，不惜长期扮为男性。虽然在位时间并不长，但是因为女王执政能力特别强，当时的埃及国情稳定、经济发达，后人为其建造了这座雄伟的神庙——哈素女王纪念堂。哈素女王庙文化气韵非常丰富，是埃及文化的一个重要象征，也是具有纪念意义的地方。哈素女王庙历史悠久，大约在 3500 年前就建立了，到这里可以更加深刻地体验埃及的历史，也可以了解埃及的风土人情。

下了大巴，领队解散队伍，让我们自由参观。进入神庙前的广场，就能感受到哈素女王庙的气势。我和海鸥在广场相互拍摄了照片后，缓步走向哈素女王庙的台阶。这台阶虽然没有北京故宫台阶气派，但在当时已属于大气之作，庙内哈素女王为自己所写的"受命于天"的浮雕字足以证明。历史有时何等相似，从中国女皇武则天的无字碑到埃及哈素女王的"受命于天"，千秋功过，唯有世人评说。走上台阶，近看，哈素女王庙是中规中矩的庙宇。地陪说，神庙重建于 1961—2000 年，历经 40 年时间，所以神庙给我们的第一感觉是"很新，不古老"。哈素女王庙的建筑风格在古埃及神庙中很罕见，是长方形的布局，依山而建，有着整齐的石柱。女王庙分 3 层，层层递进，有一道长长的台阶，与背靠的山岩浑然一体，宏伟壮观，有别样美感。特别是迎面矗立的一座座站立的神像，格外雄伟。

我们走进女王庙，里面有一些展品，它们向人们讲述着哈素女王的故事：哈素是埃及第十八王朝法老图特摩斯一世的女儿，丈夫图特摩斯二世死后，她作为太后为年幼的图特摩斯三世处理朝政，之后自立为女王，她像男法老一样统治了埃及 15 年，使埃及成为太平盛世，在推动历史发展进程中具有一定的作用。在她死后，其养子图特摩斯三世对她采取了报复行动。我把这些生动形象的展品都收进自己相机里。

哈素女王庙占地面积非常大，四周非常开阔。走出女王庙站立在最高一层台阶，举目远眺周边，荒漠上还有许多其他建筑，如拱门等。我猜想，可能当年这里非常繁华，拥有众多的建筑物。台阶旁边，还有一组考古专家在研究发掘出来的文物，看来埃及会在以后的日子里再度扩建女王庙。

一小时后，我们乘大巴去看孟农神像。大巴离开哈素女王庙，沿途全是古埃及留下的遗迹遗址。因为地方宽敞，圈起来修复的面积很可观。我们所看到的卢克索古城的郊野，可谓是世界上最大的露天考古博物馆。

观看孟农神像

地陪在大巴上介绍，孟农神像是矗立在尼罗河西岸和帝王谷之间原野上的2座岩石巨像，他们原来是阿蒙霍特普三世神殿前的雕像，但神殿本身已无踪影。雕像高20米，风化严重，面部已不可辨识。雕像是由新王国时代鼎盛期的阿蒙霍特普三世建造的。雕像身后，原来是他的葬祭殿，但后来的法老拆了这座建筑。人们认为，石像是希腊神话中的孟农，就给石像取名为孟农神像。

当大巴开到孟农神像前，我被这么高的神像震撼了——眼前的孟农神像，竟然历经数千年还基本保持原样。走近神像，我的身高只有雕像的座基高。数千年了，神像头部已看不清楚，地陪说，每当起风的时候，孟农神像就会发出时而慷慨激昂、时而悠扬婉转的歌唱般的声音，十分神奇，仿佛在向人们诉说这片古老的土地上曾经有过的传奇。但后来经过修补，孟农神像就再也没有唱过歌。我听后，自认为是地陪的"神说"。

大家拍了几张孟农神像就上车了，大巴一路往前开，沿途全是古埃及时期留下的遗址。因为地方宽敞，圈起来修复的面积很可观。我们在当地餐馆吃了午餐后，立刻前往卢克索神庙和卡纳克神庙群。

辉煌的卢克索神庙

卢克索神庙是世界上最壮观的古建筑物之一，见证了卢克索辉煌的过去。卢克索神庙是古埃及第十八王朝的第十九位法老（前1398—前1361年在位）艾米诺菲斯三世为祭奉太阳神阿蒙、太阳神的妃子及儿子月亮神而修建的。到第十八王朝后期，又经拉美西斯二世扩建，形成现今留存下来的规模。

下大巴后，我们跟着领队和地陪走向卢克索神庙前的广场。迎面就看到广场的狮身人面兽大道，威风凛凛。通过狮身人面兽大道，我们跟随领队走进内克塔内布一世建造的前院。前院的围墙已经所剩无几，引人注目的是前院北部一座由泥砖建成的赛拉匹斯神庙。前院的西南是一座巨大的大门。地陪说，在古代，这里有拉美西斯二世的 2 尊坐像、4 尊立像和 2 根方尖塔。如今，这些神像中只剩下了 2 尊坐像、1 尊立像和 1 根方尖塔。1836 年，埃及总督穆罕默德·阿里将一根方尖塔送给了法国国王路易·菲利普，现在那座卢克索方尖塔位于巴黎协和广场（我在巴黎协和广场拍摄了这座方尖塔）。作为交换，对方送给穆罕默德·阿里一个钟塔，安放在开罗的清真寺内。赛拉匹斯神庙大门两边有两堵很厚、很高的墙，墙的外部有拉美西斯二世与赫梯作战的凹浮雕。右墙上的浮雕是拉美西斯二世在大本营中开战前召开会议，与此同时，赫梯在进攻埃及的营地；左墙上的浮雕是拉美西斯二世向加的斯追击逃跑的赫梯人。

接着，我们跟随领队和地陪走进拉美西斯二世建造的院子。这个院子被两重廊柱围绕，这些廊柱由纸莎草捆组成。院子的西部是一座清真寺。这座清真寺位于神庙地基以上 5 米高的地方，原因是清真寺建造时神庙已经被埋在 5 米深的尘土下了。院子的西面是女王哈特谢普苏特的一座小圣堂。这座圣堂由 3 间屋子组成，分别献给姆特、阿蒙和孔斯。院子的内墙上画有祭祀场面以及拉美西斯的儿子们。

通过第一院后，我们进入一道柱廊，在柱廊入口后两边各有一尊法老像，其后的一对坐像是阿蒙与姆特。地陪说，虽然这些坐像上刻有拉美西斯的名字，但是从风格来看，它们应该是埃及第十八王朝时造的。

柱廊的后面是阿蒙霍特普三世建造的院子，它的三面也有双重的纸莎草柱围绕，有柱台。地陪说，1989 年修复时，在 3 米深处发现了多座法老和狮身人面像，今天它们被展示在卢克索博物馆。

通过中间的门，我们跟随领队和地陪到罗马时代祭奉皇帝的大厅。在神坛的两边有 2 道科林斯廊柱。神坛后有一条通道，通向一个有 4 根柱的廊柱厅，此后是圣殿。大厅的墙上浮雕显示着亚历山大大帝与众神，通过东厅，可以到达其他大厅。

从这里经过北面的门，我们到了所谓的诞生厅。西墙上的浮雕呈现了阿蒙霍特普三世的诞生过程，对面的浮雕呈现了他的登基。在其后南面的厅中只有一座阿蒙的小神殿。

走过这一座座古埃及庭院，我不由得想到，说到埃及，人们就自然想起金字塔。其实，金字塔只是公元前 26 世纪左右古王朝的遗迹，之前的王朝与新王朝时期的遗迹则集中在卢克索，而卢克索古迹中最引人注目的是尼罗河东岸的卡纳克神庙和卢克索神庙。其中卡纳克神庙是世界上最壮观的古建筑物之一。

壮观的卡纳克神庙群

虽然我们早饭后一直在看神庙，但每一处都各有特色，所以我对午饭后的卡纳克神庙群有很大的期待。领队告诉我们，会给我们一个半小时自由游览神庙，不用紧紧张张地看。一听有一个半小时的游览时间，我安然了。

我们在停车场下了大巴，跟着领队和地陪走进卡纳克神庙。地陪说，卡纳克神殿因其浩大的规模而扬名世界，它是地球上最大的用柱子支撑的神庙。形象地说，卡纳克神殿的体量可以装下一个巴黎圣母院，占地超过半个曼哈顿城区。卡纳克神殿的大柱厅，约 5000 平方米，厅内矗立了 134 座石柱，分 16 行排列，中央 2 排特别粗大，每根高达 21 米，直径 3.57 米，可容纳 100 个人在上面站立。柱头为开放的纸莎草花。想象一下，这些石雕彩绘的大柱已经在这里站立了几十个世纪，多么让人震撼。

在卡纳克神庙的周围有孔斯神庙和其他小神庙，每个宗教季节的仪式都从卡纳克神庙开始，再到卢克索神庙结束。二者之间有一条 1 公里长的石板大道，狮身羊面像矗立在两侧，路面夹杂着一些包着金箔或银箔的石板，闪闪发光。这条甬道叫"公羊之路"，又被称为"斯芬克司道"，狮身象征威严、力量和王权，而羊头则代表阿蒙神。埃及史书记载"狮为百兽之王，象征统御的力量；公羊接受阿蒙神之神力，威力无比"，两者合在一起，则标志着神明的最高权力，寓意法老的力量和生命力超强。

听完地陪介绍，领队解散队伍，我们开始自由穿行和观赏。我们进入神庙，迎面就看到巨大的石雕。当阳光照耀的时候，殿堂里光影斑驳，仿佛回到了辉煌的古埃及。我穿行在神庙里的大石柱之间，把单反相机镜头对准石柱顶拉近，能见到石柱顶梁上的彩绘图案，这大概是古埃及的象形文字吧！神庙内的石柱犹如原始森林，中部与两旁石柱高低差形成了高侧窗光影效果，但被横梁和石柱顶部分去一半后，光线渐次阴暗，形成了法老所需要的"王权神化"的神秘压抑气氛。这巨大石柱群震撼人心，人的精神在物质的重压下产生了沉重的压抑感。我想，这压抑感正是崇拜的起始点，这大概也是卡纳克阿蒙神庙艺术构思的基点。在穿行中我与海鸥不知何时走散了。

我独自走到神庙后部，有一个院子，在那里遇到了领队，我和他一起走进去，看到院子墙上的壁画，领队说，壁画呈现的有豺狼神（木乃伊神阿努比斯）、阿蒙神的圣兽公羊，鹰神和生命钥匙。领队给我讲了生命钥匙的故事。在埃及的古老传说中，人死后会经过许多关口，只要掌握一把生命的钥匙，就能够开启生命复活之门，走向重生。这是古埃及文化对生命的诠释。

院子外面有三四座方尖碑。领队说，方尖碑是古埃及的杰作，是古埃及崇拜太阳的纪念碑，也是埃及帝国权威的强有力象征。当太阳照耀到方尖碑尖顶部时，它像耀眼的太阳一样闪闪发光。

领队说完故事后坐下休息抽烟，我独自在石柱群中观赏。石柱上刻有象形文字和图形，精美的浮雕和色彩鲜艳的彩绘描绘了古埃及的神话传说和当时人们的日常生活，感觉古埃及文化都铭刻在石柱上了。站在这些巨石阵般的石柱前，人再次变得无比渺小。不得不佩服古埃及文化，让人自知自己在宇宙中的地位和价值。

我边看边拍边想，走过历经岁月沧桑而残缺破落的狮身羊面像大道，迈入比龙门后，埃及的历史像夜空中的银河，仿佛就在眼前，但又旷古无垠、无始无终。卡纳克神庙没有木头，少了几许中国式雕梁飞檐的柔美，却多了大气磅礴的异域苍凉。整个卡纳克神庙，法老神像、方尖碑、石柱、壁画、狮身羊面像大道……竖立的、横卧的、完整的、残缺的，不一而论。种类繁杂且琳琅满目，让人目眩神迷，一时无法吸收消化。世上有晕车晕船，但在埃及壮观的卡纳克神庙中，我却"晕文化"了。

步入神庙前的广场，我突然看见几位身着黑色长袍的阿拉伯妇女，我感觉"穿越"了……

乘热气球俯瞰神庙

来到埃及第四天，4点起床，我们全体团友乘大巴前往乘热气球的地方。我们全团20人爬进一个超大的竹筐，等我们站稳后，操作热气球的人就点火，热气球以汽油燃烧为动力。随后，热气球缓慢上升，非常平稳，我一点不紧张，但有些团友在热气球上升时吓得一动不动。我们的热气球上升到180米的高度后，我看到地面又有4只热气球点燃，缓慢升空。这时，天不亮，四周一片漆黑，被点燃的热气球煞是好看，我赶紧举起相机拍摄地面正在缓慢上升的热气球。

我们的热气球升到规定的高度后就不再上升，平缓地左右飘荡。这时，我看到天上布满星星，月亮像一盏明灯高悬空中，感觉世界一片空灵。大约过了40多分钟，看到东方露出鱼肚白，星星逐渐稀少。又过了一会儿，出现了朝霞，我赶紧拍摄朝阳出现的这一瞬间。啊，太阳终于露出半个脸，我拍摄下这难得一见的日月星辰同在的瞬间。我不断变换机位，拍摄地面的神庙群，我的过大幅度的举动遭到害怕乘热气球的团友的呵斥，我赶紧固定好最佳机位，不再走动，开始拍摄埃及神庙上空的日出景观。这时，身边飘荡着七八个热气球，地面晨雾缭绕着神庙，一片静美。竹筐里的所有团友被眼前的美景震撼，纷纷拿出手机安静地拍摄。我面对眼前空灵而壮美的景观，不由得想到，人生的美好在于诗和远方，还有更多的未知等着我们去求索。

我们欣赏了一个多小时的埃及卢克索神庙上空的日出美景，热气球按照规定的时间缓慢下降，安全着地，我们逐一翻出竹筐。这样美好的时刻会让我终生铭记。

下来后，天已大亮，顺便看了十几分钟热气球降落地附近的神像后，我们跟随领队去吃早餐。午餐后乘大巴去红海。

在红海度假村休闲

大巴行驶了 3 个半小时后，我们终于到了红海度假村——古尔代盖。古尔代盖位于埃及东部红海沿岸，为红海省的首府，是埃及著名的旅游胜地。古尔代盖建于 20 世纪，是一座新兴城市，从 1980 年开始逐步发展成为埃及重要的海滨度假城市，为了发展旅游业而兴建了多家酒店。古尔代盖是埃及最好的海滨胜地之一，有多个优质海滩，阳光充沛，游客可在红海里游泳、冲浪、钓鱼，或乘潜艇欣赏红海海底的珊瑚景色。

我们入住酒店后，领队告知，我们在红海度假村住 2 个晚上，入住房间后就自由活动。我和海鸥入住房间后，又出来熟悉度假村环境。这个度假村所有房子的造型、色彩都基本相同，只能根据每幢房子上的标牌区分。度假村中间有露天游泳池，从游泳池向南走就是红海的沙滩，我们知晓了度假村的环境后回到房间休息。晚餐时走进餐厅，吃自助餐。看看取餐桌上摆放着的丰富食物，胃口大开，这是我们到埃及吃到的最好的食物。我睡了一夜好觉。

第二天早饭后，大部分团友跟着领队乘船出海钓鱼，我和海鸥对钓鱼不感兴趣，索性就在度假村的海滩边自由休闲。从来没有这么自在的出国旅游——居然在海边度假村住2晚。我和海鸥在海边边观赏红海海景边拍照。红海的海水清澈见底，海滩上摆放着一排排供人们躺下晒太阳的躺椅。我们自由欢快地在沙滩上嬉水拍照。突然，我看到远处一对五六十岁的欧美老外夫妇在沙滩上跑步，这样的情景我在新西兰、澳大利亚看得多啦，不由得举起单反相机把他们拍摄下来。我又放下单反相机，拿出卡片相机给海鸥拍摄在海边戏水的照片。正拍着，那对老外夫妇已经跑到我们面前。那位满头白发的老夫人突然抢走我手上的卡片相机，她的丈夫立刻走到我身旁，把他的手放在我的腰间，这时他夫人举起我的卡片相机给我和那位男士拍了合影。啊，预谋好的！这时，海鸥反应过来，叫着"我也要过来合影"，说完立刻跑过来，那位男士非常优雅地把他的另一只手搭在海鸥肩上，我们三人合影。合影完，那位夫人微笑着把卡片相机还给我后，两人继续向前跑步。这是红海度假村里美好瞬间的记忆。只有充分信任、感情深厚且富有幽默感的人才会有如此突然的"预谋"，看着老外夫妇远去的背影，我感慨万分。我和海鸥在红海沙滩上拍摄了约2个小时，回房间休息了。

　　午休后，我和海鸥在红海度假村里闲逛，边逛边拍照。埃及红海度假村优美的环境会触发灵感。在这里，大自然好像一道菜，一道色香味俱全的菜，每一种味道都夹着大自然的气息，每种色彩都带着大自然洋溢的色泽，细细品尝，都有来自大自然产物的味道。听听红海的声音，让脚步如此轻捷。不论是细沙，还是海浪，都是大自然的恩赐，它使我们的心灵与自然共鸣，尽享生命的畅快，无忧无虑。大自然好像一首演奏不完的交响曲，每个音符都带有动听的音律，每个音节都带着欢快的节奏，每个音调都柔美安适，曲调自然而不失感点，多似水中游动的鱼儿，自由愉快。漫步于红海度假村，用我们最纯真的心灵去聆听海浪的拍打声，让心灵贴近自然，让心灵归于平静，让心灵得到洗礼，在红海边放飞遥远而美丽的梦想。大自然是那么无私，让我们的心静如止水。而激情中的大自然，送来璀璨的时光，起势不凡，拉长镜头，浓墨重彩，深入人心。送首生命颂歌，赞它默默慷慨地给予。

第二天要早起去开罗，我们晚上早早休息了。

走进开罗

从红海去开罗行程很远，我们天不亮就吃了早餐出发。一路上风景既丰富又有层次：天不亮时看红海"夜景"；天亮后看晨曦、看日出、再看沙漠旁耸立的峻山，峻峭的山脉上一棵树都没有，骨感凛冽。我不停止地拍摄，恨不得把所见景观全部收进相机。行驶 2 个小时后，我们看到此生未见到过的奇景：沙漠与大海比肩而存——车的左边是布满石油管道的沙漠，车的右边是一望无际的大海。我建议停车，下车拍摄这奇景。领队同意我们下去拍摄 10 分钟。

一路美景看不够，不知不觉进入开罗。一进入开罗，被眼前的城市面貌震惊：马路上不分车道，行人、马车、摩托、轿车、少量的公交车混行；路面很脏很脏，马粪、狗屎全有；马路边摊贩的叫卖声此起彼伏……开罗是我所到过的国家中最脏乱的首都城市。

下车就吃午饭，午餐比红海度假村差很多，好歹混个饱就算了。午餐后参观悬空教堂、班耶兹拉犹太教堂、阿布希加－圣塞格鲁斯及酒神巴格斯教堂。

首先参观悬空教堂。地陪说，悬空教堂也被称为圣母玛利亚教堂，有 1500 多年的历史，是罗马人统治埃及时建造的。由于当初建造在城墙南门上，看起来像是悬浮在半空中，因此被称为悬空教堂，它是这片区域中最精致最漂亮的一座教堂。在湛蓝天空映衬下的雪白色塔楼和美丽的十字架散发着基督教堂独有的圣洁和光辉。进入教堂大门是个小院，迎面有一条长长的走道，走道的尽头就是白色的悬空教堂主体，须经由 29 级的阶梯才能登上圣殿。主体塔楼上的 3 个十字架，在阳光的照射下非常醒目。

然后，我们去参观班耶兹拉犹太教堂。地陪说，班耶兹拉犹太教堂是在 8 世纪建造的，是埃及最古老的犹太教堂。地陪又说，1896年在教堂里发现了一批希伯来文字的文件，19世纪修复教堂时，又发现了名为《格尼萨文书》的大量书籍，其中有结婚证书、交易文件等，从中可了解11—12世纪犹太人的日常生活景象。犹太教堂的外观非常简单，与其内部华丽细腻的装饰形成强烈对比。因事先毫无准备，为了尊重教规，我们在进这座犹太教堂大门前借用了教堂给教徒用的绿色披纱衣，脱下了鞋子。我和海鸥在里面参观了一圈，因为不懂希伯来语，我们没仔细看那些古代文件和书籍，拍摄了20分钟后就结束了此教堂的参观。

最后，领队和地陪带领我们参观阿布希加－圣塞格鲁斯及酒神巴格斯教堂。地陪简介，阿布希加－圣塞格鲁斯及酒神巴格斯教堂始建于4世纪，是开罗最古老的科普特正教教派教堂。埃及基督教徒认为这是圣母玛利亚藏身的地方，每年的6月1日开罗基督教徒会在此举办盛大的纪念仪式。我们在里面仔细观赏了墙面上的宗教画和教堂内的装饰，再次感受到信仰的威力无处不在。由于早晨起得太早，行程又长，看了教堂后很疲劳。领队及早带领我们进入酒店休息。

璀璨的古埃及文明

在开罗的第二天，早饭后我们去参观埃及国家博物馆。在国家博物馆大门口，要求所有入内参观者除了手机可以随身带外，其余随身背包、相机等物品必须保存在大门内的专门橱柜里，有专人看守，非常严格。

地陪说，埃及国家博物馆是当今世界闻名的大型博物馆之一，藏有埃及考古发现最精华的部分，也是世界上最著名、规模最大的收藏古埃及文物的博物馆。这里收藏的各种文物有30多万件，一次陈列展出的只有6.3万件，约占全部文物的1/5。因这座博物馆以广为收藏法老时期的文物为主，埃及人又习惯地称之为"法老博物馆"。埃及博物馆在吉萨大金字塔西北3公里的沙漠高地处，总投资 5.5 亿美元，由埃及政府拨款和国际银行、阿拉伯发展基金等国际机构及一些国家提供长期优惠贷款，费时四五年建成。它先后陈列展出了 15 万件文物，使埃及很多珍贵文物得到妥善保护,还使原来长期"不见天日"的珍贵藏品得以展示。

走进国家博物馆大院，只见埃及国家博物馆分为 2 层，包括 100 余个展厅和 1 个大型图书馆。博物馆入口的设计融入了古埃及艺术的特征：大门的外廓是一个圆形拱门，拱门两侧的壁龛中各有一个法老形象的浮雕，其中一个持有纸莎草，另一个持有莲花，分别象征古代埃及的南北方。在博物馆的花园中，摆放着许多著名埃及学者的塑像以及斯芬克斯像、方尖碑、石刻等室外展品，还为国家博物馆的设计者——被埃及人称为"埃及博物馆之父"的法国著名考古学家马里埃特建造了一座纪念碑像。地陪说，国家博物馆文物特别多，由于时间限制，只能看一点点文物，所以他只能有选择地讲解。听此言，我决定离开团队自己独自观赏。

博物馆的一层，是按埃及古代历史发展顺序展出的，在这里展示了从古王国时期（前 2686—前 2181）到五六世纪罗马统治时期的珍贵文物。古王国时期的展品以孟菲斯为中心的北埃及王墓出土雕像为主，有卡夫勒王座像、盘腿书记坐像、拉赫梯普国王及王妃坐像等。后者为石灰岩着色像，仍保持了鲜艳的色彩。中王国时期，木雕逐渐代替石雕。展馆中陈列的彩色木雕士兵像、送祭品人像等，极为精致。新王国时期，尤其是第十八王朝的年轻法老图坦卡蒙时期（前 1584—前 1341），是埃及的繁盛时代，除了陈列了吐特摩斯三世、拉美西斯二世、阿孟霍特普四世等像外，还有跪像、蹲坐像等小雕像。希腊、罗马时期的展品有融合希腊写实风格的不同雕刻。因相机被保存在博物馆的大门内，我只好用手机拍摄。为了多看些文物，我尽量加快脚步、快速浏览，想看到尽量多的埃及文物。

我独自走完一层后，上博物馆二楼。二层是专题陈列室，有棺木室、木乃伊室、珠宝室、绘画室、随葬品室、史前遗物室、图坦卡蒙室、纸草文书室等。图坦卡蒙室陈列有 1700 余件出土文物，其中图坦卡蒙法老木乃伊的黄金面罩、黄金棺材、黄金宝座等，可与世界上任何一个博物馆中最值得夸耀的文物媲美。尤其是黄金面罩，用金板依照国王生前容貌打造，镶满红宝石，额上还塑有象征上下埃及统治者的兀鹰和眼镜蛇。这些光辉灿烂的金制品，是古代埃及财产丰富和法老权力巨大的充分体现。

二层西南角的木乃伊陈列室是埃及国家博物馆最吸引人的地方，里面安放有20余具埃及历代法老及其后妃们的木乃伊。木乃伊是几千年前经过特殊防腐措施制作形成的干尸。在存放木乃伊的人形棺木的盖上和内部，绘有死者的守护神或经文。埃及国家博物馆存放的木乃伊，有的已有3500多年的历史，但仍保存完好，有的还可以清楚地看到头发和脚指甲。我几乎是小跑着看木乃伊陈列室的，没敢用手机拍摄。

我走到一座雕像前，看到旁边有一个欧洲模样的年轻参观者，请他用手机给我在此拍了一张照片，我再用他的手机给他拍摄了一张照片。然后我继续快步参观。忽然发现一位漂亮的欧洲姑娘坐在一个展台下方的地上翻着书，我走近她身旁看她翻看的书，哦，原来她带了一本埃及文物书籍，在对照展品。我被她认真研究古埃及文化的态度所感动，悄悄用手机把她拍下来。

埃及国家博物馆的"镇馆之宝"是图坦卡蒙墓中出土的珍宝，其中包括人形金棺、金樽室、金御座、王后金冠等。图坦卡蒙金棺是用204公斤纯金制成的，是人类历史上最精致、最伟大的金制品。金棺外面涂着彩漆，雕刻细腻，具有极高的美学价值。同是在图坦卡蒙墓中出土的御座，也是金光闪闪的，座椅的正面两侧各有一个金制的狮子头，扶手是蛇首鹰身的雕像，分别代表上下埃及的王权。御座的靠背是一幅王室家庭生活的画面：在阳光照耀下，王后含情脉脉地抚摸御座上的国王，二人目光相对，和美温馨。椅背是在一块黄金板上镶石加彩的，与中国的景泰蓝有异曲同工之妙。太美了！因有工作人员巡视，我没敢用手机拍摄。

此外，馆中还展出了许多古埃及平民生活的日常用具，如各种木制、皮革制和麦秆制的生活用具，啤酒、葡萄酒、水果、面包、肉、蔬菜等食物，纺织机模型，犁、锄、镰刀等农具，棍棒、投掷器、斧、弓、箭等武器，竖琴、七弦琴、横笛、鼓等乐器，水平器、笔、调色板等文化用品。

走完二楼的展台，我"饱餐"了古埃及文化大宴！之前从没有时间和机会专门研究古埃及文化，这次埃及之行，先看卢克索地区众多神庙，又参观埃及国家博物馆，我好好补了古埃及文化课。但仅此还不够，回国后还需看书。

在参观文物的同时，我还用手机拍摄了埃及国家博物馆的内部建筑，很过瘾！午餐后乘大巴去开罗城郊参观世界闻名的埃及胡夫金字塔。

雄伟的胡夫金字塔

金字塔在埃及和美洲等地均有分布，仅埃及就发现 96 座，其中最著名的是胡夫金字塔，埃及金字塔是世界七大奇迹之一。

我们乘大巴到达开罗胡夫金字塔附近，须换乘中型车前往金字塔面前。我走到高高的金字塔面前，不得不叹服古埃及人的聪明智慧。在 1889 年巴黎建筑起埃菲尔铁塔以前，它一直是世界上最高的建筑物。领队说，有学者估计，如果用火车装运金字塔的石料，大约要用 60 万节车皮；如果把这些石头凿碎，铺成一条 1 尺宽的道路，大约可以绕地球一周。在大金字塔身的北侧离地面 13 米的高处，有一个用 4 块巨石砌成的三角形出入口。这个三角形用得很巧妙，因为如果不用三角形而用四边形，那么 100 多米高的金字塔的本身巨大压力将会把这个出入口压塌，而用三角形就使巨大的压力均匀地分散了。在 4000 多年前，古埃及人就对力学原理有这样的理解和运用，确实是了不起。胡夫金字塔的奇异之处，早已超出了现代人的想象力。

我们走到胡夫金字塔背面，拍了一张照片后继续向金字塔旁边走去，一个来此之前的"惊人发现"——胡夫金字塔旁边不是沙漠而是开罗市的城郊！金字塔周围的路面铺满了硌脚的石子，很难走。我忍着脚底的不适，继续慢行，在金字塔左面拍摄了几张照片。然后向前走到一条较宽的沙土路上，这条路是通向前面的一大块空地，在那里可以同时拍摄到 3 座金字塔。

第二座金字塔是胡夫的儿子哈夫拉国王的陵墓。由于它的地面稍高,因此看起来似乎比胡夫的金字塔还要高一些。哈夫拉金字塔建筑形式更加完美壮观,塔前建有庙宇等附属建筑和著名的狮身人面像。整个狮身人面像是在一块巨大的天然岩石上凿成的。

第三座金字塔是胡夫的孙子门卡乌拉国王的陵墓。当时正是第四王朝衰落时期,金字塔的建筑也开始被腐蚀。门卡乌拉金字塔的高度降低到66米,内部结构有倒塌现象。考古学家正在不断修复。

我和海鸥围绕着3座金字塔拍摄了很多照片,然后到金字塔附近的摊点——拍摄错位照片的最佳机位,花了100美元,请当地一名专做此生意的约18岁的男孩给我拍摄了金字塔的错位照片,海鸥也请他拍了金字塔的错位照片,好玩!

回望在埃及为时7天的旅游,畅游尼罗河,参观古村庄,瞻仰神庙,放飞热气球,红海边休闲,参观国家博物馆,近观胡夫金字塔,埃及之行是我一生难忘的远足之旅。

对南非刻骨铭心的感知

2017年4月12日，我开启了南非、津巴布韦和博茨瓦纳三国之旅。这是我第一次踏上非洲南部的土地，而且是一人独自跟团。南非的开普敦是我们落地的第一个城市。我们团的大巴刚开出机场，我眼前一亮：环境清朗，蓝天白云，草树有序地分布在道路两旁。此情此景，恍若置身欧洲国家，与20世纪60年代教科书和媒体报道的"水深火热中的黑非洲"截然不同。在到南非等三国之前，我只是在书上和媒体上了解"水深火热的非洲"，随着旅游行程的展开与推进，在与地陪马导（一名英国剑桥大学金融专业硕士毕业的当地中国导游，上海人）的交流中，我对非洲尤其是南非产生了一系列由感性认识上升到理性认识的认知。

开普敦——世界最美丽的都市之一

出了机场上大巴，地陪马导向我们介绍南非与开普敦的简要概况。开普敦是欧裔白人在南非建立的第一座城市，这座非洲白人心中的母城300余年来数度易主，历经荷、英、德、法等欧洲诸国的统治及殖民，虽然地处非洲，但却充满多元的欧洲殖民地文化色彩。开普敦集欧洲和非洲人文、自然景观特色于一身，因此名列世界最美丽的都市之一，也是南非的最受世界旅游者欢迎的观光都市。马导告诉我们，他早在20世纪80年代到开普敦读初中时，下飞机后就被开普敦的发达惊呆了，那时南非是发达国家，比当时的中国上海现代化得多。

开普敦是南非人口第二大城市，南非有 3 个首都：行政首都（中央政府所在地）是茨瓦内，立法首都（议会所在地）是开普敦，司法首都（最高法院所在地）是布隆方丹。由于开普敦是立法首都，所以南非的国会和很多政府部门都坐落在开普敦。开普敦以其美丽的自然景观及码头著名，知名的地标有被誉为"上帝之餐桌"的桌山，以及所谓的印度洋与大西洋交汇点的好望角。

优质的生态环境

马导告诉我们，开普敦中心地区位于开普半岛的北端，属于地中海气候，四季分明。冬季在每年 5—8 月，冷锋及大量的雨水自大西洋而来，平均温度约 7 摄氏度，降雨量为全年最高。夏季为每年 11 月至次年 2 月，气候温暖而干燥，平均气温为 26 摄氏度。因地理环境的特殊性，东南方经常有强风吹进城市里，这股风将清新的空气带到城市，又把城市空气里的污染物吹走。

在开普敦游览各景点的往返途中，我们也同时浏览了城市环境。开普敦绿化环境很好，街道非常整洁。因为城市临海，左边是大西洋，右边是印度洋，海风一阵阵吹进城市，行走在路上都能闻到海洋的味道儿，很爽！南非的法律规定：所有居民建房，一律不准超过 3 层，所有民居周围必须种树。因此，我们眼中所见的开普敦，几乎看不到居民住房，满眼都是树林。

虽然开普敦是南非人口第二大城市，但是街上的行人并不多，只有到了黄昏时，才能看到在城市海边散步或跑步的人。停车场是五六层高的楼房，里面整整齐齐地停着小轿车，与欧洲发达国家停车场一样，城市毫无拥挤感。我们在桌山的半山腰俯瞰开普敦，整个城市像一幅山水画。

开普敦的公路两旁都用铁丝网围着，道路两旁的草割得很短，地陪马导告诉我们，这是为了防止野生动物跑到公路上时司机因看不见它们而伤害到它们。由此管窥南非对生态环境保护的极端重视。

开普敦自然资源丰富，山谷地形致使开普敦成为很多高档水果的盛产地。开普敦自荷兰人驻居该地开始，大力发展酿酒业，故葡萄种植技术最为闻名，且对葡萄种植质量监控非常严谨。开普敦也是野生动物的聚居地，有鸵鸟、企鹅、海狗、海豹、鲸鱼以及海豚等，并设有企鹅保护区和盛产海豹的德克岛等。开普敦的渔业资源非常丰富，其沿海水域堪称世界鱼产量最丰富的地区之一。现在，当地的大西洋渔场供给了全南非约 75% 的捕鱼量，并为开普敦 28 万人带来了就业机会。当地盛产的海鲜种类很多，尤以龙虾、鲍鱼和生蚝闻名。领队张总请我们在海边餐厅吃了渔民刚从海里打上来的龙虾，味道极其鲜美。

另外，开普敦的植物物种非常丰富，开普敦最大的植物园——科斯坦斯植物园是世界最好的七个植物园之一，它与英国丘园、美国纽约植物园、美国密苏里植物园、澳大利亚皇家植物园、俄罗斯圣彼得堡植物园、苏格兰爱丁堡植物园齐名。2004 年，科斯坦斯国家植物园被联合国教科文组织认定为世界自然遗产保护区，也是世界上第一个被列入《世界物质文化遗产名录》的植物园。在这里，一年四季都可看到美丽的花草树木。马导带领我们参观了这座世界著名的植物园，我们进去观赏了 2 个小时，在这里，我第一次认识了南非的国王花。

我们在开普敦尽享其优美的生态环境，深切体验到人与自然之间的和谐。

给人以希望的好望角

到达开普敦的第二天早饭后，领队张总和地陪马导带领我们游览了世界的天涯海角——好望角。在前往好望角的大巴上，马导告诉我们，"好望角"的含义是"美好希望的海角"，是非洲西南端非常著名的岬角，距开普敦市 52 公里。因多暴风雨，海浪汹涌，故最初被称为"风暴角"。我们到达好望角山脚下时，扑面而来的狂风暴雨给了我们一个下马威。我们的雨伞根本遮挡不了雨，风特大。好在半小时后雨停了，我们迎着大风赶紧拍照。张总召集 3 辆大巴的团友合影，拍摄"百人游南非等三国合影留念"，然后我们就各人自由拍照。在山脚待了 20 多分钟后，我们乘车上好望角的山顶。

　　在大巴载着我们登顶的途中，地陪马导告诉我们，好望角的名称与其航线作用直接相关，好望角的航线是：西亚（阿巴丹等，途经霍尔木兹海峡）—东亚—东南亚—南亚—印度洋—东非（达累斯萨拉姆）—莫桑比克海峡—好望角（开普敦）—大西洋—西非（达喀尔）—西欧，载重量在 25 万吨以上的巨轮无法通过苏伊士运河，需绕过非洲南端的好望角。好望角一侧有一座白色灯塔，它是 1849 年设置的，它不仅是一个方向坐标，同时在其告示牌上清楚地写着世界上 10 个著名城市距离灯塔的距离，其中有中国北京，这里距北京 12933 公里。因为好望角经常有雾，而不能很好地发挥灯塔的作用，于 1919 年废弃，改装成观景台。马导说着说着，我们的车就到了好望角的山顶。

　　下了大巴，我与一对上海团友夫妇一起登顶观海。我在好望角山顶上的观景台——世界的天涯海角，绕场一周，好望角如马导所介绍的那样，是一条细长的岩石岬角，像一把利剑直插入海底。在好望角的一侧，果然矗立着一个白色灯塔。在拍摄时我突然发现海面难得的风平浪静，放眼远眺——我企图寻找印度洋与大西洋的交汇处，但我没看到，这个问题只能下山后请教马导。

　　站在好望角山顶观景台凭栏远望，可以看见远方的海天一色，也可以看见脚下的浪花飞溅，可谓风光万千。好望角作为非洲的一个标志，一直是我向往的地方。俗话说，到南非不到开普敦，等于没来过南非；到开普敦不到好望角，等于没到开普敦。我登上好望角的角点俯瞰水天一色的海景，心旷神怡。在这里，不会有任何烦恼。

　　下山后，我立即向马导请教在山顶观景台咋没看到印度洋和大西洋的交汇处。马导告诉我，这恰好是人们的一个"美丽误会"：非洲的最南端事实上是距好望角 147 公里的厄加勒斯角，而两大洋的实际交汇处也在这两大海域中间地带，而不是在好望角。马导要我别因此遗憾，因为好望角是著名的自然保护区，这里分布着许许多多的低矮的灌木丛和盛开的鲜艳花朵，羚羊、斑马、鸬鹚、黑鹰等稀有动物及飞禽都在这里幸福地生活着，可以在山脚下拍摄到。于是，我在山脚下又逛了一圈，尽量多拍一些照片。接下来乘车去鸵鸟园参观。

零距离与鸵鸟"交流"

马导告诉我们，鸵鸟园、鸵鸟产业兴起与这个城市建立（1863）的时间，几乎是同时。这之后，掀起了使用鸵鸟羽毛制成服装的潮流。由此，在奥茨霍恩出现了很多因饲养鸵鸟而成为暴发户的人。但是，战后鸵鸟羽毛的使用潮流并没有复活，很多鸵鸟场就成为遗迹或归个人所有。经营 100 年以上鸵鸟农场的农家，将鸵鸟比赛作为旅游的观光项目。现在奥茨霍恩有大小 150 个以上的鸵鸟农场，约占南非 90% 的鸵鸟在此饲养，其中观光用的鸵鸟比赛农场有 3 个，我们去其中一个。

我们走进鸵鸟园，与非洲鸵鸟零距离接触，与它合影留念。非洲鸵鸟属鸵形目鸵鸟科，是世界上最大的一种鸟类，成鸟身高可达 2.5 米，雄鸵鸟体重可达 150 公斤。鸵鸟像蛇一样细长的脖颈上支撑着一个很小的头部，上面有一张短而扁平的、由数片角质鞘组成的三角形的嘴，是世界上现存鸟类中唯一的二趾鸟类，在它双脚的每个大脚趾上都长有长约 7 厘米的指甲，后肢粗壮有力，适于奔走。我走近一只鸵鸟，它大概接待过太多游客，根本不怕人，虽然有木栏杆围挡着，却任凭我抚摸它的身体，非常友好，这使我想起我在新西兰北岛与羊驼在一起的情景。于是我向鸵鸟园的服务员要了一点鸵鸟食，放在我的左手掌中喂它，它就把头伸出栏杆，我赶紧左手喂它食物，右手用卡片相机抓拍。拍完后，请旁边的团友给我和鸵鸟合影纪念。

因为午饭前还要看小企鹅，我们在鸵鸟园只停留了半个小时，就上大巴前往企鹅滩。

可爱的企鹅

企鹅滩位于开普敦东海岸西蒙镇，是印度洋上的小海湾。这里，沙滩、岩石和岸边的小丛林是穴居动物企鹅理想的筑巢和栖息地。只见银色的沙滩上，成群的企鹅，有的在享受阳光，有的在冲浪，有的则蹲在沙丘的洞巢中孵化后代。我们游览企鹅滩时，根据马导的提醒，不大声说话——不能惊动企鹅。我们沿着弯曲的小道轻轻地走近它们，只见没有睡觉的企鹅挺着白白的肚子，摆动着2只退化的翅膀，摇摇晃晃，憨态可掬，它们背上拖着黑色的长羽毛，俨然穿着燕尾服的绅士。马导在车上告诉我们，非洲企鹅也叫驴企鹅，因为它们的叫声像驴子，是唯一一种生活在非洲大陆的企鹅。我们到企鹅滩时正值中午，一只只企鹅旁若无人地睡的睡，漫步的漫步，没听到它们的叫声。它们的毛比南极企鹅的毛要短些，因为它们生活的环境没有那么寒冷，身高也只有50厘米。我有生以来第一次看到企鹅也会享受"家"的温馨，企鹅们"一家"又"一家"地聚集在一起，我赶紧用单反相机拍摄这些温馨的场景。

看完小企鹅后我们去吃午餐。马导告诉我们，张总请客，午餐我们去海边吃从海里现打上来的开普敦著名的龙虾，午餐后乘游艇去大西洋中的德克岛看海豹，晕船的团友午饭后须吃晕船药。

不惧狂风恶浪的海豹

午餐后，我们乘游船到大西洋中的德克岛看海豹。我们乘坐的游船刚离开码头时还风平浪静，大家在游船上说笑着。游船行驶了半个多小时后，大西洋对我们这船远方来客就不客气了——突然间刮大风，掀起巨浪。大西洋的风浪之大，像要把游船掀翻似的，有的团友开始晕船呕吐起来。我最怕听到呕吐声——会条件反射地跟着吐，赶紧走到船舱门口。我们的游船在狂风巨浪中又行驶了40分钟，突然，听见领队张总大喊起来："大家注意看外面，我们到海豹岛了。"只见黑压压的海豹懒散地聚集在一大片礁石上，任凭海浪拍打，丝毫不动摇地守住自己的"阵地"。我举起单反相机，左手抓紧船舱门，防止被海风吹跌倒，右手一个劲儿地摁快门，直到游船离开海豹岛才停止拍摄，我被这些海豹勇敢坚守家园的精神和行动所感动。

冒着大雾上桌山

到开普敦的第三天早饭后，我们乘大巴上桌山。在大巴上马导告诉我们，桌山意为"海角之城"，耸立于高而多岩石的开普半岛北端，是南非的平顶山，在山顶上可俯瞰开普敦市。桌山是开普敦的城市标志之一，马导说，上桌山是要碰运气的，如果雾大就无法登顶，因为上山的路非常难走。我们在去桌山的途中，风云变幻，大巴行驶了 40 分钟，顿时大雾弥漫，真可谓怕什么就来什么。马导说，我们开车去桌山的半山腰等待半小时，如果半小时后雾散了我们就乘缆车登顶。

一路上，马导给我们介绍桌山。桌山位于天涯海角的名城前，面对波光粼粼的大西洋海湾，背枕一座乱云飞渡、形似巨大长方形条桌的奇山。不知是哪位前人突发灵感，直白地称其为"桌山"。桌山是全世界最平的一座山，没有所谓的山峰，远看就像被铲平了一样。这张"大桌子"长 1500 多米，宽 200 多米，能够将它当餐桌的恐怕只有上帝，所以这座山又被称为"上帝的餐桌"。桌山对面的海湾因桌山得名为桌湾，就像一位端坐在大西洋边的历史老人，海拔 1087 米的桌山是南非近 400 年现代史最权威的见证者。

桌山靠近大西洋一侧有 2 座小山，分别被称为狮头峰的信号山和魔鬼峰。它们像桌山伸出的左右 2 只手臂，紧紧地拥抱着山脚下的开普敦城区。每逢夏季，携带着大量水汽的东南风突然被桌山拦住后迅速上升，在山顶冷空气的作用下，一下凝结为翻卷升腾的云团，然后就像厚厚的丝绒桌布将桌山自半山腰起齐刷刷地覆盖起来，蔚为壮观。

马导告诉我们，到桌山须"三看"：一看海。在桌山从上朝下观看，看到的就是南印度洋和大西洋，还能看到有名的好望角。二看云海。桌山的一个著名的景观就是桌山云海。开普半岛是典型的地中海气候，四季分明。桌山处于大西洋冷流与印度洋暖流的交汇处，来自大西洋的冷风和来自印度洋的暖气流在山顶相会，形成厚厚的云层。三看动物。乘坐缆车登到山顶，在路途中会看到各种小动物，而这些小动物在世界其他国家，只能在动物园里才能看到。

我们上了桌山半腰停车，等待雾散，马导要大家下车活动一下身体。我带着相机下车，虽然是半山腰，但眼前的景色依然很美——在云雾之中的开普敦给人以朦胧美，远处港湾大吊车和山脚下的工厂厂房在晨曦中显示出开普敦的现代化，城市中房屋建筑的顶部因限高而在树丛中时隐时现……我赶紧抢拍。等了半小时后，大雾不仅没散，反而更浓。领队与地陪商量后，决定放弃乘缆车登顶，改去狮头峰的信号山。上不了桌山顶，真遗憾！

到狮头峰的信号山后，马导给我拍了几张照片。他发现我的单反镜头是"一镜走天下"的，便要我把海里的一座孤岛拍下来，我连拍了 5 张照片后对马导说："那岛上没啥啊。"马导这才告诉我："那是关押曼德拉 27 年的监狱所在地。"啊？！那我这几张照片有价值了。同行团友的相机镜头不行，无法拉近拍摄，我答应他们回家后把那座孤岛照片发给他们。

拍完关押曼德拉的那座孤岛后，我发现在狮头峰的信号山拍摄桌山是一个好角度，于是一人选好机位拍摄了几张桌山的照片。之后，我找个地方坐下来休息片刻——好好欣赏海景风光。好好休息是为了明天开启南非的"花园大道"之旅，上海东安国际旅行社的张总早就向我介绍了花园大道的沿途美景了。

色彩斑斓的花园大道

素有"彩虹之国"美誉的南非，是一个真正的彩虹般美丽的国度。迷人的自然风光、温暖的气候、繁多的动植物、完整的都市乡村规划、缤纷的多元文化气息、热情好客的主人，这一切都令人难忘。马导说，南非是现代文明与原始自然最完美的结合体，同时又是不同人种、各种文化最集中的居住地。所以，流传着

"走过南非就等于游遍世界"的说法。

我们在南非的行程主要就是花园大道。张总说，从伊丽莎白港至开普敦这绵延数百公里，是世界著名的花园大道。我们是从开普敦驶向伊丽莎白港的，一路上的美景使我们大饱眼福，从来没有这么过瘾，难怪张总说："只要有南非花园大道的线路，我都要亲自带团。"花园大道有滨海的一级高速公路，我们的大巴行驶在途中，一侧是茫茫无尽的万顷波涛，另一侧是令人眼花缭乱的陆地景观，给我们这些从未到过非洲南部的过客融入了无数旅途的惊喜。

马导在途中向我们介绍，花园大道与湖泊、山脉、黄金海滩、悬崖峭壁和茂密的原始森林丛生的海岸线平行，沿途可见清澈的河流自欧坦尼科与齐齐卡马山脉流入蔚蓝的大海。在内陆部分，有海拔在1000—1700米的奥特尼夸、齐齐卡马山脉横跨东西。从途中的关口要道眺望连绵群山，景色十分壮美。游览花园大道全部行程约需4天3夜。

我们首先游览玛赛尔湾。玛赛尔湾是一个欧洲风格的海滨城镇。马导简介道，1488年，葡萄牙探险家所罗门·狄亚斯最先在此登陆，留下了一些文物，现放在一座博物馆中。我们下车后参观了这个博物馆中的历史文物、海洋记事及贝壳等展品，航海博物馆里还有仿制的老式帆船和海洋生物。参观完博物馆，马导带我们去看海边著名的邮政树，我用相机拍摄下来。镇上有沿着海边悬崖建成的长13.5公里的步行游览道，风景秀丽。

接下来我们前往乔治镇。乔治镇是位于欧坦尼科山脚、面临蔚蓝大海的风景明媚的小镇。镇里的乔治博物馆是座维多利亚时期的老式大楼，小古玩收藏极为丰富。我们在马导带领下游览了小镇上欧坦尼科和蒙他古山径2条风景优美的步行游览道。一小时后上车。

我们从乔治镇出发行驶了15公里，到达原野国家公园。原野国家公园有5个河流、湖泊，2个入海口，总长28公里的海岸线。迷人的湖泊、如诗如画的小村庄、海水和淡水交汇形成的沼泽以及各种各样的鸟类、野生动物和植物是原野国家公园的特色。在这里解散队伍，让大家自由行动半小时。我和一位上海团友一起找到一个高处，拍摄壮美的海岸线及近海。

接下来乘车去克尼斯纳。马导在大巴上介绍，克尼斯纳是英国乔治三世国王之子乔治雷克斯建造的闻名遐迩的度假胜地。在沿海的小山坡上，有各种各样的类似童话世界里的小房子似的欧式别墅点缀在青山绿水中。克尼斯纳也是花园大道上最为华丽的城市。克尼斯纳有美丽的环礁湖，入海口有 2 座岬角。我们到克尼斯纳就是乘坐豪华游轮周游环礁湖。我在游轮上拍摄湖景风光，张总问我："像不像瑞士？"我回答他，有游览瑞士琉森湖的感觉。我们观光游览了 1 个小时就下船继续上大巴。

普利登堡湾不是我们团的游览景点，但它有 3 个幽美的海滩太吸引我们这些摄影爱好者了。在大巴上我们向领队张总呼吁，停车 20 分钟让我们拍摄。张总理解我们的想法，答应了我们的请求。下车后我们就奔跑到海滩，我找到一个高的台阶作为机位，把眼前大西洋海天一色的壮美景色全部收进相机。

早饭后出发，第一个景点是齐齐卡马国家公园。张总根据大家的要求，让各队的地陪转告大家，途中只要路过漂亮的海滩就会给时间让大家拍摄的。果然，大巴开出一个多小时，司机停车半小时，让我们再次拍摄魅力无限的海滩景色，太感谢张总对我们的理解了！花园大道美丽的海滩风光特别多，真可谓"美景在途中"。

马导在大巴上给我们介绍了齐齐卡马国家公园。齐齐卡马国家公园以齐齐卡马山为中心，有 100 公里长的海岸线。茂密的原始森林沿着河谷生长是齐齐卡马山的特色。有一条行人可徒步游览的小道从暴风雨河开始至自然谷为止，途中穿越海滩、悬崖、荒野和原始森林，风景绝美，特别是在日出日落的时候，景色美得让人落泪。我们到齐齐卡马国家公园，主要是看西方人在齐齐卡马大桥上玩蹦极，玩蹦极的人胆量不是一般的大。我站在观察台仔细观看和拍摄蹦极，紧张而刺激。我为那几名不惜牺牲生命的挑战自我者所震撼！张总让大家在国家公园里走了一圈，马导带我们从一条小道走到峡谷深处，抬头再看齐齐卡马大桥，那不是一般的高啊。一小时后我们上大巴。

夕阳下的远方

　　我们继续前行的途中须经过杰佛瑞湾，张总说那里的海滩也很美。杰佛瑞湾的海滩几乎没有礁石，并以贝壳砂著称。张总给我们 20 分钟在这里拍照，紧接着继续前行，途径圣法兰西斯湾，这里是未经破坏的天然海滩，景色宜人。我们也下车拍摄了 20 分钟。我们要在午饭前赶到伊丽莎白港，这是花园大道的最后一站了，张总已经在伊丽莎白港给我们预订了世界上最可口的牛排。

　　伊丽莎白港是南非前总统纳尔逊·曼德拉的故乡，现名为曼德拉市，是南非最干净的城市之一，位于东开普省的阿尔格湾。由于英国殖民者于 1820 年就在这里安家落户，因而市内有多处历史性建筑，有最古老的街道邓肯街和建于 1827 年的坚固建筑，有建于 1861 年现改为军事博物馆的灯塔，还有建于 1883 年如今是鸵鸟毛展示中心的鸵鸟拍卖市场。其他古迹包括圣奥古斯汀大教堂、佛雷德瑞克堡、可拉坛等。伊丽莎白港汽车制造及汽车零部件生产较为发达，是南非的汽车工业中心，堪称"南非的小底特律"，也是南非第五大城市和主要港口城市。

　　我们到达伊丽莎白港正好是午饭时间，张总在此请我们吃世界上最美味的牛排。我一听吃牛排，就告诉张总："我不吃牛羊肉的。"他说："这里的牛排没有腥味，不仅味美，且制作工艺上乘，你一定要吃。"我只好服从命令，进入餐厅。哇，我眼前一亮：餐厅布置太不一般了，均用后现代色调、简约型图案作为环境布置，坐在里面候餐的感觉比在欧洲发达国家餐厅的感觉好多了！于是，我赶紧用卡片相机把餐厅四周墙壁拍摄了一遍。牛排上来了，比想象的小多了，但很厚实，吃完牛排感觉特饱，味道确实好极了！张总没骗我。

　　午餐后我们继续参观这座城市。只见街上商店几乎清一色的是卖汽车及其零部件的，名副其实的"汽车城"。我们集体参观了军事博物馆。其间，我发现博物馆院子边一个小门，进去一看，全是企鹅，有 3 个大的水池养着它们。午后阳光照射在水池的水面上，折光使游玩的小企鹅别具特色。我一个人在里面静静地拍摄了 40 分钟。之后，团友们也被马导带来看企鹅了。我立刻独自走出博物馆，到海边观赏海滩风光。

游览完伊丽莎白港，意味着结束了花园大道的观光旅游行程。第二天去约翰内斯堡。

南非黑人享有丰厚的社会福利

马导对南非的历史和现实非常了解，像一本活教科书。他告诉我们，旧南非时期，无论是政治民主还是经济公平，在白人内部就有很先进的安排。阿非利卡统治的南非有"黑人各尽所能，白人按需分配"的"种族社会主义"特征，白人生活于类同北欧的高福利体制之中。严重的贫富分化制约着南非的发展并导致明显的阶级冲突。由于贫富差距拉大，黑人中也两极分化严重，社会充斥着不满情绪。

1994 年，南非的政治格局发生了巨大变化。曼德拉－姆贝基时代虽然没有像津巴布韦那样从产权和初始分配上剥夺白人的权利，但二次分配的变化很激进。南非的福利体制由向白人倾斜变成明显向黑人倾斜，到 20 世纪 90 年代后期，社会支出用于黑人的比重从 43% 上升到 80%，而用于白人的则从 40% 急降到 10% 以下。南非的黑人从"负福利"直接进入了正福利，相对于经济发展来说是高福利社会。

南非现在实行的是普遍福利体制。马导告诉我们，南非领取社会福利的人数是所得税纳税人的 3 倍。南非虽然失业率很高、收入不平等在世界名列前茅，但是，因实行了普遍福利体制，很多失业的南非人并不靠捡破烂、摆小摊等方式谋生，社会普遍福利解决了他们的基本生存问题。南非的无业人员占总人口的 35%，政府为他们提供了免费住房，水、电和天然气都免费供应。每月 25 日是国家给贫民发放救济金的日子，无业人员会前往规定地点领取救济金，这笔救济金足够解决无业人员的吃穿住行。难怪我们在南非所到之处，只看到闲散的黑人在晃悠，却看不到一个黑人在摆摊。南非的公立医院全部免费，所有居民都免费就医。南非的教育，从幼儿园到大学，一律免费，所有孩子都可以享受教育。

大巴开到约翰内斯堡的索维托，这里是南非最大的黑人聚集区，这里只有一家酒店，十几所小学，一个大学分校。马导告诉我们，在"种族隔离"制度时期，索维托是南非最大的贫民区，贫民反抗压迫的阶级斗争不断。现在南非政府对索维托地区进行了重点投资和改建。例如，贫民区里的黑人最喜欢踢足球，为了满足黑人的体育需求，政府就在索维托地区建造了足球场。我们看到索维托的一条马路很有特色：马路一边的贫民窟正处于改建中，而马路的另一边却居住着很多中产阶层人士、大企业家和富翁，他们作为扶持贫民的表率与黑人贫民在索维托贫民区和谐共居。现在索维托有出色的黑人音乐家和黑人足球队，索维托地区更是出了2位诺贝尔和平奖获得者：曼德拉和图图。

多元的社会文化并存

南非具有非洲、欧洲和亚洲多元文化并存的特点，表现在社会的各个方面。我们在所到之处就能看到多元文化并存的景观。

语言使用多元。根据1996年底公布实施的新宪法，南非语虽然被宪法承认为官方语言之一，但是其一枝独秀的情景不再，而是和其他9个原住民语言以及英语共同成为11个官方语言。

建筑样式多元。多元文化在南非的建筑上得到了充分体现。南非有壮观的英国维多利亚式建筑、典雅的荷兰开普式建筑、伊斯兰教清真寺及现代房屋建筑等，南非剧院、博物馆、艺术馆、土著部落及早期移民时期的欧式房屋都反映出足以傲世的多元文化。除了南非原住民部落的传统建筑风格外，最具南非特色的建筑风格就是南非荷兰式建筑——白色的墙壁、茅草屋顶、门口和角落的装饰、庭院和长形的房间，这种建筑风格常见于南非的开普敦、西开普省和盛产葡萄酒的地区。

饮食多元。如 Samoosas 咖喱角是一种三角形的开胃饼，其馅儿既可以是辣椒味儿的，也可以是多种蔬菜的混合物。这是一种适合边走边吃的食品，刚出锅时香气扑鼻，是在南非生活的印度居民的饮食文化贡献。又如南非最具影响力的传统美食首推马来料理。马来菜向来以调味艺术而闻名，各种香料与调味料，如辣椒、豆蔻、肉桂、丁香等，运用得淋漓尽致。

音乐样式多元。在南非，可以听到看到欧洲音乐、歌剧芭蕾舞、非洲土著歌、亚洲土著歌舞、亚洲的印度舞蹈及现代爵士摇滚舞曲等，都非常精彩。

服饰样式多元。在南非，黑人受到西方文化的影响，经常身着西装。但大部分黑人，特别是妇女仍保持着传统服饰风格，不过我们在城市中看到的南非人穿着打扮则基本西化。大凡正式场合，他们都讲究着装端庄、严谨。此外，南非黑人通常还有穿着本民族服装的习惯。不同部族的黑人，在着装上往往会有自己不同的特色。

神奇的非洲头饰。我们在南非游览时，我特别仔细地观看了多种非洲头饰，并向地陪请教了非洲头饰文化的相关知识。非洲人的头发天然卷曲，柔软且富有弹性，紧贴头皮，梳理不直，无法使之下垂。修饰卷发，只好紧贴头皮从前到后，或从上而下，编成细小发辫，辫梢用青丝线或金丝线扎紧，在头顶或后脑勺收拢打结，或者将头部分成若干小区，各编一小辫，或直立，或下垂，或弯曲。非洲头饰使女性显得格外娇美，使男性更有魅力。

总之，在南非旅游，不仅大大满足了我的审美需求，让我看到了美丽的南非的壮美风光，品尝到富有特色的非洲食品，而且使我对非洲产生了颠覆性认知。以后有机会，我将继续前往非洲其他国家。

加拿大赏枫之旅

2017 年 10 月 9 日，我、小莉和海鸥三人跟团开启了加拿大赏枫之旅。这是我们 2017 年第二次相约出国旅游，我、小莉和海鸥在浦东机场聚集，自然是一番姐妹情深的欢心、热闹。意外地遇到上海老团友孟建江夫妇与我们同行，很高兴。晚上登机，按时起飞，我们非常满意。飞行了 14 小时 45 分钟，我们在多伦多机场安全落地。

观赏尼亚加拉瀑布

10 月 10 日早饭后，我们从多伦多出发，驱车行驶 128 公里，来到著名的尼亚加拉大瀑布。尼亚加拉瀑布位于加拿大安大略省和美国纽约州的交界处，瀑布源头为尼亚加拉河，主瀑布位于加拿大境内，尼亚加拉是瀑布的最佳观赏地；在美国境内瀑布由月亮岛隔开，观赏的是瀑布侧面。尼亚加拉河的水流冲下悬崖至下游重新汇合，在不足 2 公里长的河段里以每小时 35.4 公里的速度跌宕而下 51 米的落差，演绎出世界上最狂野的旋涡急流，经过左岸加拿大的昆斯顿、右岸美国的利维斯顿，冲过"魔鬼洞急流"，沿着最后的利维斯顿支流峡谷由西向东进入安大略湖。尼亚加拉瀑布与伊瓜苏大瀑布、维多利亚瀑布并称为世界三大跨国瀑布。

我们的大巴终于到达尼亚加拉瀑布所在地，我极目远眺，正如地陪所说，尼亚加拉瀑布实际由三部分组成，从大到小，依次为马蹄形瀑布、美利坚瀑布和新娘面纱瀑布。我们在下车地方看到的是新娘面纱瀑布，尽管只细细一缕，却自成一支。尼亚加拉的 3 条瀑布总宽度为 1240 米，虽然分成三股，却是同一水源、同一归宿，即尼亚加拉河。小莉在美国时看过尼亚加拉瀑布的美利坚瀑布，她说，在美国纽约州境内看，尼亚加拉瀑布高 50 米，水流较小，不如加拿大这边壮观。

我们紧跟团队上船近观瀑布，每人在上船的地方拿了一件很薄的塑料雨衣。上船之后行驶了约 10 分钟，就到了新娘面纱瀑布前。新娘面纱瀑布极为细致，水量又不大，因此水流呈旋涡状落下，跌到无数块硕大的岩石上，卷起千堆雪，它有银花飞溅的迷人景色。同旁边蔚为壮观的瀑布相比，它别具一格，另有一番风韵，似一片月光，柔和地洒在绝壁之上，令人陶醉。但我的单反相机不能拿出来拍摄，怕被瀑布飞溅的水淋湿，拿出卡片相机赶紧抓拍几张。游船在新娘面纱瀑布前逗留了十几分钟，我们已经被淋得似落汤鸡，随即向马蹄瀑布驶去。在这 2 个瀑布之间没有瀑布水飞溅，我抓紧时间把新娘面纱瀑布和马蹄瀑布都拍了一番。马蹄瀑布高达 56 米，岸长约 675 米，马蹄瀑布的水量大，水冲到河里呈青色。由于马蹄瀑布水量大，以雷霆万钧之势直冲而下，溅起的浪花和水汽有时高达 100 多米，我们的游船在马蹄瀑布前停下未靠近，逗留了十几分钟，游船按照规定时间驶向码头靠岸。我们上岸后把雨衣脱下放到回收桶里。不知不觉到了午餐时间。

领队带着我们上大巴，驶向尼亚加拉瀑布附近的旋转餐厅，我们下车后乘电梯上到旋转餐厅的最顶层。在旋转餐厅坐下来朝窗外一看，我不由得激动万分——啊，这里才是拍摄尼亚加拉瀑布的最佳机位！我趁午餐还没有来，立即站起身来选择了几个不同角度的机位，对着新娘面纱瀑布和马蹄瀑布的全景"猛扫"了十几张，连带瀑布的来源和流向，以及附近的彩虹桥、街道全部拍摄下来。这才安心坐下品尝鸡排。

午餐后，我们乘车前往尼亚加拉湖滨小镇。地陪说，1996 年，尼亚加拉湖滨小镇在加拿大全国城市美化比赛中获得"加拿大最美城镇"和"世界七大童话小镇"的称号。从春天到秋天，小镇遍地繁花似锦，空气中弥漫着丝丝花香，令人陶醉不已。我们到达小镇后，地陪交代了集合时间和地点，并告诉我们，先抓紧时间游览尼亚加拉滨湖小镇的主街——皇后大街，沿街主要有钟楼、威尔士王子酒店、观光马车、乔治·萧伯纳塑像、罗马天主教堂等景点，然后可前往居民区看看，游览安大略湖边的公园。地陪说完就解散队伍让我们自由行。

我们三人在小镇的人行道上漫步。我们先在主街道沿街赏景拍照，一个挨着一个的小店铺各有特色，除了餐馆以外，还有面包房、酒店、艺术画廊、杂品店等。我们进入居民住宅区时，发现所有房子外面都挂着鲜花，美如地毯的草地上也处处开满鲜花，空气中弥漫着淡淡花香，沁人心脾，赏心悦目！我们边走边看边拍。走着走着，我们看到了大文豪萧伯纳的雕像。大文豪萧伯纳与小镇有着不解之缘。每年5—10月期间，这座极具19世纪韵味的小镇都会举办"萧伯纳戏剧节"，以纪念这位伟大的爱尔兰小说家和剧作家。继续逛下去，我们来到了威尔士王子酒店前，这是小镇的标志性建筑之一，历史悠久，充满维多利亚年代的气息。1864年，这座3层110个客房的酒店建成之后拥有过许多不同的名字。英国女王伊丽莎白二世曾在1973年到访小镇，下榻于威尔士王子酒店。查尔斯王储和戴安娜王妃也曾在这里暂住。我们走到小镇边缘，看到了乔治堡，它是一个著名的古代军事要塞，是1812年英美战争时期波洛克少将指挥部的遗迹。

我们漫步小镇，感觉生活在这里的人们幸福感一定满满的。

多元文化的城市——多伦多

10月11日早饭后，我们乘车前往多伦多市区观光。早上下雨，晨起时感觉气温下降很多，我脱下真丝T恤，穿上薄羊绒衣和外套，撑着雨伞游览多伦多市区。多伦多位于安大略湖的西北沿岸，是安大略省的省会，也是世界著名的国际大都市。多伦多市区有半数的居民是来自全球各国 100 多个民族的移民，多元的族裔特色，使这里汇集了世界上 140 多种语言，成为世界多元化程度最高的城市之一。多伦多已连续多年被联合国人居署评为全球最宜居的城市。同时，多伦多也是世界上最安全、最富裕和拥有最高生活水准的城市之一。

下了大巴，我们先游览多伦多新、老市政厅所在区域，外观新、老市政厅。地陪说，新市政厅建于 1965 年，其形状似贝壳，由 2 栋弯曲的大楼构成，中间包围着拱形的市议会大楼。新市政厅前面的广场是步行广场，有个大水池，水面映照着造型独特的大厦。老市政厅历时近 10 年才建成，耗资 250 万元，1899 年 9 月由市长萧约翰揭幕时，不仅是当时市内最大的建筑，也是北美最大的市政厅。地陪介绍完，领队给我们 20 分钟拍照时间。

然后，我们步行前往多伦多大学主校区。多伦多大学始建于 1827 年，经过近 200 年的蓬勃发展，已成为一所世界顶尖的公立研究型大学，同时也成为加拿大综合实力第一的高等教育机构。多伦多大学的主校区在市中心，我们进入多伦多大学的主校区即圣乔治校区，分散活动。我和小莉在校园里漫步，我们溜进了距离校门不远的一幢教学楼，这座教学楼的外观告诉我们它具有悠久的历史。我推开沉重的木门，仿佛推开了进入另一个时代的大门，教学楼里很安静，咋没听到教师的讲课声音？我们轻轻地走在一楼，看到一间教室的门虚掩着，我探头一看：十几个学生围绕着教师坐成半圆形，师生正在讨论问题，一个女生正就某一问题发表着自己的看法。古老的大学却实行着最现代的研讨式教学方式。

我们走出这幢古老的教学楼后，就在校园里漫步，雨后的空气格外清新，气氛和谐、雅静，令人心旷神怡。古老的维多利亚建筑和现代化的钢筋混凝土大楼鳞次栉比，雕塑棋布，林荫夹道，花坛遍地，绿茵如毯。校园中心基本看不到车辆，更听不到尘世喧嚣，使人忘记了自己是置身于世界上最活跃的大都市之中。

结束了多伦多大学校园的参观后，我们上大巴前往格雷文赫斯特镇参观白求恩大夫的故居。地陪说，中国和加拿大正式建立外交关系后，1972 年白求恩获得"加拿大历史名人"称号，1973 年加拿大联邦政府出资购买了白求恩降生的故居，按白求恩出生时房子的原貌进行了修缮，建成了白求恩故居博物馆，并将其列为加拿大国家级历史名胜。在白求恩故居院落北侧的一栋白色小楼里开辟了白求恩纪念馆，1976年8月30日正式对公众开放。白求恩纪念馆内陈列着白求恩生活的实物和照片。

　　领队和地陪带领我们走进白求恩纪念馆。在与繁华街区穆斯科卡街毗邻的约翰街上，一幢2层米黄色木屋就是白求恩的故居，这所住宅经过修缮已恢复了当年的原貌。在这里，白求恩愉快地生活了3年多，之后随家搬迁。走进白求恩纪念馆后我才了解到他的一些基本情况。1890年3月3日白求恩大夫生于安大略省的格雷文赫斯特小镇，他的父亲是当地的基督教传教士，他的祖父是加拿大的著名外科医生，也是多伦多加拿大医学院的创始人。白求恩毕业于多伦多大学，后在蒙特利尔从医，并在麦吉尔大学胸腔外科任教……

　　参观活动从观看白求恩生平事迹的录像开始。约10分钟的录像，生动形象地记录了白求恩大夫加入毛泽东的部队、在中国炮火连天的抗日战场、在八路军野战医院抢救伤病员的情景，也记录了白求恩大夫牺牲时延安军民痛哭失声的感人场面。看完纪念馆，接着我们参观他的故居。一楼是会客厅，二楼是卧室、书房等房间。我们仔细观看，拍照留念。参观完白求恩故居后，我们乘大巴前往加拿大东部度假胜地——慕斯科卡。

　　在大巴上，地陪说，慕斯科卡是加拿大赏枫胜地之一，也是著名的蜜月度假胜地。慕斯科卡湖又被称为蜜月湖，整个水域就像是一个美丽的世外桃源。到达目的地下车后，我非常失望——眼前的枫树没啥红叶，绝大多数都是绿色，好在湖面平静如镜，在湖边四处兜兜转转还是赏心悦目的。我拍摄了一些湖景，就给小莉、海鸥和孟建江拍摄人物照。随后在湖边休息，四周格外静谧。我坐在湖边观景，蜜月湖静谧如镜，远望湖水在阳光照耀下波光粼粼，树叶倒影在湖面上，摇曳生姿。因为枫叶未红，地陪见大家兴趣索然，在此逗留了半小时后，就让我们上车出发前往阿岗昆省立公园。地陪说，每年9月底至10月初，阿岗昆省立公园也是观赏枫叶的最佳地点之一。当我们到达时，这里的枫叶也没有红。我懊恼地问领队："小云，怎么我们到 2 个地方枫叶都不是红的？"小云说："枫叶红有 2 个必要条件，一是气温下降到一定程度，二是必须下雨。"知道了枫叶不红的原因，我们也就心态平衡了，在湖边拍拍湖景挺好的。加拿大地广人少，走到哪里都见不到几个人，因此，我们拍摄照片时可以任意选择角度和摆放机位。

我们在阿岗昆省立公园逗留了 1 个小时不到，就前往亨茨维尔地区吃晚餐、入住酒店。

畅游千岛群岛湖

10 月 12 日早饭后，我们乘大巴前往加拿大东岸的千岛群岛，行程 406 公里，中间休息了很多次，因为国外司机严格执行开车 2 小时必须休息至少 20 分钟的制度。我们在途中的休息区自己买面包和咖啡作为午餐。下午 2 点不到，终于到了闻名遐迩的千岛群岛。

到达后，我们排队上游船游览千岛群岛湖。在车上地陪就告诉我们，千岛群岛国家公园建于 1904 年，整个公园内的河道与岛屿完全是天然形成的。园内圣劳伦斯河面上星罗棋布地散布着 1800 多个岛屿。官方认可的岛屿标准须全年每天都处于水面以上，并且大小足以栽种得下一棵树。千岛群岛中最小的岛是一块礁石，大的可以达到数平方公里。没有任何一个岛是横跨美加两国的，所有的岛或在美国境内，或在加拿大境内。千岛群岛上的岛屿都是富人买下用来夏天度假的，现在大部分岛屿已经卖出，产权归私人所有，私人可悬挂国籍所在国的国旗。

我始终站在船的甲板上，边看边拍。与国内浙江境内的千岛湖相比，加拿大的千岛群岛面积更大而有气派。湖里有许多度假小岛，大的有几百米长，小的仅是一堆露出水面几尺的礁石。有些略大的岛上有几座不同风格的小屋，或豪华，或精致；有些小岛仅有一棵老树、一座小屋，有老人憩息树下，小狗陪伴着他，远看还以为是盆景。游船在群岛间狭窄的水道里迂回前进，前面疑无路，转眼又豁然开朗。千岛群岛湖中的这些岛屿如繁星般散落在圣劳伦斯河上，绿岛与碧水辉映，画面宛若仙境。景区碧波万顷，千岛林立，景色无比优美。地陪说，因优良的自然环境、适宜的气候和丰富物种，2002 年联合国将千岛群岛国家公园指定为世界生物圈保护区。

游览了一个多小时，我在游船上眺望千岛群岛湖区的美丽景色，湖水深邃、广阔，像镜子一样明亮、宁静。我欣赏着眼前这些难得一见的岛屿奢华住宅，千岛群岛湖中大多数岛屿都是绿树掩映，不同风格的别墅时隐时现，风光优美秀丽，这里是富人避暑的天堂，其中包括百万富翁波尔特表达对他妻子永恒真爱的建筑——波尔特城堡等。这在其他国家是没有的。

下船后前往古都金斯顿，夜宿金斯顿。

快闪枫叶国的窗户——渥太华

10 月 13 日早饭后，我们从金斯顿出发，前往加拿大首都——渥太华，行程约 196 公里。按照惯例，地陪在大巴进入渥太华前介绍即将到达的目的地。地陪说，春天一来，整个城市布满了郁金香，因此渥太华有"郁金香城"的美誉。渥太华是加拿大第三大会议中心，以政府服务业这一"无烟工业"取代传统产业，是加拿大政府的成功之举，它使渥太华成为加拿大最适宜居住的城市之一。渥太华是一个文化城市，处处充满浓厚的文化气息，市内有 30 个博物馆和 50 个堪称世界一流的艺术馆及剧院。

上午 10 点多到达渥太华后，我们在市中心观赏。这是一个宁静整洁的城市，整个城市保留了 19 世纪的欧式建筑风格。我们外观了国会大厦和国家战争纪念碑。国会大厦是渥太华乃至整个加拿大的象征，由 3 栋哥特式的建筑组成，分中央区、东区与西区，是目前加拿大政府及参议院的所在地。地陪说，国会大厦初期建于 1859 年，但不幸这栋壮观的大厦毁于 1916 年的一场大火中；之后，新的国会大厦又在原地按照原来的样式重建，并于 1922 年完工。国会大厦中央耸立着著名的和平塔，和平塔高达 90 米，被誉为世界上最精致的哥特式建筑，也是国会大厦中最高的建筑。

听地陪介绍完毕，我一个人举着单反相机选择机位拍摄。天气很不好，阴沉沉的，我的拍摄兴趣随之顿减，拍摄了几张照片就去看国家战争纪念碑。国家战争纪念碑在渥太华的联邦广场，1939 年建成，由英王乔治六世揭幕，是为在第一次世界大战时为国捐躯的加拿大战士而立。纪念碑用巨大的花岗岩雕琢而成，碑体洁白，庄严肃穆。纪念碑顶有 2 尊高举橄榄枝和火炬的女神铜像，纪念碑下有 22 尊象征加拿大骑兵、炮兵、空军、海军和工兵形象的铜像，每一个铜像的仪容都栩栩如生，把我带回到残酷的战争年代。我独自一人站立在这座加拿大国家纪念碑前沉思：一个国家和民族必须牢记历史，珍视和平，反对战争。

我在威灵顿大街上漫步了半小时，大概由于是上班时间，街上不见行人，街边长条椅上稀稀拉拉地坐着几个聊天的老年人，这座首都城市分外静谧。我们在渥太华只逗留了 2 个小时，立即上大巴，驶向素有"东方小班夫"之称的翠湖山庄看枫叶，需要行驶 153 公里，在途中的休息站自己解决午餐。

在翠湖山庄初次赏枫

10 月 13 日下午 2 点多，我们到达翠湖山庄的停车场，四周全是红枫叶，真美！大概是前一天这里下过雨了，地上的水滩上漂着些许红枫叶。这时才有了"赏枫之旅"的感觉，我在停车场狠狠拍了几张，然后跟着队伍走向翠湖山庄。

翠湖山庄是魁北克省的一个四季度假村。这里的枫叶红到了极致，山间溪流、红叶、绿树，还有落下的枯叶，美得让人惊叹。我们的赏枫之旅，准确地说是从翠湖山庄开始的。翠湖山庄沿着山势而建，我们在山下乘坐缆车到达海拔 875 米的仙驼峰。缆车分 2 段，第一段是免费缆车，又称体验段，可以送游客到达半山腰的游乐中心；第二段是收费缆车，可以送游客直接到达山顶。我们只乘坐第一段缆车，到半山腰后自己走着上去。经过雨水洗礼的山林、草场散发出强烈的植物气息，山上渐红、很红的枫叶交织成一片红枫海，进入红枫林后我拍照有一种找不到北的感觉，在里面傻傻地站着欣赏了很久，在小莉的催促下拍摄了几张红枫叶照片后才慢慢地走出红枫林。站在半山腰远观翠湖山庄，美得让人透不过气来。

为了观赏翠湖山庄，下山时我们自己走下山。走着走着，我突然眼前一亮：翠湖山庄度假村的法式建筑物色彩艳丽，鹅卵石铺成的小路别具特色，沿街的小店都不大，酒吧和咖啡吧居多，各种卡通造型的店铺 logo 以及唯美的植物色彩，宛若把我们带入了一个童话世界，宁静而又安逸，让人乐不思蜀。我在这驻足的原因是，每座建筑前都有枫树，红枫叶恰到好处地装点着各式建筑。这下我确实舍不得很快离开了，在每一座房前屋后拍摄被红枫叶装点的各式建筑。之前我对翠湖山庄没有一丝了解，这反而让我有了太多的惊喜……直到小莉在远处大声叫我："集合时间到啦。"我才收起相机，恋恋不舍地跑向集合地点。

夜宿翠湖山庄附近，住宿条件一般。

北美小巴黎——蒙特利尔

10 月 14 日早饭后，我们立即出发，行驶 132 公里，前往蒙特利尔。在长途行驶中除了观看窗外的美景，就是听地陪给我们介绍蒙特利尔。地陪缓缓地介绍着，蒙特利尔在魁北克省的蒙特利尔岛上，是加拿大魁北克省的经济中心和主要港口，也是加拿大重要的经济中心之一。2006 年，蒙特利尔被联合国教科文组织评为"设计之城"。2017 年，蒙特利尔被英国高等教育调查机构评为世界最佳留学城市。地陪强调，蒙特利尔的历史文化中之所以具有独特而深刻的法国文化烙印，是因为 1608 年著名的法国探险家塞缪尔乘风破浪到北美洲寻找新殖民地时，无意中发现了"上帝的礼物"——位于加拿大东部的魁北克省。塞缪尔之后，法国人开始从本土大量移居到此，魁北克也因此成为法国之外世界上最大的法裔聚居区。400 年过去了，如今的魁北克秉承了法国独特而强大的文化，成为除法国之外的世界上最大的法国文化中心。

到达蒙特利尔后，第一个景点就是皇家山公园。蒙特利尔皇家山公园建于 1876 年，园内景色宜人。我们下车后，沿着铺满枫叶的山坡爬到皇家山最高点。站在皇家山上，整个市中心的建筑和风景尽收眼底，可以一览山、河、城与远处的奥林匹克体育场。我和小莉边走边拍地走到山顶，到了山顶后，我们居高临下地俯拍了眼前的景观：林立的高楼、纵横交错的街道、波光粼粼的圣劳伦斯河、优雅美丽的市容。然后，我转过身拍摄山顶广场的当地居民，忽然发现了民间慈善组织搞的小合唱，很有意思。我们的团友孟建江女士走进他们的队伍，与其中一个合唱团员联手跳舞，超棒！我赶紧抓拍。团友们与他们互动起来，气氛顿时欢跃。

接下来，我们前往圣约瑟夫皇家山教堂参观。运气好——教堂里面没有举行活动，我们可以进入参观。地陪在教堂外对我们说，圣约瑟夫大教堂是座巨大的现代化教堂，是魁北克省的三大宗教巡礼地之一。据说安德烈修士曾以圣约瑟夫教堂中的灯油，治愈了许多身有残疾的病人，于是蜂拥而至的人潮持续了 30 年之久。在众人出钱出力之下，安德烈修士 1924 年开始在皇家山建造约瑟夫大教堂，1924 年开始建造，完成于 1965 年。教堂体积大，外观炫目，不论在市内西南方的任何一个角落都可看到这座礼拜堂的屋顶，世界上只有梵蒂冈圣保罗大教堂的圆顶大于它，不过其内部却相当质朴、简单。教堂拥有 5811 支管子的管风琴，每天都奏出悠扬的乐声。教堂里安放的安德烈修士心脏，地下墓穴中成排的支柱与整墙的奉献蜡烛很有震慑感。我们安静地跟着地陪参观圣约瑟夫皇家山教堂，以肃穆的态度听着讲解，观看教堂内的每一处摆设，感觉简朴之外更显气魄恢宏。走出教堂后站在教堂前高高的看台上远观，只觉得站在下面的人只有一米不到的身高，可见此教堂的地势之高。我和小莉站在这里拍摄远景。

　　紧接着我们又跟随地陪去参观圣母大教堂。蒙特利尔圣母大教堂是北美最大的教堂，建成于1829年，在蒙特利尔市旧城区中心的达尔姆广场对面。地陪说，圣母大教堂是参照法国巴黎圣母院的样式建造的，所以人们亲切地称呼它为"小巴黎圣母院"。圣母大教堂的正面矗立着2座高耸雄伟的塔楼，像极了哥特式风格的城堡。中间部分建造稍低，正上方是一个神圣的十字架，下方是泛着金光的圣母雕像，教堂门前3扇呈尖拱式的大门，庄严而神秘。我们穿过庄严肃穆的大门进入圣母大教堂，教堂内流光溢彩，满目金碧辉煌，使人处于庄严肃穆与浪漫奢华的极不对称但又相当和谐的感受之中。教堂内陈列着一台著名的卡萨普瓦管风琴和一座低音大钟。宽敞明亮的大厅，每一个装饰无不散发着艺术的气息，每一个细节都体现了"上帝"的魔力。室内大厅则通向更多的小厅，小厅内部则更为奢华，让人目不暇接。我们眼前的庄严肃穆的通道里，做完弥撒的人们在教堂中小声交流，安静地行走，感恩上帝的恩赐。

　　圣母大教堂里面所有装饰的宗教色彩都令人震撼，正因为感到震撼，我拍摄时不由得毕恭毕敬起来。教堂内的这些奢华装饰反映出设计者和建造者的信仰理念和宗教情感，这从另一角度呈现出信仰的伟力。这天，我们夜宿蒙特利尔。

冒雨游览魁北克古街

　　10月15日早饭后，我们乘车继续北上，冒雨行驶255公里，前往北美唯一被联合国教科文组织列为世界文化遗产的魁北克老城，它是北美洲唯一围有古城墙的城市，亦为法裔人聚居之处，城内充满着浓厚的欧陆色彩。

　　地陪说，枫叶之国加拿大，尤其以魁北克省和安大略省的枫树最多最美，东起魁北克城，沿圣劳伦斯河向西一直延伸到尼亚加拉大瀑布，就是加拿大著名的"枫树大道"。作为加拿大国家的标志，国人对枫叶有着深厚的感情，大到国旗、国徽、国花，小到日常生活用品，枫叶图案比比皆是，而且都很漂亮。不仅加拿大人喜欢枫叶，我们也非常喜欢，这次不远万里来到加拿大，观赏加拿大漫山遍野的枫叶正是我们这次"赏枫之旅"的根本目的。

加拿大的枫树不仅有观赏价值，还可以用来制作糖浆，枫糖是加拿大最具代表性的特色食品之一。秋天赏枫，春天过枫糖节，品尝新鲜的枫糖浆，成了加拿大独有的风情。在我们前往魁北克的途中，领队特意给我们安排了加拿大的农家乐——枫糖小屋。

我们在红枫树林中的枫糖小屋品尝当地农家特色餐，体验加拿大的"农家乐"，在当地传统音乐的伴随中品尝加拿大农家特产，别有一番风味。小木屋装饰得很朴实，我们坐在餐厅内摆放着原木的长条餐桌旁，服务员送上来热气腾腾的一大罐豆汤和一小篮子面包、一壶枫糖浆，我随手拿起面包片，蘸上浓浓的枫糖浆，还真是好吃，面包的空洞里浸透了甜而不腻的枫糖浆，一股淡淡的清香沁人心脾。胖胖的农家大妈推着餐车，给我们送来了枫蜜火腿片、焖蛋角、烤肉馅饼和肉丸子等，喷香的咖啡加上淡雅的枫糖浆，味道确实别具一格。第一次品尝异国的"农家菜"，感觉新奇又新鲜，能让人在味觉记忆里回味很长时间。

午餐结束后，我和小莉、海鸥来到小屋外，一个老外农民大爷正在制作枫糖"棒棒糖"——在一个干净槽上铺上洁白的冰雪，把煮沸的枫糖浆直接淋在冰雪上面，稍过片刻，枫糖浆会慢慢凝固，大爷示意我们用一根小木棒儿把凝固的软软的枫糖慢慢卷起来，就成了很有嚼头的枫糖"棒棒糖"。然后，我独自走到枫糖小屋后面的红枫林里面拍摄红枫。只见那枫叶红得似血，特别美。雨才停，在红枫林里只有我与另一个男团友，我和他互相拍了几张照片后赶紧走向大巴。

到达古城魁北克城外，领队给我们留了 15 分钟浏览炮台公园。炮台公园里面有非常重要的兵营和军用贮藏库，曾是魁北克城防御工程的重要组成部分。地陪说，1759 年，英、法两军在炮台公园发生一场具有决定性的战争，法军在这场战役中打了败仗，从此魁北克市成为英国的殖民地。我们漫步在炮台公园，爬上小山坡，便可一览圣劳伦斯河和整个酒店。曾经的战乱波折，早在河水的流逝中消失殆尽，时光终归还是温柔了这座古城。我们在此拍了一些照片后，跟随领队和地陪去魁北克古街。

地陪站在小香普兰街的上部给我们介绍，魁北克市分成上城和下城两部分。由于历史的原因，魁北克在文化上显示着自己的重大特色——法国文化居于统治地位，这里 80% 的人口是法国后裔，法语是省官方语言。魁北克有许多极具特色的老城区，如魁北克旧城、魁北克皇家广场、魁北克圣母大教堂等，每一处都是游客必到打卡地。其中，魁北克的小香普兰街吸引了众多法国文化爱好者的到来，它建于 1680 年，以北美最古老的铺石小路闻名，如今也是北美最具影响力的古商业街。漫步其间，可以欣赏 17 世纪绘制而成、如今依旧立体感十足的精彩壁画，体验法兰西时期的怀旧风情。

我们从台阶上走下去，就到了小香普兰街入口处，只见挂着一个招牌："北美历史最悠久的繁华街"。如何漫步小香普兰街？心存好奇，决定还是闲庭信步。信步走进每一家店，随时都可能有新发现的惊喜；逛累了，就找家精致的咖啡馆，享受咖啡的香醇，体验旧城区特有的风情。我们冒着深秋小雨、撑着雨伞漫步在这条狭窄的街道上，满目都是销售精品、皮件、手工艺品的商店以及画廊和餐厅，街头一排设有扶手阶梯和圆形街灯尤其吸引人。小香普兰街依然保留着 17 世纪古香古色的法兰西风格建筑，与巴黎的蒙马特区有点相似，富有万种情趣。

我们跟着地陪走到街的末端，来到那幅著名的壁画前。这一幅巨型的壁画，占据了整栋建筑的侧面，名叫《一年四季》，由 12 位来自魁北克和法国的画家共同创作，于 1999 年完工。这幅画包含了所有魁北克的代表性元素，须花点时间慢慢品，在接下来的漫步中去偶遇这些画面。地陪介绍完毕，雨也停了。我和小莉在这幅壁画前拍了几张颇有意思的照片，才慢慢往回走。

在往回走的途中，看到了用各式大小不同的南瓜布置门前场景的小店，才想起快到西方国家的万圣节了。我们继续向上城区行走，慢慢走到魁北克最有标志性的建筑——芳堤娜古堡酒店外。酒店是一座青铜色屋顶、古朴红色砖墙、圆柱形的建筑，充满高雅的法国古堡气派。酒店前是魁北克旧城区的中心广场，广场上竖立着"新法兰西之父"——魁北克创始者普兰的纪念碑。我和小莉在此拍照留影。

漫步在魁北克老城区，边走边拍，竟然感觉置身于欧洲国家，这天还是夜宿蒙特利尔。

静谧的贾斯珀国家公园

10月17日早餐后，我们从埃德蒙顿出发，驱车行驶 313 公里，前往贾斯珀国家公园。在长长的行程中，地陪给我们比较详细地介绍了贾斯珀国家公园。1907 年 9 月 14 日，贾斯珀森林公园正式开园。1930 年，贾斯珀森林公园通过了加拿大国家森林公园的规定成为国家公园，加拿大数条主要河流的源头都在这个公园内。贾斯珀国家公园是加拿大著名的高山国家公园之一，也是加拿大落基山脉最大型的国家公园。贾斯珀国家公园风景秀丽，环境优美，有多种野生动植物生长其中，占地面积为 10878 平方公里，1984 年被联合国教科文组织列为世界自然遗产。

我们到达贾斯珀国家公园境内，第一个景点就是游览被当地人称为"魔法"的巫药湖。这片湖泊坐落于贾斯珀镇去马琳湖的路上，它独特的名字来源于一种神奇的自然现象——湖的水位在春夏季正常，然而到了每年 10 月份左右，湖水就渐渐消失，全年水位变化高达 20 米。当地的印第安人认为这是神奇的魔力，故称之为巫药湖。地陪说，其实这个现象是由巫药湖水位受地下暗河系统影响而产生的。巫药湖本身独特的排水系统，是联合国教科文组织将这里设为世界文化遗产的原因之一。到达巫药湖时，四周只有我们这个团队。听地陪介绍完巫药湖后，我们在湖边拍摄了几张照片，我看到湖边有被火烧枯的树枝，一片沧桑之感。地陪说，这是山火自燃的结果。接下来开车去游览玛琳湖。

地陪在车上说，玛琳湖是一个狭长形湖泊，长 22.5 公里，宽 1.5 公里，平均深 35 米，最深处可达 97 米，因湖水的颜色和位于湖中的小岛而知名，被评为世界上最上镜的湖泊。玛琳湖的小岛叫作精灵岛，大名鼎鼎，是加拿大的一个标志性景点。在前往玛琳湖的途中，突然下起了雪。我只穿了一件薄羊绒衣和外套，幸好司机开了车内的暖风空调，不觉得冷。到达玛琳湖后，地上的雪已厚达一尺深。穿着冲锋衣的小莉很关心地问我："你下车吗？"我很坚定地告诉她："当然下去啊，这辈子就来这一次。"

下车后，环顾四周，雪已经停了，老天爷真给我们面子啊。白雪皑皑中的玛琳湖像一面镜子，周围被高山环绕，山下生长有茂密的树林，给人的第一个感觉就是惊艳。湖水会变换颜色，从蓝色变为碧绿色，就像是一颗璀璨发光的宝石，晶莹剔透，色泽艳丽，好美好美！关键湖区只有我们这个团，一车人下车分散后，几乎看不到什么人。玛琳湖的湖边有一幢小木屋，专供游客驻足休憩。我和小莉、海鸥就站在湖边被雪深埋的矮树丛中拍照，欣赏着眼前静美的玛琳湖，身处不凡之地，我丝毫不觉得身上寒冷。这时，昏暗的天边竟然亮起来，有了些许阳光。我们在玛琳湖畔逗留了半个小时，领队怕我们冻坏了身体，催促我们上车前往下一个景点——玛琳峡谷。

玛琳峡谷是落基山脉最长、最深、最壮观的峡谷，据说已有 1 万多年的历史。其独特的喀斯特地貌，是由上游的玛琳河流经此地的石灰岩而形成的蚀刻地貌。玛琳峡谷两侧多为垂直峭壁，水流湍急，峡谷深邃，最深处达 50 米。山谷水声轰鸣，地势陡峭惊险，景色十分壮观。地陪说，沿着谷间步道和 6 座桥，可以观赏沿途的瀑布、化石、溶洞、暗河以及丰富的野生植物和鸟类。

进入峡谷才知玛琳峡谷的深邃、水流湍急，地形环境非常奇特。峡谷有飞流而下的瀑布、潺潺的小溪流水、化石、壶穴，以及美丽的鸟巢和多种多样的动植物。小莉搀扶着我沿着小径游览峡谷，这里有 4 座桥跨越峡谷，每一座都有其独特的景观。我们每经过一座桥就拍几张照片。我和小莉边走边拍。第一座桥到第二座桥之间是深邃峡谷。从第二座桥到第三座桥一路下坡，路边很多地方有观景台，可以从不同角度全方位欣赏美景。第三座桥是拍照位置最佳的地方。第三座桥到第四座桥之间的景色迷人，可见到玛琳峡谷悬崖壁立，之险，之奇，之美，从不同的角度观赏更有不同的绝佳景致，"远近高低各不同"，非它莫属。从第四座桥开始，峡谷逐渐开阔，河水也渐渐平缓。我们走过第四座桥后不远，就沿路返回了。

离开玛琳峡谷，我们前往金字塔湖。为何叫金字塔湖？地陪说，是因为湖边山体呈三角形比较对称，另外山上的岩石含有黄铁矿，呈现出被风化了的粉色和橘色，像镀了一层金，故此山被称为金字塔山，金字塔湖也因此而得名。

派翠西亚湖与金字塔湖相邻，是距贾斯珀小镇很近的冰碛湖，沿着贾斯珀镇后方一条蜿蜒的道路，穿过一些山丘，就到了这两片景致如画的湖泊。派翠西亚湖的湖水清澈，能见度高，湖底的石头清晰可见，湖面涟漪微微，山峦倒映湖中，山水如画，让人流连忘返。

离开派翠西亚湖和金字塔湖后，我们乘车前往阿萨巴斯卡瀑布。阿萨巴斯卡瀑布是一个在阿萨巴斯卡河上游形成的瀑布，是洛基山中最令人惊心动魄的瀑布。我们下车后在远处即可听见瀑布飞跃而下的隆隆水声。阿萨巴斯卡瀑布不仅因为23米的高度和奔流的水闻名，还因为瀑布水携带着沙石，以巨大的力量将两岸冲击形成的壶穴而令人惊叹。冰河水年复一年、日复一日地冲刷着这些巨大的岩石，经过万年的"切割"，最终将这巨石的河床冲刷出深达25米的峡谷，彰显了阿萨巴斯卡瀑布一种勇往直前、激流勇进的力量之美。我们在峡谷的一座桥上领略了阿萨巴斯卡瀑布的力量及其周边峡谷的美景后，按照规定时间上车。一天的时间就这样不知不觉地过去了。

在幽鹤国家公园观雪景

10 月 19 日早饭后，我们冒雪去幽鹤国家公园。一夜大雪，我们入住的酒店小道铺上了厚厚的白雪。从露易丝湖到幽鹤国家公园只需行驶 28 公里，很快就到了。我在大巴上拍摄了去幽鹤国家公园沿途的雪景，领队给我们 40 分钟时间观光浏览。

地陪说，幽鹤国家公园在落基山脉的右翼，是全世界最古老的山脉，比喜马拉雅山和阿尔卑斯山还要古老。幽鹤国家公园有加拿大最高的瀑布奇景、世界级的化石遗迹地和鬼斧神工的天然地形景观，与班夫一起被联合国教科文组织列为世界遗产。幽鹤国家公园的塔卡考瀑布是加拿大西部落差最大的瀑布，落差是尼亚加拉大瀑布的 6 倍之多。瀑布分为两截，水流在半山腰冲入一个凹进的石穴中被高高地甩起后再次落下，湍急的水流被抛入空中，犹如天女散花，阳光灿烂的时候还会形成七色彩虹悬挂于空中。但是，我们到幽鹤国家公园时，由于气温处于零下几十度，瀑布已成冰冻状，我只能用单反相机拍摄那冰冻状的塔卡考瀑布。我们围绕着塔卡考瀑布所在地走了一圈，拍了一圈，便上车去翡翠湖。

地陪在大巴上说，到幽鹤国家公园，一定要去看看翡翠湖。我们从雪地里踏入景区，迎面扑来的就是雪山下的翡翠湖，白得迷人。湖边有一些木屋，色彩与湖水交相辉映。第一眼看到翡翠湖，给我的感觉是优雅别致，远处是头顶白雪的绿松山峰，近处是层叠的松树林，近岸居然有几朵五颜六色的粉嫩小花。平静的湖水倒映着一旁的壮丽山色，使人心灵宁静安详。大自然雕琢出一幅清雅别致的山水画，美妙的景色让人痴迷。

被森林围绕的翡翠湖适合徒步浏览。我们在湖边拍摄了一些照片后，沿着小道穿行在湖边的小木屋之间，一路上看不到居民，只有我们团的团友。这寂静的世外桃源是那么的美好，没有战争，没有攻击性病毒，人与大自然和谐共处。

接下来我们前往天然桥——幽鹤国家公园中的另一名胜。当柔弱的水流遇上坚硬的岩石会爆发出怎样的奇观呢? 天然桥给出了答案, 河水与岩石之间千百年碰撞, 结果是岩石变成了石洞。奔腾的河水千百年来日夜不停地冲击石壁, 锲而不舍, 终于穿石而过, 造就了独特的天然桥, 这是水滴石穿的魅力。世界万物都有其运动规律, 贵在持久。我和小莉在天然桥四周拍了几张照片, 就走到大巴停靠地上车了。

走进班夫

当我们到达班夫时, 已到了午餐时间。美美地喂饱肚子后, 地陪带着我们前往著名的班夫国家公园的硫黄山。班夫国家公园是加拿大第一个国家公园, 在阿尔伯塔省西南部, 于 1885 年建立, 面积为 6666 平方公里。内有一系列冰峰、冰河、冰原、冰川湖和高山草原、温泉等景观, 奇峰秀水, 居北美大陆之冠。硫黄山是在班夫镇附近的一座山, 海拔 2450 米, 登上硫黄山山顶可俯瞰班夫镇、弓湖、山脚下的班夫温泉酒店。登硫黄山可选择索道缆车, 或登山步道。我们乘缆车上山, 可以随缆车逐渐上升而欣赏到不同高度的风光。

我们登上硫黄山, 虽然眼前的风景不能与国内的黄山、泰山、峨眉山等比肩, 但在北美还是别有风味的。硫黄山山顶有一座 4 层的建筑, 每一层都有不同的功能, 有咖啡店、纪念品商店和加拿大最高的餐厅等, 第 4 层为露天观景台, 视野更好。沿山顶步道向上前行, 可以到达一座于 1903 年建造的气象观测站, 游客可以透过窗户看到它的内部。

我和小莉乘缆车到达硫黄山山顶后, 先去 4 层的露天观景台, 因为那里视野宽广。正好有几位工人在扫雪, 观景台上还堆了 2 个雪人, 我邀请 2 位身穿工作服的工人与小莉在 2 个雪人旁合影, 他们两人非常高兴地接受了我们的邀请, 愉快地合影。合影完毕, 我和小莉走下观景台, 冒着大雪走向古老的气象站, 途中景色相当不错。我和小莉拍了几张雪景，赶紧回到室内。在室内，我们发现了一个弧形走廊，可以透过走廊落地窗看到外面的雪景，弧形走廊与室外雪景构成了一幅天色相宜的素描画，行走在弧形走廊中，有人在画中的感觉。这个走廊背面就是班夫国家公园里动物的电声介绍，我们依次看过去。然后，我们自己乘缆车下山集合，前往班夫小镇。班夫镇是班夫国家公园中最大的城镇，成立于1885年，是班夫国家公园的主要商业中心和文化活动中心。班夫镇作为加拿大落基山脉自然公园群的一部分，与其他落基山脉的国家和省立公园一起被列入《世界遗产名录》。

下车后，地陪告诉我们晚餐的地点和时间后，随即解散队伍，让我们自己逛街。海鸥独自去买手机充电数据线，我和小莉毫无目的地边逛街边欣赏小镇风光。小镇不大但基础设施齐全，酒店、餐馆、商店众多，小镇大道两侧仍保留着19世纪的建筑特色，在这里可以买到专业登山、滑雪设备等。我突然发现小镇尽头的山腰环绕着一层薄雾气，非常美，赶紧用卡片相机拍摄下来。小镇还有基督教堂，街两旁的树叶都黄中透红，把街道装点得很美。拍完街景后，我和小莉开始逛店。找到两三家比较高档的衣店，我们走进去，只是欣赏。走了两家店，在第三家店里突然发现了米白色的羊毛帽子，手感很舒服，是全羊毛的，我要小莉买下，小莉试戴后立即买下。我建议去找冰激凌店买冰激凌吃，走完一条街也没找到班夫那家有名气的冰激凌店，只好找个地方坐下来休息，等待集合、吃晚餐。

这一天我们冒雪游览了幽鹤国家公园和班夫国家公园，欣赏了落基山脉的自然风光。在感受美的同时，感到既冷又累。真盼着早点进酒店冲个热水澡，上床休息。

浏览温哥华

10月20日早餐后，我们驱车返回卡尔加里，搭乘航班飞往温哥华。我们在飞机上自己解决了午餐，到达温哥华已是下午。在飞行中感觉气温回升了不少，从大雪纷飞的冬天回到温暖而湿润的秋季，我们都换下羽绒衣穿上了春秋两用外套。下飞机后，接我们的大巴和地陪送我们去卡皮拉诺吊桥公园，我们自己过吊桥去对面公园玩。

卡皮拉诺吊桥全长 137 米，从 100 多年前就悬挂在近 70 米的高空中，桥下是卡皮拉诺河湍急的河谷。走到吊桥前，我产生了"恐高"的感觉。但是，想到地陪在大巴上介绍的卡皮拉诺吊桥公园情况，我"勇敢"地走上吊桥。啊，终于走到吊桥对面的公园里了。首先入眼的是图腾柱，据地陪介绍，这些色彩鲜艳的图腾柱是 60 年前印第安人雕刻且置放于此的，高度虽不及史坦利公园的图腾柱高大，不过造型、色彩仍保存得很好。我们沿着木栈道进入高耸参天的巨大林木区，空气新鲜怡人，在森林区中，公园管理处设置了生态展示牌，介绍森林林木和昆虫。对于刚从寒冬走出来的我们，进入公园领略了温哥华的秋季。

大巴接着带领我们前往鹭岛酒庄买酒。我和小莉每人买了一箱冰酒，酒庄免费发送到家。从酒庄出来，天已黑，我们去吃晚餐、入住酒店。

10 月 21 日早饭后，天下着小雨，我们游览温哥华的伊丽莎白女王公园。地陪介绍，伊丽莎白女王公园占地约 21 公顷，是温哥华市的公共花园之一，也是温哥华市最大的一个市内花园。伊丽莎白女王公园是加拿大的第一座植物展示园，园内囊括几乎全部加拿大本土及一些外来的树木。领队和地陪带领大家逛公园，公园内有大花园、小花园和望台。小花园在 1961 年温哥华市庆祝建市 75 周年时完工。望台上立有纪念标志，望台海拔 150 米，是温哥华市的最高点，可以俯瞰全城。因为下着小雨，公园里就只有我们这个团队。地陪带着我们边走边讲，我就边走边拍。公园里的枫树叶红透了，像血一样红，我慢慢地拍，拍完自己认为完美的枫树及其落在树下的枫叶，赶紧追赶队伍。我们在此逗留了 30 多分钟，紧接着去市内的斯坦利公园。

斯坦利公园人工景物很少，以红杉等针叶树木为主的原始森林是公园最知名的美景。我们跟着领队和地陪走到公园入口处，只见一大片美丽的玫瑰园，里面有许多品种、各种颜色的玫瑰。我们是秋季到此，又下着小雨，照片拍出来的色彩极差。在公园东部的布洛克顿角有一系列美妙的印第安木刻图腾柱，我在此狠狠拍摄了别具一格的图腾柱，感觉与我在新西兰北岛毛利人居住区看到的图腾柱手工艺水平不相上下。因民族的差异，图腾的内涵不同。地陪说，所有的图腾都是由上好的红雪松木雕成，由原卑诗省北方印第安人雕刻，在斯坦利公园开放之后运至此地。这些原住民所制的图腾柱，手工精细，文化气息浓厚。我们走到斯坦利公园北端，看横跨海湾的狮门大桥。地陪说，狮门大桥的桥身两侧以弧形钢索悬吊，长 1660 多米的大桥可容三车并行，是连接温哥华市区与西温哥华和北温哥华的交通要道。斯坦利公园也是观赏狮门大桥的好地方，在这里可以看到狮门大桥的全景。

午餐后，领队和地陪带我们去看 4D 立体电影《飞跃加拿大》。进入电影院之前，领队交代了看电影的要求，特别强调所有人须把随身包放在座位的椅子下面，把保险带拴好，感觉像是坐飞机。排队 20 分钟后，轮到我们小组进入。进入后，我们按照要求做好一切准备工作。电影开始，哇，感觉真的不一般！这部电影，从头到尾放映的都是我们这次加拿大赏枫之旅的行程，电影中下雨下雪时，真的有"雨雪"喷洒到我们身上，电影给我们回放了我们旅游加拿大的全部行程，是一个有形有声有色彩的总结。太棒了！看完电影后，大家纷纷赞叹不已。

花园城市——维多利亚岛

10 月 22 日早饭后，大巴载着我们驶向港口，今天的目标是维多利亚岛。地陪在大巴上介绍，维多利亚岛处于加拿大西北地区，是与努那福特交界的岛屿之一，面积达 217291 平方公里，几乎有整个大不列颠岛大，是全球第八大岛，更是加拿大第二大岛。乘船到达维多利亚岛后，大巴把我们带到省议会大厦广场前。

刚下车就遭遇大雨，天上还有太阳。我和小莉跑到议会大厦前的一棵大树下拍摄了好几张照片，立刻上车躲雨，没想到刚跑到大巴车门前，雨停了，天边出现一道美丽的彩虹，我赶紧把彩虹拍下来。

上车后，大巴开向零公里纪念碑。横贯加拿大东西部的 1 号高速公路，东起大西洋边纽芬兰省的圣约翰斯市，西至太平洋岸边的维多利亚港，全长 7775 公里，是全世界最长的国家级高速公路。在 1 号公路的东西起始点，各有一座零公里标志。我和小莉在零公里纪念碑前留影，逗留了 20 分钟，地陪带我们去吃午餐。

午餐后我们游览维多利亚岛上的布查特花园。太阳出来了，蓝天白云，老天爷真给力。地陪说，布查特花园是座家族花园，从 1904 年开始修建，经过几代人的辛勤努力，已经成为世界园艺领域中的一枝奇葩，是世界著名的第二大花园，每年吸引着来自世界各地的 50 多万名游客。

布查特花园占地 12 公顷，分四大区域：一是新境花园，园中积土成山，有小径及石级可登，均有名花覆盖，山下有曲径环绕，临人工小湖，有山泉奔流而下，水花直注水中，淙淙有声。二是意大利式花园，按古罗马宫苑设计，园旁围以剪成球形的常青树墙。内有水池，整个花园为对称的图案式结构。三是日本式花园，迎面为红色神宫门楼，饶有日本风格。园内遍植加拿大枫树、百合花、日本樱花和松杉，龙胆随翠竹起舞，白杨伴垂柳扬花。有小桥、流水、茅店等胜景。四是玫瑰园，玫瑰品类繁多，锦绣天成。布查特花园一年"五季"都给人们带来惊喜：第一季，春之序曲。圣诞季节过后不久，宽阔的蓝罂粟餐厅就变成了一座室内的春季花园。园中小路蜿蜒穿过各种热带植物、绽放的樱花和种植春季球茎植物的花圃，空气中弥漫着春天的气息。第二季，春季。园内有超过 25 万株的黄水仙和郁金香开放，各种杜鹃和花木也都竞相绽放，此时园中充满了春天的烂漫色彩和芬芳气息。第三季，夏季。玫瑰园中大约有 250 种玫瑰，色彩缤纷、造型精致、花香诱人。第四季，秋季。这是海棠和大丽花盛开的时候，也是周边的多年生花木绽放的季节。秋色在 10 月最为浓郁，此时的日本园中遍布红褐色和金黄色。第五季，冬季。成千上万的彩灯和各种装饰遍布全园，室外滑冰场为滑冰爱好者和观光客带来了无尽的欢乐。

听完地陪介绍，我不由得叹服布查特花园创始人的生活理念，把原本的一年四季活生生地用鲜花划分成"五季"，足见其蓬勃向上、丰富多彩、富于想象力的精神追求和生活理念，并且用自己蓬勃向上的生活理念去感化人、影响人、为人们创设魅力生活环境，太伟大了！

我和小莉依次漫步于布查特花园。在新境花园，看到了创建者综合各种先进文化理念构筑出的花园，如果一般性走走看看，品不出其"新境"所在，必须从文化视角去解读每处的设计和布景，才能领略出新境花园之妙。从新境花园出来到意大利花园，有一大片绿茵草地、小湖区作为过渡，仿佛要人们整理一下心情。感知意大利文化后再步入意大利花园，这个意境绝妙。果然，意大利花园就是以花为主体的浓缩版意大利文化，以花构建出意大利建筑，处处彰显意大利文化。

日本花园距离意大利花园不远。我们怕时间来不及，加上这里人较多，就粗略地逛了一圈，没有驻足拍摄，直接走到通向玫瑰园的过渡区。这是一个假山与长满了小荷花的池塘构成的园中园。我和小莉在此拍摄了很多小景、近景，非常惬意，然后才走进玫瑰花园……

回望一天的行程，感觉生活在维多利亚岛居民的幸福感一定满满。他们拥有着三面环海的绝美海洋景致，以及整个加拿大最为温和宜人的气候，这份大自然的馈赠使维多利亚岛常年鲜花绽放，一年四季的自然风光旖旎迷人。丰富的建筑遗产、五彩缤纷的公园和雍容华美的传统风俗混搭着种类繁多的户外冒险、世界顶尖的美味佳肴以及充满活力的文化艺术，致使维多利亚岛的文化氛围独特非凡。在维多利亚岛，能够漫步在有125年历史的建筑遗产中，徜徉于精美的艺术画廊、优雅的时装商店，品尝可口的美食。维多利亚岛虽是一个小巧玲珑的城市，但却使人充满着自信、具有全球视野和广阔的胸怀……

加拿大赏枫之旅深深印刻在我们每个团友心中。

畅游希腊 + 小巴尔干半岛

为了目睹阿尔巴尼亚和南斯拉夫这两个社会主义国家剧变之后的现状，为了领略古希腊文明，2018 年 4 月 8 日，我开启了"希腊 + 小巴尔干半岛"之旅。根据上海东安国际旅行社有限公司给出的行程，我们这次游走 6 个国家，为时 18 天。这次和我同行的伴侣是李慧，领队还是张总，团友里认识的人又有孟建江夫妇。出行之前，我先做了"功课"，了解了巴尔干半岛的相关情况。

古希腊文明的时间美

古希腊是四大文明古国之一，是欧洲文明的发祥地。我们在雅典，参观了雅典卫城、雅典娜神殿、阿迪库斯露天剧场等古希腊文化遗迹。

雅典卫城遗址在雅典城西南，建造在海拔 150 米的著名的阿克罗波利斯山上，是祭祀雅典守护神雅典娜的神圣地，同时又是城市防卫要塞。雅典卫城是欧洲文明诞生地之一，有欧洲最古老且保存最完整的古文明遗迹。作为古希腊文明的标志，不仅希腊人民珍惜这块圣地，世界各国人民也热爱它。所以，我们下午到卫城时，只见各国游客冒着骄阳纷至沓来，各奔自己喜欢的目标。

我们跟随地陪观看神庙。帕特农神庙坐落在山上的最高处，已有约 4000 年历史，供奉的是希腊神话中的智慧女神雅典娜。帕特农神庙呈长方形，庙内有前殿、正殿和后殿。神庙基座占地面积约 2116 平方米，46 根高达 10 多米的大理石柱撑起了神庙，现今虽有点破败，但当年的雄姿却还依稀可辨。我和李慧从几个角度拍摄了帕特农神庙，因它是卫城保存较完好的主体建筑。

从山顶俯瞰迪奥尼苏斯剧场，地陪说，该剧场设有 1.8 万个座位，可容纳近 2 万人。其奇妙之处还在于其音响效果，在巨大的半圆形剧场的边缘，观众仍然可以和前排的观众一样清楚地听到演员轻微的叹息和撕开纸片的声音，古希腊建筑大师将声学原理运用于建筑方面的技巧令今天的工程师都赞叹不已。

我们爬上雅典卫城遗址时正当午后的高温，在强烈的阳光下参观、拍摄，我热得要命，感觉要中暑了。偏偏我的喝水杯下飞机时遗落在飞机上，没有水喝，真受不了。想到以后不会再到希腊，我忍受着骄阳酷晒，把该拍的卫城遗址全都收进自己的相机。这些古希腊文明遗存在岁月的流逝中备显沧桑，这是历史文物的历史美，历史美是时间创造的，所以它又是时间美。我们在生活中通常"看不到"时间，但是这些衰败的神庙大石柱子，这些大石柱子下的地基，甚至通往神庙的既高又陡的石子路、路边的草木花树，它们不是全都带着岁月和时间深情的美感吗？

虽然观赏这些古希腊遗存需要花费很大的力气爬山登高，但是直面令人震撼的雅典卫城神庙、雅典娜神庙、阿迪库斯露天剧场等遗迹，我眼前顿时浮现出 2017 年 1 月在埃及看到的那些同样令我震撼的古埃及神庙。古希腊文明与古埃及文明一样，记载着人类发展的足迹，映照着社会文化的生命活力。这些神庙的巨大石柱子及其周边的古遗存物，每一块看似冰冷古老的石头，其实它们并没有死亡，它们依然具有昔日的气息。在岁月流逝中，古希腊的石头已经满是缺口和裂痕，有的只剩下一些残块和断片。但是，它们各自不同的形态都是历史表情，石头上的残痕是它们命运的印记和年龄的刻度。想到这些，便有身处历史潮流之中的时间感了。

浪漫的圣托里尼岛

我们去圣托里尼岛是乘邮轮（慢轮）的，在地中海飘荡了整整8个小时。早饭后天不亮就去码头，开船后，随着时间变化，阳光照射的曲线发生变化，使我们享受着各种蓝色系的地中海，丝毫不感到枯燥或郁闷。在地中海中还要途经两三个岛屿，我们在邮轮上俯拍这些岛屿"片段风景"，感觉尝到了地中海的各种色美，美滋滋的，回味无穷。下午4点才到圣托里尼岛，接我们的大巴把我们带到岛上的伊亚小镇。

面对深蓝色的地中海，伊亚小镇的白房子格外夺目耀眼。伊亚小镇地处希腊的王冠——圣托里尼岛，是岛上最耀眼的明珠。伊亚小镇有着全世界最著名的日落、最漂亮的教堂、最迷人的白色小屋。走在伊亚小镇，我身上的每一个细胞都感受着蓝白相间色彩带来的宁静和魅力，说伊亚小镇是人间的天堂，一点不为过。领队张总太了解我们这个团的团友心理需求了（都是他的老客户），让我们抓紧时间拍摄。遗憾的是已是下午，有一半地方背光，拍摄效果不好。我与张总交流，他告诉我："今天主要是让你们欣赏伊亚小镇的日落，日落之际是伊亚小镇最迷人的时刻，明早再来拍另一半。"我太高兴啦！

傍晚时分，我们全都走向伊亚小镇的西部。很多游客早已到此，占领了最佳机位。我和李慧去迟了，只好选择了一个较高地方，静静地等待着日落，多数游客来这里的主要目的就是欣赏日落，据说这里是全世界看日落的最佳地点之一，能看到"夕阳落入爱琴海"。我们等待了近一小时，终于看到了海上的夕阳。站在稍微远一点的高处，透过古老的风车看夕阳，看着太阳慢慢落下，消失在地平线，海面上只剩下一片绯红的余晖，整个世界宁静下来，周围一点声音都没有，观看日落的人们都屏住呼吸，静静观赏，我被眼前风景震撼了。白色的房子、蓝顶的教堂、古老的风车在夕阳的照耀下让人陶醉。

　　第二天早饭后，张总带着我们再次到伊亚小镇，狠狠地拍摄了小镇的另一部分。这样，我和李慧把伊亚小镇最漂亮的三顶蓝教堂、最迷人的白色悬崖小屋都拍了个够。蓝白相间的房屋，时而会有教堂的穹顶展现在眼前，时而会有爬满墙壁的三角梅让你感到震撼。这里没有喧嚣，却有着特别的和谐，没有红沙滩的壮丽，却有着漫天朝霞的奇观，小镇边缘的风车，诉说着每天落日的情怀，观景台让客人有着最佳的机位来抓住那永恒的瞬间。在伊亚小镇，不仅是蓝白色的组合，还有红色的三角梅、橘色的风铃也让人流连忘返。

　　伊亚小镇的中央商业街拥有极具特色又精美的艺术与工艺品以及珠宝。我在小镇的商店里给外孙买了 2 件带有伊亚小镇标志的短袖 T 恤，纯棉质地特细腻。小镇几乎是由豪华别墅与悬崖酒店组成的，每个悬崖酒店都具有自己独特的景观，但在整体上又是如此的协调和高雅，不愧是世界上最美的海岛小镇，也许没有之一。伊亚小镇其实是个非常适合闲逛小商店的地方，各种小东西使人眼花缭乱。白天在小镇上走走逛逛，观看蓝顶教堂，夜晚看酒吧内人群涌动，小镇灯火通明。走在伊亚小镇的蜿蜒小路上，人人都会有种人间天堂的感觉！

　　补拍了伊亚小镇后，我们前往黑沙滩。因为在冰岛领略过黑沙滩的魅力，我对圣托里尼岛的黑沙滩没有了太多的好奇心理。在黑沙滩的爱情岛海边，我和李慧拍摄了几张照片后就坐在黑沙滩的日光浴躺椅上休息。

　　游览了黑沙滩后，张总和地陪带我们去参观著名的 SANTOWINES 葡萄酒酒厂，据说这个品牌的葡萄酒是由独特的火山岩地质孕育出的葡萄酿造而成的。我们坐在酒厂专设的海边品酒吧里就着小块面包、喝着葡萄酒，我请李慧给我拍下饮酒照片后，有几个团友也过来请我给她们拍我这种构思的照片，我非常高兴她们对我的构思的认同。接下来我给她们一一认真拍摄。

　　第三天早饭后前往费拉小镇，费拉小镇位于圣托里尼岛西部 400 米高的火山边缘，是圣托里尼的首府，也是整个圣岛最热闹的商业中心。费拉小镇的房屋也与伊亚小镇一样，全部是白墙蓝顶，与海洋天空浑然一体，就像童话中的小镇一样梦幻浪漫。穿梭在小街巷里是一种乐趣，即使迷路也无所谓，因为下一个转角可能又会遇见不同的风景。一到小镇，张总就解散队伍，让我们自己尽兴地玩。我和李慧先看教堂，在教堂外拍摄了几张照片后，就开始穿街走巷。因为有伊亚小镇做铺垫，我们对费拉小镇的蓝白相间已然熟知，按照自己需要的角度寻找合适的机位。走到一处拐弯处，遇到了一个日本团队，其领队是我午餐时遇到的男士。于是，我走向他，请他给我和李慧在此处合影一张，他很利索地答应并完成了给我俩的合影。我正要对他表示感谢，他立即阻止了我，要他团队里一名穿黄色外套的女士快点过来，指点她站在我身旁，他举起他的手机给我和那名日本女士合影。既然如此，我也把我的手机递给他，请他用我的手机也拍摄一张同样的照片。等他拍好，我看看手机里的照片，拍得不错，这时我才向这位日本领队和那位女士用英语说了"谢谢"。

在阳光下走着走着，感到口干了，李慧去买冷饮。我站在冷饮店门口等她，看着街上来往的各国游客。突然，我看到一对非常漂亮的情侣，漂亮的姑娘一头栗色披肩大波浪长发，一袭大红色长裙伴随着她的碎步飘逸，给蓝白相间的小镇增加了一抹青春之靓。我立刻举起单反用长焦镜头追踪，镜头紧跟她的背影拍摄了 2 张，只见她走向她的男友，她的男友是一个帅哥，两人走到一起后站在一个阴凉地吃冷饮。看见他们，我才想起圣托里尼岛是世界十大结婚圣地之首。

费拉小镇有无数的窄街小巷，曲曲折折、上上下下，走不完的台阶旁，不是咖啡店，就是酒吧；不是珠宝店，就是礼品屋，逛街内容很丰富。我走了一会儿，感到有点累，便走到一家有朝向海的晒台的咖啡屋，刚想在晒台坐下，却发现这里才是拍摄费拉小镇的最佳位置。从这里能够拍到费拉小镇的绝大部分，蓝白色调的小屋与天空、海洋浑然一体，风景秀丽，景色相当壮观，小镇房屋的墙全是白色，屋顶全是深蓝色，随手一拍就是一张明信片。

结束费拉小镇的观赏，我们集合去港口乘邮轮，又是 8 个小时在地中海"荡悠"，返回雅典。晚上很晚才到达酒店。

游览地球的肚脐——德尔菲

早饭后，我们乘大巴离开雅典，行程 150 公里，前往古希腊时期的世界中心、地球的肚脐——德尔菲。德尔菲在距雅典 150 公里的帕那索斯深山里，是世界闻名的著名古迹。1987 年联合国教科文组织将其作为文化遗产，列入《世界遗产名录》。它主要由阿波罗太阳神庙、雅典女神庙、剧场、体育训练场和运动场组成，其中最有名的是古代希腊象征光明和青春并且主管音乐、诗歌及医药、畜牧的太阳神阿波罗的神庙。古希腊人认为，德尔菲是地球的中心，传说太阳神阿波罗在杀死大蟒皮同之后，亲自在这里为自己修建了神庙，因此这里被人们称为"地球的肚脐"，后来这里成为古希腊诸神向求签的凡人传达神谕的场所。

我们中途在休息站买了面包、咖啡，自行解决午餐。到达德尔菲是午后 1 点多，赤日炎炎似火烧。我们全团人马跟着张总和地陪爬山，幸好山不是太高，我勉强能够忍受。地陪给我们讲解，我紧随他之后拍摄。地陪说，根据神话和传说，早在冰河时代，德尔菲就有一座敬拜大地之母盖雅的神殿。德尔菲的阿波罗神殿，始建于公元前 8 世纪，殿内有一块圣石，标志那里是宇宙的中心。地陪介绍完毕，张总告诉大家集合时间后就解散了队伍。我和李慧一起边走边看边拍。我和李慧很认真地拍摄了古迹和周边景色。

站在这些神庙废墟旁，我不由得想到在南京大学哲学系学习的西方哲学史的知识。传世的德尔菲神谕大约有 600 条，在当时被视为神的声音。在大约 1100 年的时间里，这里一直是西方世界最神秘的地方。而它给我们现代人留下的最重要的遗产，大概就是刻在阿波罗神庙墙上的那两句由传说中的"七贤"写下的箴言：认识你自己，凡事勿过度。古希腊的哲学思想非常丰富。"认识你自己"这是苏格拉底留给后人的一份最珍贵的礼物——一个贯穿古今的哲学命题。苏格拉底开创性地把"认识你自己"这句箴言作为哲学原则，实现了哲学主题由神到人、由自然到社会的转变。在古希腊人的意识中，政治上的平等和自由使他们能最早认识到"自我"的存在。这种自我意识的觉醒导致了怀疑主义和批评精神的发展，他们常常用"自我"的眼光来审视他们所看到和想到的一切，而不再迷信传统，盲从权威。正是这种质疑和批评成就了作为哲学家的苏格拉底，从此，人们把质疑和批评视为哲学的起点。近代哲学把"认识你自己"纳入认识论的层面，提升到主体性的高度，确立了人的理性或精神的本质。在人的生存困境随着工业化的进程越发突出的今天，"认识你自己"的使命和命题在现代社会依然没有终结。在神庙废墟中穿行，我一直在寻找"认识你自己"那句箴言石碑，可是终究还是没有看到，但如果说德尔菲神庙今天还能给人们提供"神谕"的话，那么肯定就是"人哪，认识你自己吧"。

到了集合时间，张总招呼大家下山，去神庙附近的菲尔德博物馆参观。在博物馆里，有一些复原的雕塑，还有很多无法复原的雕塑。短短的希腊之旅，就像我们的童年时光、青年时光匆匆流逝一样，给我们留下的只有回忆。希腊之旅，我的最大收获是：我们看到的物质世界，可以触摸到的一切都会改变、消失，唯有那形而上的思想和那些抽象的理念是永恒的。

夜宿卡兰巴卡附近。

参观"天空之城"——梅黛奥拉修道院

早饭后，天蒙蒙亮，我们从卡兰巴卡出发，行驶 30 公里，到达梅黛奥拉修道院的山脚下。梅黛奥拉修道院位于希腊特里卡拉州色萨利区，是该地区众多修道院的总称。梅黛奥拉修道院雄踞于一座座巨大的山岩的顶点，巨大的山岩从广阔的塞萨里亚平原拔地而起，有的超过 400 米，它们形状各异、色彩不一。在几乎无法到达的山峰上，自 11 世纪以来，僧侣们在这些险峻的山峰上修行。梅黛

夕阳下的远方

奥拉修道院 1988 年被列入《世界遗产名录》，保持了古老的特色，拥有古老的圣像壁画、羊皮手卷等古老文物。

在车上，张总小声告诉我，这条线路是他在国内旅行社中首次开发的。地陪在车上给我们介绍了梅黛奥拉修道院的简况，"天空之城"的梅黛奥拉又被称为"希腊的荒山"，因传说中众神居住的奥林匹斯山和令人叹为观止的梅黛奥拉修道院而闻名于世。几百万年前，这里是一片汪洋，后来地壳运动和海水的冲击使之变成石林。梅黛奥拉修道院就坐落在这些高耸的岩石山顶上面。大约 1000 年前，这里就出现了隐遁的修士。他们靠木梯和绳索攀上了高耸入云的峰顶，居住在天然岩洞内，祈祷、赞颂和忏悔。11 世纪中叶，来梅黛奥拉隐遁的修士人数逐渐增加，梅黛奥拉成为希腊东正教的另一个重要中心。由于这里唯一与外界相通的工具是绳索、藤篮和滑车，进入这里很困难，所以有幸到达这里的人为数极少。直到 20 世纪，石级的修建才改变了这种情况。听了地陪的介绍，我对张总说："我可能爬不上梅黛奥拉修道院。"张总说："放心，我跟着你。"

下了大巴，外面刮着呼呼的山风，好冷。这里距雅典往北不过五六个小时的车程，气温却下降了不少。我们先看卢萨诺斯修道院。它矗立在 484 米高的垂直巨石上，旁边紧挨着一座山，中间搭起一座桥，穿过小桥就进入了修道院。岩石顶部面积不大，修道院只能往高建，因为背靠雪山，景色别致。抬头看要去的第一座修道院，我就吓了一跳：狭窄的石级小道非常高，且其垂直角度大于 45 度，可与国内陕西省的"华山一条路"比肩，我的双膝关节怎么受得了啊？张总看到我这写满了"为难"的脸，鼓励我："周老师，不要紧，手抓小路旁的绳索慢慢地往上爬，团里还有比你关节更差的一个男团友也要上呢，我在你俩后面跟着。"听到张总的鼓励，我下定决心，按照张总讲的方法，手拽着路旁的绳索慢慢往上爬。爬到第一个平台，我稍息片刻，把身边的山景拍摄了几张。然后，继续向上爬。我在这既陡又高的石阶小路上，如同蜗牛一般慢慢地爬行着。啊，终于到达目的地了。

到达最高处，确实有进入"天空"的感觉，山太高了。仰望周边，只见四面青峰围绕，山脚下居然有花树，远处还有黄色的油菜花。这时我在相机的长镜头里发现，梅黛奥拉坐落在平都斯山和安提西亚山脉之间，地貌有点像昆明附近的石林，但要比昆明的石林大出好几个等级。第一次来这里的人都会被这些拔地而起的巨大岩柱震惊。地陪说，是几百万年的大水、暴雨狂风和地震把山体分解侵蚀打磨成现在的模样，用中国话说这是大自然的鬼斧神工。我不顾爬山的劳累，举起单反"猛扫"一阵。不知何时，张总走到我身旁，小声告诉我："别忘了拍日出！"哦，我这才明白为啥早上天蒙蒙亮就出发了，张总是想让我们拍到日出啊。张总太理解我们这些摄影爱好者的心理需求了，我心中一暖。过了一会儿，太阳凌空而出，我赶紧举起相机，拍到了"天空之城"的日出。

在山顶拍摄完毕，我开始往山下走。下山须穿过修道院的图书室，里面的文物和书画全是修道院建立以来的历史呈现。地陪给我们讲解道：这些图画和其他展品从某一侧面向我们讲述着梅黛奥拉成为希腊东正教另一个重要中心的故事。地陪指着其中的一幅壁画说是 1545 年画的，看上去已经很旧了。东墙上是东正教的名画：《最后的审判》。我用卡片相机把这些难得一见的珍品记录下来。

俗话说，上山容易下山难，果真！下山时我模仿那位腿脚比我差多了的男团友的动作，抓住路边绳索倒行下山，果然双膝关节不是那么难受了。张总和李慧一路上陪伴着我和那名男团友及他的夫人，我们几个是最后到达山下、上车的人。

上车开了一段路，大巴突然停下，我看到对面悬崖绝壁上的修道院，惊讶到不相信自己的眼睛，光秃秃的直上直下的岩柱上，有 6 座修道院稳稳当当地矗立在离地面 400 米以上的"天空之柱"上，令人叹为观止！梅黛奥拉的修道院名副其实的是上不着天，下不着地地悬着。我求教了地陪几个问题：隐修士是怎么爬上岩石顶的，修道院的建材是怎么运上去的，等等。上车后地陪说，当时修建修道院时，所有修建使用的材料都是通过吊篮送到山顶，而那时到梅黛奥拉修道院非常困难，攀爬是唯一的方式。几百年间，隐修士们就这样攀爬陡峭的岩石到达山顶。直到 20 世纪，岩石上凿刻了 200 多级台阶，才可以通过台阶到达山顶。地陪在停车的地方要我们远眺更远处一座山顶上的修道院，啊，名副其实地建在

夕阳下的远方

悬崖峭壁上。那座修道院是大梅黛奥拉修道院，是梅黛奥拉最著名的修道院，建于 14 世纪末，塞尔维亚皇帝西米恩乌鲁斯向这座修道院捐出了所有财产，这座修道院因拥有一些在希腊才能找到的最漂亮的壁画和拜占庭湿壁画艺术品而成为所有修道院中的大哥大。我用长焦拉近拍摄，阳光斜射在那悬崖峭壁上，修道院在阳光下格外庄重、神圣。

拍完后上车继续前行，进入第二个山顶修道院。下大巴后，眼前的奇妙景色，让我们顾不得寒气逼人，一边啧啧赞叹，一边就听到接二连三的咔嚓摄影声，一眼望去就能看到 4 座修道院，大巴转过山又看到一座。我们团友绝大多数都是第一次走进隐修士的修道院，进入修道院，男士要脱帽，女士要穿裙，圣殿里不能拍照。裙子，修道院已经准备好了，就是大块方头巾，系在腰上，讲究点的会系在外套里面，我就直接系在外套外面了，形象虽不佳，只要能进就行。

先参观外围，木工工作间里面摆放着齐全的工具，半成品的木工活，说明隐修士们一直保持着自力更生、艰苦奋斗的优良传统。库房里的货架上货物满满当当，地陪说全是隐修士自酿的葡萄酒和啤酒。经过一间房间，看见升入天国的隐修士的颅骨依然存放在修道院里。那房间的墙上有一幅非常醒目的画，是 2008 年的作品——《耶稣基督，荣耀之王》。

我们跟着地陪走进圣殿，他一再提醒"说话要小声"。我们穿过一个大厅进入里面一个很小的厅。地陪说，这个厅是"圣人大厅"，呈正方形，边长 14 米，外面的大厅是"凡人大厅"。主大厅两侧都延伸出去，是一个半圆形穹顶的侧厅。如果从空中看，整个教堂呈十字架状，交叉点就在主大厅穹顶处。东正教每个教堂的主大厅穹顶内部的圆形墙壁上都会有耶稣基督的圣像，不论你身在教堂内何处，只要你能看见耶稣，主的眼睛就一定是在盯着你。圣殿里全都是圣像画和湿壁画，彩色玻璃透过一束光线照在教堂的中央，靠墙有十几把椅子。地陪说，另一个修道院教堂的穹顶开了一圈小窗户，阳光从窗户射进来，下面画了 24 个圆圈，根据阳光照在某个圆圈里来确定吃饭时间与祈祷的时间，这便是时钟，先人们好神奇！

教堂里的壁画上有很多头顶有光环的人像，地陪说，其位置的排列是有讲究的，最高处是耶稣，耶稣的两边是圣约翰和圣保罗，再下面是圣徒，最下面是为这座修道院的建立做出很大贡献的人的像。除了地板，墙壁和穹顶的所有地方都绘满了中世纪风格的平面油画。整个教堂笼罩在《圣经》的氛围里。我按照规定，忍住没有偷拍照片。

退出圣人大厅，来到凡人大厅，这里要大一点、敞亮一点。但满墙的壁画让人毛骨悚然，画师用笔画出了早期基督教徒受到罗马人的各种极刑残酷迫害：火刑、砍头、锯子锯、水刑、土刑……画面之惨烈是我第一次看到，印象极为深刻。地陪说，以这种形式讲述宗教历史的画师也被罗马人迫害死了。被迫害死的人的头骨被收集起来，放在修道院里。

修道院的厨房让人开眼，烟熏火燎，黑黢黢的，房顶是半圆形的，中间开个圆洞做烟囱。修道院里每天两餐饭，所有的炊具、盆碗都是原始简陋的，不见调料瓶，估计从中世纪修道院建立起用的就是这套炊具，不一定是原装，但肯定是一个系列的。由此可见隐修士的伙食不怎么样。地陪说，17世纪时，一位希腊南部的神父到瓦拉姆修道院待了9天，他对这里的记录是："和我们一样，他们每天也祈祷7次，但每个修道士都有单身小室，更多的时间是独自在房中修行。每餐的膳食总是一成不变：3块麦饼、1杯清水和1小碟葡萄干。也许是表示对客人的欢迎吧，只有我杯中盛着的是热水。"

上了大巴后，我默默地回想所进入的希腊梅黛奥拉修道院：2座修道院的隐修士在将近1000年的时间依然不忘初心，一代接着一代，日日夜夜悬在半空中，在塞萨利平原陡峭岩石上，压抑人类绝大部分的欲望，向上帝敞开灵魂，遵守上帝的戒律。这些修道院教堂都有一个显著的特点，圣殿的壁画绘有《圣徒受难》，把血淋淋的伤口亮出来，时刻警示教徒和世人。

大巴继续前行，行驶260公里，前往奥赫里德。到达奥赫里德时是下午4点钟。张总要我们自己在湖边散步，我在湖边待了10分钟，就体会并开始羡慕奥赫里德市的居民能将这样的景色和韵律融入他们日常的生活。我漫步在奥赫里德湖畔，身边是休假的居民，有全家老小，有同学好友，有恋人……三三两两的沐浴在阳光下，享受生活。眼前的情景给我的感觉是，这里人心安宁，社会祥和。

1 小时后在湖边餐馆吃晚餐，然后入住酒店。

漫步奥赫里德古城

第二天早饭后，我们先乘邮轮观光奥赫里德湖，游湖 1 小时。奥赫里德湖是巴尔干半岛第二大湖，更是欧洲最深、最古老的湖泊。奥赫里德湖全长 30 公里，面积约 365 平方公里。生活在这片欧洲最深、最古老的湖泊里的淡水鱼类，距今已有上万年的历史，在地球上绝无仅有，因此这片湖才被联合国认定为世界自然遗产。

我在邮轮上看到湖边行人极少，大概是工作日时间，红色的房屋在岸边树林里时隐时现，湖面一片蔚蓝，与天的颜色一样，湖水清澈。这里没有西欧的热闹，更少了中国旅游团式的喧嚣。巴尔干的风情，给人一种在欧洲大陆找寻不到的味道，这种味道或许正来自那种未被太多游客打扰的世外桃源的感觉。在湖周围都是依山而建的酒店，其环境优美，空气质量特别好。试想一下，在此听着旋律优美的风的声音，嗅着富含自然界负离子的空气，真是神仙过的日子。我们坐在邮轮上静静享受静谧的同时，偶尔举起单反相机拍摄湖岸边的景色。这个被马其顿人称为瑰宝的湖，给我的第一感觉是亲切：湛蓝的湖面，清澈的湖水，以及周围苍翠的山谷和白皑皑的雪山。地陪说，奥赫里德湖位于阿尔巴尼亚与南斯拉夫联盟边境，有 1/3 在阿尔巴尼亚境内，2/3 在马其顿。水源主要来自山泉，因而是欧洲少见的未受污染的淡水湖。因为邮轮是我们一个团所包，很空，坐着也可以随意拍摄。我们在船上看到奥赫里德古城的圣约翰教堂，这座炫目的教堂矗立在奥赫里德湖畔的峭壁上。教堂隐约倒映在湛蓝的湖水中，湖光山色，景色幽雅，在湖上看得更为真切。我把教堂与湖景同时留在相机里，1 小时游湖很快结束。

上岸后，一名副教授导游接待了我们。他先简介了奥赫里德这个古城，古希腊人称它为"阳光之城"，因为在这里一年 365 天中有 230 天均可见到阳光。奥赫里德曾经一度拥有过 365 座教堂，因而得名"巴尔干的耶路撒冷"，至今保留的 23 座教堂，也显示了这座城市几百年间的辉煌。这颗巴尔干岛的珍珠——奥赫里德古城，1980 年被联合国教科文组织列入《世界文化遗产名录》。古城不大，只有五六万人口，但其在马其顿的重要性却仅次于首都斯科普里。奥赫里德老城有 2000 多年的历史，导游先带我们去参观圣索菲亚教堂，这是马其顿最重要的纪念馆之一。

兴建于 11 世纪的圣索菲亚教堂是奥赫里德主教教堂，教堂由数根罗马式圆柱支撑，里面墙壁上装饰有相当精致的拜占庭壁画。这些色彩鲜艳的宗教壁画已有 800 多年的历史，属于国宝级精品，导游给我们逐一讲解了壁画。

我们走出教堂，沿着石头路，向古城里面走去。导游带我们到一座古罗马剧场所在地，这座圆形罗马剧场是古罗马统治时期的产物。我们没有下去，在高处俯瞰、摄影。导游告诉我们，现在这座古罗马剧场已成为真正的剧场，世界三大著名男高音都曾经在这里演出过。虽然现在这座剧场有所修补，但是很多砖石仍是 2000 多年前的古石。马其顿政府对古罗马剧场进行了重建，在这里每年都要举行"奥赫里德之夏"和"巴尔干节"活动。

我们在石子路上爬高坡，把教堂、民居和湖泊尽收眼底。进入古城旧区，依着石板小道，漫步而上，千回百转，仿佛穿越了时光隧道，置身中世纪古境，感受着充满中世纪气息的宁静。虽然古城不如西欧一些小城那么秀丽，但是残存的城墙、古罗马的剧场以及鹅卵石铺就的蜿蜒小道，却能让人感受到历史沧桑。城里遍布着家庭式旅馆、酒吧和餐厅。这里的房子很有特点，几乎都是上大下小，白色的墙面配上红色的瓦，红白相间的色彩和花纹是整个马其顿民族最具代表性的纹饰图案。据说当年老百姓为了少缴土地税，才设计了这样的房子，从而成为当地的一个标志。旧城区的民宅空间不大，但是家家门前种花栽树。

导游把我们带到早期存留的巴斯利卡遗迹,我们看到那里正在进行考古发掘,就远观了一下。地陪说,遗址旁边是圣克莱门特教堂,是中世纪巴尔干最重要的教堂之一,教堂周围也在进行考古发掘,不能进入。我们继续往山坡最高点前进,就到了奥赫里德古城墙,城墙原有 3 个城门,现仅存 1 个城门。我们在古城墙边拍了几张照片后就沿原路返回出城。

为了减轻疲劳感,我边走边拍照,用卡片相机记录了老城居民的房屋及其居住环境,它们呈现出老城区居民爱美的生活意韵,只有心境安宁的人才会把自己居住的环境装点得如此之美:在房屋前一点点土地上开辟出美丽的花园;没有多余土地的居民,就在家门口的台阶上用鲜花装点自己的家;或者是在家的大门旁开辟一小块 2 平方米左右的地方,放上小桌椅,用作晒太阳、与邻居闲聊的"自由地"……这些富有色彩的装点让我深深感受到奥赫里德老城区居民生活的安宁祥和、美满幸福。

午餐后上大巴,前往地拉那。

快闪地拉那

地拉那是阿尔巴尼亚的首都。我们团在阿尔巴尼亚只是短暂逗留,据地陪介绍,阿尔巴尼亚没有啥特别的景点,于是,我们在领队张总和地陪的率领下,观光了地拉那市区,看看地拉那城市的"表层"。

地拉那城区里至今保留着战时的地堡,似乎还能嗅到火药的味道。地陪说,阿尔巴尼亚是世界上人均碉堡数最多的国家,有"碉堡王国"的"美称"。一个面积仅 2.8 万平方公里、人口不过 300 万的国家,却密密麻麻分布着几十万座碉堡。这是阿尔巴尼亚的独特景象,该国为建碉堡阵花掉了 1 亿多美元。20 世纪 60 年代初,作为欧洲"社会主义明灯"的阿尔巴尼亚曾在政治上既反美又反苏,同时与意大利、希腊、南斯拉夫等邻国也存在历史宿怨或者领土纠纷，可说是国门之外，四望皆敌垒，令这个小小山国产生了强烈的危机意识。存在决定意识，大概这就是阿尔巴尼亚成为"碉堡王国"的重要原因之一吧。

我们团在地拉那市区集体逛了一圈，看了市政府和国家行政部门的办公大楼后，领队就让我们自由活动 1 小时。利用这 1 小时的时间，我和李慧逛了一下商业街。从商店的商品来看，地拉那的经济发展水平确实不高。我们看到城市的居民楼和商业街的房子，相当于我国 20 世纪 80 年代改革开放初期的水平，几乎看不到豪华建筑。

我们游走在地拉那的街头上，居民对我们非常友好，给她们拍摄照片时她们非常欢迎。我邀请地拉那的 2 名警察和我合影，他们欣然接受。由此感到，阿尔巴尼亚的百姓对我们中国人非常友好。

我们在地拉那住了一夜。"匆匆而过"地拉那后，我们直奔波德戈里察。

古色古香的科托尔

在车上，地陪介绍了科托尔的历史。科托尔位于亚得里亚海最南端的海湾科托尔湾边，四周群山环抱，是天然的避风港。小城历史悠久，前 3 世纪伊利里亚人就定居这里。科托尔在前 168—476 年为东罗马帝国的附属国，后归属拜占庭帝国。1945 年"二战"结束，科托尔成为南斯拉夫联盟的城市，2006 年起归属黑山共和国。科托尔是亚得里亚海沿岸保存中世纪古城原貌最完整的城市之一，1979 年被联合国教科文组织列入《世界文化遗产名录》。

老城共有 3 个城门，我们从主城门进城，主城门在南边面向大海，被称为"海门"，这是进出古城的主通道。地陪说，主城门建于 500 年前，顶部本是威尼斯狮子造型的雕塑，后改建成象征哈布斯堡王室的双头鹰，现在则是南斯拉夫铁托时代的标志。下面的石匾刻着 1944 年 11 月 21 日的字样，这是铁托领导的军队打败纳粹占领军解放古城的日子。石匾与城徽之间的长条石上能清楚看到铁托的语录："不要拿走我们的东西，我们不会拿走你们的。"

科托尔是亚得里亚海沿岸保存中世纪古城原貌最完整的城市之一，有大量的名胜古迹，其中3座教堂是科托尔最重要的古迹：圣特里芬大教堂、圣尼古拉斯教堂和圣卢克教堂。我们走进圣特里芬大教堂，地陪说，这座教堂是为纪念殉道者圣特里芬而建的，被公认为亚得里亚海沿岸最古老和最漂亮的宗教建筑。1667年大地震摧毁了科托尔3/4的建筑，接着一场大火又焚烧了整座城市，腐烂的尸体引发了鼠疫，这是科托尔历史上最黑暗的时期。灾后教堂又一次重建。1979年4月15日，黑山沿海地区的大地震使一半的科托尔老城区被毁，圣特里芬大教堂也受到一定程度的损害，2016年完成整修。

结束参观后就是自由活动，我走出圣特里芬大教堂，来到一处小广场，就看到2座教堂，北面是圣尼古拉斯教堂，东面是圣卢克教堂。圣卢克教堂是城里最古老的基督教堂，墙壁上的题词表明它建于1195年，早期为罗马风格，从教堂正面和后面圆顶的正殿可以看出是后来改为罗马和拜占庭混合式的。教堂在17世纪改作东正教使用，因此现有2个祭坛。地陪说，历次地震中，这是唯一没有倒塌的建筑。

此外，小广场东侧是建于12世纪末的圣安妮教堂，教堂不大，里面有3座很精致的石雕圣台。在小广场西侧，我拍到圣马可教堂外貌，教堂不大，门紧闭。因为这里人不多，我请李慧在这2座教堂大门外给我拍了照片留作纪念。

看完教堂，我和李慧逛街。科托尔古城的街巷都很狭窄，弯弯曲曲。走进小小的巷子总以为会迷路，可走着走着就发现又回到原来的地方。走在小街巷，可以欣赏古城的百年建筑，这些用石头建筑的房屋告诉我们它们大部分是中世纪时期的产物，每座房屋的门、窗棂、建筑上的石刻、石雕上的字画……在一个个精美的细节中充满了中世纪的气息，它们没有随着时代的推移而褪色，反而在现代社会呈现出古典的魅力与韵味。古城老街的每一个商店的布置、装点，使老城成为一个充满艺术性的城市。

科托尔有很多城市所没有的景致——被称为欧洲最南端的峡湾。古老的科托尔被威尼斯共和国时期建造的城墙所环绕，而科托尔湾附近高悬的石灰岩崖壁则组成了大自然创造的最壮美的地中海风景。地陪说，科托尔最值得一看的是它的城墙。4.5 公里长的城墙建在山上，在古代起着护城的作用，看上去和中国的长城相仿，但它远不如中国长城雄伟。这座城墙除了围住它所守护的这座城市，把整座山也围起来了，坚不可摧的防御工事让生活在这里的人们具有安全感。要上城墙，需要爬山登高。站在山顶上，可以俯瞰整个科托尔城，以及与城市终日厮守的峡湾。为了不虚此行，我忍着双膝关节的疼痛，在李慧的细心关照下，慢慢地登上城墙，到了可以俯瞰全城和峡湾的高度，我就停止了脚步了。

总之，依山傍水、壮美峡湾、古典老城、小桥流水，使科托尔古城里的每个角落都充满着生机，散发着灵气。

阅读城市博物馆——杜布罗夫尼克

地陪在车上介绍，杜布罗夫尼克依山傍海，风景优美，是欧洲中世纪建筑保存完好的一座城市，有"城市博物馆"的美称，1979 年被联合国教科文组织列入《世界文化遗产名录》。城区分为旧城和新城两部分，旧城至今仍保存着 14—16 世纪建的古城堡，还有罗马式、哥特式、文艺复兴式和巴洛克式等不同建筑风格的房屋建筑。杜布罗夫尼克历史悠久，建立于 7 世纪，与意大利半岛相对，面积为 979 平方公里，在达耳玛提亚海岸上向亚得里亚海和地中海开放着。它的港口避风，被很好地保护着。杜布罗夫尼克最初为拜占庭帝国统治，后归属罗马帝国。历史上曾是商业、海事中心，现在是克罗地亚最大的海港城市。

下车后，我们在领队张总和地陪的带领下，开始品味杜布罗夫尼克老城区。我特别喜欢老城的那些小街巷，充满了当地文化风格。我边快速穿行街巷边拍摄，张总要我给他在小巷里留个影，他说："我也特喜欢这里的小巷。"

夕阳下的远方

　　看完部分老城区，张总和地陪带着我们上城墙。地陪说，杜布罗夫尼克城墙是围绕在老城周围的防御性石墙，从 7 世纪起就矗立在克罗地亚南部，被认为是中世纪时期最伟大的防御系统之一，从未被敌军破坏过。1979 年，杜布罗夫尼克老城和很大一部分城墙一同被联合国教科文组织列入《世界文化遗产名录》。现在我们看到的大部分是在 12—17 世纪修建的最古老的环城防御系统，长 1940 米，几乎绕城一圈，最高处为 25 米，是欧洲最大最完整的复杂结构城墙，保护了杜布罗夫尼克 5 个世纪的平安与繁荣。沿着城墙走，古城各类房屋可尽看无余。

　　我们登上城墙，大家都很兴奋。城墙上有许多角楼和炮楼，在城墙上向右能望远，看到蔚蓝色的大海。向左可看到老城区层叠的各种风格的房屋建筑，城内完好地保存着 14 世纪的药房、教堂、修道院、古老而华丽的大公宫及壮观的钟楼。老城沿着山坡挤满了红瓦房等五光十色的古典建筑，这些古建筑风格迥异，具有罗马风格、哥特风格、文艺复兴风格和巴洛克风格；街道和街灯的式样也是中世纪的。漫步在城墙上，可以欣赏到完美的老城景色。地陪说，每到中午 12 点和晚上 6 点，城堡内 36 座教堂的钟声齐鸣，钟声回响在古城堡内外，悠扬悦耳。

　　喜欢拍照是我们这个团的共性，大家乐此不疲。在城墙上，我按照地陪的介绍先拍摄古城区，在镜头里观赏古城的建筑，再拍摄海湾，在镜头里留下城市的开放性。李慧赶上我后，我们在城墙上互相拍照留念。拍摄结束后，我和李慧站在城墙上静静地欣赏海景。直到中午 12 点多，我们才结束了城墙上的观赏，全团爬到一个更高的坡上乘缆车，俯瞰全城……虽然很累很累，但是收获满满：杜布罗夫尼克不愧是克罗地亚的一颗明珠。

　　午餐后前往莫斯塔尔。

中国人熟知又陌生的莫斯塔尔古桥

《桥》是 1969 年由南斯拉夫波斯纳电影制片厂出品的一部战争影片，我们这代人都看过这部电影。影片讲述的是 1944 年第二次世界大战接近尾声的时期，一小队南斯拉夫游击队员经过一系列周密的安排和惊险曲折的斗争，将德军撤退途中一座必经的桥炸毁的故事。这部电影中的桥就是莫斯塔尔古桥。实际生活中的莫斯塔尔古桥是波斯尼亚和黑塞哥维那莫斯塔尔的一座 16 世纪的桥梁，横跨内雷特瓦河。莫斯塔尔古桥呈拱形，4 米宽，29 米长，桥的两头各有一个石砌桥头堡。桥拱采用本地的石头建造，由于桥拱内弧面大量不规则形成了目前拱的形状。桥的墩台为石灰石，与水边悬崖上的翼墙相连。

张总告诉我，莫斯塔尔石拱桥始建于 1566 年，被称为欧洲中世纪建筑史上的明珠。矗立了 427 年后，在波斯尼亚战争期间，于 1993 年 11 月 9 日被摧毁。被毁坏后，一座临时的缆桥建造在了原址上。战争结束后，重建桥梁的计划被提上了日程。世界银行、联合国教科文组织、阿加汗文化信托基金和世界文化遗产基金会组成联盟，以监督莫斯塔尔古桥和古城中心的重建。意大利、荷兰、土耳其、克罗地亚、欧洲理事会发展银行，以及波黑政府提供资金，着手重建。1998 年 10 月，联合国教科文组织成立了一个专家组成的国家委员会检查设计和重建工作。重建于 2001 年 6 月 7 日开始，2004 年 7 月 23 日完成。重建完成后，莫斯塔尔石拱桥于翌年被列入《世界文化遗产名录》。

我们到莫斯塔尔的目的就是看这座我们这代中国人熟知的桥。

到了古桥，一幅战时景象展现于眼前：古桥附近的房屋还保持着当年的样子，一条小石块路蜿蜒伸向前方，前方是哪里，我们不得而知，古桥附近的一幢房子上还有枪眼。总之，古桥周边保存和复修得非常好，进入古桥范围内就犹如回到了"二战"时期，耳边仿佛响着枪炮声。我和李慧在古桥附近和古桥上拍摄了较多照片，记录下我们在古桥的感慨。在我们将要离开古桥时，竟然出现了一抹晚霞。这时我突然发现，古桥与其周围环境构成了一幅古朴优美的画：古老石桥的风貌与周围以古老石头为主体的建筑以及大块卵石铺砌的古街道相和谐、呼应，呈现出 16 世纪波斯尼亚的古朴风情和艺术风格。

夜宿萨拉热窝近郊。

素描萨拉热窝

地陪告诉大家，萨拉热窝引人注目的是历史上的"萨拉热窝事件"。萨拉热窝事件于 1914 年 6 月 28 日在巴尔干半岛的波斯尼亚发生，此日为塞尔维亚之国庆日，奥匈帝国皇位继承人斐迪南大公夫妇被塞尔维亚民族主义者普林西普（一说隶属塞尔维亚"黑手社"的波斯尼亚青年学生）枪杀。这次事件导致 7 月 28 日奥匈帝国向塞尔维亚宣战，成为第一次世界大战的导火线。

我们到萨拉热窝市区游览时，第一个目标就是到萨拉热窝事件发生地：普林西普刺杀王储的原址。大家听完地陪简介事件后，用相机和手机记录下这一著名地点，鲜活地接受了一次世界史教育。

接着地陪带我们去看南斯拉夫电影《瓦尔特保卫萨拉热窝》的取景地，能看到钟楼、铁匠街、清真寺及其绿色的圆屋。旧市区中心以生产东方特色的铜、银手工艺品而著名。看完后解散队伍，大家自由活动 1 小时。

我和李慧穿行于萨拉热窝的街巷，欣赏着街巷商铺里的东方特色产品。我们特别关注了萨拉热窝市民的神情和穿着，这是他们精神和心理需求的外化。行走在大街小巷的居民，穿着得体，举止优雅，可与英美等发达国家市民比肩，这说明他们生活丰裕，精神丰富。在经历了多次战争和国家体制变革后，他们因经济不断发展、生活水平不断提升而心灵静谧。

在萨拉热窝，我发现，由于这里是三教合一，人们都保持着自己的信仰。地陪告诉我，这里三教并行的程度以信奉不同信仰的教堂之间的间距只有 100 米为实证。

在斯普利特穿街走巷

亚得里亚海深邃、蔚蓝、清澈，在明媚的阳光照耀下美得简直无法用语言来形容。位于海滨一侧的斯普利特是一座有古代城市风貌的神秘老城，也是克罗地亚沿海最大的城市。

地陪告诉我们，斯普利特是克罗地亚人口增长最快的城市。95.15% 的居民是克罗地亚族，88.37% 的居民信奉罗马天主教。在南斯拉夫时期，斯普利特曾是重要的经济中心，拥有现代化、多种类的工业产业和雄厚经济基础。1981 年，斯普利特的人均 GDP 是整个南斯拉夫平均值的 137%。如今，斯普利特绝大多数工厂已经远离了商业区，城市的产业更趋向于商业与旅游业。1979 年，斯普利特老城中心被联合国教科文组织列入《世界文化遗产名录》，斯普利特同时也成了克罗地亚文化的一个中心。斯普利特的文学传统可以追溯到中世纪。地陪说，斯普利特最好看的就是老城区。很多珍贵的罗马遗迹暴露在海风的吹拂下，沧桑而久远，仿佛一首飘荡在海风中的慢板歌谣，在风中吟唱。这些古迹中最有名的当数罗马皇帝戴克里先退位后居住的戴克里先宫殿，宫殿内部有罗马式样的大教堂，有圆拱形屋顶的神殿，其四周则被坚固的城墙环绕。在历史的变迁中周围又建造了各式各样的建筑物，与宫殿一并形成了城市现有的格局与容貌。因其建筑遗迹群的历史性，其在 1979 年被列入世界遗产。

领队张总和地陪带着我们集体参观了古遗迹后就让我们自由活动了。我和李慧得以放松，在街上古老的石阶上坐下来享受阳光的抚慰，太惬意了。除此之外，我们还可以用相机和手机拍摄行走在我们面前的形态各异的游客们，他们与古建筑之间构成了古代文明与现代文明的交相辉映。有了这些想法后，我和李慧难得没进教堂参观。

老城中有很多窄窄的小巷子，深而长，两边的老房子是石头的，地面也是石头铺就，充满历史感。只要有一处小广场，肯定就会有一个咖啡座，桌子小小的，椅子小小的，但是却让人感到无比惬意。老城中的公寓楼下的咖啡座，生意好得一塌糊涂。老城巷子虽窄，但还会摆上几个桌椅，欧洲的小餐厅小酒吧就是这个范儿。在这样的老城里游览，最好的方式就是走街串巷转悠。兜兜转转中，老城的风采就一一展现在眼前：风土，人情，建筑，美食，还有那无处不在的咖啡飘香……还有什么比在老城中寻觅、累了找个咖啡屋休息式的闲逛更有乐趣呢？

斯普利特的博物馆数量很多。在老城区有市立博物馆和民俗学博物馆，城北还有考古学博物馆。其实，整座老城就是一个博物馆。

漫游十六湖国家公园

这次到巴尔干半岛，山水景色中给我印象最深的就是十六湖国家公园和波斯托伊纳溶洞。

我们于 4 月 21 日游览了闻名遐迩的十六湖国家公园。地陪说，公园位于克罗地亚中部的喀斯特山区，是克罗地亚最大的国家公园。十六湖国家公园根据地形不同分为高低 2 组，上组湖泊在白云石亚地层山上，下组湖泊则位于一条石灰岩峡谷中。内有 16 个相连的山地湖泊，总长 10 公里，湖与湖之间有蜿蜒的木桥相连，既方便观赏，又提供了游览捷径。公园内有许多由石灰岩沉积形成的天然堤坝，这些堤坝又形成了多个湖泊、洞穴和瀑布，公园得名于园内有 16 个主要湖泊。无论是景色还是地质成因，普利特维采湖群都和我国的九寨沟极为相似，因此在中国游客口中，它通常被称为"欧洲的九寨沟"。

下车后进入十六湖国家公园，我们到下组湖欣赏。我边看边想，之所以拿十六湖和九寨沟相比，是因为两者都是由钙化钡围出的湖群，都有着同样绚丽的色彩。十六湖和九寨沟的风景究竟谁更胜一筹，人们各有所爱。我特别喜欢十六湖没有公路和机动车，没有价格夸张的小卖部，没有到处兜售纪念品的当地人……这里的风景区更为纯净。十六湖与九寨沟神似，看着那些一池碧水，梦幻般的色彩来自水生生物产生的色素和水中的矿物质，小黑鱼在水里自由自在地游荡，我手举相机不停地拍摄。

考虑到时间紧和我们团成员的平均年龄偏大等因素，领队说我们只游览十六湖的下组湖部分，我感觉摄影时间还是挺紧张的。才到十六湖时，天阴；游览了半小时后阴转多云。为了抓拍到阳光下湖水的折光，我和李慧走在全团的最后面。老天不负有心人，太阳终于出来了，我抓紧拍摄具有折光效应的湖水。然后，我和李慧根据地陪的介绍和集合时间，追赶我们的团队。凭借着清晰的指路牌，我们几乎是一路小跑，紧追速跑地追上了我们团队，还好，大家都在湖边排队等船游湖，我俩迟到2分钟。排队时，由于时间正当午，湖面折光效果特好，我继续拍摄眼前的湖面倒影。上船后20分钟就上岸了，短暂的游湖结束后，我们就近吃午餐。

除了下组湖的瀑布因落差太小、水量不大，致使瀑布气势不大外，十六湖国家公园确实称得上"欧洲的九寨沟"。

神奇的波斯托伊纳溶洞

4月23日，我们游览了波斯托伊纳溶洞。溶洞在斯洛文尼亚共和国境内，距首都卢布尔雅那西南54公里的波斯托伊纳市，是欧洲第二大溶洞。溶洞全长27公里，洞深115米，海拔562米，是由比弗卡河的潜流对石灰岩地层长期溶蚀而成。近 200 年来，无数游客得以睹其芳容，其中不乏王室成员、艺术家、科学家……

我们乘小火车进入溶洞，随着小火车的行进，我们感到身上越来越冷。地陪说，溶洞内气温常年在 8—10 摄氏度；进入溶洞最底层，气温则是零下 8 摄氏度。天哪，我只穿了一件丝毛短袖 T 恤和外套。我们游览溶洞时间大约一个半小时。我忍着寒冷，因为地湿路滑，所以在溶洞里慢慢行走。到了溶洞特别深的地方，为了保护相机，我赶紧用手机拍了几张。

洞内胜景甚多，蔚为奇观，洞内洞套洞，有隧道相连，形成一条宏伟的山洞长廊，有辉煌厅、帷幔厅、水晶厅、音乐厅等 4 处主要岩洞，其中尤以音乐厅景色为胜，面积约 3000 平方米的大洞，形似巍峨的宫殿。洞内混响效果极好，当地人经常在此举行岩洞音乐会。洞内还有很多高悬的钟乳石和挺拔的石笋，有的像巨大的宝石花，冰清玉洁；有的似圣诞老人，笑容可掬；或似雄狮下山，或如飞鸟展翅，五光十色，千态百姿。流经洞内的地下河忽隐忽现，时而清澈宁静，时而急流奔泻。我们还在洞内目睹了稀世之宝——溶洞人鱼，样子很像蝾螈。

在国内，我也看过一些喀斯特地貌的溶洞，最大者是贵州省的织金洞。相比之下，我所见到的国内溶洞无论规模还是钟乳石形态，都无法与波斯托伊纳溶洞比肩。尤其是溶洞的环保，国内更无法与波斯托伊纳溶洞相提并论。波斯托伊纳溶洞内的灯光都较昏暗，这是因为溶洞是 150 种动物的天然栖息地，这些生物早已适应了溶洞内极端黑暗的严酷生存条件，仅此，波斯托伊纳溶洞堪称世界之最。而国内的溶洞为了吸引游客，都装置了很多彩灯。殊不知，这些灯光都会对溶洞整体的环境保护产生相当大的负面效应。

走出溶洞时，是正午，太阳高照，我顿觉温暖。我和李慧在溶洞出口处拍了几张照片留影，午餐就在溶洞附近解决。

小巴尔干半岛之旅愉快地结束。

漫游世界公园——瑞士

瑞士是世界上最迷人的国家之一

我去瑞士旅游，是发现很多世界级明星绚烂之后都在瑞士过上了安宁人生，很多有识之士也都选择在瑞士安度晚年，走向生命的终点。如1879年，尼采辞去巴塞尔大学的教职，开始了在瑞士的十年漫游生涯，其创作也进入了黄金时期。而在1881—1888年，他曾连续7年在瑞士梦幻的锡尔斯－玛丽亚小镇度夏，赞其为"地球上最迷人的角落"。英国影视演员、导演、编剧查理·卓别林，英国电影和舞台剧女演员奥黛丽·赫本等都居住在瑞士终老。这些世界级名人大家之所以都喜欢瑞士，是因为瑞士有纯净的自然，宁静的氛围，简单的生活。

于是，也就有了我3次去瑞士的经历：第一次，2009年4月与老公一起去法意瑞奥时到了卢塞恩和英特拉肯；第二次，2017年8月与小莉、海鸥和李慧游意大利南部途径英特拉肯；第三次，2018年10月与小莉和上海团友老叶去瑞士赏秋，游览了瑞士著名城市和景点。第三次去瑞士赏秋是最过瘾的，使我对瑞士有了较深的认知和感受：经过数百年的持续努力，瑞士为本国国民安居乐业建成了富裕的福利国家，为全世界的成功人士打造了一个身心逃逸之所。

10月18日上午，我们在上海浦东机场搭乘瑞士航空公司飞机飞往苏黎世。在苏黎世下了飞机刚上大巴坐稳，地陪就抓紧时间向我们介绍瑞士的相关情况，这是到所有国家旅游时地陪的"习惯动作"——让游客对所到国有一个整体概念，即"先了解森林再认知树木"。地陪说，瑞士北邻德国、西邻法国、南邻意大利、东邻奥地利和列支敦士登。全境以高原和山地为主，有"欧洲屋脊"之称。瑞士是一个高度发达的资本主义国家，也是全球最富裕、社会最安定、经济最发达和拥有最高生活水准的国家之一，全球创新指数位列第一。瑞士长期、安全的金融体系和银行的保密体制使瑞士成为世界性金融中心之一。但这样一个发达国家却格外低调。

地陪介绍完毕，要大家闭眼休息一会儿。不久，到达苏黎世附近的一个小镇入住酒店。小镇特别安宁，由于长途飞行很疲惫，我们晚上洗漱完毕就早早休息了。

静谧的苏黎世

10 月 19 日早饭后，我们全团带着行李上车离开酒店，前往苏黎世市区。在大巴上，地陪自我介绍："我是上海人，早在 20 世纪 80 年代就定居于德国。"他向我们介绍了苏黎世的简况，苏黎世是瑞士联邦最大的城市、苏黎世州的首府，是全国政治、经济、文化和交通中心，也是全欧洲最富有的城市之一。该市已连续多年被联合国人居署评为全球最宜居的城市之一。苏黎世是欧洲重要的文化中心，1916 年出现的达达主义就发源于苏黎世，国际足球联合会的总部亦设在此地。苏黎世是瑞士银行业的代表城市，也是世界上最大的金融中心之一。由于这里集中了全球 120 多家银行的总部，其中半数以上是外国银行，故其又被誉为"欧洲亿万富翁都市"。瑞士银行业高效严格的保密能力，使得苏黎世成为世界上主要的离岸银行业务中心，瑞士证券交易所的总部就设于苏黎世。听完地陪介绍，我对苏黎世的初步认知就是它是"世界钱罐"。

地陪简介完苏黎世后要大家休息，过一会儿才到苏黎世中心。地陪坐下后，因我和小莉的座位就在第二排，我就低声向地陪请教："瑞士历史上的达达主义是咋回事？"地陪知识面较广，他很耐心地告诉我："达达主义艺术运动是1916—1923 年间出现的艺术流派的一种。它试图通过废除传统的文化和美学形式发现真正的现实。达达主义由一群年轻的艺术家和反战人士领导，他们通过反美学的作品和抗议活动表达了他们对资产阶级价值观和第一次世界大战的绝望。达达主义是一场在苏黎世兴起，波及视觉艺术、文学（主要是诗歌）、戏剧和美术设计等领域的文艺运动。达达主义是 20 世纪西方文艺发展历程中的一个重要流派，对 20 世纪的现代主义文艺流派都产生了影响。"听完地陪这番介绍，我长见识了——我从来不知道什么"达达主义"的文艺运动，幸好来了苏黎世，才知道了"达达主义"。

地陪小声对我说，苏黎世不仅是世界的最大金融中心之一、欧洲重要的文化中心，而且从苏黎世大学走出了众多的诺贝尔奖获得者：1901 年，诺贝尔物理学奖获得者伦琴；1902 年，诺贝尔文学奖获得者蒙森；1913 年，诺贝尔化学奖获得者维尔纳；1914 年，诺贝尔物理学奖获得者劳厄；1921 年，诺贝尔物理学奖获得者爱因斯坦；1933 年，诺贝尔物理学奖获得者薛定谔；1936 年，诺贝尔化学奖获得者德拜；1937 年，诺贝尔化学奖获得者卡勒；1939 年，诺贝尔化学奖获得者齐卡；1949 年，诺贝尔医学奖获得者赫斯；1987 年，诺贝尔物理学奖获得者米勒；1996 年，诺贝尔医学奖获得者克纳格尔。这样一座科学家的摇篮，竟然一点不张扬，我肃然起敬。

我们的大巴到达苏黎世市中心时，由于是阴天，市区的苏黎世湖的湖面蒙上一层雾，犹如少女戴上一层面纱。大概是上班时间，市区没啥行人，整个市中心非常安静，安静得使我们团友不好意思交谈，默默地跟着领队和地陪走到景点。我们在苏黎世逗留的时间只有 1 小时，外观市政厅、圣母教堂和有"苏黎世精灵"之誉的瑞士五大银行总部。我们行走在班霍夫大街，商店里陈列着华贵的古董珍宝、名贵皮草、手表、珠宝首饰等。我们时间有限，不能进商店。因为天气不好，阴沉沉的，没有阳光，看不清楚远处的雪山，在市政厅外面拍了几张照片。地陪着重向我们介绍了圣母大教堂，它是苏黎世最古老的教堂，也是欧洲最大的教堂，有 1534 年建成的钟楼，钟的盘面直径有 8.7 米，时针长 3 米，分针长 4 米。我把镜头对着这最古老的教堂拍了几张照片。然后，我们就跟随着领队和地陪去苏黎世湖边漫步。湖边的台阶上散落着黄色树叶，略呈初秋景色，我把这些黄色树叶拍进单反相机后，突然发现湖边的桥廊边有几只天鹅在湖中嬉戏，它们给静谧的苏黎世带来了些许生气，跟随着它们的游动，我拍摄了几张照片。

一小时后我们乘大巴离开苏黎世市中心，前往苏黎世附近参观欧洲壮观的莱茵瀑布。我观看过伊瓜苏大瀑布、维多利亚大瀑布和尼亚加拉大瀑布这世界三大瀑布，因此对瑞士的莱茵瀑布不是很上心。等我们大巴到达莱茵瀑布景区时，虽然正如我所料，莱茵瀑布不能与世界三大瀑布比肩。但天突然晴朗了，太阳出来的感觉非常美好，蓝天白云之下，并不壮观的莱茵瀑布也自有其魅力。莱茵瀑布是中欧地区最壮观的瀑布，瀑布很宽，达 150 多米，但落差却不大，只有 23 米，虽然算不上雄伟壮观，但是人们在这里能融入自然，享受自然。我们沿着山路自上而下到观景台，走到距瀑布仅咫尺之遥的观景台，瀑布的水汽扑面而来。山路的尽头是一个游船的码头，从这里登船，或泛舟河上，或直接摆渡到对岸。2013年深度游德国时，我在柏林乘游船观赏莱茵河两岸，当时感觉景色一般，远比不上莱茵瀑布对面的小路四周，景色很秀丽。

莱茵瀑布岸边，有个小镇名叫施泰因，地陪说是"莱茵河上的一块石头"的意思，而且是块最美丽、人见人爱的宝石，所以又被称作宝石小镇。我们在老城区的古街道闲逛，欣赏街边小巧的文艺复兴式角楼，感觉小镇很安逸，家家户户门前都种了美丽的花，呈现出小镇居民非常会享受生活的特点。看着莱茵瀑布，漫步这美丽的小镇，感受着宁静、清澈、明亮的美，爽啊。

午饭后，我们的大巴直奔瑞奥边界的迷你小公国——列支敦士登的首都瓦杜兹。地陪在车上向我们介绍了列支敦士登的概况。列支敦士登是欧洲中部的内陆袖珍国家，处于瑞士与奥地利两国之间，为世界上仅有的 2 个双重内陆国之一（另一个为乌兹别克斯坦），全国只有西侧约 1/3 的面积在平坦的河谷里，其余地区大都属于山地。列支敦士登是世界上第六小的国家，面积只有 160.5 平方公里，连上海的 1% 都不到。列支敦士登禁止在大陆坡上玩滑板，因为国土面积太小，在大陆坡上滑板，如控制不好，一不小心就到瑞士了。1806 年，列支敦士登成为主权国家，1866 年获得独立。列支敦士登是一个高度发达的资本主义国家，也是世界上唯一的官方语言是德语但与德国没有交界的国家，国体是君主立宪制，国内不设常规军，关税由瑞士管理。列支敦士登虽然土地狭小、人口稀少，但国民收入水平非常高。邮票是列支敦士登的特色产品，邮票产业是该国的支柱产业，此小国以邮票风靡全世界。地陪说，2011 年列支敦士登决定将允许出租整个国家，每晚租金是 4 万英镑（约 42.5 万人民币）。出租后该国的临时"拥有者"能在议会仪式上得到一把象征性的钥匙，就可以使用土地，甚至调用当地警察。真是从来没有听说过，还有出租国家这等怪事！地陪说，4 万英镑租国家一晚，2 晚起租。租下它，可以带 150 人的宾客团一起去。那时，全国 80 多名警察唯你马首是瞻，可以到元首的酒庄品尝葡萄酒，坐平底雪橇、放烟火，远眺城堡时享受着奢华晚餐，让自己的名字出现在临时路牌与货币上。听完地陪介绍，全团队员对列支敦士登充满了好奇。

我们的行程只是到列支敦士登的首都瓦杜兹。到后，地陪带我们到政府大楼面前，说是大楼，其实不大，在我眼里，这政府大楼与其国家一样，非常迷你，一幢楼房估计也就 300—400 平方米，共有 3 层：楼上是首相府，楼下是法院，地下室则是临时关押犯人的"监狱"。地陪顺便给我们讲了一个故事：有一天，副首相因为加班，被不知情的工作人员锁在了办公室里，最后是关押在地下室的一名囚犯给他开的门。因为"监狱"看门人回家了，让这名囚犯帮忙保管钥匙。没想到这么小的一幢楼房，功能却不少。地陪介绍完这幢政府大楼后，让大家自由活动 1 小时。

我和小莉、老叶一起行动。地陪介绍在列支敦士登首都瓦杜兹买手表比在瑞士买瑞士名表便宜，老叶要在这里买手表。瓦杜兹仅有一条大街，不宽，街上几乎看不到当地居民。我和小莉陪老叶进了手表店，在此感觉到"发达国家"商店的气派：商店内装潢华丽而不张扬；进门有专门的服务员迎接，把我们送到柜台后，由柜台营业员接待我们。营业员是名 30 多岁的中国女士，非常热情地询问老叶需要什么款式、什么价位的手表。见老叶并不明确想买手表的款式和价位，她就把我们引导到店里面一个隐秘的柜台——全是世界名牌的高价位手表，让我们大开眼界。在她热情详细地介绍下，老叶买到一块心仪的世界名表，式样很酷，他很开心。女士接着问我和小莉是否需要买手表，还没等我们回答她的问题，她就主动给我们介绍瑞士产的最新款的女式高档手表。等她说完，我和小莉微笑地告诉她："谢谢您！我们不需要买手表。"我接着和她聊了一会儿天，问她："您到这里多长时间了？"她很爽快地告诉我，她在德国大学毕业后，找了一个德国老公，家在德国，距离瓦杜兹不远，开车只需要几十分钟，每天早饭后开车到这里上班，下午 5 点下班开车回家。我和小莉觉得她过得很潇洒。

走出手表店，我们慕名去了卖邮票的商店。小莉和老叶都买了邮票，我没买——家里集邮本多得没地方放了。从商店出来，我们三人沿着马路走向集合地点。途中，看到沿街的民居小院非常古朴，院子里和院门上都有各种鲜花，一幅安康的生活图景。我不由得拍摄了几张照片留作纪念。

列支敦士登这座袖珍邮票王国给我们留下了美好的回忆。

惊魂达沃斯

离开列支敦士登首都瓦杜兹后，大巴载着我们行驶 70 公里左右，前往达沃斯。上了大巴后，团友逐渐入睡，我一边观赏途中的初秋景色一边拍照，途中经过的山区景色非常养眼，我们的瑞士赏秋之旅名副其实。

在到达达沃斯之前，地陪介绍了达沃斯概况。达沃斯是个小镇，位于瑞士东南部格里松斯地区，坐落在一条 17 公里长的山谷里，靠近奥地利边境，它是阿尔卑斯山系最高的小镇。人口约 1.3 万，主要讲德语。达沃斯小镇气候宜人，20

世纪起成为国际冬季运动中心之一。达沃斯也是瑞士知名的温泉度假、会议、运动度假胜地，如中国人熟知的每年冬天在达沃斯举行的世界经济论坛。世界经济论坛会址之所以选择在达沃斯，是因为当时年仅 32 岁的论坛创始人施瓦布先生酷爱滑雪。

我们不知不觉就到达沃斯了。因达沃斯停车场收费高，司机把大巴停在达沃斯城边的一个废弃了的停车场。下车后领队小王和地陪带着我们爬上一截较陡的高坡，进入达沃斯小镇。我们到达沃斯时已是当地时间下午 4 点半。地陪说，集体外观的景点就是达沃斯经济论坛的会议地点，然后大家自由活动，下午 6 点集合上大巴去酒店吃晚餐。

我和小莉在达沃斯世界经济论坛会议中心外拍了几张照片后，就要领队小王带着我们去修小莉手机——在飞机上小莉换电话卡时不小心把手机卡的部件搞歪了，电话磁卡放不进去。领队小王服务态度很好，他的手机快没电了，拿着我的手机搜索达沃斯小镇的修理部所在地，带着小莉飞快地走去。我追赶不上，索性不去追他们，独自一人边走边用单反相机拍摄达沃斯小镇街上和外围山区的风景。拍了一阵，我也走到小莉和领队修手机的商店。我刚进入修手机的店铺，小莉就告诉我，此店铺不能修理手机，只能修理汽车、自行车。小王和我们走出商店，拿着我的手机继续搜索镇上其他的手机修理部，又发现了一家，他拿着小莉手机，让我们别跟着他，他自己走得快。我就和小莉走向停大巴的地方。

我俩走着走着，就看不到我们的团友了，大街上人极少。我们只好凭着感觉朝停大巴的地方走去。走了近一小时我们才发现走错路了。天色渐渐暗下来，街上只有我和小莉两人，我们有点紧张——我和小莉的手机都在领队小王手里，我们无法与领队电话联系，只好继续走了一会儿，好不容易迎面走来一名女士，小莉赶紧用英语问她："您好！请问停车场在哪里？我们应该朝哪个方向走？"那位女士非常友好地告诉我们停车场的方向，我们加快步伐走过去。走近一看，是火车站旁边。这时，我才想起我们的大巴司机为了省钱没有把车停在小镇的停车场，而是停在城外的废弃停车场。

夕阳下的远方

　　"完蛋了！怎么办？"在没有手机的情况下，我想到请警察援助我们。但这时已过了6点，家家户户进入晚餐的时间，达沃斯小镇的街上没有一个行人。我们索性凭感觉走，幸好瑞士是个安全系数非常高的国家，我们没有恐惧感。达沃斯只有2条主要道路，都是单行道，处处可感受到平淡和随意。在达沃斯小镇如此狭小的空间里，我们来回走了3遍，把小镇走了个遍，也没有找到那个废弃的停车场。我依稀想起地陪在大巴上说我们的酒店在达沃斯小镇外，紧靠达沃斯湖。无奈之下，我突然想到了"守株待兔"的成语——索性走回达沃斯世界经济论坛会议中心，等待领队来找我们。我坚信领队小王一定会来找我们的，因为他是转业军人，责任心很强。于是，我和小莉走向达沃斯世界经济论坛会议中心。到了经济论坛会议中心的街对面，看到一个帅小伙迎面走来，我要小莉去问他警察局在哪里，小莉向他迎面走去，用英语问他："您好！请问小镇的警察局在哪里？"小帅哥听到小莉这个问话露出吃惊的表情，回答道："达沃斯小镇没有警察局，您遇到什么问题了？"小莉告诉他："我们是中国游客，迷路了，找不到大巴，我们的手机也被领队带去修理了，我们无法与团队联系，所以想找警察寻求帮助。"小帅哥笑着指着我们身后亮着灯的希尔顿酒店大堂说："你们可以进入酒店大堂，用柜台上的电话与团队联系。"我们赶紧向他表示感谢——给我们出了这么好的点子！小莉让我在酒店大门外等待找寻我们的领队或地陪（我们想他们丢了我们2个大活人一定也很着急，一定会找我们的），她进入大堂打电话。大堂值班的2名男士很有礼貌，问了小莉入住的酒店名称。这时小莉才想到在随身包里找行程单，万幸，她的行程单随身带着的。小莉打开行程单第一眼就看到领队小王的手机号，立刻拨通小王的手机，告诉领队小王："我们走遍了达沃斯小镇也没找到大巴，现在在达沃斯世界经济论坛会议中心街对面的希尔顿酒店大堂。"领队小王要我们在希尔顿酒店门口别走，他马上联系地陪，请我们入住的酒店派车来接我们，并告诉小莉，他在达沃斯小镇的街上寻找我们，马上到希尔顿酒店与我们会合。天呐，终于联系上领队小王了。过了10分钟，小王就走到我们身旁，把我们的手机还给我们时说："还是没找到修手机的店铺，我在达沃斯小镇的街上走了 3 个小时也没找到你俩，急死我了！手机问题只好到其他城市解决。"他刚说完，酒店派来接我们的小车也开到了我们面前。我们三人上车，坐上车时我感觉累得要命，我们在达沃斯小镇整整走了 3 个小时。"也算游遍了达沃斯。"我心里暗自想。进了酒店，小王带我们去餐厅吃晚餐。因为既着急又疲劳，晚餐一点胃口也没有。这时，老叶走过来要我俩慢慢吃，他把我俩的背包从大巴上拿下来，交给了我们。我和小莉马马虎虎吃了晚餐赶紧去房间洗澡休息。大概因为在达沃斯小镇走累了，晚上洗澡后赶紧睡觉，一觉睡到第二天早上 7 点才醒来。

10 月 20 日晨起后，我和小莉约了老叶去酒店附近村庄和达沃斯湖边走走。我们入住的酒店是达沃斯世界经济论坛的会议酒店，早上从房间出来才发现酒店特别漂亮，环境布置雅致端庄。我们三人走出酒店后，四周特别安静，我们沿着酒店后门的大路走出去，进入附近村庄的小路。一条小河静静流淌，几棵树的树叶微黄。我们继续前行，村里的人家门窗紧闭，没有袅袅炊烟，好像人们还在梦中。我们立刻停止交流，默默拍照。再走了一会儿，遇到一对夫妻团友，他们建议我们快去达沃斯湖："那里晨雾朦胧，美极了。"我们三人立即朝着达沃斯湖走去。很快就到了达沃斯湖，啊！我们被眼前的景色惊呆了：幽静的湖面，一只天鹅独自享受着静谧；晨雾围绕在湖边的山腰；因为没有风，湖面如镜，山下的桥、房子在湖中的倒影特别清晰，形成了完美的"镜像"。我快速按相机，把眼前的美景收藏下来。

世界著名度假胜地——圣莫里茨

10 月 21 日早饭后，我们出发去圣莫里茨。这次瑞士之旅节奏很适中，不用早起，也不会晚睡，非常舒服，有度假的感觉。大巴行驶 70 公里左右，我们就到达圣莫里茨了。

夕阳下的远方

　　地陪在大巴行驶中给我们介绍圣莫里茨。圣莫里茨是瑞士最美的小镇之一，位于瑞士东南部的格劳宾登州。小镇四周是壮丽的阿尔卑斯山峰，有冰川水补给莱茵河、波河和多瑙河，交通便利。旅游业是这座城市的支柱产业，是阿尔卑斯冬季旅游的摇篮。圣莫里茨是冬季运动的天堂，瑞士举办过的 2 次奥林匹克冬季运动会都是在圣莫里茨。同时，瑞士第一盏电灯、第一部轻轨电车、第一个高山高尔夫球赛、第一家阿尔卑斯节能酒店等等也都源于圣莫里茨。尼采、塞冈蒂尼等大师们都曾与这座城市有过不解之缘，让这座城市的文化艺术烙印分外鲜明，悠久的历史文化让这座城市散发着奢华而又低调的魅力。圣莫里茨城市不大，却有 8 家五星级酒店，是世界上豪华酒店密度最大的城市之一。市中心 300 米长的大街上有超过 50 家世界顶级奢侈品牌店，新品更迭速度甚至快过巴黎。许多富豪、政客、王室成员每年都固定来圣莫里茨度假。

　　地陪说话的时间掌握得很好，刚说完，我们的大巴就到了圣莫里茨。大巴停在圣莫里茨湖边，圣莫里茨湖坐落在城镇边缘、火车站南侧，是恩加丁山谷中的一座主要湖泊，东侧和南侧拥有大片的林地，被阿尔卑斯山环绕着。领队给我们40 分钟时间欣赏圣莫里茨湖的湖景。我们下车是上午 10 点左右，蓝天白云，阳光四射，湖的东南侧的大片树林顶部树叶已显出黄红色，湖的西北部房屋和黄红色的树林在湖水里的倒影分外漂亮。看着眼前色彩斑斓的圣莫里茨湖，我和小莉先在湖的北岸拍摄了一些顺光照片。然后过了一座木桥走到了湖的东南侧。刚过桥不久，我发现了耶稣光。在耶稣光之下，赶紧先给老叶和小莉拍了单人照，小莉给我也拍了单人照，而后，老叶给我与小莉拍摄了合影。领队和地陪带着我们进入圣莫里茨小镇中心。

　　站在镇政府老楼前，地陪说："因为时间关系，我们只能外观圣莫里茨斜塔，我把小镇特别重要的美术馆和博物馆向大家介绍一下。"圣莫里茨小镇有塞根蒂尼美术馆，里面收藏了画家塞根蒂尼的作品约 55 件。乔凡尼·塞根蒂尼是意大利杰出画家，被誉为"阿尔卑斯的画家"，画作大多都与生命、自然、死亡的主题相关。他 36 岁定居圣莫里茨，一直在这里生活到 41 岁去世。他的作品细致完整、笔触凝重、富于光感，天地间的色彩带给这位画家许多灵感和想象。小镇还有一座恩加丁博物馆，已有 100 年历史，其中的藏品和装饰风格向人们讲述着阿尔卑斯的风情与历史。馆内装饰以恩加丁松木制品为主，藏品时间范围涵盖 13—19 世纪，藏品共 4000 余件。讲完后地陪带着我们去外观斜塔。听完介绍，我和小莉很遗憾——我们宁可不看斜塔也想去参观美术馆和博物馆。

走了一大截上坡路，终于到了圣莫里茨斜塔对面。地陪介绍："圣莫里茨斜塔原本是 1890 年倒塌教堂的一部分。"我们看到斜塔紧挨着那座已被修复的古老的教堂。斜塔高 33 米，倾斜 5.5 度，自 12 世纪以来它一直是这座城市的地标，见证了圣莫里茨的历史变迁。难怪，地陪说我们必须看斜塔。大家站在斜塔对面的狭窄马路的人行道上拍了几张斜塔照片后，时间已到午餐时间。我和小莉、老叶沿着马路朝着小镇中心走去，走到地陪介绍的一家餐馆解决午餐。午餐后地陪给大家半小时自由活动时间逛商店。我和小莉不想购物，走到一处可以观湖景的楼房后面俯瞰湖景，无意间发现这座楼房的门窗是蓝白相间，与希腊的圣托里尼岛建筑相似。过了一会儿领队小王也走过来，告诉我们这座楼房是五星级酒店，属于湖景房，入住的价格很高。

半小时很快过去了，我们上车出发，行程 180 公里，出小镇不远就进入瑞士的国家公园范围了。我们的大巴沿着瑞士国家公园的湖边道路走了很长一截，阿尔卑斯山环抱之下的湖水，湛蓝湛蓝的，特深沉。地陪介绍说，这里是瑞士唯一的国家公园，也是瑞士最大的自然风景保护区。公园占地 174 平方公里，步行路线长达 80 公里，只允许游客在专门修建的人行道上行走。它也是阿尔卑斯最古老的自然景区，2014 年是公园 100 周年纪念，公园百年间为许多动物提供了避风港。大巴开出国家公园范围后，团友们开始闭目午休，大巴里顿时安静。

夕阳下的远方

闲逛卢加诺

闭目休息一会儿，途经著名的狐狸城购物村，地陪给我们自行活动时间一小时，享受自由购物的美好时光。这里拥有上百个名牌汇集一堂，而全年3—7折的价格让这里备受游客欢迎。我们逛了一圈，没啥可买，只买了冰激凌。

不知不觉快到卢加诺了。天色渐暗，地陪说我们夜宿卢加诺附近，并给我们介绍了卢加诺概况。卢加诺建于6世纪，是瑞士提契诺州的第一大城市，也是瑞士南边与意大利接壤的一个湖边乐园，人口3万多。卢加诺的环境与气候宜人，即使冬季也充满温暖的阳光。在巍峨高山的怀抱和奇花异草的簇拥中，卢加诺是卢加诺湖畔散发着光明和活力的城市。由于禁止汽车通行，这里环境分外整洁清净。卢加诺市内多为意大利风格的建筑物，置身其中仿佛身处意大利的市镇，卢加诺2个最具象征性的建筑物是圣罗伦佐天主教堂和圣玛利亚大教堂。听完地陪介绍，不久我们就到了入住的酒店，在酒店吃晚餐。

10月22日早上，我们被设定的闹钟叫醒，立即洗漱，想利用早餐后的时间在附近拍照。吃早餐时老叶给我们看了他晨练时拍摄的卢加诺湖晨景照片，云雾缭绕在山间，湖边倒影清晰，好美的景致啊！早饭后，我们前往卢加诺城区，大巴停在城外。我们下车后走了几分钟就到了卢加诺湖边。这里景色与其说与老叶晨练时拍摄的照片一样美，不如说更丰富。因为太阳还没出来，湖边呈现出一片朦胧美：湖面平静如镜，一道云雾像腰带一样缠绕在湖对面的山腰上，四周很安静。我举起单反相机直面朦胧的湖景一阵"横扫"后，才给小莉和老叶分别在湖边拍摄单人照。等我们在湖边结束拍摄后，领队和地陪召集大家进入卢加诺城区外观教堂。

我们爬到卢加诺城区的半山腰外观位于山腰上的圣罗伦佐天主教堂，地陪说，这座教堂是罗马式建筑，自9世纪起已经数度整修，由于每次翻修皆加入该时代的建筑元素，因此，中世纪壁画、巴洛克绘画及洛可可时期雕像同聚一堂，各时代的不同建筑风貌融会交织，遗憾的是我们不能进入。听地陪介绍完教堂，我索性凭借此处较高地势俯拍卢加诺湖景，眼前的黄色、粉色、蓝色、红色等各种色彩的房屋就建在山上，如同不规则的五彩积木群，掩映在青山绿树和葡萄园中，将卢加诺的后山描绘成一幅色彩明快、层次错落的地中海风情画。我边想边拍摄，正起劲时，领队小王催我和小莉赶上已经远去的队伍。

到卢加诺市中心，地陪告诉我们集合地点和时间后让我们自由活动。这时，我们可以细细观察卢加诺这个城市了。卢加诺濒临卢加诺湖而建，湖畔苍翠的树木犹如一道油绿绲边，周围岩峰矗立，繁花争艳。卢加诺湖正对面即为圣萨尔瓦多山，山上就是卢加诺市郊住宅区。漫步卢加诺，身心感到舒适与愉快。我和小莉沿着湖畔的步行道散步，只见整个城市在巍峨高山的怀抱和奇花异草的簇拥之中，绿地花园小景、雕像与岸边成排的游艇构成了一道湖光秀丽的景色。"贵"为瑞士第三大金融中心的卢加诺，却散发出一种闲散慵懒的气质。由于禁止汽车通行，环境分外整洁。卢加诺紧靠意大利，"近朱者赤"，这里从建筑风格到风俗民情，都是一副典型"意大利"样式。最"过分"的是，这里的通用语言也完全采用意大利语。难怪瑞士其他地区的人到了此处，都无一例外地有了"出国门"的感觉，仿佛置身热情洋溢的意大利，"国内游"的规格免费升级成为"国际游"。

卢加诺更是占尽天时地利：一年到头，瑞士境内，就数卢加诺的阳光最多。夏天的味道才刚刚在空气中发散开来，瑞士人就迫不及待地奔向此地晒太阳，即便是阴郁的冬日，阳光在这儿也毫不吝啬。如此"黄金之城"，不单瑞士人，荷兰以及北欧其他国家的人都把卢加诺视作度假的首选之地。难怪在联合国的"退休后最想居住城市"评选中，卢加诺位列榜首。

我和小莉十分感慨，享受卢加诺的最佳方式就是什么事也不做，找块湖边的草坪，闻着草香坐下来读一下午的书；或者租一条小船，在卢加诺湖中随意漂流，一边打瞌睡，直到整副筋骨都舒展开去，让自己的思绪任意散发……这时听到街对面领队小王叫我们上车。

穿越历史的格朗德城堡

上大巴后地陪说，我们的车行驶约 35 公里就到贝林佐纳，主要参观格朗德古城堡，让大家先闭目养神，去古城堡上上下下爬坡会很累，到城堡前再向大家介绍。进入贝林佐纳后，大巴直接把我们带到城堡附近。我们下车后感觉没走多长时间就到了格朗德古城堡前。大家围着地陪听他介绍，贝林佐纳是连接意大利和阿尔卑斯山脉的交通要冲，从罗马时期以来一直占据着重要的战略地位，贝林佐纳城堡由耸立在提契诺山谷上方的堡垒群组成，包括 15 世纪初建造的 3 个城堡：卡斯特尔·格朗德、卡斯特尔·蒙特贝罗、卡斯特尔·萨索·科尔巴以及周边的城塞。它们仍然保留着 1480 年时的模样，是阿尔卑斯唯一残存的中世纪要塞建筑的典范。高耸于陡峭山岩之上的卡斯特尔·格朗德城堡是 3 座城堡中最知名的一座，它始建于 13 世纪，后经过多次增建、改造，距今已有 800 多年历史。3 座风格各异的城堡看起来是各自独立，实际上却是互相连接，相互呼应。在格朗德城堡竣工以后，当时拥有这座城堡的当地贵族又在另一座高 90 米的山上兴建了第二座城堡，即现在可以看到的卡斯特尔·蒙特贝罗城堡。

由于时间关系，我们只能进入格朗德城堡参观。老叶和我们一起走入古堡，一条细而长的小道将人们引入古城堡，进入古城堡大门，里面有座电梯把我们送到古堡的入口道。那是一个大陡坡，我们冒着烈日慢慢走着，反正时间充足。边走边向古堡城墙外张望，啊，外面山坡上就是另外 2 座古城堡，距离并不近。我在城墙的洞眼拉近焦距拍摄了那 2 座古堡，非常清晰地记录下 2 座古城堡的整体和内部庭院。然后，我们进入格朗德城堡的核心区。迎面就是一大片绿茵草地，绿得非常养眼，是我最喜欢的那种草绿色。紧接着我们三人顺着人流登上城墙的塔楼。

格朗德城堡内的黑、白两塔犹如 2 位守护神，守护着这座城堡。双塔旧时为卫兵的弓箭发射塔，当时的人认为，这样坚固的城防足以抵御来犯的"北方敌人"。如今的双塔则成为绝佳的眺望地，天气晴朗的时候，登塔远眺可以欣赏到被白云青山所环绕的贝林佐纳全景。我们好不容易攀登上塔楼，顿时视域宽广，可以俯瞰贝林佐纳全景，爽！我立刻拿出单反机一阵猛拍后，再分别给老叶和小莉拍摄单人照。在塔楼上欣赏全景，在高处才感觉格朗德的城墙巍峨。走出城堡核心区后，我和小莉在城墙通道流连忘返，又继续拍摄了一些城墙光影照片。过足瘾后才慢慢地走出城堡。

午餐时间到了，我们到达贝林佐纳正值周末，很多店铺打烊关门，到哪里吃午餐呢？我们三人在距离古城堡不远的街上来回走了2趟，也没找到餐馆和超市。好不容易找到地陪，他带我们三人走进一家民居院子内，这里竟然是私家餐馆，总算解决了午餐。午餐后上大巴，前往卢塞恩，须行驶150公里左右。上车睡觉，我们一车人迷迷糊糊地到达卢塞恩时，已是当地时间傍晚5点多。地陪提前喊醒了大家。

再游历史文化名城——卢塞恩

这是我第二次游览卢塞恩。卢塞恩号称瑞士最美丽、最理想的旅游城市，也是最受瑞士人喜爱的瑞士度假地之一。卢塞恩是座历史文化名城，艺术家们在此得到了不尽的灵感。历史上，很多著名作家在此居住和写作，悠长的岁月给这座城市留下了人类历史的文明。中世纪的教堂、塔楼，文艺复兴时期的宫厅、邸宅以及百年老店、长街古巷，比比皆是。卡佩尔桥和八角水塔是卢塞恩的地标，也是最常出现在瑞士明信片上的建筑物。狮子纪念碑诉说着瑞士的一段历史，是瑞士人忠贞坚毅的象征。

狮子纪念碑是卢塞恩数一数二的雕刻作品，一支箭深深地插进了濒临死亡的雄狮背上，狮子面露痛苦的神情，前爪按在盾牌和长矛上，盾牌上有瑞士国徽。这是为了纪念 1792 年法国大革命中为保护法王路易十六及玛丽王后而死的 786 名瑞士军官和警卫所建的纪念碑，意在祈求世界和平，碑的下方有文字描述了此次事件的经过。美国作家马克·吐温来到卢塞恩，将濒临死亡的卢塞恩狮子誉为"世界上最令人悲恸的雕像"。看完狮子雕像，我们就去吃晚餐，然后到城外入住酒店。晚上入住酒店后，我洗漱完毕很快就休息了。

10 月 23 日早饭后，我们带着行李箱上大巴前往卢塞恩市区。因为夜晚睡得很好，晨起后感觉轻松自在。领队小王和地陪带我们到卡佩尔木桥和八角水塔，这是卢塞恩的地标。卢塞恩是个依山傍水的美丽城市，也是瑞士最大的夏季避暑胜地之一。卢塞恩湖将市镇分为新城和旧城两部分，湖光水色映照城中美景，悠游其间，亦真亦幻。第一次到瑞士时，我们已经乘船游览过卢塞恩湖，留下了美好的印象。卢塞恩具有 21 世纪的现代化，更具有中世纪所特有的美、和谐及生命力。地陪简介完卢塞恩后解散队伍，让我们自由活动，午餐自理。领队小王对我说："阿姨，河对面有家电信公司，相当于我国的移动公司，那里可以解决方莉娜的手机问题"。我和老叶一听，就对领队说："小王，请您先带我们去解决手机问题，然后我们自己游览。"说完，我们三人立刻跟着领队小王过桥前往河对面的电信公司。

走进电信公司，小王向大堂女服务员说明来意。服务员立刻接过小莉手机查看，看后微笑着说："请你们稍等，这需要后台师傅亲自解决。"我们就要小王自己去活动，我和老叶陪着小莉在大堂等候。等候了十几分钟，大堂服务员请小莉跟随她去后台修理手机，我和老叶在大堂等候。约过了 5 分钟，小莉就从后台房间出来了："师傅就是用镊子把放置手机卡的小部件拿出来，再把瑞士手机卡装了进去。"让我们吃惊的是这属于"免费服务"范围。老叶感叹地说："到底是发达而文明的国家，虽然不是技术活，毕竟是服务了呀。如果在国内，一定要收费的。"小莉的手机问题终于解决了！我们三人就去卡佩尔木桥和八角水塔。

卢塞恩最负盛名的便是卡佩尔木桥，始建于 1333 年，是欧洲最古老的有顶木桥，桥的横眉上绘有 120 幅宗教历史油画。这些油画都与战争有关，带着如影随形的沉重感。这座横跨罗伊斯河、长达 200 米的卡佩尔桥像一把斜置的曲尺横过河流，木桥斜顶由黄色瓦片覆盖而成。1993 年 8 月，卡佩尔桥曾遭火灾，所幸并没有完全烧毁，损毁的桥身及画作都已经重新修补完整。卡佩尔桥有 2 个转折点，桥身近中央的地方有一个八角形的水塔，高 34 米，曾被用作档案馆、金库、监狱和刑讯室。我们行走在卡佩尔桥上，看见修补后的卡佩尔木桥新旧痕迹仍可清晰辨认，桥上钉有一块木牌，上面分别用德文和英文写着：1993 年遭遇大火，经过重修，重修后的教堂桥才恢复了原貌。廊桥外面两侧摆放着一盆盆鲜花，芳香四溢，看上去又似一座花廊，可称其为"水塔花桥"，这些鲜花给这座古老的木桥增添了娇艳的色彩。直立的水塔和横卧的木桥互为映照，形成了独特的韵律。我和小莉、老叶在桥外部拍了一些倒影，然后又上桥拍摄。拍摄完毕，我和小莉陪老叶去买保健品。

午餐后，我们全团乘游船浏览卢塞恩湖。在游船上可见湖岸线蜿蜒曲折，生出许多枝杈，将卢塞恩城和周边的山峰连接起来。湖岸边或是耸起高达海拔 1500 米的峭壁和山峰，或是沿湖建造的别墅、酒店，还有教堂。虽然是第二次游览，我还是很认真地拍摄了湖景。1 小时上岸后，我们立即上大巴，奔向瑞士的首都——伯尔尼。

最低调的国家首都——伯尔尼

大巴行驶了 120 多公里，到达伯尔尼。伯尔尼城始建于 12 世纪末，到 18 世纪已建成至今规模，城市已有 800 多年历史。自从 1848 年瑞士联邦政府设立在这里以来，伯尔尼一直是瑞士的政治和文化中心。伯尔尼坐落在莱茵河支流阿勒河一个天然弯曲处，湍急的河水从三面环绕伯尔尼老城而过，形成了一个半岛。

经过数百年来的发展，城区已扩大到河谷两岸，造型优美的 7 座桥梁将西岸的旧城区和东岸的新城区连为一体。伯尔尼汇集了 80 多家外国驻瑞士大使馆，许多国际组织机构也在这里落脚。伯尔尼城市面积的 30% 是树林和公园。伯尔尼市政当局对新的城市建设项目控制得非常严格，并制定了有关的法律，老城至今仍完整地保留着中世纪的建筑风貌，并已被联合国教科文组织列入《世界文化遗产名录》。在伯尔尼众多古迹中，钟楼和大教堂独具特色。建于 12 世纪的钟楼，其内部和面向城市的一面都是木结构的，1405 年的一场大火曾将其烧毁，后又用石头重建。整座城市处于自然的怀抱里。

我们看的第一个景点就是"熊园"。所谓的"熊园"，里面也就一只大棕熊，懒洋洋地躺在地上闭目养神，根本无视身边突然而至的游客对它拍照。我和小莉兴趣不大，看了几眼，我俩就在熊园附近拍摄伯尔尼老城外的风景。地陪看大家对熊园兴趣不大，就带着我们经过一座桥进入伯尔尼老城。

我们在伯尔尼老城的街道上行走，犹如穿越时光隧道回到了中世纪，大街两旁的房屋都是中世纪的古老建筑。建城初期的城市排水道在街中间，是一道长长的阳沟。如今的伯尔尼人觉得阳沟不影响车辆行驶便保留其原貌，它使古城更有源远流长的历史感。沿着老城长街行走，地陪介绍，街两旁的古建筑并未因社会发展的现代化而推倒重建，反而以法规限制不准随便翻新重建，所以我们看到的街两旁的房屋都有 800 多年历史了。伯尔尼老城原本都是木质结构的建筑，中世纪的几次大火，把木质建筑全都烧毁，后来重建，改为石头结构，至今保持完好。切割而成的灰色条石铺就的光亮街道，街道两旁彼此相连的骑楼，红瓦白墙相映生辉的古老房屋，街道中央各有典故的彩柱喷泉，16 世纪的钟塔以及始建于 1421 年的哥特式大教堂等，使伯尔尼老城显得古香古色，充满中世纪的神秘色彩。1983 年，根据文化遗产遴选标准 C（Ⅲ），伯尔尼老城被列入《世界遗产名录》时，世界遗产委员会对伯尔尼老城的评价是："伯尔尼古城，12 世纪建在阿勒河环绕的山丘之上，1848 年成为瑞士的首都。从伯尔尼古城的建筑，可见历史的变迁。古城保留了 16 世纪典雅的拱形长廊和喷泉。这座中世纪城镇的主体建筑在 18 世纪重新修建，并保留了原来的历史风貌。"

　　漫步伯尔尼老城，我们进城的这条几公里长的路上，吸引我们的古迹名胜最为壮观。顺着正义街走到阿勒河弯曲处过桥，就到了伯尔尼最古老的地区。伯尔尼老城有闻名于世界的拱廊，以医院街到克莱姆街的古老钟楼这一段最为精彩。拱廊结构独特，是典型的中世纪建筑。沿街的楼房底层门前是便道，便道的顶部向外延伸，便形成了走廊。走廊临街的一面有拱柱支撑，两柱之间好似宽大的拱门，廊道相连，拱门相接，蜿蜒漫长，形成拱廊。这种建筑展示了中世纪的文化特征，拱廊总共有七八公里长。行走在古老的拱廊中，使我想到中国福建广东一带的骑楼，结构基本一样。如今伯尔尼的拱廊里面集聚着大商场、时装店、珠宝店、古董店、钟表店、工艺品店、甜食店、巧克力店、咖啡店和饭馆等。我们行走在拱廊的临街道上，享受着 16—18 世纪的古风。

　　继续向东走到克拉姆街，街头上就是驰名世界的古老钟塔。正点敲钟时，硕大的钟盘下面就会有一个浑身披金的小机器人开门出来，用锤子敲打头上的钟，报出时间，同时，又有"时间老人"挥动手中琵琶，一只公鸡打鸣拍翅，一对小熊走马灯似的鱼贯而过，整个表演极为奇妙有趣。这座钟的机件是 16 世纪瑞士制造，至今保养得完好，运转无误。古老钟楼不仅是科技发展的象征，也是瑞士钟表工业的象征，海尔维希亚文化艺术的象征。在过去几百年里，它接受过多少人的瞻仰，又和多少人合影，无从计算。

　　伯尔尼最富想象力的景物是那些建于 16 世纪的街心喷泉，有的描绘的是英雄人物，有的则是恐怖的魔怪。这些喷泉形象多样，每个喷泉都有泉柱塑像，泉水从雕塑的柱石中潺潺流出，而这里的每一个雕塑都讲述着一个传说、一个童话，形象生动，引人入胜。在医院街，有一座名泉叫"风笛手泉"，饱经风霜的风笛手有一个动人的故事。市场街上的 2 座街心泉的雕塑别具风格，一座是"节饮女神"，正在用水兑酒，衣裙飘舞，姿态优美。另一座是一位"旗手"，两腿夹着身披铠甲、姿态可爱的小熊。附近的谷仓广场上还有一座喷泉，雕塑是一个神话故事，泉顶有一个魔鬼，右手抓住一个小孩，正要咬掉他的脑袋，左手中的一个口袋里面还有一些小孩，大概是为了吓唬顽皮的孩子。克拉姆街上，竖立着的"扎灵根泉"，是为了纪念最初建城的扎灵根公爵而建造的。在克拉姆街北，有一座15世纪初的哥特式建筑，就是伯尔尼市政厅。正门下面是一对高台阶，是典型的早期伯尔尼建筑。市政厅前的小广场上，有"旗手泉"。旗手全副戎装，手执伯尔尼旗帜，造型精致，栩栩如生。走到正义街，会看到伯尔尼最精彩的街心泉——"正义泉"。泉上的塑像是正义女神，一手执剑，一手端着天平。她的脚下是教皇、国王、高官显贵等人物的形象，寓意即使是帝王将相，最终也逃脱不了正义的裁决。

伯尔尼人常被误认为反应迟缓、谨小慎微，瑞士人打趣说："千万别在星期五对伯尔尼人讲笑话，不然的话，他会在星期天做弥撒的时候笑出声来。"1905年，正是在伯尔尼，一位收入微薄的数学教师推导出了一个将改变整个世界的公式，这位教师便是爱因斯坦，他推导出的公式则是相对论。相对论使人类的智慧向前迈进了一大步。因此，从某种意义上说，伯尔尼人是笑到最后的人。我们在爱因斯坦故居街对面拍了照。

地陪说，伯尔尼是全世界国家中唯一没有机场的首都。因为伯尔尼居民公投一致不同意建机场，原因有二：一是距离伯尔尼城外50公里的另一座城市有机场，因此伯尔尼不需要再建机场；二是建机场噪声污染太大。居民公投不同意，政府只能尊重民意、执行民意。所以，瑞士成了世界唯一一个首都没有机场的国家。目睹800多年的古老建筑，再听地陪介绍，确实感到伯尔尼低调得不是一般。

夜宿伯尔尼古城附近。

三游因特拉肯

10月24日早饭后，我们前往因特拉肯，这是我第三次到因特拉肯。第一次是 2007 年 4 月游法意瑞奥时到因特拉肯，在此登上了阿尔卑斯山的铁力士山峰；第二次是 2017 年 8 月游意大利南部途经因特拉肯，在此登上阿尔卑斯山的雪朗峰。这次与老叶和小莉三人行到因特拉肯，乘高山火车登上著名的少女峰。

地陪在大巴上介绍，因特拉肯是少女峰脚下的一个城市，也是瑞士著名的度假胜地之一，一年四季风景醉人。作为前往少女峰的重要门户之一，因特拉肯是瑞士最古老的旅游地和疗养地之一。

少女峰位于瑞士因特拉肯市正南二三十公里处，海拔 4158 米，差不多是珠穆朗玛峰的一半，是伯尔尼高地最迷人的地方，终年积雪，如果天清气朗，极目四望，景象壮丽，让人毕生难忘，这里有欧洲海拔最高的火车站可直达。少女峰登山铁路是 20 世纪初一大工程奇迹。修筑这条铁路用了 16 年时间，为了避免滑坡和风雪，路线有相当长的部分是在艾格峰腹地内的隧道中盘旋而上的。少女峰的美充满了活力和变幻，从山下到山顶，景观层次截然不同，有绿野仙踪的韵味。山顶雪花弥漫，异常的冰寒，雪密得让人睁不开眼；而山腰以下，雪峰深处却延伸出无尽的翠绿，鲜亮的明黄，和缓的山坡上村落安详，山花烂漫，郁金香、紫云英、雏菊开得轰轰烈烈，美得让人迷醉。

我们乘着高山火车上了少女峰后，地陪说，少女峰被称为阿尔卑斯山的"皇后"，是阿尔卑斯山脉的最高峰之一。到达少女峰的斯芬克斯观景台须经过一条名为"阿尔卑斯震撼"的环形冰长廊，用以展示该条铁路建造的百年历史和阿尔卑斯山旅游业的发展历程，这条长长的冰长廊的气温有零下 40 多摄氏度。我一听，心里发紧：我只穿了一件薄羊绒衣和一件薄棉衣，经过这么长的冰长廊对我的血压和心脏会产生多么大的不好影响啊，但是，既然来了，就拼了。下了火车后我们乘升降机登顶，出了升降机走了不远，就进入冰长廊，寒气扑面而来，我感觉浑身血管顿时收缩，心脏非常难受。我只能忍着，开始心脏难受得不愿意拍摄，走了一大截后，身体稍许适应了超低温，我才拿出单反相机拍摄冰长廊里的冰雕塑像，但脚步不敢放慢。

快步走出冰长廊后，我们来到少女峰斯芬克斯观景台的室外。哇，更冷！虽然阳光灿烂，但因山高而风特大，我们只能快速拍摄几张照片留念。我们先在少女峰的斯芬克斯观景台左边拍摄，然后走下少女峰斯芬克斯观景台去拍摄，这里有一面瑞士国旗，我小心翼翼地走到旗杆下，请小莉给我拍摄了手拉瑞士国旗的照片。小莉给我拍好手拉国旗的照片后，我让她走到旗杆下，谁知她步子太大，一不小心滑了一大跤，坐到了雪地上。我让她过一会儿再慢慢地站起来，站起来后，她忍痛拉起了国旗，我给她拍了 2 张，给老叶也拍了 2 张。拍好后老叶要我看远处：2 名女老外半裸上身在远处山上拍照，勇敢地挑战寒冷，精神可嘉，我用长镜头拉近蹭了几张。小莉慢慢走到我面前，我问她："如何？腰和脚痛得厉害吗？"小莉说："有一点痛，还能忍受。"气温太低，我们三人又拍了几张照片，赶紧进入室内。我整个人已经在室外冻透了，这时又感觉肚子有点饿了，饥寒交加。

我们三人在室内休息大厅寻找可作为午餐的食物，突然发现了韩国产的方便面。吃点热面条暖和一下冻僵的身体是当务之急，因为我和小莉两人嘴唇都因心脏缺血而发紫。一盒热泡面吃下肚后，有"人活过来"的感觉。不久，我们就集合乘火车下山。下山之后，被眼前的美景惊呆——瑞士特有的布满房子的青山景色，因空气质量特优而有射灯般的耶稣光束穿过云层直射下来，我们赶紧抢拍眼前的风景。等我们拍完，领队和地陪才叫大家上大巴，理解万岁！晚上入住因特拉肯附近。

观赏瑞士最长的阿莱奇冰川

10 月 25 日早饭后，我们从洛伊克巴德乘大巴去看阿莱奇冰川。2016 年，我与老叶一起去巴西、迪拜和阿根廷旅游时看过阿根廷的活火山——莫雷诺大冰川，非常壮观。阿莱奇冰川是阿尔卑斯山脉上最大和最长的冰川，位于瑞士中南部伯尔尼兹山中；面积达 171 平方公里，分为大阿莱奇冰川（主体部分）和中阿莱奇冰川、上阿莱奇冰川（分支部分）。主体部分长 24 公里，宽 1.6 公里。马萨河发源于大阿莱奇冰川，阿莱奇自然保护中心位于冰川附近。

我们从洛伊克巴德驶向阿莱奇冰川约 60 公里，到达阿莱奇冰川山脚下已经接近午餐时间，我们下了大巴后沿着一条不宽的马路走着，走了约 10 分钟就到达午餐地点。唉，又是西餐！一个团的人都围坐在一张长长的原木桌旁，房屋的内墙也是原木铺就的，仿佛进入了森林木屋。我趁着上餐前的空隙，在长桌两头分别拍摄了全团就餐照片。

午餐后，我们跟着领队和地陪到达登山缆车的地方。缆车是两人座的，我和小莉一起坐缆车，我们紧跟在无锡的杨老师夫妇后面，可以相互在缆车上拍照。我坐在缆车上拍摄脚下风景时突然发现有一些老外正步行爬山看冰川，有母亲带着 2 个幼童的，还有一对 60 岁左右的老夫妻手持拐杖努力爬山，真是了不得！我用单反相机将焦距拉近后把他们努力登山的情景拍摄下来。下缆车后还需爬一截山路，我们就慢慢走，爬山途中一步一景，远处的阿尔卑斯山身披皑皑白雪，与眼前山上红黄色树叶相互映衬出阿尔卑斯山深秋的绚丽。大约爬山步行了近一个小时，总算到了阿莱奇冰川面前：眼前的冰川是正在融化的景象啊！

这时我的双膝因爬坡已经疼了，不能再往冰川面前走了。老叶和小莉朝冰川里面走去，我就和杨老师夫妇在眼前的高坡上互拍照片。拍着拍着，看到刚才那对老外夫妇走到了我们面前。我请领队小王给我们当翻译，我与这对老夫妻聊天。这对老夫妻告诉我，他们是德国环保组织成员，每年 10 月都自费乘飞机来看阿莱奇冰川融化的现状。他们对阿莱奇冰川的自费考察已经坚持了 14 年，每年来都感到心痛——阿莱奇冰川融化速度每年都在加快。他们告诉我，2005—2006 年间，阿莱奇冰川消融了 100 米。据科学家们预测，到 2100 年，全球气温将升高 2—4.5 摄氏度，整个阿尔卑斯山脉将发生巨大变化，只有海拔 4000 米以上的冰川才能幸存下来。未来阿莱奇冰川的消失速度会越来越快，预计 21 世纪末该冰川将消失。我不由得想到了恩格斯 100 多年前的话，人类对大自然的破坏，必将遭到大自然的报复。保护生态环境是一个世界性的沉重话题。

2018 年 10 月到瑞士赏秋，我们还到了采耳马特、西庸城堡、洛桑、日内瓦等城镇，是我三次到瑞士感觉最好的一次。因篇幅局限，到此打住。

摩洛哥、突尼斯风情之旅

2019 年 1 月，海鹂在聊天时提议："朝东，我们今年 1 月份找个暖和的地方玩玩儿吧。"我回答她："1 月份暖和的地方就是非洲了，我俩再一起去非洲吧。"于是，我开始关注和搜索上海东安公司张总的线路发布。一天，突然发现张总发布了摩洛哥、突尼斯线路信息，点开行程线路，感觉不错。我立即告诉海鹂，海鹂同意和我一起去游摩洛哥和突尼斯。紧接着，至仁和李康也加入了我们的行程，这是我们四人首次组合结伴出国游。

2019 年 1 月 15 日，晚上 9 点多钟，我们四人在浦东机场二号航站楼聚集。我给她们三人相互介绍，由此开启了四姐妹游非洲两国的行程。我们的航班是 23 点 15 分起飞，经过 10 多个小时飞行，我们落地多哈机场。我们须在此等候 6 小时左右才能转机飞向摩洛哥的卡萨布兰卡，再转机飞向我们的目的地——拉巴特。

当我们在拉巴特——摩洛哥的首都下飞机上了接机的大巴后，都累得睡眼蒙眬，无心观赏摩洛哥首都的街景了。尽管如此，当大巴把我们拉到大西洋岸边的海鲜餐厅前，大家还是眼前一亮：大西洋托起一轮绚丽的夕阳，婀娜地穿行于岸边高大的棕榈树树叶之间，海浪拍打着大西洋的岸边，天空是那么蓝，壮美无比。眼前的美景使我们暂时忘却了长途飞行的劳累，纷纷举起相机、手机拍摄大西洋的夕阳美景。拍摄完毕，走进海鲜餐厅。看见餐厅服务员端上来的面包和海产品，还能对付着吃。晚餐后入住酒店，赶紧洗澡、睡觉。

在拉巴特穿越时空

1月16日早饭后，我们精神十足地开始了摩洛哥第一站——首都拉巴特的观光游览。这次到摩洛哥、突尼斯，是我第三次到非洲国家旅游。由于地域不同，感觉迥异。摩洛哥地处大西洋沿岸，海洋对这个非洲国家影响很大。所到之处，所有故事都与海洋相关。

地陪说，关于"拉巴特"这个名称的来源众说不一，其中一种说法是：1150年，摩洛哥穆瓦希德王朝的统治者阿卜杜勒·阿里·穆明为了出兵阿尔及利亚、突尼斯和渡海远征西班牙，在沿海的古罗马城市萨累的废墟附近建立了一座军事要塞，定名为"里巴特·法特赫"。在阿拉伯语里，"里巴特·法特赫"意为"胜利的营垒"。随着时代变迁，里巴特·法特赫这个军事要塞逐渐扩展为一座规模宏大的城市，但仍沿用旧的名称，简称"里巴特"，久而久之，"里巴特"演变成"拉巴特"，并作为城市名字沿用到今天。地陪说，2012年拉巴特被联合国教科文组织列入《世界遗产名录》，是现代都市与历史古城（摩洛哥）共享的遗产。

为了不走回头路，领队和地陪带领我们先外观王宫。我们乘车进入新城，沿途看见西式楼房和拉巴特阿拉伯民族风格的精巧住宅掩映在花树丛中。街道两旁，绿树成荫，街心花园，比比皆是。王宫、政府机关、全国高等学府都坐落在这里。城中有较多的古迹。我们先到王宫广场，外观王宫及其周边景色。下着雨，我们打着伞，边看边拍了几张照片，不能进王宫，大家兴味索然。很快上车到下一个景点。

紧接着，领队和地陪带领我们驱车前往穆罕默德五世陵寝和哈桑塔。陵寝在拉巴特市中心，地陪给我们概述了穆罕默德五世陵寝的来历和故事。听了地陪的介绍，我们对摩洛哥人民为了独立而进行的民族斗争肃然起敬。领队给我们留了半小时的自由活动时间。我穿行于广场上具有历史意义的312根大石柱之间，可见 1775 年那场大地震的猛烈程度。我在陵寝旁最高处选择机位拍摄穆罕默德五世陵寝广场全景图和雄伟的哈桑塔，以及广场周边建筑。宏大的广场在阴霾中向我诉说着当年的苦难，我在拍摄中回望着摩洛哥民族斗争的历史……上车之前，请团友给我们四姐妹在此合影留念。

结束了穆罕默德五世陵寝和哈桑塔参观后，领队和地陪带着我们驱车前往乌达亚堡。我们乘车到达乌达亚堡时，地陪说，乌达亚堡城门前的那个大坡是当年拍摄"007"电影的拍摄地，然后带领我们进入城门，漫步在城堡内蓝白色居民住宅区之间。穿行在蓝白色居民建筑之中，我想到了希腊的圣托里尼岛，不由得用左手撑伞，右手用卡片相机记录下眼前很有非洲特色的蓝白色居民住宅。边拍边走，仿佛行走在历史的长廊之中。地陪说，这里是一个小渔村，民居依山而建，全是 2 层楼房，上半部是白色，下半部是天蓝色，由于粉刷的年代不同，蓝色的深浅显现出时间差异。乌达亚堡内保留着的这些柏柏尔民居和街道，房子较粗糙，小巷建得随意，但别具风格：红色的三角梅装饰着蓝白色民居平台，攀缘在棕榈树上的曼陀罗花很别致，蓝色的墙壁、隔窗与红绿色花木相呼应。我发现摩洛哥人特别喜欢高大的夹竹桃，夹竹桃花有白色、红色、粉色。

小渔村尽头是一个很大的平台，地陪说，这个平台属于乌达亚堡城的一部分，是古代市场的遗迹。平台旁就是大城墙，这座城墙始建于柏柏尔王朝的阿尔·默哈德时代。城墙宽 2.5 米，高 8—10 米，全部由大块方石建成。乌达亚堡位于拉巴特老城以东，布雷格雷格河入海处，濒临大西洋。这座 1195 年在大西洋峭壁上建成的、有 800 多年沧桑的乌达亚堡是堡垒建筑群，后为阿拉伯王朝所用，曾被葡萄牙人和法国人占领。

我站在城墙上远眺，景色非常壮观。在平台上可俯视布雷格雷格河入海口、拉巴特古港口。领队走到我身旁，指着乌达亚堡紧靠海外的一组平房说，那里原是葡萄牙军事监狱，法国占领后改为饭馆，至今一直开放。我站在平台俯瞰布里格里河和大西洋，发现有一个台阶，我沿着台阶向下走到布雷格雷格河入海口处。看到海角上有一个军事要塞遗址，有一座航海的灯塔。凸出去的山脚，是拉巴特的犄角。厚实的城墙建筑在悬崖上，扼守着海湾，我在这里拍了几张照片。

登上古朴沧桑的乌达亚堡，行走在简陋质朴的蓝白小镇小巷，我联想到南京古老的明城墙以及城墙内保存完好的六朝古都的建筑和民居，全国独有的梧桐树大道，雄伟壮观的中山陵风景区，居住在城墙内外的现代社会的南京市民……

感受菲斯的中世纪文明

1月17日，早饭后我们驱车前往菲斯古城。老天爷很关照我们，出门时没下雨。

以现代人的眼光看世界，这个世界早已被钢筋水泥所覆盖，有时，想去寻找一处古色古香之处，却发现已无处寻觅。我曾经一度以为，这些古老建筑已经不复存在。直到我到达一个地方才发现，原来，这一切都还真实存在着，而这个地方，便是摩洛哥的菲斯古城。

地陪在车上给我们介绍了菲斯的"前身"。在古代的非洲，许多名城都是以河流的名字命名的，菲斯因菲斯河而得名，菲斯河在阿拉伯语中有着"肥美土地"和"金色斧子"之意。菲斯河将菲斯古城划分为两半，菲斯河环绕着菲斯古城，被视为菲斯古城的母亲河。菲斯古城占地250公顷，由伊德利斯二世兴建于808年，是摩洛哥的第一座皇城，17公里长的城墙基本完好，保留着浓厚的阿拉伯色彩。菲斯是北非史上第一个伊斯兰城市，也是摩洛哥历史上最早建立的阿拉伯城市。菲斯一直是摩洛哥宗教、文化与艺术中心，也是阿拉伯民族的精神所在地，至今还保持着中世纪风貌。作为阿拉伯人的聚居区的菲斯老城，有着深厚的宗教、传统文化和哲学根基，被誉为"非洲的雅典"，于1981年被联合国教科文组织指定为世界文化遗产保护地区，是世界重点文物紧急抢救项目。

漫步神秘的古街巷

下车后，我们站在菲斯城门外 100 米处拍摄古城门，这是一座古老高大的蓝门，菲斯古城也因为标志性的蓝色花纹而名闻天下。地陪说，菲斯古城有八九个城门，我们面前的城门是菲斯的蓝门。蓝门区别于其他城门，在于它拥有摩洛哥传统的菲斯蓝色的马赛克，这座城门名叫布日卢门，它代表了菲斯的一个基本的颜色色调，象征了菲斯丰富多彩的水资源。城门正面的蓝色马赛克是著名的"菲斯蓝"，背面的绿色马赛克是"伊斯兰绿"，表征菲斯的居民信仰伊斯兰宗教。布日卢门因装饰精美，又具有阿拉伯风情，如今成为菲斯老城的象征和标志。菲斯蓝门是连接老城和新城的主要入口。

之后，地陪再三强调，菲斯古城内有 9000 多条街道交错密布，没有向导带领，一旦进入必定迷路，所以进城后大家必须紧跟队伍，不能分散活动。我们紧跟领队和地陪走进菲斯古城，穿过这道门，我们就踏入了菲斯古城的"今世"。狭窄的巷子不知通向何处，街巷里到处都发出传统工业的声响：染色作坊、皮革加工厂、各种手工作坊、餐厅、肉店、青菜店等传统手工加工店和小商店。地陪指着街边手工作坊说，菲斯的手工艺品作坊生产的铜盘、地毯、染坊工艺品等驰名世界，城内随处可以看到镶贴着蓝色马赛克的建筑或室内装饰，商店中陈列了许多马赛克工艺品。地陪带我们走进手工业中心店堂，这里陈列了菲斯生产的各类手工艺品，我们在此还意外看到《一千零一夜》中的阿拉神灯，这个中心展销结合，展品可以直接购买。除了皮革、农业、食品加工业以外，菲斯古城还有现代陶瓷厂、纺织、机械及电子产品制造。这些古代与现代交相辉映的工业聚集成为菲斯的今世"商道"。

我们盲目地跟着队伍漫步在古城狭窄的古街巷。这些弯弯曲曲的街巷好似通幽的古径，狭窄到只能两人并行，也不知前方何在。古街巷上方，各种形式的支架悬挑顶棚遮蔽了天空，街巷两旁全是古老而陈旧的房屋，这些古老街巷呈现出了中世纪菲斯的生活状态，街旁有晒太阳的老人，有卖杂货的小贩，也有玩耍的孩子，一派闲散景象。我们四人始终在一起，便于相互拍照。一上午，我们都在不停地走、不停地看，鲜活地感受菲斯纵横交错的古街巷，漫步其中，确实有一种跌落进古代的感觉。

细看古老的"黄色城堡"

菲斯的古建筑，完美地呈现出宗教的魅力，以及古老的文化底蕴。土黄色是菲斯老城建筑的基调，只有重要的清真寺才能配上绿色的瓦顶；小巷道的房屋都很陈旧，只有极少数的建筑是崭新、富有现代气息的。菲斯古城的巷子很狭窄，即使白天，阳光也很难照射进来，所以总是那么幽暗。除了清真寺和摩洛哥王宫外，那些古老的房屋不仅有层峦叠嶂的感觉，还有鳞次栉比的整齐感。它们依着别样的身姿，没有刻意的雕琢，如同高低不同的方格子一样你挨着我、我挨着你，紧紧靠在一起，展示着自己的沉寂，这是一座沉淀的城市。在这里，我体会到与其他地方不一样的古老，古老的房屋建筑是朴素的，是远古的土黄色，在狭窄的街巷内，古老的房屋构成了"黄色城堡"。在这片黄色城堡内，看到这些古建筑门窗的样式，从某种意义上，切身感受到这个黄色之城向你展示出的远古感觉。

领略中世纪的宗教和文化

地陪说，虽几经盛衰，菲斯古城仍留下众多的历史文化古迹，有许多美丽的宫殿和780多个大小清真寺。我们在领队和地陪带领下，在穿街走巷之中，有选择地参观了两处较大的清真寺，其中一个清真寺叫卡拉维因清真寺。这座清真寺是北非最大的清真寺，整座建筑由270根廊柱支撑，以大理石、石灰、石膏、鸡蛋清等为原料建造而成。由于当时摩洛哥不产大理石，因而建造清真寺的大理石是从意大利进口的。这座清真寺可同时容纳2万名教徒祈祷，并附属了神学院，研究哲学。

地陪说，别看菲斯街巷两旁的民居很土，但这里却深藏了世界著名的大学，其中，老城内的卡拉维因大学在世界上很有名气。地陪说，卡拉维因大学建于

862 年，被誉为"世界第一所大学"，该校历史比欧洲大学之母博洛尼亚大学还要早 200 多年，是世界公认的最古老的学位颁授大学，旨在为当地居民提供一个能够舒适地学习伊斯兰信仰的地方。卡拉维因大学从一开始就开设了信仰课程以及《古兰经》诵读课程，随后逐渐开设了伊斯兰教法、阿拉伯语法、苏菲学、数学、音乐、化学、医学、天文学等课程，甚至还有政治辩论课以及诸多自然学科课程。卡拉维因大学专门研究伊斯兰教文化，其图书馆早在中世纪已负盛名，收藏了带彩色画面的《古兰经》、大量手抄本的《古兰经》和其他古籍，曾被誉为"世界的学术首都"。遗憾的是，因学生上课，我们没有进入参观，只能外观。

另外还有阿纳尼耶和阿塔林伊斯兰两所高等学校，均建于 14 世纪，被视为菲斯最美丽的校园，内有喷水泉、祈祷所和学生宿舍。这些学校建筑的华丽及装修的精美，超出当时的一般建筑水准，从地面到房顶，大理石、陶瓷片、石膏和雪松木雕、琉璃瓦，浑然一体。但是我们也不能进入，只能在校门口和从学校墙上的窗户外观，遗憾！

菲斯古城有伊斯兰建筑特色的神学院、宫殿、博物馆，居民大多信仰伊斯兰教，有一些清真寺就是为伊斯兰教徒讲解《古兰经》用的，地陪说，这座宗教之城也是伊斯兰的圣地。

别样的浪漫之城

地陪说，菲斯被美国著名杂志《旅行者》评为全球最浪漫的十大城市之一。听闻此言，我在漫步街巷时独自琢磨：菲斯古城的浪漫表现在何处？菲斯古城的浪漫有何特定的内涵？

对于第一次到菲斯古城的我，感觉菲斯的浪漫在"一街一巷一世界"。在菲斯古城，人们往往会被狭窄无比、须侧身擦肩而过的迷宫般的巷道风情深深吸引，一街一巷，虽然狭窄拥挤，但每条街巷呈现的景物因人的活动不同而区别开来。不仅如此，菲斯的浪漫还在岁月变迁，往事成烟，岁月静好。在菲斯古城狭窄的街巷中，人们抓不住的是流逝的时光，留下来的仍然是挤满了贩卖各种手工艺品的商店、茶馆、餐馆、肉店、蔬菜水果店等。充满异国风情的景物，时而在某条街巷的空气中，弥漫着药草和香料的混浊味；时而在传来的铜铁敲击声里，那是巷子里聚集的制造各式各样银铜铁手工艺品店的锤打声。菲斯街巷中手工业和商业成就了菲斯古城的生活协奏曲。菲斯的浪漫还在远离喧嚣，感受恬静。走在菲斯古城9000条街巷中，有很多空巷使人远离尘世的喧嚣，人们行走在这些空巷时不必在意世人的眼光，可放逐自我，静息凝神，感受一份难得的惬意与恬静，因此，这些迷宫般的狭窄街巷是情侣消遣的好去处。

雨中游览摩洛哥的"蓝色小镇"

在菲斯吃了午饭后，我们直奔摩洛哥迷人的蓝色小镇——舍夫沙万。进入舍夫沙万之前，领队非常理解我们，让我们在舍夫沙万城外的一片空地拍摄全景。夕阳下，只见山坡上的舍夫沙万，布满了蓝色房屋，像蓝色的星星，很美。傍晚时分，我们乘车到达了舍夫沙万。进镇吃晚餐，饭店装潢全是蓝色的彩画，让我们初步感受"蓝色小镇"的风貌。领队说，舍夫沙万因建造于15世纪的蓝色房屋而闻名世界，就像一颗闪亮夺目的蓝宝石镶嵌在宽阔的山谷中。舍夫沙万是一个精致美丽的山城，因大多数民宅门口、阶梯和墙壁都被涂绘成蓝色，像童话中的世界，而被号称为世界三大"蓝城"之一。

1月18日，早饭后我们带着行李走出酒店。天公不作美，下起了小雨。到了舍夫沙万，我们的车停在老城入口的小广场，我们打着雨伞跟着领队和地陪步行。一进入老城，舍夫沙万的"蓝色风暴"扑面而来。我们跟着领队和地陪去"蓝色风暴"的中心——老城的居民区和商业区游览。在一排排蓝色小房子中间的狭窄巷道中，我们冒雨穿行。老天一直下雨，我们左手撑着伞，右手举着相机、手机，穿行在小街巷里，犹如进入了"蓝精灵国度"。这是自去年去希腊的圣托里尼岛后,我进入的第二个蓝色小镇。果然不虚此行:舍夫沙万的"蓝色"与圣托里尼岛不一样,它深藏在大山之中,淳朴的摩洛哥人居住在这里,慵懒闲散,每条街巷、每座房屋的蓝色都不相同。

领队和地陪带着我们辛苦地爬坡,告诉我们舍夫沙万共有 3 条"网红巷",一边介绍哪条巷子是"网红巷",一边提醒我们小心坡陡路滑。"网红巷"与其他巷子的区别主要在于布置得好看,鲜花和各种摩洛哥特色的小罐子放在巷子的墙角,花藤攀在墙上,在蓝色墙的衬托下格外漂亮。每条巷道、每户门墙都刷成深深浅浅的蓝色,整个小镇被蓝色所包裹。舍夫沙万房屋的主要区别在于蓝色不同。天蓝、海蓝、湖蓝、冰蓝、藏蓝、碧蓝、水蓝、宝石蓝、孔雀蓝……只要你能想出来的蓝色,这里都有。我感觉,在"蓝色滤镜"加持下,舍夫沙万处处令人沉醉。走着走着,偶尔也能发现在蓝色海洋中出现一点绿色——有极个别的房屋门前涂着伊斯兰绿。

大约上午 10 点,我们到了老城的最高点,看到了一座古塔。古塔前有一棵大树。领队要我们自由活动。我们四人不愿意浪费时间,朝着来时的相反方向继续走蓝色小巷。相反的街巷全是下坡,雨渐渐停了。我们在一条小巷口看到了老城的政府机构,没有任何门卫。我们再向前行,小巷连着小巷,转弯抹角,几乎看不到什么人。大概因为下雨天,游客也很少。路边的商铺主人不像菲斯古城的商铺主人那样高声叫卖,你爱买不买。

虽然小城出彩的是蓝色,但这座蓝色小城却居住着不同的民族。穿着杰拉巴匆匆而过的是摩尔人,戴着白圆帽款款而行的是犹太人,身着艳丽服饰在水池旁洗刷的是群柏柏尔女人,喝着薄荷香茶闲坐街头的都是些阿拉伯男人。从他们的言谈举止中,可以看到不同风俗,也可以听到各种语言:说阿拉伯语的、法语的、讲西班牙话的,还有写葡萄牙文的。他们操着各种各样的语言,守着各种各样的习俗,穿着各种各样的服装,却生活在同一座蓝白小城,仰望着同一片天空,求同存异,彼此守望,其乐融融,其乐无穷。恐怕世间再没有什么比这更温馨和谐的场面了。蓝色世界本该如此,因为蓝色本来就是平静与平和的表征。

静美的艾西拉小镇

1月20日早饭后，我们前往艾西拉。艾西拉是北非的一个海滨小镇，受地中海文化的影响，整个城镇也是用深深浅浅不同色调的蓝色粉刷出来的，蓝色的围墙、蓝色的阶梯、蓝色的大门、蓝色的窄巷。因为临海，空气中充斥着大海气息。我们进入小镇，居然没看到居民。

艾西拉小镇的房屋是地中海风格的建筑，民居白色的外墙上被艺术家们涂上了不同的色彩，还有大幅的壁画绘满了墙壁，走在小镇静谧的街巷中扑面而来的是一股强大的文艺气息。艾西拉是一座艺术小镇，这里有全球闻名遐迩的壁画，在小镇的墙壁上，喷绘、特制了诸多的画作。地陪说，自1978年开始，艾西拉小镇每年都举行壁画节，壁画和街头涂鸦经常变换，这种新旧更替使小镇艺术气息延续，人们今年来过小镇看到的景象明年来时可能又是另一番模样。

我发现，艾西拉的墙壁涂鸦没有固定的样式，艺术家们完全是根据自己的构思结合门窗的特点把墙壁涂成各种色彩的组合，每一种组合都给人耳目一新的感觉。艾西拉的墙壁涂鸦画风清奇，有风光画、人物画、静物画，还有让人脑洞大开的抽象画。艾西拉的文艺气息无处不在，连一间卖日用品的小店也装点得很有文艺范儿。在我眼里的艾西拉小镇，依托着沿海岸线的城墙展开，石头房子栋栋相接，鳞次栉比，错落有致，基本是蓝白相间的地中海风格，整体看上去十分出彩；穿过一幢幢建筑的拱门还是文艺范儿十足；洁白的墙壁与湛蓝的天空是绝配。在艾西拉，除了看涂鸦外，还要看装修别致的门窗，别样的门窗皆以植物点缀，简洁的搭配营造出无限的文艺气息。城内小巷与摩洛哥其他地方大同小异，唯一不同的是更安静、干净，看不到几个人。导游说，老城内的房屋大多辟为旅馆，每年8月壁画节前后，出租给云集于此的各国艺术家，那时人声鼎沸、热闹非凡。小镇还有一间间小画展室，小小的画展室多少弥补了室外壁画不多的缺憾。这里展出的都是大师级艺术家在小镇创作留下的作品，其中有印象派、抽象派的画作。

我们走到小镇的出口时，太阳出来了，房屋和建筑物墙上的树在阳光下形成的倒影使我眼睛一亮：赶紧抓拍下美丽的倒影。在阳光下的艾西拉，是蓝白世界，是艺术之城，是静谧的仙境。

快闪卡萨布兰卡

1月20日，我们结束了艾西拉游览后吃午饭，午饭后驱车前往卡萨布兰卡，到卡萨布兰卡主要是为了第二天早饭后飞往突尼斯。下午3点多，我们的车到达卡萨布兰卡。呈现在我眼前的是乱糟糟的景象——卡萨布兰卡随着经济不断发展，城市少了文化味，市容显得有些乱糟糟。卡萨布兰卡和摩洛哥的其他城市一样，也分新旧两部分，我们到的是老城区。我们游览的第一个景点是穆罕默德五世广场。我在车上看着乱糟糟的市容，起先不愿意下车。后经团友动员，下车拍了几张照片。我扫描四周，从穿行在马路上的行人外表和着装，感觉卡萨布兰卡市民的经济条件和生活水平确实比之前走过的几个城市高。

我们游览的第二个景点就是电影《卡萨布兰卡》中的那个著名的里克咖啡馆。我们站在里克咖啡馆的街对面远观，地陪说，卡萨布兰卡城原来根本没有这个里克咖啡馆，电影里的"里克咖啡馆"是在好莱坞电影棚里拍摄的，不是在卡萨布兰卡拍摄的外景。电影《卡萨布拉卡》放映并成名后，为了吸引游客，卡萨布兰卡城仿造电影里的"里克咖啡馆"建造了这个咖啡馆。现在到这里来的客人都是卡萨布兰卡中上层的有钱人和外国人，他们到此喝咖啡、社交都需要10天前预约。我们站在街对面将镜头拉近拍摄，因为里克咖啡馆的门卫不准闲人进入或站在门外。

这两个景点使我对卡萨布兰卡的第一印象顿时"降级"：鸽子广场乱，里克咖啡馆是仿造的。没啥意思！

我们在卡萨布兰卡看的第三个也是最后一个景点，是卡萨布兰卡的哈桑二世清真寺，是摩洛哥境内最大、世界第三大清真寺，同时也是世界现代化程度最高的清真寺，这里也是摩洛哥唯一对外国人和非穆斯林人开放的清真寺。领队小王告诉我，清真寺占地面积9公顷，其中1/3面积建在海上，以纪念摩洛哥来自海上的阿拉伯人祖先。清真寺分大殿和露天广场两部分，主体大殿外洁白的大理石墙壁精雕细琢，殿内外回廊玉柱气宇轩昂。主体大殿内可容纳2.5万名穆斯林祈祷，广场上可以容纳8万名穆斯林同时礼拜。主体大殿屋顶可以遥控开启闭合，25扇自动门全由钛合金铸成，可抗海水腐蚀。正门重35吨，据说只有国王来了才会打开。正门不用钥匙，而是使用一组密码，否则就是撬也撬不开。大殿内的大理石地面常年供暖，冬季气温降低时，地板可以自动加热；夏季室内温度过高时，屋顶可以在5分钟内打开散热。宣礼员还可以乘电梯直达宣礼塔顶，从这里发出的诵经声可以传到市内的每个角落。

非常遗憾，我们到的这天，哈桑二世清真寺正在做祷告，不向外国人和非穆斯林人开放，我们只好外观。我们四人分成2个小组分别在广场上各处游览、拍摄。广场上来去的男女老少，对我们中国人都很友好，见我们在摄影，他们中有的人会过来与我们合影。我们欢快地结束了哈桑二世清真寺的游览。

第二天早饭后去机场，飞往突尼斯。再见，卡萨布兰卡！

惊魂哈马马特

1月21日，早饭后我们前往机场，搭乘国际航班前往突尼斯。下午12点50分抵达突尼斯机场。地陪接机后带领我们驱车前往突尼斯最大旅游胜地——哈马马特。之所以我们在突尼斯的首个景点是哈马马特，突尼斯的地陪小王——一名很有素养的北京小伙子告诉我，是因为哈马马特具有独特的城市环境、悠久的历史和浪漫的艺术风格。

哈马马特是突尼斯东北部的一座古城和著名的旅游区，地处地中海边，是一处有着宽阔的白色沙滩和许多掩蔽于橘子林与柠檬树林中的现代化饭店的现代度假地。哈马马特分老城和旅游区两部分，老城是 10 世纪由阿拉伯人建造的，现在仍然保持着以前的格局，遭毁坏的部分建筑也都按原样修葺了。哈马马特面临波光粼粼的地中海，数千米的美丽海滩，气势雄伟，吸引了很多世界名人到此居住和度假。

我们到达哈马马特是当地时间下午 5 点。还没下车时，我们就被眼前的海上夕阳所吸引。地陪给大家半小时在海边拍照，大家赶紧下车，冲向地中海海边，各自手持相机和手机抢拍海上夕阳，如同我们刚到拉巴特那天下午一样。夕阳悬挂在地中海上方几百米，它迷人的橘黄色在海蓝色的天空衬托下，格外漂亮，鲜艳且不张扬，整个海景如同一幅中世纪的油画，简约、纯净、美丽。夕阳仿佛非常理解我们这群人的心情，慢慢地穿行在几条薄云之间，慢慢地向地中海海面下移，让我们好好地欣赏。我站在哈马马特的金粉海滩上，地中海夕阳的无限魅力震撼着我的心灵，足足发了 10 多分钟呆：感叹人类在大自然面前是多么渺小；只有在生态环境优质的国家，才能看到魅力无限的夕阳；虽然我年近古稀，只要始终面向太阳，阴影总在身后，心情始终愉悦开朗；路在脚下，忙过一段时间，出国走走世界，停下来欣赏大自然之美景，就是给心灵一个停泊的港口，给自己一个休憩的地方，这才是享受生活。我怀着留恋的心情看着夕阳拖着长长的身影向地中海海面移动、靠近……

结束了海边的摄影后，我们在领队和地陪的带领下进入哈马马特老城。我们穿梭在麦地那干净的狭窄小巷，欣赏小街巷两旁白色的房屋和蓝色的门窗，仿佛时间在这美景中凝固。哈马马特老城有点像艾西拉，白房子标配着海蓝色的门窗。每一扇门窗都各有特色，特别是门上的图案，大都是不同的海洋动物，我们仿佛畅游在大海之中。古城里的居民大概都外出做生意了，狭窄的巷子里很少看到人影。我们不急不忙地观赏着，抓紧拍摄。即将到城外时，才发现了一位老者在出售一些当地的画作。

我们出城后，只见城墙拐角处的西班牙土耳其要塞（建于16世纪）在苍茫暮色下显得非常肃穆，仿佛要向我们诉说历史。站在要塞上能够俯瞰美丽的海湾，我们把它和海湾一起定格在相机和手机里。我们继续沿着海边漫步，这时天色渐渐暗下来了。虽然天色渐暗，但我们的游兴不减。我们在老城外的海滩发现了一只船，显然是城里居民放在这里的。我和李康、至仁在船边拍了几张照片，领队要我们跟上队伍返回车上。我们沿着海滩在暮色中漫步，感觉很好。我们边聊边走，与团友相距了一段路程，海滩的游客和当地人极少，包括我们在内就只有五六个人。这时我发现两个约10岁的当地男孩紧挨着我右侧行走，不知怎么的，我一边盯着他俩，不由得握紧手上的单反相机——似乎有了紧张感。走了10多步路，突然，我右侧的一个小男孩绕过我，冲向我左侧的至仁，用两只手使劲儿地抢走了毫无防备的至仁手上的苹果手机，拔腿就往老城飞快跑去。我立即大声叫领队和地陪："有人抢走手机了！"只见至仁飞快地向小孩跑的方向追去，我从来没见过她如此急速飞奔的样子。领队和地陪也飞快地追去，我们走到车前，焦虑地等候着。

我们等候半小时后，至仁与领队、地陪回到我们团的车旁，"没有追到"，至仁告诉我们。这时，当地的警车也开到我们车旁。两位警察从警车上下来，领队和地陪赶紧走上前，详细具体地说明抢劫过程和抢手机的孩子的大约年龄和身高。警察要去了至仁的个人信息，答应一有消息就通知至仁、领队和地陪。至仁的手机被抢，给全团带来了紧张。

我们上车前往酒店。在去酒店的途中，领队再次强调安全问题，要求每个人的贵重物品不能离身。地陪说，摩洛哥和突尼斯人天性懒惰，不愿意为了劳作而吃苦，一天只要挣到100第纳尔（相当于20元人民币），就不会继续工作了，拿着挣到的钱去喝咖啡，在咖啡馆与人聊天至天黑才回家。真可谓又穷又懒！听到地陪的介绍，我们对当地人有了具体的认知，不由自主地产生了防备心理。我们在哈马马特住的酒店就在地中海边，酒店里面的设备条件和窗外景色都非常不错，在国内这样的酒店起码在五星级，哈马马特是名副其实的旅游城市，这顿时松弛了我们的紧张情绪。第二天晨起，我们纷纷打开酒店窗户拍摄窗面的晨景，开阔的地中海，湛蓝湛蓝，太阳还没出来，静谧而优美。但是，从此以后我们在突尼斯的行动更加谨慎，绝不敢离队单独行动了。

阅读凯鲁万

1月22日早饭后，我们驱车前往伊斯兰教第三大圣城——凯鲁万。凯鲁万在突尼斯中部偏东地区，位于阿特拉斯山脉东南坡的冲积平原上，是突尼斯第四大城市。凯鲁万是伊斯兰四大圣地之一，城内有80余座清真寺，100余处陵寝，其中著名的有凯鲁万大清真寺、"三大门"清真寺。突尼斯人认为，到凯鲁万朝觐7次即等于去麦加朝觐。听到此，我想，我们这次摩洛哥、突尼斯之旅，就是了解伊斯兰教的过程。

为了不走回头路，领队和地陪带着我们先看阿格拉比德蓄水池。我们站在一个房屋顶的方形台上，看到跟前左右大小不一的蓄水池，这是生活在沙漠地带的必需品。蓝天白云下，蓄水池里一眼见底的清水在阳光下波光粼粼，大家各自拍了一些照片作为记忆留存。地陪说，因凯鲁万缺水，当地人在862年修建了15个蓄水池，现有被称作阿格拉比特水池的一大一小两座水池供游人参观。

看完蓄水池后，我们就进了古城。城内清真寺星罗棋布，因此凯鲁万有"三百清真寺之城"的美誉，最负盛名的是位于城东北隅的奥克巴清真寺，又被称为凯鲁万大清真寺。站在十几公里之外，就可遥见大清真寺高耸的尖塔，它已成为凯鲁万的特殊标志。1988年，凯鲁万大清真寺连同凯鲁万城被联合国教科文组织列入《世界文化遗产名录》。在进入大清真寺前，按伊斯兰教惯例，我们所有人都需要穿上比较长的衣服，而且女士在头上还需要包上一条头巾。我们四人立刻把围巾包在头上进入清真寺。地陪站在清真寺门外说，这座清真寺是北非资格最老、规模最大的清真寺，并成为马格里布地区后续清真寺的样板和标杆。在它的围墙内，有一座多柱式礼拜殿，铺设大理石的宽阔庭院（天井）和方形宣礼塔。它除了有宗教上的神圣性以外，也是伊斯兰建筑和艺术的杰作。

从外面看，我就觉得这个清真寺非常壮观。我们走进清真寺，看到它内部建筑非常考究。地板是大理石的，可以感受到一种非常干净的气息，在寺内的 3 个方位一共采用了 300 根石柱，这样能够对房顶具有足够强大的支撑力，而且还将走廊做成了整齐的拱形，能够感受到一种规则感，虽然这里的设计比较时尚，但是石柱上面的那些痕迹，却传递出非常古老的年代感。

大清真寺内部的宣礼尖塔是非常出名的，虽然不能进入，在外面观看也很满足了。我跟着团队边走边拍：凯鲁万大清真寺的宏伟，不仅表现在广场大，且表现在院子里的原生态建筑之精美，在其他清真寺难得一见。清真寺内最古老、神圣的米哈拉布，意为"凹壁""窑殿"，是礼拜殿的设施之一，设于礼拜殿后墙正中处的小拱门，它朝向伊斯兰教圣地麦加的克尔白，以示穆斯林礼拜的正向。这里的建筑之精美表现在细节设计具有强烈的艺术感。在里面还有一个小广场，小广场的上方有一个白色的小建筑很显眼，走近看，就发现这是一个日晷，这应该是古代留下来的。大清真寺内部很多房间的地上都整齐地放着做礼拜的坐垫。这些房间只允许穆斯林进入，但不限制国籍。

由于这个清真寺建筑的很多细节都很别致，所以我感受到一种很别致的体验。从外面看，它就是一个城堡的样式，给我们带来一种童话般的感觉，但是里面的设施是阿拉伯建筑、文化、艺术的经典代表作，建筑风格独特，设计布局精妙。环绕大院四周的连拱柱廊、排排石柱和巍峨的尖塔，营造出庄严、肃穆、圣洁的氛围。置身其中，备感造化之神秘，宇宙之无穷，个人之渺小。圣城凯鲁万，一个令人神往的世界，一个梦幻般迷人的古寺。

凯鲁万是一座古城，是一座历史文化名城，同时也是一座圣城，是一座充满神奇的梦幻之城。

托泽尔掠影

1月23日早饭后，我们去托泽尔，看沙漠绿洲。地陪说，托泽尔在歇比卡山山区，风景优美，有许多盐质洼地和棕榈林，有"沙漠的门户"之称，是古代努米底亚王国的重要城镇。乘车大约一小时，我们换乘吉普车深入歇比卡山山区，一辆吉普车乘坐四五个人。小时候从书中知道了"沙漠绿洲"的概念，一直没有感性体验，今天终于可以目睹和体验一下"沙漠绿洲"了。吉普车到了歇比卡山山区，下车四看，茫茫荒漠，没有一人，光秃秃的土黄山体与山谷中的绿树形成强烈的反差。歇比卡绿洲的标志是矗立在山头的山羊塑像，山羊是这一地区生存的生灵，站在老远的地方就能看到这山羊塑像。地陪说，歇比卡绿洲旁边的山冈上原来有一个村落，1969年，一场罕见的大雨袭击了这一地区，原来的小村庄在大雨中完全被毁，村子的遗址还立在山梁上。我们跟着领队和两名地陪，穿过村子的遗址，开始了登山运动。登山起初，我还没啥感觉，越走越感觉道路难行，这时感到自己确实老了，不中用了。地陪和至仁一起拽着我的手臂，我自己用尽全身力气配合他们，才好不容易跨过大陡坡，真狼狈！跨过这个陡坡，挤过一个只能容纳一个人的狭窄山道，我们终于登上歇比卡的较高地段。

远眺四周，只见山坳里是一小片被薄雾笼罩着的棕榈树林，左下方有一股泉水在流淌着，是从石缝中喷涌而出的泉水在山谷中形成的一股小溪流。地陪说，这就是"沙漠绿洲"。歇比卡绿洲四周山体严重缺水，山上寸草不生。在绿洲所在的山谷中唯有一口小山泉，汩汩流淌的山泉滋润了山谷中的土地，耐旱的椰枣林是谷中主要植物。山谷中还有一些其他植物耐旱顽强地生长。"在突尼斯南部地区大部分是沙漠戈壁，有水源的地方才有居民居住，椰枣是这一地区主要的经济作物。"北京来的地陪小王告诉我，"山对面不远的地方，就是阿尔及利亚边境地，山下这片椰枣树林就是著名的歇比卡绿洲。""啊？这就是'沙漠绿洲'吗？"我问地陪小王，他回答我："是的，阿姨。"在土黄色的山峦中有这一片绿洲堪称奇迹，物竞天择，不得不感叹生命的奇迹。虽然有山泉的滋润，但还是不能从根本上改变缺水的面貌。这时，太阳还没有出来，眼前是一幅朦胧美的山脉画。我举起单反相机把眼前被薄雾笼罩的棕榈树林和相距不远的山脉一起拍下来。然后，我们很小心地下山。在山谷出口处看到，低洼处水源相对充足，山脚下一片椰枣林生长很好。沙质土壤的吸水性强，那股小溪流到不远处就断流了。歇比卡绿洲是沙漠戈壁中难得一见的奇景，裸露的山体与这一抹绿色形成反差。

下山后，我们乘着吉普车继续前行了半小时，来到米德峡谷。突尼斯是个地貌多样的国度，突尼斯托泽尔与阿尔及利亚交界地带是连绵的群山，在群山之中有个米德峡谷。地陪说，这幽深的峡谷和赤色的崖壁堪比美国的科罗拉多大峡谷，但我觉得远远比不上科罗拉多大峡谷，尤其是气势比不上。

米德峡谷距阿尔及利亚边界只有 1 公里，这是一处地壳运动形成的大裂谷，峡谷两侧的崖壁如斧劈刀刻般陡峭，一条溪流从谷地流过，俯瞰峡谷，确实很壮美。米德峡谷长约 7 公里，曲折宛转横亘在突尼斯与阿尔及利亚边境，裸露的岩石与土黄色的山谷呈现出苍凉美。米德峡谷的旁边还有一片绿洲，谷中的水源给椰枣林提供了生存的条件。在荒漠戈壁中绿洲显得格外醒目，正是这些绿洲使居住在这一区域的柏柏尔人繁衍生息。米德峡谷的苍凉壮美与旁边绿洲的生机勃勃形成很大的反差。米德峡谷是美国大片《英国病人》的拍摄地，这部电影使米德峡谷被外界所知。

走出米德峡谷后，我们换乘原来的车，继续前行。我们到了杰瑞德盐湖，因之前天大旱而没有湖水，更别说看啥海市蜃楼了。我们在杰瑞德湖边的一号公路上拍了几张照片，表示"到此一游"。

然后继续前行，直奔撒哈拉沙漠的门户——杜兹。三毛笔下的撒哈拉沙漠吸引着无数的人前往，我们也是其中之一。撒哈拉沙漠是世界上最大的沙漠，到底有多大呢？可以装下整个美国。撒哈拉沙漠横亘在非洲北部，把整个非洲大陆分割成北非的阿拉伯地区和南部非洲。我们乘兴而来，扫兴而归。到杜兹后，下了车大家全傻眼了：眼前没有撒哈拉沙漠的壮观与诱人景象，在西北风之下，风沙吹得眼睛都睁不开；只有几个突尼斯老乡陪着俯卧在沙漠上的七八匹骆驼，等待着游客做生意。我果断决定不骑骆驼进入沙漠中心，就在沙漠"门口"拍几张照片。我们团有七八名团友乘着骆驼走了，我们四人一致行动，留在附近走走看看。撒哈拉沙漠的沙质细腻，沙中土质含量很少，加之常年无雨寸草不生抓在手中立刻从手指缝滑出去。过了半个多小时后，我们乘骆驼的团友骑着骆驼折返了——前面沙漠无边，已近黄昏，集合时间快到了。这时，天边有了一抹晚霞。我立刻抓拍突尼斯老乡牵着骆驼的逆光照，美极了！情绪一下子被调动起来，我们四人围着老乡与4匹骆驼分别合影。突尼斯老乡非常淳朴，不仅不要我们的钱，还用我们的手机给我们四人与他的骆驼合影。很感动！突尼斯老乡虽然不富裕，但很有素养。

雄伟的埃尔·杰姆斗兽场

1月24日早饭后，我们乘车直奔马特马他，参观北非原住民柏柏尔部落的聚居地洞穴，参观为时半小时。马特马他是靠近撒哈拉沙漠的一处丘陵地带，这里的生存环境十分恶劣，气候炎热干燥，连绵起伏的丘陵上几乎看不到树木，只有零星的荒草生长在山坡上，柏柏尔人为躲避酷热的天气和外界的侵扰，便因地制宜在山坡上挖出一个个洞穴作为房屋过起了隐居的生活。

我走进柏柏尔原住民穴居房，其结构是从地面开凿一个非常大的坑，然后从这个坑的侧面再横向挖人工的洞穴作为房间，一些房间之间还会有连接的通道，有点像我国西北黄土高原的地坑院。柏柏尔人的厨房很简陋，蒸煮是他们通常采用的烹饪方式。卧室的窑洞挖得深一些，里面没有床和家具，他们挖一个稍高出地面的方台当床用。地陪说，柏柏尔人居住这种穴居房有几百年的历史了，他们之所以选择这种居住方式主要是与当地的气候有关，这个地区因受撒哈拉沙漠的影响，终年干旱酷热，而柏柏尔人的穴居房则环境安静，空气清新，住在里面凉爽舒服，一年四季都不受气候的影响。

午饭后，我们乘车去埃尔·杰姆老城参观埃尔·杰姆斗兽场。世界上至今整体结构保存较为完好的斗兽场共有 6 座，其中 4 层的仅有一座，就是被世人所熟知的位于意大利罗马的斗兽场；3 层的有 2 座，一座是克罗地亚境内的普拉竞技场，另一座就是突尼斯的埃尔·杰姆竞技场；2 层的有 3 座，一座在意大利维罗纳，另外 2 座分别在法国的阿尔勒和尼姆。这 6 座斗兽场，我 2 次去意大利罗马都见到了罗马的斗兽场外形；2009 年我去法国南部时进入了尼姆的斗兽场内参观；今天又可以进入埃尔·杰姆斗兽场内参观了。如此算来，世界 6 座保持完好的斗兽场，我看到了 3 座。

多少世纪以来，突尼斯的埃尔·杰姆斗兽场以其雄伟壮丽、气势恢宏、布局科学、构造完美和谐，征服了所有的到访者，犹如埃及的金字塔。埃尔·杰姆斗兽场历史悠久，建于 3 世纪初，它是古罗马帝国在非洲留下的一座著名的辉煌建筑。法国著名作家如莫泊桑、福楼拜等都曾专程来此观光，并将它描述为"世界美妙绝伦的斗兽场""罗马帝国在非洲存在的标志和象征"。自前 146—439 年，罗马统治突尼斯近 600 年，同时将欧洲文明带到了突尼斯。埃尔·杰姆斗兽场高 36 米，共 3 层，建有 500 个门，可同时容纳 3 万多人，现今每年夏天还要在此举办露天音乐会……罗马时代建筑、雕刻、镶嵌艺术之高超、精美，令今人赞叹不已。

从外观看，我感觉埃尔·杰姆斗兽场的外形与意大利罗马的斗兽场和法国南部尼姆的斗兽场几乎一样。埃尔·杰姆斗兽场围墙高大，远远便见其巍峨身姿。整个斗兽场的 500 个拱门，从每个拱门望出去都有不同的景色。走进斗兽场里面，只见它层层拱廊相连，宽阔高大，构筑典雅。我们从底层看起。底层拱廊上面还建有几层拱廊，各层连接拱廊的柱型，富于变化，漫游其中，就如置身于古代石柱雕刻艺术的宫殿。斗兽场的连拱拱廊不仅上下有 3 层，前后还有好几条。细看建筑，可看到石块之间均严丝合缝。人行其间，仿佛在古代城堡殿廊中穿行，又好像步入时空隧道。

我们看完底层，拾级而上，好似扶摇直上，羽化登仙。端坐在观众席的顶层，俯身下望，偌大斗兽场，景象一览无余，尽收眼底。整座斗兽场形似一口平放的大锅，四周自下而上，阶梯式的座位，密密麻麻。爬到阶梯看台的最高处，可一览对面的拱廊看台。我为了保护膝盖关节没爬到最高层台阶。地陪说，拱廊看台是贵族使用区域，这里不会受到阳光照射。原本想从阶梯看台直接走到拱廊看台去，没想到走不通，只好再从高处走回到地面。

地陪指着斗兽场中间的一条壕沟说，这是用于冲洗收纳猛兽与角斗士血腥搏斗后流淌的鲜血的；地下通道两旁有一间间地窖，用于关押准备上场角斗的猛兽以及角斗士们，当年被关押进地牢的角斗士们，最终的结果只能是死路一条。听完地陪介绍，只觉残忍！

坐在看台上，我看着这古老的竞技场，光影在斗兽场闪耀，有让人沉思的魔力，眼前的竞技场上仿佛又出现了人与人厮杀、人与兽搏斗，鲜血淋漓、血如泉涌的惨烈景象，似乎听到败者、伤者撕心裂肺、绝望的惨叫声，以及与此同时看台上爆发出的震耳欲聋的喝彩声和诅咒声……

在西迪布萨义德流连忘返

1 月 25 日，我们午饭后驱车前往突尼斯的"蓝白小镇"——西迪布萨义德，它在突尼斯首都突尼斯城的东北部。这个坐落在地中海边峭壁上的镇子，所有的房屋只有 2 种颜色：白色的墙，蓝色的门窗。

夕阳下的远方

　　地陪在车上简介西迪布萨义德小镇，一座座白色的房屋依山而建，错落有致，而所有的院门、窗户和楼梯扶手全部漆成天蓝色，那蓝色，与头顶上天空的颜色没有两样，清澈明净，山下是同样湛蓝的地中海，天、海、城浑然一体。这里原是座海边悬崖上不起眼的小村落，中世纪时，为了躲避宗教迫害的西班牙原住民从伊比利亚半岛渡过地中海，逃到了这里并在此安家。当地居民之所以青睐蓝白两色，因为蓝色象征着和平、安定。高居于突尼斯海湾的小山之上的西迪布萨义德可媲美希腊小镇，已当选为"世界最美七座小镇"之一，被联合国教科文组织列入《世界遗产名录》。

　　我们下车后不久，领队就解散了队伍，让我们各自闲逛西迪布萨义德这"蓝白小镇"。西迪布萨义德整个小镇都是沿山势蜿蜒而上的，布局很简单，一条鹅卵石铺就的街道，两边是在阳光下闪闪发亮的白色房屋，也有些小巷从屋子内伸出去。房屋都只有两三层高，那白色墙上镶嵌着的蓝色的铁窗和蓝色的木门，让人仿佛置身于童话之中。阿拉伯式的蔓藤展现在铁窗窗棂，对称而迷幻；木门上半部的穹顶代表着清真寺的建筑，门上的蓝色铜钉则拼合出星星和月亮，还有弓箭、花卉等伊斯兰图案，华丽而精美。

　　万里晴空，阳光灿烂，我们沿着小镇的主街道边看、边走、边拍，很有味道。在这个"蓝白小镇"漫步，只见西迪布萨义德弯曲陡峭的街巷中排列着众多店铺，具有突尼斯特色的商品琳琅满目。小镇优雅的环境吸引了世界各地的艺术家来此创作，街上的画廊中展示着艺术家们创作的各类作品，画廊是小镇一道亮丽的风景线。我们不由自主地在一些画作旁留影。领队小王告诉我，西迪布萨义德的音乐中心坐落在小山之上，这也是阿拉伯、地中海音乐的中心，几乎汇集了突尼斯的所有乐器。

　　我走到海边的山坡上，已是正午时分，阳光下的地中海波光粼粼，岸边的住宅清晰地呈现出来。我右边的一座2层楼的住宅，面对着大海一层层摆放着柳藤桌椅，背景是雪白的墙面，标配着海蓝色的镂空栏杆，好美！在这里坐着喝咖啡，面对着湛蓝的地中海，好惬意啊！这时，一阵笑声传来，我顺着笑声走到下坡而更靠近海边的一个迷你型小花园，一群十七八岁的非洲男女青年在合影，我走近他们，友好示意要给他们拍一张照片，他们立刻摆好各自的 pose，我按下单反机的快门，连拍 2 张充满生命活力的非洲青年的合影，感觉不错。

我沿着下坡路继续前行，发现了李康在拍海鸥和至仁举着手机拍摄海景的样子，从她的机位看去，是一张极好的照片，既有人物背影，又有西迪布萨义德海边峭壁上的露天咖啡馆。我顺着小路继续下行，走到露天咖啡馆的最下层，既可以拍摄到更宽广的地中海，还可以拍摄到海边峭壁上的风景。我们四人都喜欢摄影，因此在此一起停留了半小时，各自拍摄。拍摄完毕，我们四人向集合地点溜达过去。

小镇中心地带有阿拉伯老茶馆和咖啡吧，我很想在这里小憩，慢慢享受松子薄荷茶带来的清凉，但是不行，怕赶不上集合时间。和巴黎郊外的枫丹白露一样，这里迷人的景色不仅吸引来众多画家，还吸引了各国游客，他们既有来自叙利亚等阿拉伯国家的，也有来自意大利和法国的欧洲人，还有我们这些亚洲人。我们走回小镇的路口附近遇到了几个日本青年人，他们正在用单反机拍摄西迪布萨义德的一个"网红"小巷。

集合时间到了，再见，美丽的"蓝白小镇"——西迪布萨义德！

浏览地中海的心脏——马耳他

2019 年 8 月，我与海鸥同行跟团去西西里岛旅游，最后一站是马耳他。2019 年 8 月 24 日晚餐后，我们结束了西西里岛的全部行程，乘邮轮前往马耳他的瓦莱塔。到达瓦莱塔港口已是当地时间凌晨了，洗澡、睡觉成为第一要务。

初识马耳他

8 月 25 日早餐后，出发逛景点。在大巴上，中国地陪介绍了她所知道的马耳他，使我们对马耳他具有了"理性认识"。在 1：33000000 的世界地图上找一找，除了马耳他三个字，完全看不到一丁点的土地，但马耳他却被人们称为"大国"。这么一个面积小得可怜的岛国，为何说是"大国"呢？虽然马耳他的国土面积只有 316 平方公里，是我国上海浦东新区面积的 1/3，但是，马耳他经济强大，人称"南欧小瑞士"。

马耳他有着 7000 多年的历史，漫步在马耳他的街道上到处都是带着历史色彩的恢宏教堂，一望无际的蓝色海岸线让人流连忘返，它也被誉为欧洲的后花园、地中海的心脏。马耳他既无工业又无农业，闻名世界的天然良港和旅游业支撑起了这个国家绝大部分的国民经济收入，长期以来，旅游业始终是支撑马耳他国家经济增长的核心产业之一。从天上、海上过境的飞机、船只都需缴纳过境税费，这使马耳他成为"望天收"的国家。2015 年马耳他的经济增长率为 6.4%，排名欧洲第二；失业率 4.7%，远远低于欧盟国家平均值。稳定的经济使得马耳他成为欧洲犯罪率最低的国家之一。

马耳他国旗左侧为白色，象征着纯洁，右侧为红色，象征着勇士的鲜血。国旗左上角的灰色乔治十字勋章图案，是第二次世界大战期间，马耳他人民英勇作战，粉碎了德国、意大利的进攻，被英国国王乔治六世授予的。由于其重要的军事地理位置，历史上的马耳他曾被多个国家占领。自 1800 年开始，被英国统治长达 164 年，直到 1964 年，马耳他才正式宣告独立。现在的马耳他，是全球唯一的欧盟国、申根国、欧元区、英联邦四位一体国。

马耳他独立以来，一直是欧洲著名的贸易集中地，其特殊的地理位置决定了他作为欧非中转站的重要地位。英语是马耳他的官方语言。种种优势，注定了马耳他在世界上各个领域更加夺目。一是金融岛国。作为地中海中部的一个微型岛屿国家，马耳他已悄然成为稳定且充满金融创新的注册地和贸易枢纽。世界权威评级机构、欧盟委员会和国际货币基金组织（IMF）都对马耳他金融业给予了高度认可，作为国际货币基金组织评价的全球 32 个发达国家和地区之一，马耳他是整个欧洲重要的"金融岛"。二是"南欧瑞士"。早在 2013—2014 年全球经济论坛健全银行系统评选中，马耳他就已位列第 14 位；避险基金位列欧洲第 1 位。随着近几年的高速发展，成绩更是斐然。并且，马耳他拥有世界级的银行体系。三是"欧洲新加坡"。如同新加坡一样，作为国土面积较小的国家，想要经济快速稳定的发展，需要通过吸引外资的形式来实现。马耳他并非刻意复制新加坡的发展模式，但是也可看出一些端倪——马耳他不断营造的良好经济氛围，吸引外资企业在马耳他设立企业总部或者分支机构，为国内经济散发蓬勃生机。四是"地中海的硅谷"。全球领先的微软公司已经与马耳他政府签订合约，面向初创企业和个人提供实验空间及指导方案。马耳他开始建设马耳他智能城（Smart City Malta），为马耳他的 IT 行业注入新的血液。

马耳他居民生活享受着令我们中国团友羡慕的待遇主要有以下方面：一是优质教育。马耳他因为曾是英国殖民地，学校都是纯英式的教育模式，有些甚至直接使用英国的教材和大纲，且学费相对较低。这里的孩子除了可以在马耳他接受优质的英式教育，还可以去其他欧洲国家学习和生活。以欧盟学生的身份选择欧美名校方面，无论是优先选择学校、专业还是支付学费都比中国留学生具备极大的优势。二是优质医疗。马耳他政府对医疗大力投入，投入大量资金引入尖端医疗设备。目前，马耳他医疗体系在世界排名第五；居民可以享受欧盟国家中最好的医疗设施和保健服务，以及仅提供给欧盟国家公民的优惠条件，给每个居民家庭最大的健康保障。因此，马耳他的医疗卫生体系在世界卫生组织医疗体系的排行榜中排名第五。三是优质生活。马耳他具有地中海气候，温和湿润、阳光充足、适合居住。在适宜旅居的国家中，世界排名第二；65 岁以后老年人生活质量在欧洲排名第四。可见，马耳他居民的幸福指数非常高。

感受马耳他无与伦比的自然风光

经历过各国殖民统治之后的马耳他，得以将不同的文化风情、艺术形式、宗教信仰及建筑风格完美融合，成就了如今的独特魅力。马耳他不仅具有丰厚独特的人文风光，还有魅力无限的自然风光。正因为如此，伊丽莎白女王二世与菲利普亲王成婚最初的两年，就在马耳他居住，并在两人结婚 60 年纪念日，选择马耳他为二次蜜月之地。不仅如此，《特洛伊》《慕尼黑》《菲利普船长》《权力的游戏》《角斗士》《海岸深情》和《大力水手》等影片都把马耳他作为外景地。

扫描《大力水手》外景地

我们在马耳他游览的第一个景点就是电影《大力水手》的外景地——大力水手村。它原名叫 Swee thaven 村，几十年前是一个与世隔绝的小乡村，隐藏在一处背山的海湾里。一小截与梅雷赫湾连接的公路，是小山村与外界连接的唯一通道。

然而，电影《大力水手》使这座小山村一下子出名了。创作于 1929 年"大力水手波派"，历经数十年仍然广受欢迎，好莱坞在 1980 年决定拍摄同名真人版电影。经千挑万选，决定还是将外景地选在马耳他的这片港湾里。1980 年，派拉蒙电影公司与迪士尼公司根据连环画建造了我们眼前的这个村子，由 165 个工人花了 7 个月建成，所有材料都是从荷兰进口，因为马耳他没有森林。为了 1 ∶ 1 还原电影场景，力求逼真，电影公司特意要求把房屋做成摇摇欲坠的效果。

《大力水手》真人版电影拍摄完毕后，这些建筑本应拆除，但在当地人强烈要求下被保留下来，并做了一系列改建。小村庄对漫画场景和人物进行了"放大"，在木质结构的房屋上刷上五彩斑斓的颜色，每个房屋都被各式精巧的卡通人物装点，漫步其中，可以看到《大力水手》中各类角色的造型和雕塑，仿佛置身于《大力水手》的动画中。为了让游客更身临其境，村庄还增设了游戏屋、博物馆、电影院等设施。我们行走在这个《大力水手》村庄，还可以看到村民扮演的大力水手情景剧。总之，这里非常适合带孩子来玩。我们在里面逛了一小时不到，纯属快速扫描之时，也"返老还童"了一下。

享受"静城"——姆迪娜

从大力水手村出来，我们乘大巴前往古城姆迪娜。来到古城之外，就看见一道既宽又深的堑壕，一座石桥连接着开在城墙上的入口，高墙之内便是姆迪娜城。那条深深的、用砖石垒砌起来的堑壕始建于 11 世纪末。当时，诺曼人已在西西里岛建立了自己的王国，马耳他作为地中海的前哨站，自然也被其收入囊中了。也许是诺曼人骨子里便有着一种忧虑，当他们从阿拉伯人手中接过姆迪娜之后，便挖出了这条堑壕，而且是将一街之隔的拉巴特城挡在了门外。而城里的诺曼式建筑，如今却成为姆迪娜城的一个看点。

进城后，我们看到姆迪娜城市老建筑维护得非常好，有着漂亮的门窗，窄窄的、曲折蜿蜒的街道，避免了太阳的直晒。街角盛开的三角梅，在旧屋衬托下异常美丽。除此之外，姆迪娜与瓦莱塔最大的不同就是这里的宁静。地陪说，大围攻之后，马耳他首府便由姆迪娜挪到了新城瓦莱塔，自此，姆迪娜便逐渐沉寂下来，而在 1693 年的一场地中海大地震中，姆迪娜又受到了重创而不得不进行重建，此时，西方建筑史已经步入了巴洛克时代。正是由于这些自然的、历史的变故，姆迪娜城独特的混合建筑风格，成为今日马耳他重要的旅游资源。地陪告诉我们，现在姆迪娜古城仅有市民 140 人，另外还有神职人员 40 人。在城市管理中，当地政府实行了除特种车辆外禁止机动车入城的规定，因此，姆迪娜成了名副其实的"寂静之城"。

当地陪介绍完姆迪娜古城的概况后，我们各自闲逛在古城的街巷中，欣赏着巴洛克建筑。姆迪娜的教堂较多，我们没时间入内，就外观了圣保罗教堂以及其他融合了多种建筑风格元素的教堂。姆迪娜还有较多漂亮的宫殿式私人建筑，这些私人建筑的维护每年都使房主付出巨大的代价。姆迪娜寂静蜿蜒的小巷是我最喜欢的地方，静静地走在其中，心特别地安宁，也拍摄了较多的照片，把一些精致装点的窗台、具有特色的大门、屋角上的装饰物、墙头上的三角梅，一一收进我的单反相机中。走了很久，也没有遇上一个古城居民，真的是太寂静了。

姆迪娜古城留下了许多十字军骑士团的印记，我也将其留在了我的单反相机中。为了留个纪念，我在姆迪娜古城特意买了一个十字军花式的项链坠，并配了一条项链，价格非常便宜。

没有"蓝窗"的蓝窗遗址非常壮观

从姆迪娜出来，我们就去吃午餐，领队带我们在海边美美地吃了海鲜面，很过瘾。午餐后，领队和地陪带我们乘轮渡去看"蓝窗"。被誉为欧洲的后花园、地中海的心脏的马耳他有着全世界最清澈的海，并以壮美的海洋胜景闻名于世，其中，被称为马耳他"三蓝"的"蓝窗""蓝洞""蓝潟湖"最为引人入胜。然而，2017 年 3 月 8 日，"三蓝"之首的"蓝窗"因连日大风引起的巨浪冲刷，坍塌了！这个地标性建筑就这样永远消失了！为了我们不遗憾，领队和地陪带我们去了"蓝窗"的遗址。

"蓝窗"是整个戈佐岛最为著名的景点和旅游马耳他的必游之处。"蓝窗"位于一个悬崖的尽头，是一个由石灰岩形成的天然拱门，透过大门，游人可以看到海天一色的壮观景色。美国电视剧《权力的游戏》曾在此地取了景。

"蓝窗"附近的水很深，呈墨绿色，是高水平游泳和潜水爱好者的天堂。"蓝窗"周围的浅滩水干净得透明，我们行程里没有游泳一项，就在周围的浅滩水附近的石滩走走，拍照留影。

"蓝窗"的海岸边全是被海水冲刷成的凹凸状石头，显示出海洋在时间隧道中巨大的自然力，这些石头使我穿一般的远足鞋走在上面都很难受。团友们都跑向坍塌的"蓝窗"的剩余山石部分，我和海鹏在离"蓝窗"遗址有一段距离的位置拍摄两边的山脉和地表的凹凸状石头……

魅力十足的蓝潟湖

马耳他的"三蓝"分布在 3 个不同的岛上，分别在主岛、戈佐岛和科米诺岛。因为种种原因，领队和地陪没带我们看"蓝洞"。看完"蓝窗"遗址，赶紧去码头乘了一个类似快艇的小游船去蓝潟湖。

科米诺岛的蓝色潟湖，海水清澈到连船体都有了悬浮感，在马耳他我们看遍了地中海的各种蓝，近乎产生了"审蓝疲劳"。蓝潟湖是马耳他的一个小岛，没有机车和商店，在这里，可以品味离群索居的滋味。该岛是自然保护区，是当地人周末休闲度假的好去处。到了科米诺岛可以先往山上走走，眺望一下整个小岛的风光，岛上有很多徒步路线，我看到私家船有专人带领游客可以看到最棒的风景。

那天下午，蓝潟湖只有我们这个中国团。我们 18 个团友，加上领队和地陪共 20 人，都穿着衣裤，与蓝潟湖中和湖畔的身着泳装的老外们万分不协调，自觉"傻傻的"，不好意思与他们站在一起。我和海鹏走到蓝潟湖的高处，一下子就被清澈、湛蓝的湖水吸引。多层次的蓝色湖水呈现在我们面前，在耀眼的阳光下，海水波光粼粼，这种蓝色在其他地中海沿岸的国家少见。我赶紧将这迷人的景色尽收于相机之中。

我感觉马耳他容纳了世界上所有的蓝色，海水的深处是最浓丽淳厚的蓝，海水稍浅的地方是微微泛银如同少女天真的蓝，捧在手上却是纯净透亮得吹弹可破的蓝。蓝潟湖囊括了马耳他所有的蓝，真可谓：最美不过那一抹蓝。

因为我们团的人都不下湖游泳，等大家拍完照后，领队就带着我们乘小游艇离开蓝潟湖了。

马耳他的启迪

虽然我们在马耳他只住了 3 夜，玩了 2 天，但感触很深。马耳他虽然国家体量极小，但经济实力很强，国民幸福指数很高，国际信誉度很高。何故？

一是国家体制现代化。具体表现在国家制度和大政方针现代化，这是马耳他能成为全球唯一的欧盟国、申根国、欧元区、英联邦四位一体国，吸引了那么多国际组织进驻马耳他的重要原因。

二是国家经济实力强盛。马耳他虽然没有工农业，但 IT 产业、金融业、旅游业极强，这些现代"无烟产业"为国家持续发展打下了坚实基础，为国民生活提供了"幸福保障"。

三是国家文化现代化。马耳他的文化现代化，突出表现在多元文化的融合性和开放性。走到马耳他任何地方，都可以看到各国游客在这里自由自在地享受生活，哪怕是只有十几天的短暂时光，人们之间没有隔阂，更不会担惊受怕。这就是当今各国人民喜欢到马耳他来的缘故吧！